## Minerva Spencer

Minerva Spencer est originaire du Canada mais vit aujourd'hui au Nouveau-Mexique. Elle a exercé différents métiers, comme professeure, barmaid ou encore procureure, avant de se consacrer à plein temps à l'écriture de romances.

# Un étrange destin

DE LA MÊME AUTRICE AUX ÉDITIONS J'AI LU

**Les parias**

1 – La *femme aux yeux verts*
2 – *Le forban des mers*
3 – *Et Sarah se libéra*

**Les gentilshommes rebelles**

1 – *Un soir, au jardin d'hiver*

MINERVA

# SPENCER

WHITECHAPEL – 1

# Un étrange destin

*Traduit de l'anglais (États-Unis)*
*par Julie Guinard*

J'AI LU

J'AI LU POUR elle

Si vous souhaitez être informée en avant-première
de nos parutions et tout savoir sur vos auteures préférées,
retrouvez-nous ici :

**www.jailu.com**

Abonnez-vous à notre newsletter
et rejoignez-nous sur Facebook !

*Titre original*
THE BOXING BARONESS

*Éditeur original*
KENSINGTON BOOKS, published by
Kensington Publishing Corp. New York

*Pour toutes les femmes oubliées par l'histoire.*

# 1

*Whitechapel*[1]*, Londres. Foire aux Femmes Fantastiques Farnham, 1815*

Le premier coup de poing de la combinaison une-deux atteignit Marianne à l'estomac, suivi de près par un uppercut à la mâchoire qui la renvoya, titubante, dans les cordes.

Sans surprise, les spectateurs assoiffés de sang, exclusivement masculins, se déchaînèrent. Les vociférations et les moqueries rappelèrent à la jeune femme qu'elle ferait mieux de se méfier de son adversaire, plutôt que de lorgner un bel inconnu dans la foule. Elle trébucha, mais recouvra son équilibre et se remit en garde.

Malheureusement, reprendre son souffle n'était pas si simple.

Depuis deux ans qu'elle pratiquait la boxe, elle avait appris à traiter par le mépris la sensation on ne peut plus familière d'avoir la respiration coupée. Il n'empêche… elle voyait flou, et il lui fallut faire appel à toute sa volonté pour rester debout et en mouvement tandis que ses poumons livraient bataille pour se remplir. Ce fut l'hystérie collective naissante, plutôt que l'air, qui lui dilata la poitrine.

1. Quartier à l'époque défavorisé de l'est de Londres. *(N.d.T.)*

Marianne s'ébroua et chercha son souffle encore et encore, jusqu'à ce qu'un misérable filet d'air parvienne dans ses poumons. Ce n'était pas grand-chose, mais cela suffit pour que sa vision redevienne nette, lui permettant d'éviter le crochet maladroit de Lizzy Lowry, dont le poing solide manquait généralement de ressort.

N'ayant jamais perdu contre Lizzy, elle avait fait montre de suffisance et avait baissé la garde, au sens propre comme au figuré. Et pourquoi ? Pour couler un regard au superbe duc de Staunton, debout au premier rang du théâtre de son oncle !

Le bel aristocrate, notoirement guindé, brillait comme un phare parmi la foule d'hommes hurlant et gesticulant. Son immobilité à elle seule le faisait sortir du lot.

Mais ce n'était pas la seule chose qui le distinguait des autres.

Il y avait également sa taille – il était plus grand que la plupart de ses compagnons – et ses cheveux d'un blond cendré incroyablement clair. Il portait une austère tenue de soirée noire, mais quelque chose avait scintillé quand il avait croisé les bras sur sa poitrine. Une bague, et fallait-il que la pierre soit extraordinaire pour que Marianne voie son éclat à cette distance. Il la portait à l'auriculaire de la main gauche, ce qui signifiait que c'était une chevalière, et non un accessoire de mode.

Bien que ce soit la pierre qui lui ait attiré l'œil, ce fut son regard intense qui retint son attention avec autant d'autorité qu'un bandit de grand chemin ordonnant à une voiture de s'arrêter. Son beau visage froid, presque agressif, l'avait mise à nu, et pas de la même manière que les autres hommes dans la foule.

La voix de Jack résonna dans sa tête : « Reste concentrée si tu ne veux pas finir face contre terre. »

Le conseil avisé lui revint au moment précis où Lizzy lançait un coup circulaire. C'était le genre de mauvaise décision qu'elle avait tendance à prendre lorsqu'elle commençait à s'essouffler. Marianne esquiva le coup disgracieux, se redressa sous la garde relâchée de Lizzy et lui asséna un uppercut impeccable qui l'envoya s'écraser contre les cordes avant de retomber, inerte, sur le sol.

L'entraîneur de Lizzy, qui était aussi son mari, accourut, mais elle n'était pas près de se relever.

Barnabas, oncle de Marianne et propriétaire de la Foire aux Femmes Fantastiques Farnham, enjamba les cordes, lui saisit le poignet et lui leva le bras en signe de victoire. La foule explosa, ses cris évoquant davantage la folle cacophonie des mouettes sur les quais londoniens que des cris humains.

Lorsque Marianne jeta un coup d'œil là où s'était tenu l'austère aristocrate, à l'avant et au milieu de ce qui était jadis la fosse du théâtre, celui-ci avait disparu.

En coulisses, hommes et femmes s'affairaient pour modifier les accessoires et préparer le numéro suivant, et il lui fallut quelques minutes pour se frayer un chemin jusqu'à la loge. Cécile Tremblay, qui lui succédait sur scène, était la seule autre personne à occuper la petite pièce encombrée lorsque Marianne y pénétra.

La ravissante brune appliquait l'épaisse couche de fard que Barnabas exigeait de toutes ses artistes lorsqu'elles montaient sur scène.

Cécile n'était pas juste une employée de son oncle parmi d'autres, c'était aussi la meilleure amie de Marianne. La Française avait emménagé dans une chambre chez Barnabas quand elle avait commencé à travailler à la Foire. Marianne avait immédiatement aimé cette femme un peu plus âgée qui ne mâchait pas ses mots, et en trois ans, elles étaient devenues aussi proches que des sœurs.

— J'ai vu que tu le regardais, dit Cécile avec son charmant accent, sans quitter son reflet des yeux tandis qu'elle appliquait un rouge carmin brillant sur ses lèvres pulpeuses. Cela fait deux fois que le duc Plus-Que-Parfait vient te voir.

Le surnom de Staunton fit sourire Marianne. On l'appelait aussi lord Parfait, Sa Grâce de la Perfection, ou tout simplement Parfait. Elle tendit les poignets pour que Cécile dénoue les cordons de ses gants rembourrés de laine, dont Barnabas avait rendu l'usage obligatoire pour toutes ses boxeuses.

— Oui, je l'ai remarqué, reconnut-elle.

— Je le sais bien. Je crois que tu as un nouvel admirateur.

— Il vient aussi voir tes numéros, non ?

Cécile eut un haussement d'épaules très hexagonal, comme pour dire : « Quel homme ne vient pas voir mes numéros ? »

— Une seule fois, mardi dernier.

Marianne ne se produisait que le mardi. Son oncle aurait aimé qu'elle travaille deux soirs par semaine, mais même lui savait que c'était trop demander à une boxeuse. L'épreuve était déjà assez rude à un rythme hebdomadaire.

— Il ne vient pas voir Nora ni Lucy, ajouta Cécile.

Nora et Lucy étaient les autres pugilistes qu'employait son oncle.

La Foire était ouverte six soirs par semaine. En plus de la boxe, il y avait le tir au fusil de Cécile, le lancer de couteaux de Joséphine Brown, le piano mécanique de Cordelia Black, le numéro de magie de Francine Gordon, des jongleuses, des acrobates – toutes des femmes.

Cécile s'attaqua au ruban du deuxième gant de Marianne.

— Le duc est beaucoup plus beau que sur le dessin que j'ai vu chez M. Humphrey il y a quelques semaines.

Elle parlait de l'imprimerie Humphrey. Des foules se rassemblaient devant la petite boutique pour lorgner les croquis humoristiques et les caricatures que l'astucieux imprimeur affichait chaque jour en vitrine.

— Staunton a-t-il essayé de faire ta connaissance ? voulut savoir Cécile.

— Non, mentit Marianne.

En fait, ce n'était pas vraiment un mensonge, car elle n'avait aucune idée de ce que disait le message du duc. Elle l'avait jeté sans le lire.

Sa tâche finie, Cécile s'adossa à sa chaise.

— T'a-t-il envoyé des fleurs ? Quelque chose qui brille ?

— Non, heureusement, répondit Marianne en retirant ses gants.

Cécile marmonna quelque chose qui ressemblait à « Quels lourdauds, ces Anglais », avant de se retourner vers le miroir pour noircir ses sourcils avec du charbon.

— Il paraît que le duc est très proche du marquis de Carlisle, dit-elle sans détourner les yeux de son reflet, ses joues se teintant de rose. Le marquis est-il venu assister à l'un de tes combats ?

— Je ne sais pas, mais je ne crois pas.

— Je pense que tu l'aurais remarqué, si *celui-là* était venu te voir, déclara Cécile avec un petit reniflement vaguement irrité qui fit sourire Marianne.

Avide de potins mondains, Cécile passait devant la vitrine de l'imprimerie Humphrey au moins deux fois par semaine. Elle laissait des exemplaires de diverses gazettes dans toute la maison qu'elle partageait avec Marianne et son oncle, et collectionnait même certains journaux. Marianne s'était souvent demandé si Cécile n'avait pas développé une obsession pour certains des hommes qui affolaient les chroniques mondaines, tel le marquis de Carlisle, l'un des célibataires les plus convoités d'Angleterre.

Si elle n'avait pas été aussi épuisée, elle aurait peut-être taquiné un peu son amie. Au lieu de cela, elle se laissa tomber sur le tabouret devant l'autre coiffeuse et prit un linge pour se débarbouiller. Un gémissement lui échappa lorsqu'elle toucha la partie inférieure de sa mâchoire.

— Elle t'a fait mal ? s'inquiéta Cécile.

— Rien de trop méchant, mentit Marianne dont la tête bourdonnait encore.

De fait, l'uppercut avait bien failli la mettre K-O.

— Il faut que tu trouves un autre moyen de gagner ta vie. Tu as eu une chance inouïe de garder ton joli minois – et toutes tes dents – pendant si longtemps.

Le regard de Cécile s'attarda sur l'arête du nez délicat de Marianne, qui avait été cassé à deux reprises. Heureusement, Jack, son entraîneur, le lui avait rapidement remis en place les deux fois, de sorte que l'infime protubérance était à peine visible.

Les matchs que disputaient Marianne, Nora et Lucy n'étaient ni arrangés ni chorégraphiés pour divertir le public et les parieurs. C'étaient de vrais combats, ce qui signifiait de vraies blessures. En général, Marianne commençait tout juste à n'avoir plus mal nulle part lorsque arrivait la date de la rencontre suivante.

— Si tu continues ainsi, tu vas finir par ressembler à Jack, ajouta Cécile.

Jack avait été boxeur professionnel quand il avait une vingtaine d'années. À quarante-cinq ans, son visage racontait son histoire. Elle l'aimait beaucoup, mais ne souhaitait certes pas lui ressembler.

Cécile avait raison, Marianne le savait : elle risquait une blessure grave. La seule raison pour laquelle elle était encore présentable au bout de deux ans, c'était que toutes celles qui boxaient à Farnham devaient porter des gants matelassés. Les riches parieurs qui s'entassaient à la Foire payaient cher pour regarder des femmes sur le ring, et plus encore si la femme était séduisante. Sans être une beauté, Marianne était plus jolie que bien des filles réduites à gagner leur vie grâce à la boxe.

Après s'être démaquillée, elle déboutonna sa robe. Barnabas aurait aimé l'habiller comme Cécile, qui portait une robe de satin moulante dont le décolleté mettait en valeur ses attributs, mais Jack avait refusé de l'entraîner si elle se battait dans une tenue risquant de gêner ses mouvements. Le costume que ce dernier avait fini par approuver était suffisamment ample pour qu'elle puisse se déplacer facilement, respirer sans peine, et taillé dans un tissu léger ne lui entravant pas les jambes. Quant à son corset, il n'était qu'une vague concession à la décence et ne lui comprimait pas le buste.

En homme de spectacle consommé, Barnabas avait demandé à la costumière d'utiliser la mousseline la plus fine possible, et les robes de Marianne étaient aspergées d'eau avant chaque combat, afin qu'elle donne l'impression d'être pratiquement nue lorsqu'elle montait sur scène.

Marianne se changea rapidement, et enfila une chemise et un pantalon d'homme. Elle s'habillait ainsi depuis que sa robe et ses jupons avaient été arrachés dans une bagarre. Elle versa de l'eau tiède dans la cuvette et s'épongea les bras et les jambes. Elle prendrait un vrai bain à la maison.

Elle venait de mettre son vieux peignoir de brocart élimé lorsque Jack passa la tête dans la pièce.

— Salut, mes petites cailles !

Marianne l'étreignit affectueusement.

— Ravie de voir ta sale trombine.

Jack la serra à lui briser les côtes avant de la lâcher et de se tourner vers Cécile.

— Et comment se porte la princesse ? demanda-t-il en s'inclinant sur la main de la Française.

Cécile libéra sa main et l'embrassa sur les deux joues, le faisant rougir.

— Cela me fait plaisir de te voir, Jack.

— Content d'être rentré.

Il écarta le fouillis de costumes et de vêtements entassé sur le canapé et y posa son mètre quatre-vingt-dix.

— C'était interminable, ce voyage.

Sa bonne humeur s'évanouit lorsqu'il vit la mâchoire enflée de Marianne.

— Bon sang de bois, Annie, qu'est-ce que j'ai vu, ce soir ? Combien de fois je t'ai dit de rester concentrée sur ton match ?

— Je sais, Jack. Une seconde de distraction et j'ai été punie.

Il grommela, et elle devina à son expression qu'elle n'était pas au bout de ses remontrances.

— Il faut que Marianne change de métier, déclara Cécile.

Elle se leva et tira fermement sur son corsage de satin noir, l'abaissant suffisamment pour que ses tétons ne soient pas loin du décolleté.

Même Jack, habitué à côtoyer des femmes à moitié nues, déglutit, les yeux rivés sur elle. Cécile était une vraie beauté, et le satin noir mettait en valeur ses cheveux d'ébène soyeux, qui contrastaient spectaculairement avec son teint de porcelaine et ses yeux sombres en amande. Une femme infiniment sensuelle. Et lorsqu'elle passait autour de sa taille le ceinturon de cuir muni d'un étui pour son revolver, elle devenait l'incarnation du danger.

— Tu ne trouves pas, Jack ? insista Cécile.

Il s'arracha à la contemplation de son décolleté au prix d'un effort visible.

— Euh… quoi ?

— Marianne. Il faut qu'elle arrête la boxe.

— Oh. Oui, je passe mon temps à le lui répéter. Je lui ai dit dès le début !

Jack commença à s'animer, c'était l'un de ses sujets de prédilection.

— Une jolie fille intelligente comme toi devrait…

À cet instant, la porte de la loge s'ouvrit à la volée et alla heurter le mur. Oncle Barnabas s'encadra sur le seuil, furieux, et pointa le doigt sur Cécile.

— Ah, te voilà ! Bouge tes fesses, ma petite, tu es en retard et les gars s'impatientent.

Cécile, qui réagissait aux ordres avec la nonchalance d'un chat, décida soudain qu'il était temps d'examiner ses ongles.

Barnabas faillit s'étrangler, mais s'abstint prudemment de la harceler.

— Quant à toi, déclara-t-il avec un coup d'œil à Jack, je la veux en pleine forme d'ici à ce qu'on parte en tournée. Arrête de la refiler à ton copain Andy pour qu'il l'entraîne. C'est de *toi* qu'elle a besoin.

— Ce dont elle a besoin, c'est d'un autre boulot, Barney.

Barnabas se rembrunit, soit à cause du conseil de Jack, soit à cause du surnom qu'il détestait, soit pour ces deux raisons.

— J'exige qu'elle s'entraîne avec toi trois jours par semaine jusqu'au départ.

Jack leva les yeux au ciel, mais Marianne acquiesça.

— Oui, mon oncle.

— Ah, et j'allais oublier ! ajouta Barnabas. Le duc de Staunton veut te parler.

Marianne faillit s'esclaffer à l'idée que son oncle risque « d'oublier » de transmettre un message venant du duc.

— Non.

— Marianne, ne fais pas l'idiote. C'est la deuxième fois que…

— Non.

Il parvint à avoir l'air à la fois contrarié et chagriné.

— Il veut juste te parler. Tu n'as qu'à l'inviter dans le bar d'à côté, ou le recevoir dans le bureau et…

— C'est non.

— Tête de mule, grommela Barnabas.

À cet instant, quelqu'un passa dans son dos. Ayant la fâcheuse réputation d'avoir des yeux derrière la tête, il fit volte-face.

— Toi ! cria-t-il à la malheureuse victime qui avait attiré son attention. Remonte-moi ces sacs plus haut.

Il laissa la porte ouverte et s'éloigna en continuant sa harangue.

— J'ai senti du foutu sable me tomber sur la tête alors que j'étais…

Marianne soupira. Elle n'en revenait pas qu'il ait le culot de revenir à la charge à propos de Staunton. Une fois de plus. Posant la main sur son pistolet, Cécile demanda :

— Tu veux que je le descende, chérie ?

C'était une vieille plaisanterie, mais elle faisait toujours rire Marianne.

— C'est une offre bien tentante.

— Mets-lui un peu de plomb dans la cervelle, Jack, lança Cécile par-dessus son épaule. Au sens figuré, bien sûr.

Sur ce, elle quitta la loge et referma la porte derrière elle.

— Cécile a raison, dit Jack. Tu devrais arrêter.

— Je sais qu'elle a raison. Tu crois que je ne me rends pas compte que chaque combat est une blessure en puissance ?

— Je n'aurais jamais dû t'apprendre la boxe.

— Barnabas aurait trouvé quelqu'un d'autre, quelqu'un de moins bon que toi.

— Il aurait surtout dû choisir une autre femme que sa propre nièce !

— C'est ce qu'il a fait : Nora et Lucy ne sont pas ses nièces, Jack.

— Dans leur cas, c'est différent. On est *obligé* de s'endurcir quand on a grandi chez les traîne-misère à St. Giles.

— Tu veux dire que je ne suis pas une dure à cuire, Jack ?

Ignorant sa taquinerie, il répliqua :

— Tu n'es pas comme elles et tu le sais.

— Je ne leur suis pas supérieure. Tu es partial, c'est tout.

De fait, la réputation de Marianne – si on pouvait utiliser ce terme – était bien pire que celle de Nora ou de Lucy.

— La faute à qui ? À Farnham ! répliqua-t-il. Tu es sa nièce, nom de Dieu ! Il aurait dû mieux s'occuper de toi.

— Il m'a recueillie alors qu'il était loin de rouler sur l'or. Je lui suis redevable. D'ailleurs, ajouta-t-elle devant l'air peu convaincu de Jack, je suis très bien payée. Je gagne bien plus que si j'étais gouvernante ou dame de compagnie. Deux métiers que je ne pourrais même pas exercer, du reste. Avec ma réputation, j'aurais de la chance d'obtenir un emploi de bonne à tout faire.

— Ce salopard t'a fait du mal, Annie. Ce n'est pas de ta faute, ce qui s'est passé.

Par « salopard », il faisait référence au baron Dominic Strickland, l'ancien amant de Marianne, et la raison pour laquelle on la connaissait à travers toute l'Angleterre sous le nom de la Baronne Boxeuse.

— Malheureusement, ce n'est pas l'avis du reste du pays, Jack.

— Tout le monde oubliera cette histoire si tu disparais pendant quelques années, affirma-t-il. Tu pourrais rester sur le continent à la fin de la tournée. Tu parles aussi bien français que si tu étais née chez les grenouilles.

— Et je gagnerais ma vie comment ? Je ne sais rien faire d'autre que me battre.

Jack ouvrait déjà la bouche pour protester, mais elle enchaîna :

— S'il te plaît, Jack... pas maintenant.

Il poussa un profond soupir.

— À ta guise. Alors, ça fait combien de temps que ce trou du cul prétentieux vient voir tes matchs ?

Cette description du duc de Staunton fit rire Marianne.

— Uniquement les deux derniers, pendant que tu n'étais pas là.

La porte de la loge s'entrouvrit, et le jeune Neddy passa la tête à l'intérieur.

— Euh, c'est pour vous, mademoiselle Marianne.

Il lui tendit papier plié et cacheté de cire rouge.

Marianne reconnut le sceau et adressa un regard dur au plus jeune des employés de son oncle.

— Tu sais ce qui va se passer si Barnabas apprend que tu m'as remis ceci.

Le visage de Neddy se décomposa.

— S'il vous plaît, lui dites rien, mademoiselle Marianne. L'aristo m'a tellement bien payé que j'ai pas pu refuser et...

— Bon sang, tu fais le facteur contre de l'argent maintenant, gamin ? intervint Jack.

Neddy trembla sous le regard furieux du boxeur.

— File, Neddy, lui dit Marianne. Mais plus de messages, hein ? De personne. C'est compris ?

— Oui, mademoiselle.

Il renifla piteusement et referma la porte sans bruit. Marianne tourna le luxueux papier entre ses mains.

— Ça vient de Staunton ? s'enquit Jack.

— Oui.

La cire était d'un rouge sombre presque noir.

— Tu ne l'ouvres pas ?

Marianne déchira la lettre en deux, puis les morceaux encore en deux.

— Annie ! s'exclama Jack.

— Quoi ?

Elle ouvrit le petit poêle à bois et jeta la lettre à l'intérieur.

— Tu ne le lis même pas ?

— Pour quoi faire ?

— Ben... Je ne sais pas, il est duc, quand même !

— Tiens donc, ce n'est pas toi qui affirmes que tous les hommes sont égaux ?

— C'est vrai, mais il y en a qui sont plus égaux que d'autres.

Elle s'esclaffa.

— C'est dangereux de te faire des ennemis de ce genre, Annie. En plus, tu ne sais même pas ce qu'il te veut.

— C'est un homme. J'ai une assez bonne idée de ce qu'il me veut.

Curieusement, Marianne était déçue : tout ce qu'elle avait lu à propos du duc de Staunton indiquait que cet homme était d'une moralité irréprochable, en plus d'être respectable et intègre. Un noble rempart contre les excès libertins de l'humanité – en particulier des hommes de son milieu. Et pourtant, il faisait passer furtivement des messages à une femme pugiliste.

— Si ça se trouve, tu te trompes, chouchou. Peut-être que ce n'est pas *ça* qu'il veut.

— Quoi d'autre à part le sexe ? Que peut vouloir un homme comme lui d'une femme comme moi ?

— Ça ne te rend pas un brin curieuse ?

— Pas le moins du monde.

Jack fit claquer sa langue.

— Ma foi, le gars doit être un peu cinglé.

— Parce qu'il s'intéresse à moi ? plaisanta Marianne.

— Arrête tes bêtises ! Je trouve juste qu'il a du culot vu ce qu'il a dit sur la Foire et les femmes pugilistes.

Jack faisait allusion à la diatribe du duc de Staunton l'année passée – au Parlement, rien que cela –, après le décès d'une boxeuse lors d'un match à mains nues. Le duc avait associé le déclin de la moralité à la pratique de la boxe chez les femmes, entre autres activités indignes. Bien qu'il n'ait pas spécifiquement désigné le cirque de son oncle, il avait mis la Foire dans le même sac que les établissements exhibant des fosses à rats, des combats d'ours ou de coqs ainsi que des affrontements cruels et révoltants entre des chiens et des enfants.

Le discours de Staunton avait mis Barnabas en rage. Mais il semblait l'avoir oublié, maintenant qu'il était devenu le messager de Sa Grâce.

Marianne bâilla, se leva et s'étira.

— Staunton est du genre moralisateur, mais il faut reconnaître que sa croisade a fait beaucoup pour éradiquer le travail des enfants et la traite des vierges.

— Malgré ses grands airs, le duc de Staunton ne crache pas forcément sur les pucelles, hein, répliqua Jack.

Les vierges étaient une marchandise coûteuse que seuls les très riches pouvaient s'offrir.

— Je n'ai jamais entendu dire que Staunton aimait les enfants.

Au contraire, son nom était remarquablement absent des journaux à scandale que Cécile semait dans toute la maison. Rien de ce que Marianne avait lu à son sujet ne suggérait qu'il se livrait à ces excès notoires considérés par la plupart des aristocrates de sexe masculin comme leur dû et leur privilège. À moins que le duc ne soit plus doué pour dissimuler ses débauches.

Jack eut un haussement d'épaules irrité.

— N'empêche, je trouve ça louche qu'il vienne traîner ici pour te reluquer.

— Peut-être qu'il traîne, comme tu dis, pour rassembler des preuves et faire fermer notre établissement sous prétexte de turpitude morale.

Le duc de Staunton ne serait pas le premier à s'en prendre à Farnham. De nombreux groupes de femmes s'étaient donné pour mission la fermeture du cirque de son oncle.

Heureusement, la Foire partirait en tournée début mars, pour presque un an. Marianne espérait que leur absence prolongée obligerait les justiciers de tout poil à trouver une autre cible à réformer.

Assurément, le duc de Staunton aurait cessé de s'intéresser à elle bien avant cela.

# 2

Marianne lança une pièce au garçon d'écurie fatigué avant de prendre les rênes de Reginald et de grimper en selle sans l'aide d'un marchepied – ce qu'elle n'aurait pu faire si elle portait une tenue d'équitation ajustée plutôt que des bottes et un pantalon.

Une fois bien installée à califourchon, elle talonna le hongre gris et quitta la petite cour. Jack aurait préféré qu'elle coure derrière un cheval plutôt qu'elle monte, mais elle détestait la course à pied et ne supportait pas cet entraînement quotidien. Sa promenade à cheval dans le parc lui semblait un bon compromis.

Son oncle avait refusé de lui acheter une monture correcte, affirmant que n'importe quel vieux canasson ferait l'affaire, aussi s'était-elle offert Reggie avec son propre argent. Elle avait payé le prix fort, mais il était particulièrement bien entraîné et confortable, tant avec des selles ordinaires qu'en amazone.

Le temps qu'ils atteignent l'entrée de Hyde Park, Reggie vibrait d'impatience et Marianne était enfin réveillée.

— Prêt pour un bon galop, Reggie ?

Les oreilles sensibles tressaillirent, et il hennit comme s'il avait compris.

— Allez !

Le corps puissant de Reggie s'élança, et il canalisa sa force impressionnante avec une grâce époustouflante.

Elle avait réellement l'impression de voler, et elle ne put s'empêcher d'éclater d'un rire joyeux tandis qu'ils galopaient dans l'air frais du matin, Reggie et elle, seuls au mon...

Marianne poussa un cri lorsqu'un cavalier les dépassa au galop, passant si près que leurs genoux se frôlèrent presque. Reggie fit un écart à droite, mais se ressaisit rapidement. Elle regarda l'homme et son cheval s'éloigner, furieuse.

— Rattrape-les, Reggie !

Le vent emporta ses paroles, mais Reggie sentit sa détermination dans la tension de son corps et bondit en avant. Au moment où ils commençaient à talonner leur adversaire, le cavalier s'arrêta brusquement.

Marianne cligna des yeux et tira sur les rênes. Emportée par la course, elle n'avait pas réalisé qu'ils étaient arrivés au bout de l'allée. Le temps qu'elle ralentisse et se mette au petit trot, l'autre cavalier faisait faire des allers-retours au pas à son immense étalon gris sur le côté de l'allée cavalière.

Marianne décida de prendre la direction opposée pour éviter de le croiser, mais l'homme l'appela :

— Bonjour, mademoiselle Simpson.

Elle sursauta en entendant la voix grave et distinguée, et fit volter sa monture à contrecœur.

Un dieu fait homme, blond et aux yeux clairs, la dévisageait du haut de sa monture, qui dépassait Reggie de presque deux mains.

Ses traits ciselés étaient figés en une expression hautaine qu'il devait arborer même au repos, devinait-elle. Ses yeux, dont elle n'avait pu discerner la couleur depuis le ring, étaient d'un vert pâle aussi glacial qu'une gelée meurtrière sur un brin d'herbe tendre. En cet instant précis, ils scintillaient avec une hostilité si réfrigérante qu'elle lui arracha un frisson. Il fit avancer sa monture.

— Vous êtes bien Mlle Marianne Simpson, si je ne m'abuse.

— Vous savez parfaitement qui je suis, répliqua-t-elle. Et vous êtes le duc de Staunton.

Son regard clair glissa lentement sur son corps, insolent. Ce regard-là, elle l'avait enduré d'innombrables fois, même avant que son ancien amant notoire la répudie publiquement. Les narines de Staunton frémirent et se pincèrent, comme s'il reniflait quelque chose de malodorant.

Au lieu de se ratatiner sous son regard sévère, Marianne l'inspecta à son tour. La perfection classique de son visage et de sa silhouette ne la surprit pas. Après tout, c'était Sa Grâce de la Perfection : sans défaut, à la fois physiquement et dans sa conduite.

Elle dut reconnaître, agacée, que son surnom lui allait comme un gant, du moins s'agissant de son visage et de son corps. Il n'était pas simplement séduisant ; il était d'une beauté virile absolument parfaite.

— Vous êtes une femme difficile à approcher, mademoiselle Simpson.

Elle remua légèrement sur sa selle.

— Ah oui ?

— Comme vous le savez sûrement, je suis venu dans l'établissement de votre oncle hier soir et j'ai demandé à vous voir.

— Malheureusement, les hommes qui font le pied de grue devant la sortie du théâtre ne m'intéressent pas.

Ses pommettes rougirent sous l'insulte.

— Je vous ai également envoyé deux messages cette semaine, mademoiselle Simpson.

— Je les ai reçus.

Il se rembrunit.

— Je n'ai pas eu de réponse.

— Je les ai jetés sans les lire.

Il haussa les sourcils.

— Pour quelle raison ?

— Aucune loi ne m'oblige à vous rendre compte de mes faits et gestes.

— Aucune loi, concéda-t-il, mais peut-être la plus élémentaire des courtoisies.

Le ton froid et accusateur irrita Marianne. D'ordinaire, elle n'était pas impolie. À moins de se trouver face à un aristocrate. Et elle n'avait jamais rencontré d'homme aussi aristocrate que celui-ci.

Il n'empêche, elle avait honte de se conduire comme une mégère ignare, confirmant ainsi ce qu'il pensait d'elle.

— Je sens que vous ne cesserez pas de me harceler tant que vous n'aurez pas obtenu ce que vous voulez. Que disait votre message ?

— Que je désirais vous parler.

Elle laissa échapper un soupir exaspéré.

— De toute évidence, je ne souhaite pas vous parler, Votre Grâce.

Cette fois encore, ce fut son corps qui le trahit. La couleur parut déserter ses yeux tandis que ses pupilles se réduisaient à deux têtes d'épingle. Ses iris ressemblaient à du verre dépoli par la mer.

— Ce que j'ai à vous dire ne vous intrigue pas ?

— Non.

Bien qu'il n'en montre rien, elle le soupçonna d'être furieux. Un duc avait l'habitude de donner des ordres et attendait d'une femme comme elle qu'elle obéisse. Peu de gens devaient faire aussi peu de cas de Sa Grâce le duc de Staunton.

Se sentant rougir sous ce regard mécontent, elle ajouta, contrariée :

— Je devine la raison pour laquelle vous souhaitiez me parler, Votre Grâce.

— Vraiment ? Et quelle est-elle ?

— Les hommes dans votre genre ne soudoient les employés de mon oncle que pour une seule raison.

— Dans mon genre, répéta-t-il doucement.

Le coin de sa bouche se releva juste assez pour exhiber un peu de blanc. Marianne n'aurait pas qualifié cette mimique de sourire.

— Rassurez-vous, je n'ai pas pour habitude d'importuner les saltimbanques en leur demandant de réchauffer mon lit, mademoiselle Simpson.

Le visage de Marianne vira à l'écarlate. Elle s'était crue insensible à l'ironie aristocratique. À tort, visiblement.

Plutôt que de se taire et de battre en retraite, elle insista :

— Mais oui, c'est vrai, vous êtes lord Parfait, n'est-ce pas ? ironisa-t-elle. Sans égal parmi les hommes et dépourvu de bas instincts.

Il étrécit les yeux et elle ajouta, railleuse :

— Cela dit, je soupçonne que même vous, vous ne vous en passez pas complètement. Non, vous êtes un homme incomparable. Vous choisissez juste vos putains parmi des femmes d'une classe supérieure.

Une expression vaguement suffisante s'afficha sur les beaux traits austères, comme si ces paroles crues confirmaient l'opinion qu'il avait d'elle, l'ancienne catin grossière du baron Strickland, l'homme que toute l'Angleterre appelait le Grand Débauché.

Tandis qu'elle soutenait son regard, une vague de désespoir la balaya. Pourquoi cet homme ne la prendrait-il pas pour une prostituée après ce qu'il avait dû entendre à son sujet ? À cause de Dominic, elle était la cible d'offres déshonorantes et l'objet de moqueries de la part d'hommes de toutes catégories sociales, mais en particulier des riches et puissants, qui paraissaient la trouver aussi fascinante que repoussante.

— Que voulez-vous, Votre Grâce ? demanda-t-elle avec lassitude.

— Vous parler.

— C'est ce que vous êtes en train de faire.

— J'ai quelque chose à vous montrer, et je préfère le faire en privé.

Elle faillit éclater de rire.

— Cette *chose* que vous désirez me montrer se trouve-t-elle dans la résidence ducale ? Non, enchaîna-t-elle avant qu'il puisse répondre, ce n'est pas dans vos manières. Elle sera probablement dans un lieu plus confidentiel. Un petit pied-à-terre, j'imagine. Un endroit… discret.

Marianne n'aurait pas imaginé que son regard puisse être encore plus froid.

— Je vous donne ma parole de gentleman que je n'ai aucun dessein impliquant votre personne.

Il la parcourut d'un regard aussi dur qu'un couteau arrachant les piquants d'un hérisson et ses lèvres se pincèrent de dégoût.

— Je suis disposé à m'entretenir avec vous sur votre lieu de travail – d'où ma présence dans le théâtre de votre oncle – ou dans n'importe quel endroit que vous estimerez approprié, du moment que nous ne sommes pas au beau milieu d'une voie publique.

À en juger par son expression déterminée, il ne souffrirait aucun refus.

— Bien. Je viendrai vous voir. Où et quand ?

Il ne parut pas surpris par sa soudaine capitulation, comme s'il n'en avait jamais douté.

— Je suis au numéro 5, Grosvenor Square. Ce n'est pas loin. Pourquoi pas maintenant ?

— Je ne suis pas vraiment habillée pour rendre des visites de courtoisie.

Il haussa ses épaules puissantes, moulées dans un exquis pardessus noir sur mesure.

— Il n'y a rien d'inhabituel à ce qu'un gentleman en tenue d'équitation rende visite à un autre après une promenade à cheval.

Elle étudia son beau visage hautain. Que pouvait bien lui vouloir un homme tel que lui ? Et le vouloir au point d'insister autant ? Ma foi, quoi qu'il ait en tête, elle devait reconnaître que cela ne paraissait pas d'ordre sexuel. Il y avait peu de chances qu'il l'invite chez lui à 7 heures du matin – en plein jour – pour un rendez-vous galant.

Marianne hocha la tête.

— Fort bien. Je vous suis, Votre Grâce.

# 3

Saint John Powell, septième duc de Staunton, fulminait et ne prit pas la peine de deviser aimablement avec la pugiliste hostile qui chevauchait à ses côtés.

Il ne cessait de se repasser leur brève conversation tout en lui coulant des regards en coin et en s'efforçant de faire coïncider cette femme avec l'image qu'il avait d'elle.

Elle n'avait rien à voir avec ce à quoi il s'était attendu.

Sa franchise, non, sa combativité l'avait désarçonné. Il ne s'était pas chamaillé avec quelqu'un de manière aussi puérile depuis qu'il était enfant – ni n'avait toléré une telle impudence. Au cours des cinq minutes passées avec Mlle Simpson, il avait enduré plus d'insultes – et s'était lui-même comporté plus grossièrement – que durant toute sa vie.

Le pire était qu'il en était largement responsable.

Il était allé au parc furieux que cette femme de petite vertu – une vulgaire artiste de cirque qui avait partagé le lit de Strickland – refuse de lui adresser la parole, comme s'il n'était qu'un importun.

Il rêvait de l'envoyer au diable, mais – et c'était cela qui le rongeait – pour avoir une chance de sauver son frère, il avait besoin de l'ancienne catin de Dominic Strickland.

En proie à ce ressentiment, il n'avait guère fait d'efforts pour dissimuler le dégoût qu'elle lui inspirait.

N'étant pas idiote, elle avait aussitôt percé à jour sa politesse feinte.

Il était encore plus furieux contre lui-même que contre elle. Cela ne lui ressemblait pas de se montrer impoli – quel que soit le statut de son interlocuteur – ni d'exhiber aussi ouvertement ses sentiments. C'était une attitude grossière et humiliante. Il s'était conduit comme un goujat et elle l'avait remis à sa place.

S'il ne pouvait le lui reprocher, il n'était pas pour autant obligé d'apprécier sa réaction. Ni sa personne. Ce n'était pas un jeu : il s'agissait de la vie de son frère, et cette femme représentait sa seule chance de ramener Benjamin à la maison.

Il lui jeta un coup d'œil tandis qu'ils se mêlaient à la circulation à l'extérieur du parc. On aurait dit en tout point un homme, avec sa redingote, son pantalon et son chapeau, et ce n'était pas uniquement à cause de ses cheveux exceptionnellement courts. Elle montait à cheval comme un homme – un cavalier extrêmement doué – et la main gantée de cuir qui tenait les rênes était plus large que celle de n'importe quelle dame.

Malgré son ossature délicate, ses épaules étaient étonnamment larges et son costume ajusté laissait voir des biceps remarquables, une taille fine et des hanches minces. Ses cuisses musclées étaient moulées dans un pantalon en daim, et ses bottes hautes épousaient des mollets bien galbés.

Elle était l'image même d'un jeune homme à la taille de guêpe, les dandys devant quant à eux rembourrer et sangler leurs corps pour ressembler à cela. Sa silhouette, devinait-il, n'était pas le produit de corsets ou de matelassages en bougran, mais le résultat d'un entraînement physique exigeant.

Elle était attentive à ce qui l'entourait, et il émanait d'elle une vitalité presque masculine. Cela n'aurait pas dû le surprendre. Après tout, c'était une boxeuse. Il avait supposé que les combats arrangés par son oncle relevaient davantage de l'exhibition acrobatique

que du véritable match de boxe, mais manifestement elle s'entraînait dur pour jouer son rôle de manière convaincante.

Lorsqu'ils s'engagèrent dans sa rue, le soleil illumina son visage jusqu'alors dissimulé par le rebord de son chapeau. Un vilain hématome lui colorait la mâchoire et une très fine cicatrice courait de sa lèvre inférieure à son menton.

Les combats n'étaient peut-être pas que des représentations théâtrales, en fin de compte.

Sa mâchoire était bien dessinée et ferme, et son visage ovale étonnamment doux et féminin. Deux fossettes lui creusaient les joues, et de petites rides d'expression encadraient sa bouche. Elle devait avoir vingt-deux ou vingt-trois ans, bien que son assurance soit celle d'une femme plus mûre.

Ses yeux étaient d'un noisette assez banal, son nez mince, très légèrement busqué, avait une bosse sur l'arête, preuve qu'il avait été cassé au moins une fois.

L'unique trait réellement original chez elle était sa bouche. Non seulement la lèvre supérieure formait un arc de Cupidon parfait, mais la lèvre inférieure était remarquablement charnue. L'effet était piquant, et donnait l'impression qu'elle boudait en permanence.

Mais sa seule vraie beauté, c'était son teint de porcelaine à l'éclat nacré – du moins, le côté qui n'était pas enflé et bleui.

Il émanait d'elle une dignité et une réserve tranquilles à laquelle il ne s'était pas attendu chez une saltimbanque – ou chez l'ex-maîtresse de Dominic Strickland, hédoniste assumé connu pour sa dépravation et ses excès sensuels.

À l'époque de sa mort supposée, Strickland avait largement dépassé les bornes. Or la femme qui chevauchait à côté de lui avait partagé le lit de Dominic à sa pire période, alors qu'il choquait jusqu'à la haute société pourtant blasée. Il avait un jour parié qu'il pouvait trouver un homme capable de manger un chat vivant. Pari qu'il avait tenu et remporté, d'après des sources dignes de foi.

Saint John fronça les sourcils. Peu importait ce qu'il s'était passé entre Dominic et cette femme. La seule chose cruciale, c'était de la convaincre qu'elle avait le devoir moral de l'aider à sauver la vie de son frère – une vie menacée par son ancien amant si perfide.

Et si elle ne voulait pas l'aider de son plein gré...

Ma foi, il préférait ne pas y penser pour le moment.

Marianne s'était attendue que la résidence londonienne du duc soit somptueuse, mais la réalité allait bien au-delà de tout ce qu'elle avait pu imaginer.

C'était le plus imposant de tous les hôtels particuliers d'une place qui abritait les plus belles résidences de la capitale. L'éblouissante demeure de cinq étages à l'élégante façade en pierre de Portland avait comme un air de supériorité. À l'instar de son propriétaire.

Deux palefreniers apparurent lorsqu'ils s'approchèrent et prirent leurs montures. Un majordome ouvrit la porte d'entrée massive avant même qu'ils l'atteignent, s'inclina devant son maître et s'empara de sa veste et de son chapeau, tandis qu'un valet en livrée en velours bleu ornée de dentelle dorée aidait Marianne.

Si les domestiques perçurent la tension entre elle et leur employeur, ils n'en montrèrent rien ; pas une paupière ne tressaillit.

Une fois débarrassé de sa redingote vert bouteille qui faisait paraître ses yeux singuliers presque vert-de-gris, le duc se tourna vers elle.

— M. Simpson se joindra à moi pour le petit déjeuner. Veillez à ce que sa monture...

— S'il vous plaît, pas de petit déjeuner. Je préférerais que nous en finissions rapidement, Votre Grâce.

Marianne ressentit, plus qu'elle ne le vit, le choc ressenti par les deux domestiques. De toute évidence, personne n'interrompait jamais le duc.

— Fort bien, dit-il après une courte pause. Veuillez m'excuser un instant.

Marianne inclina la tête. Il s'éloigna et échangea quelques mots à voix basse avec son majordome.

— Tout de suite, Votre Grâce, répondit ce dernier.

Le duc se retourna vers Marianne.

— Par ici, je vous prie, dit-il en désignant un somptueux escalier en marbre.

Le couloir du premier étage était aussi large qu'une avenue, un élégant tapis ancien courant sur presque toute la largeur du parquet ciré. Au-dessus des lambris, sur les murs tapissés de soie, des chefs-d'œuvre étaient accrochés. Marianne n'était pas experte en peinture, mais même elle était capable de reconnaître un Titien.

Jamais de toute sa vie elle n'avait vu une telle opulence. Cela l'oppressait, submergeait ses sens. À quoi cela ressemblait-il de grandir dans un tel endroit ? En sachant que tout cela vous appartiendrait un jour ? Pas étonnant que le duc se conduise comme un dieu et se croie au-dessus du commun des mortels.

Toute cette grandeur était écrasante, et Marianne fut soudain prise d'une envie folle de quitter en courant cette maison qui la faisait se sentir insignifiante et gauche. Elle dut déployer toute la force de sa volonté pour se l'interdire.

Deux autres valets flanquaient une double porte. L'un d'eux l'ouvrit lorsqu'ils approchèrent. Staunton était tellement habitué à être servi qu'il ne parut remarquer ni les hommes ni le geste. Marianne, en revanche, le remercia d'un signe de tête, quand bien même le valet évitait de croiser son regard.

La porte se referma derrière eux, et elle se trouva dans une bibliothèque si imposante qu'elle eut un mal fou à ne pas rester bêtement bouche bée.

— Je vous en prie, asseyez-vous, mademoiselle Simpson.

Staunton désigna l'un des fauteuils en cuir sang de bœuf, de l'autre côté d'un bureau digne d'un roi. Ou d'un duc, supposait-elle.

Tandis qu'elle s'exécutait, elle se rendit compte qu'elle était raide et crispée depuis qu'elle avait pénétré dans cette cathédrale dédiée à la puissance et à la richesse.

La colère palpita dans ses veines, et les muscles de son abdomen se contractèrent comme lorsqu'elle se battait. Pourquoi se laissait-elle intimider par cet homme et ses possessions ? Ce n'était pas un dieu. Ce n'était qu'un homme, qui était devenu riche grâce au travail et aux sacrifices des autres.

Plutôt que de rester au bord du siège tel un enfant attendant un sermon de son maître d'école, elle se laissa aller contre le dossier et écarta les jambes dans une posture détendue et confortable, comme elle avait vu d'innombrables hommes le faire : comme si le monde leur appartenait.

Le duc la balaya brièvement du regard, et ses sourcils blonds se haussèrent imperceptiblement tandis que ses yeux s'attardaient sur ses hanches. Il avait la bouche généreuse d'un hédoniste, mais sa mine sévère lui rappelait un portrait de Cromwell qu'elle avait vu autrefois. Était-il réellement aussi pur et noble qu'il en avait l'air ? Étouffait-il toute sensualité en lui ? Ou ne cherchait-il qu'à réprimer celle des autres ?

Marianne ne put s'empêcher d'être amusée en voyant ses pommettes se colorer et sa mâchoire se contracter lorsque son regard s'attarda sur son pantalon et le corps qu'il couvrait. Une femme vertueuse aurait été offensée par un examen aussi hardi. Cela étant, une femme vertueuse n'aurait jamais porté de pantalon.

Elle avait renoncé à être vertueuse après que Dominic eut mis sa vie sens dessus dessous.

Sans cette coloration révélatrice, jamais elle n'aurait deviné que son corps mettait le duc mal à l'aise. Même alors, elle se demanda si c'était le dégoût, l'excitation, la curiosité ou une autre émotion qui l'avait fait rougir.

Il leva lentement les yeux et elle ressentit physiquement le regard soudain plus sombre dont il la transperça. Une image l'assaillit : le duc penché au-dessus d'elle, son beau visage tendu par une autre émotion, sa peau pâle rougissant pour une autre raison, sa respiration entrecoupée, son…

Marianne cligna des yeux. Dieu tout-puissant ! D'où sortait cette image érotique ?

— De quoi s'agit-il ? demanda-t-elle plus sèchement qu'elle n'en avait eu l'intention.

— J'ai reçu récemment une lettre de votre amant, le baron Strickland.

De tous les sujets de conversation possibles, Dominic Strickland était le dernier auquel elle aurait pensé. Mais elle gagnait sa vie en réagissant aux coups inattendus, aussi reprit-elle pied rapidement.

— Vous êtes-vous rendu chez une voyante afin de communiquer avec les fantômes, Votre Grâce ? Ou êtes-vous la seule personne de tout le pays à ignorer que le baron est décédé il y a près d'un an ?

— Il semblerait que l'annonce de son décès ait été prématurée.

Il sortit un petit trousseau de clefs d'une poche de son gilet et ouvrit un tiroir au milieu de son bureau. Lorsqu'il baissa les yeux, Marianne ferma les paupières et prit une inspiration tremblante. *Dom serait vivant ? C'est impossible !* Elle avait soudain la tête qui tournait et son cœur tambourinait comme s'il essayait de sortir de sa poitrine.

*Ressaisis-toi. Tu veux te ridiculiser devant cet homme ?*

Marianne rouvrit les yeux au moment où le duc faisait glisser une lettre sur le bureau, l'imposant saphir ornant sa chevalière étincelant dans la faible lumière de la bibliothèque.

À contrecœur, elle se pencha pour regarder la lettre.

Son estomac se souleva comme si elle était sur le pont d'un navire, et elle porta la main à sa bouche en reconnaissant l'écriture. Dominic était un gaucher qui n'avait pas été battu enfant lorsqu'il avait refusé d'utiliser sa main droite. Loin de dissimuler cette caractéristique, il s'amusait à l'accentuer avec pour résultat une écriture spectaculairement penchée. Le *S* de Staunton était si surchargé de fioritures qu'il ressemblait à une enluminure médiévale.

Si ce n'était pas l'écriture de Dominic Strickland, la lettre avait été rédigée par un excellent faussaire. Marianne se mordit la lèvre, incapable d'en détourner les yeux.

*Dom est vivant.*

Son pouls s'emballa. La peur, l'angoisse, la honte et la haine tourbillonnèrent dans son ventre. Elle déglutit plusieurs fois sans réussir à déloger la boule coincée dans sa gorge.

— Pourquoi pensez-vous que ceci pourrait m'intéresser ? demanda-t-elle enfin.

— Parce qu'il parle de vous dans sa lettre.

Elle croisa le regard opaque de Staunton.

— Que dit-il ?

— Vous pouvez la lire.

Marianne baissa les yeux, comme attirée par quelque force invisible, et contempla la lettre avec la prudence qu'elle aurait montré face à une vipère. Ses mains étaient lourdes, comme enveloppées de gants en plomb, et refusèrent de bouger pour prendre ce morceau de papier apparemment inoffensif.

Qu'avait donc à dire Dominic qui soit susceptible de l'intéresser ? *Pardonne-moi de t'avoir demandé de m'épouser alors que j'étais déjà marié ? Pardonne-moi d'avoir mis en scène une fausse cérémonie de mariage pour coucher avec toi ?*

L'humiliation revint en force au souvenir de leur dernière rencontre. Cela remontait à à peine plus d'un an, mais elle avait été d'une naïveté poignante. En l'espace de quelques jours seulement, Dominic l'avait dépouillée de son innocence et de sa capacité à faire confiance à un homme. Du moins à un aristocrate.

Un flot de bile remonta dans sa gorge tandis que les souvenirs si soigneusement enfouis ressurgissaient, tels des spectres.

Elle serra les dents, horrifiée à l'idée de vomir sur le luxueux tapis du duc.

Non. Elle ne se couvrirait pas de honte une fois de plus à cause de Dominic. Elle se carra dans son siège et leva les yeux.

— Je ne souhaite pas la lire.

L'expression du duc changea. Incrédulité ? Colère ? Déception ?

— Je n'ai que faire de ce qu'il a à dire, Votre Grâce, expliqua-t-elle bien qu'il n'ait rien demandé. Peut-être devriez-vous porter cette lettre à sa femme, la *vraie* baronne. Sait-elle que son mari est en vie ?

— Je ne lui ai pas fait part de cette information. La position financière dans laquelle l'a laissée Strickland l'a contrainte à se remarier rapidement.

Marianne aurait dû être ravie à la pensée du chaos que la résurrection de Dominic allait entraîner dans la vie de la baronne. Après tout, Caroline Strickland l'avait traitée comme si elle était une immondice la seule fois où elles avaient eu le malheur de se croiser.

Pourtant, elle ne put ressentir de plaisir à l'idée des épreuves qui attendaient cette femme. En vérité, elle n'éprouvait plus que de la pitié pour quiconque avait été piégé par Dominic Strickland.

Elle considéra le duc en plissant les yeux.

— Pourquoi le baron vous écrit-il à vous, Votre Grâce ?

— Il prétend avoir des nouvelles de mon jeune frère, Benjamin, qui aurait été tué au début de l'année 1814. Il était officier de reconnaissance, ajouta-t-il en la fixant d'un regard d'oiseau de proie.

Marianne avait entendu parler de ces hommes, des officiers bien nés qui cherchaient pour le compte de Wellington des renseignements à utiliser contre les Français. Ils ne valaient pas mieux que des espions, bien qu'ils portent fièrement – et plutôt stupidement, trouvait-elle – l'uniforme pour accomplir leur mission.

— Strickland prétend que votre frère est en vie ?

— Il a envoyé sa chevalière, accompagnée d'une lettre apparemment écrite par Benjamin.

— Et cela vous suffit comme preuve qu'il dit la vérité ?

— L'armée n'a jamais retrouvé le corps de mon frère, il est donc possible que Strickland ne mente pas.

Marianne prit une profonde inspiration, puis :

— J'espère sincèrement que votre frère est en vie, Votre Grâce.

Elle ne souhaitait la mort de personne, pas même celle de Dominic.

— Et je vous remercie d'avoir pensé que je voudrais peut-être savoir que le baron est en vie.

C'était un mensonge : cela l'agaçait que Staunton ait pu croire qu'elle se souciait d'un homme qui l'avait humiliée devant la terre entière.

— Mais ? l'encouragea-t-il.

— Mais d'après mon expérience, le baron Strickland est un menteur, un manipulateur et un pervers.

Le duc ne parut pas surpris.

— Il n'est motivé que par son propre intérêt, continua-t-elle. S'il affirme que votre frère est en vie, c'est qu'il a certainement quelque chose à y gagner. Le connaissant, ce doit être de l'argent.

— Je suis d'accord avec vous, mademoiselle Simpson. Et vous avez raison, du moins en partie. Il me demande de l'argent pour m'aider à retrouver mon frère.

Marianne laissa échapper un rire amer.

— Je vous demande pardon, Votre Grâce, dit-elle comme le duc se rembrunissait. Je ne ris pas de votre situation. Je ris parce que cela correspond exactement à l'homme que j'ai connu : un individu toujours prêt à profiter du malheur des autres.

Sur ce, elle se leva.

— Je vous souhaite bonne chance avec votre frère, monsieur, mais je ne veux rien de Dominic Strickland, pas même quelques mots sur un morceau de papier.

Elle inclina la tête.

— Inutile de sonner un domestique, je retrouverai le chemin.

Elle était presque à la porte lorsque le duc lança :

— Strickland refuse de me donner la moindre information sur mon frère à moins que je ne vienne avec vous lorsque nous nous rencontrerons.

Marianne fit volte-face.

— Il veut me *voir* ?

— Oui.

— Vous voulez dire qu'il est ici... à Londres ?

— Non, sur le continent. Il souhaite organiser une rencontre dans une petite ville à l'est de Metz.

— Pourquoi diable s'imagine-t-il que j'irai là-bas simplement parce que vous me le demandez ?

Elle leva une main.

— Peu importe. Je ne sais même pas pourquoi j'ai posé la question, je me moque éperdument de ce qu'il pense. Je ne souhaite pas le revoir. Jamais. Et il doit le savoir, c'est pourquoi il n'a pas pris la peine de m'écrire à moi, car j'aurais jeté son courrier sans l'ouvrir.

Marianne détourna les yeux. Le regard de Staunton était trop pénétrant, et elle était contrariée parce qu'elle commençait à se sentir coupable.

— Je vois bien qu'il vous a fait croire que ma présence était la condition de la liberté de votre frère. Il ment. Il n'y a absolument plus rien entre nous et il est bien placé pour le savoir. S'il affirme qu'il veut me voir avant de vous donner des renseignements, ce qu'il souhaite réellement, c'est davantage d'argent, et il se sert de cette exigence scandaleuse – à laquelle il sait que je n'accéderai jamais – pour faire pression sur vous. Faites-moi confiance, Votre Grâce, vous n'avez nul besoin de m'amener à lui pour retrouver votre frère. Il vous suffit de lui proposer plus d'argent.

Elle se retourna, s'attendant qu'il la rappelle, mais il n'en fit rien. Quand elle fut sortie de la bibliothèque, le valet referma la porte et elle demeura immobile au milieu du couloir, les yeux dans le vide, ses pensées tourbillonnant dans son cerveau ; Dominic était vivant.

— Puis-je vous raccompagner, monsieur ?

— Hmm ?

Marianne cilla et se retourna.

— C'est par ici, monsieur, dit le valet.

Il lui indiqua la direction opposée, et elle se félicita qu'il la reconduise, car elle aurait été bien incapable de retrouver son chemin.

Le majordome - Buffle, l'avait appelé Saunton - pénétrait dans le vestibule lorsqu'elle descendit l'immense escalier, et elle se demanda si le duc l'avait averti de son départ.

— Faites apporter la monture de M. Simpson, Gérald, dit-il au jeune valet qui l'accompagnait.

— Bien sûr, monsieur.

Buffle lui tendit son manteau.

Marianne le remercia et l'enfila. Elle le boutonnait lorsque le heurtoir retentit.

— Pardonnez-moi un instant, monsieur.

L'homme ouvrit la porte, et s'écarta pour laisser entrer un homme aussi séduisant et aussi grand que le duc, et aussi brun qu'il était blond.

— Bonjour, lord Carlisle, la salua-t-il.

L'aristocrate sourit au majordome, et des petites rides se formèrent au coin de ses yeux qui avaient la couleur du whisky.

— Bonjour, Buffle.

Son regard amical se posa sur Marianne.

— J'interromps quelque chose ?

— Non, milord, dit Buffle en tendant son chapeau à Marianne. Sa Grâce est dans la bibliothèque.

Marianne s'arracha à la contemplation du dieu brun. Si elle ne l'avait jamais rencontré, Gaius Darlington était fréquemment mentionné dans les pages des potins mondains. D'autant plus qu'il était l'héritier en droite ligne du duché de son grand-père. Grâce à Cécile, elle en savait bien trop à son sujet.

Elle aurait aimé pouvoir dire à son amie qu'elle l'avait vu en personne et qu'il était encore plus beau que les descriptions dithyrambiques qu'on en faisait.

C'était tellement injuste, songea-t-elle. Pourquoi certaines personnes étaient-elles nées avec tant d'avantages ? Cela ne suffisait donc pas que ces hommes soient riches comme Crésus et contrôlent le destin de tout un chacun ? Il fallait aussi qu'ils soient éblouissants ?

Elle coiffa son haut-de-forme, adressa un sourire crispé au majordome en ignorant complètement lord Carlisle, puis s'en alla avant que d'autres gentlemen beaux et puissants envahissent le vestibule du duc.

Une fois sur le trottoir, elle s'arrêta pour enfiler ses gants et jeta un coup d'œil à la porte. Lord Carlisle l'observait à travers la petite fenêtre en verre biseauté à côté du battant. Il ne souriait plus.

# 4

Gaius Darlington, marquis de Carlisle et héritier du duché de Fairhurst, n'attendit pas que la porte de la bibliothèque se soit refermée derrière lui pour lancer :

— Seigneur, Sin, si je n'avais pas reçu ton message m'avertissant qu'elle était là, j'aurais cru que je venais de croiser un homme.

Seuls Guy et Elliot, les plus vieux amis de Saint John, utilisaient encore ce surnom de leur enfance, maintenant que Benjamin n'était plus là.

— C'était bien la Baronne Boxeuse, non ? insista Guy.

Un journaliste avait affublé Simpson de ce cruel surnom après qu'elle eut affirmé être la femme légitime de Strickland. Maintenant qu'il avait rencontré la fière et sérieuse jeune femme, Sin avait du mal à l'imaginer ne serait-ce qu'adresser la parole à Strickland, sans parler de devenir sa maîtresse.

— En effet, c'était Mlle Marianne Simpson.

— Elle est différente sans ses fards, non ? Plus délicate. Mais pourquoi diantre s'habille-t-elle comme un homme ?

— Nous n'avons pas eu l'occasion d'aborder le sujet.

Guy pouffa et se laissa tomber sur le siège libéré par Marianne Simpson. Sin se rappela la pose provocante de la jeune femme, ses longues jambes galbées écartées, son pantalon moulant...

— Alors, elle a versé toutes les larmes de son corps en apprenant la résurrection de son ex-amant ?

Sin sursauta. Il ne manquait plus qu'il nourrisse des pensées grivoises à propos de Marianne Simpson !

— Elle a refusé de lire sa lettre.

Guy poussa un rugissement et se frappa la cuisse.

— Elle n'a même pas voulu la *lire* ? Quelle garce insensible ! Et pas curieuse, de surcroît. Tu es sûr que c'est bien une femme ?

Saint John pensa à la femme étrangement forte qui venait de partir. Oui, c'était une femme, indubitablement. Et même beaucoup trop féminine pour sa tranquillité d'esprit.

— Je ne crois pas avoir jamais rencontré une femme qui ne voulait pas tout savoir sur tout, reprit Guy comme Sin ne disait rien. Seigneur, moi-même, je n'ai pas pu m'empêcher de lire la lettre de Dominic, alors que je hais ce salopard.

Cela n'avait pas toujours été le cas. Des années plus tôt, Sin, Guy, Dominic Strickland et deux autres amis – Elliot Wingate et David Norris – avaient été aussi proches que des frères. À Eton, on les appelait la Fraternité.

Jusqu'à aujourd'hui, Sin avait cru qu'il ne restait que trois d'entre eux : Guy, Elliot et lui.

David était mort et enterré, victime de la même embuscade ennemie qui avait tué Benjamin, et Dominic avait été porté disparu dans un incendie presque un an auparavant.

— Tu crois que Simpson pourrait être de mèche avec Dominic ? hasarda Guy. Peut-être a-t-elle refusé de coopérer uniquement pour faire monter les enchères.

— Non. Je crois qu'elle était aussi stupéfaite que nous en apprenant qu'il était vivant.

— Et son oncle, il ne pourrait pas être dans la combine ?

— Je l'ignore, mais Elliot fait surveiller l'établissement de Farnham depuis que j'ai reçu la lettre.

Apparemment, Farnham n'a ni envoyé ni reçu aucun courrier de Strickland. S'ils sont complices, on pourrait s'attendre qu'ils communiquent.

— En effet. À propos, Elliot est en route, il ne va pas tarder.

— À cette heure-ci ?

Elliot travaillait pour le ministère de l'Intérieur et quittait rarement son bureau pendant les heures de travail.

— Il ne veut pas nous donner trop d'espoir, mais il a réussi à trouver le dossier sur Simpson et Farnham.

— Je croyais qu'il avait dit qu'il n'y en avait pas.

— On n'est jamais sûr de rien, avec ces gens de l'Intérieur. Je doute qu'eux-mêmes sachent tout ce qui se passe.

Ainsi, le ministère de l'Intérieur s'intéressait à la jeune femme. Avant cette révélation, il s'était contenté de nourrir des soupçons à propos de Marianne Simpson, en particulier concernant sa relation avec l'entreprise de contrebande qu'avaient dirigée son oncle et Strickland. Mais le gouvernement britannique n'ouvrait pas des enquêtes sans une bonne raison.

— Comment est-elle ?

— Hmm ?

— Mlle Simpson, comment est-elle ?

— Elle s'exprime remarquablement bien, répondit Sin après réflexion. Je l'ai aussi trouvée étonnamment directe.

C'était un euphémisme.

La porte de la bibliothèque s'ouvrit et un homme extrêmement mince aux cheveux noirs entra sans s'être fait annoncer.

— Bonjour, Staunton, Carlisle.

— Bonjour, Elliot, dit Sin. Guy me dit que tu as peut-être une surprise pour moi.

Elliot coula un regard résigné à Guy et s'assit à côté de son ami et colocataire.

— Tu es encore plus commère que Mme Onions, soupira-t-il.

Mme Onions était la femme qui faisait le ménage chez eux. Sa capacité à parler sans interruption était légendaire.

Guy haussa les épaules.

— Tu ne m'as pas dit que l'information était un secret d'État.

L'ignorant, Elliot posa sa sacoche en cuir élimé à côté de sa chaise.

— Alors, demanda-t-il à Sin, elle s'est montrée coopérative ?

Sin lui résuma sa brève entrevue avec Marianne Simpson.

— Qu'elle ait refusé de lire la lettre est intéressant, commenta Elliot. Mais peut-être pas si surprenant, vu la façon dont Dominic traitait les femmes dont il était proche.

Il ouvrit sa sacoche et en sortit un mince dossier.

— L'homme qui m'a remis ceci n'était pas l'un des nôtres.

Par « nôtres », Elliot voulait dire le ministère de l'Intérieur. Au demeurant, Sin n'avait jamais su ce qu'il y faisait exactement.

— Pour qui diable travaille-t-il, dans ce cas ? s'exclama Guy. Et comment savait-il que tu voulais des renseignements sur Farnham ?

Elliot haussa les épaules.

— Il est peut-être aux Affaires étrangères. Ou à l'Amirauté. Ou même au Bureau secret.

— Au Bureau secret ? répéta Guy. C'est une plaisanterie ?

Sans relever, Elliot poursuivit :

— L'existence de ce dossier confirme mes soupçons : quelqu'un se renseigne sur d'éventuelles relations entre Farnham, Strickland et Simpson.

Il tendit le dossier à Sin, et ajouta :

— J'aimerais vraiment que tu m'autorises à prévenir ma hiérarchie que Dominic est ressuscité.

— Pour le salut de mon frère, je vais prendre au sérieux l'avertissement de Dominic, déclara Sin. Et, sans vouloir te vexer, Elliot, j'ai entendu trop de prétendus secrets d'État pendant des bals et des dîners pour faire confiance à qui que ce soit. Lorsque Benjamin sera en sécurité, je dirai à tes supérieurs tout ce qu'ils veulent.

Elliot soupira.

— Je comprends. Mais il fallait que je tente le coup.

— Tu crois vraiment que Dominic refuserait d'aider Benjamin si le gouvernement apprenait qu'il est encore en vie ? demanda Guy. Même lui ne peut pas être aussi vil et dépourvu d'honneur ?

— Ce type a vendu des renseignements dont il savait pertinemment qu'ils causeraient la mort – ou au moins la capture – de nos soldats, lui rappela Sin. Et maintenant, il réclame une rançon pour l'un des hommes que son espionnage a mis en danger. Je crois qu'on peut s'attendre à tout de sa part.

Guy eut une grimace de dégoût.

— Quel misérable salopard ! Il a monté une véritable entreprise artisanale de demandes de rançon pour ses propres hommes !

— Nous n'avons pas la certitude que Dominic est impliqué dans les autres affaires, fit remarquer Elliot. Aucun des trois captifs qui sont revenus n'a mentionné un Anglais parmi les ravisseurs.

— Y a-t-il seulement des preuves que Dom est impliqué ? voulut savoir Guy.

— On retrouve un certain nombre de similarités. Le comte de Wells a payé dix mille livres pour retrouver son fils, et c'est la somme que Dominic réclame à Staunton. La menace à propos de l'intervention du gouvernement était identique. Dans les trois cas, une seule personne était autorisée à venir chercher le détenu et à remettre l'argent. Je vois bien Dominic disparaître – en gardant pour lui tout ce qu'il sait sur Benjamin – s'il se sent menacé. De son point de vue, être capturé est synonyme de procès pour haute trahison.

Guy se tourna vers Sin.

— Je sais que tu ne veux pas ébruiter l'histoire, mais si Dominic a tout un réseau en place, nous risquons d'être vite dépassés tous les trois. Quelques soldats supplémentaires ne seraient pas inutiles.

Ce fut Elliot qui répondit :

— C'est hors de question. Rien qu'à nous trois, nous risquons déjà les pires ennuis auprès des autorités.

— Et pourquoi notre plan nous attirerait-il des ennuis ? Comment notre gouvernement peut-il ne pas souhaiter capturer un traître responsable de la mort de deux de nos soldats, et qui pourrait être en outre impliqué dans une demande de rançon d'au moins l'un d'eux ? Ils devraient au contraire nous payer pour le ramener.

— Peut-être veulent-ils le pourchasser, mais la situation est très tendue sur le continent. Vous savez combien les négociations à Vienne ont été explosives. L'ambiance a radicalement changé en France depuis l'abdication de Napoléon. Le peuple français a beau être soulagé d'échapper à une guerre de plus – et à Bonaparte par la même occasion –, cela fait presque un an qu'ils sont sous la domination des Bourbons, et la popularité de Bonaparte remonte en flèche. La nation est déchirée. Cette paix est fragile, Guy. L'Angleterre ne peut pas envoyer des soldats à l'étranger à sa guise. Cela risque de mettre de l'huile sur le feu et de déclencher de nouvelles hostilités.

— Je n'ai pas l'intention de mettre en péril la sécurité de mon frère en faisant intervenir le gouvernement, déclara Sin, catégorique. Même si Dominic ne l'avait pas exigé. Les seules personnes en qui j'ai confiance pour secourir Benjamin, c'est nous trois. Si vous n'êtes pas d'accord, je…

— Je suis avec toi.

— Moi aussi, déclara Guy.

— Bien, dit Sin en ouvrant le dossier qu'Elliot lui avait remis.

— Peux-tu le lire à voix haute ? s'enquit ce dernier.

Sin hocha la tête et commença sa lecture :

— *On ne sait rien du père de Marianne à l'exception de son nom, James Simpson. La mère de Marianne, Sandrine Dupuis, est née à Marseille, en France. Avant de déménager pour Douvres, Sandrine a travaillé pendant dix ans comme dame de compagnie auprès de Désirée Clary.*

Sin releva la tête.

— Désirée Clary ? Pourquoi ce nom me dit-il quelque chose ?

— Parce qu'elle a été fiancée à Napoléon Bonaparte, expliqua Elliot.

Sin arrondit les yeux.

— Mais n'a-t-elle pas ensuite...

— Épousé Jean Bernadotte, l'un des généraux de Napoléon ? compléta Elliot en haussant un sourcil. Si. Quelques années après que Napoléon, très inélégamment, a rompu leurs fiançailles pour épouser Joséphine de Beauharnais.

— Bernadotte ? intervint Guy. Attendez, c'est...

— Charles Jean, le prince héritier de Suède.

Guy siffla doucement.

— Ma foi, la mère de Marianne Simpson était la femme de chambre d'une future reine. Voilà un détail intéressant.

— En effet, murmura Sin avant de reprendre sa lecture : *La mère de Marianne est morte de la grippe quand sa fille avait huit ans. Barnabas Farnham est venu chercher Marianne en affirmant être le frère de Sandrine Simpson. C'est le premier contact connu entre Farnham et Marianne Simpson.*

*À l'époque de la mort de Sandrine, Barnabas faisait partie d'une troupe de théâtre à la situation financière précaire, appelée les Mayfair Players. Après avoir récupéré sa nièce, il est parti pour Londres, et, grâce à une grosse somme d'argent déposée anonymement sur un compte en banque de la Barings, il a acheté un théâtre décrépit sur Newcastle Street. Depuis, tous les 14 juillet, un donateur anonyme verse mille cinq cents livres sur le même compte.*

Sin releva les yeux.

— Si le premier versement a été fait en 1804, le total doit s'élever à…

— Presque quinze mille livres, calcula Elliot.

— Une sacrée fortune ! s'écria Guy.

— Et déposée le jour de l'anniversaire de Marianne, souligna Elliot.

— Vous croyez que l'argent est pour elle ? demanda Sin.

— Farnham a touché cet argent juste après l'avoir recueillie ? dit Elliot en haussant les épaules. La coïncidence serait vraiment trop extraordinaire.

Sin partageait son avis.

— *Farnham a ouvert le Théâtre Farnham de Newcastle Street en 1805, et fin 1809, il faisait salle comble presque chaque soir. En plein succès, Farnham a inexplicablement fermé boutique et accepté de diriger un petit théâtre à Deal, où il est resté deux ans.*

— Pour quelle raison ? s'étonna Guy.

— Continue, Staunton, dit Elliot.

— *Le théâtre de Deal appartenait à un certain Gerald Mimsey. Les recherches entreprises à propos de ce Mimsey ont révélé que l'individu n'avait jamais existé. Des preuves suffisantes laissent penser que Dominic Strickland et Gerald Mimsey sont une seule et même personne.*

— Tu m'en diras tant, murmura Guy.

— *Durant les deux années qu'il a passées à Deal, Farnham a participé à une « guerre de contrebande » survenue entre deux pêcheurs de la région. Les contrebandiers de Farnham ont fini par prendre le contrôle de la région entourant Deal au cours de l'été 1811. En interrogeant des domestiques qui travaillaient pour Farnham à Deal, il est apparu que le baron lui avait rendu visite à plusieurs reprises.*

Sin posa la première page et marqua une pause.

— Marianne connaît donc Strickland depuis qu'elle est petite ?

— Elle était pensionnaire et ne revenait que pour les vacances à l'époque, précisa Elliot. Il est tout à fait possible qu'ils ne se soient jamais rencontrés.

— Elle a fait des études ?

— Oui, et dans un bon établissement, qui plus est, répondit Elliot.

Voilà qui expliquait son élocution distinguée.

Sin attaqua la deuxième page.

— *Farnham est retourné à Londres et a acheté l'immeuble qui se trouve derrière le théâtre pour deux mille cent livres sterling. Il l'utilise depuis comme lieu de résidence. Il a rebaptisé son entreprise la Foire aux Femmes Fantastiques Farnham. Au cours des années suivantes, il n'a engagé que des femmes : des magiciennes, des jongleuses, des trapézistes, deux boxeuses, et une tireuse d'élite. Sa nièce, Marianne Simpson, est venue travailler pour lui après avoir quitté l'École pour jeunes filles de Mlle Nolan.*

Sin interrompit sa lecture.

— Ce nom me dit quelque chose.

— C'est une excellente institution. Mes six sœurs y sont allées, déclara Guy. C'est censé être le meilleur établissement d'Angleterre pour jeunes filles bien nées.

— Au moins, Farnham a consacré une partie de l'argent à l'éducation de sa nièce, fit remarquer Sin avant de reprendre : *Simpson a présenté sa candidature pour quantité de postes après avoir quitté l'école, mais apparemment, elle n'a pas pu trouver d'emploi de gouvernante ni de dame de compagnie en raison de ses liens avec le cirque. Elle s'est alors entraînée avec Jack Nelson pendant dix mois, et a disputé son premier match de boxe public à la fin de l'année 1812.*

*Le premier contact confirmé entre Strickland et Simpson a eu lieu au tout début de l'année 1814, lorsqu'ils ont dîné ensemble en compagnie de Farnham. Au cours des mois suivants, Strickland a dîné avec Farnham et sa nièce plusieurs fois, et a acheté un billet pour être au premier rang à tous les combats de Mlle Simpson. Selon une source proche de Farnham, Strickland et Simpson se sont mariés à la fin du mois de mars, grâce à une dispense de bans, dans la chapelle familiale de la propriété de Strickland, près de Chatham.*

*Ni dispense de bans ni acte de mariage n'ont été retrouvés.*

*Simpson a vécu avec Strickland jusqu'au 20 mai, date à laquelle elle est retournée vivre chez son oncle après qu'un journal londonien a évoqué une lady Caroline Strickland, née Amherst, qui affirmait avoir épousé secrètement Strickland à Coldstream, en Écosse, l'année précédente.*

*Presque aussitôt après le départ de Simpson, Strickland est retourné exercer comme capitaine dans la milice du Royal Berkshire.*

*Alors que Strickland et Simpson se trouvaient dans sa maison de campagne, six prisonniers français se sont échappés du bateau prison* The Captivity, *le 11 mai. Le vaisseau était au mouillage près de Chatham.*

*Strickland ainsi qu'un homme de haute taille, roux et mince – description qui correspond à Émile Beauvais, l'un des prisonniers échappés –, ont été vus plusieurs fois en train de discuter au Rusty Scupper Pub de Chatham entre le 12 et le 15 mai.*

*Le 24 mai, Strickland, en tant que capitaine de la milice, a été informé qu'au moins un des prisonniers qui s'étaient échappés de Chatham se cachait dans une maison près de Douvres. Il a pénétré dans la maison en laissant dehors ses quatre subordonnés. Des détonations ont été entendues juste avant que la bâtisse prenne feu. Ni Strickland ni personne d'autre n'ont pu échapper à l'incendie. Deux corps calcinés ont été retrouvés dans les décombres.*

*D'après une source sûre à Paris, Beauvais avait été exfiltré secrètement de Deal le 17 mai, à bord d'un bateau de pêche utilisé par les contrebandiers avec lesquels Strickland et Farnham faisaient des affaires quelques années plus tôt.*

*Le lendemain de son arrivée à Paris, Beauvais est parti pour Toulouse en compagnie de quatre hommes. Le 28 mai, quelques semaines après l'armistice et deux jours avant le traité de Paris, Beauvais et ses hommes ont attaqué une planque occupée par des agents du renseignement, le major lord David Norris, le capitaine lord Benjamin Powell et le lieutenant John Doset.*

*Seuls les corps de Norris et de Doset ont été retrouvés. Beauvais a disparu et ses quatre complices n'ont jamais été identifiés.*

*Farnham a été interrogé au sujet de l'évasion de Beauvais, mais lavé de tout soupçon, car à l'époque il se trouvait à Birmingham.*

En arrivant au bas de la page, Sin se rendit compte qu'il serrait le document à le froisser. Les morts survenues au cours de cette guerre interminable avaient été un gâchis, maïs que son frère se fasse tuer dans une espèce d'échauffourée avec une milice douteuse quelques semaines après la fin de la guerre, c'était tragique.

Il prit une profonde inspiration, se ressaisit et posa la feuille au-dessus de l'autre avant de lever les yeux.

— C'est tout ce que tu as sur Marianne Simpson et Farnham ?

— J'en ai peur, répondit Elliot.

— Tout cela ne répond à aucune question. Cela ne fait qu'en soulever d'autres.

— Je sais.

Sin se força à sourire.

— Je dois te paraître bien ingrat, je devrais plutôt te remercier.

Après une hésitation, Elliot déclara :

— Je possède aussi quelques renseignements qui ne figurent pas dans le dossier – probablement tout aussi inutiles – au sujet de l'employée la plus récente de Farnham, Joséphine Brown.

Guy sourit.

— Ah, oui ! La lanceuse de couteaux. Elle s'appelle Brown ? Quel nom banal pour une femme aussi mystérieuse.

— Pourquoi as-tu des renseignements sur Brown ? s'étonna Sin.

— Quand tu as reçu la lettre de Dominic, je me suis renseigné sur Farnham, son cirque, et tout ce qui s'y rapportait. Je n'ai rien appris de nouveau concernant Farnham ou sa nièce ; en revanche, j'ai découvert que Mlle Brown était un « sujet d'intérêt » dans le cadre d'un procès avec la marine remontant à quelques années.

— Un sujet d'intérêt ? répéta Sin.

— En général, cela signifie que nous avons reçu des renseignements qui ont suscité des interrogations à propos d'un individu ou de ses fréquentations, mais que nous ne disposons pas de preuves justifiant d'ouvrir officiellement un dossier sur eux.

— C'est… vague.

Elliot esquissa un sourire flegmatique.

— Bienvenue dans mon univers, Staunton. Quoi qu'il en soit, Brown a été totalement disculpée.

Il plissa le front et ajouta :

— Et pourtant, il y a quelque chose de… bizarre chez cette femme. Elle fait montre d'une habileté remarquable avec les armes blanches de toutes sortes, et nous ne possédons absolument aucune information sur son passé, d'où elle vient, qui lui a appris à manier les lames. C'est une fichue énigme.

— Est-ce de l'admiration que je perçois dans ta voix, Elliot ? le taquina Guy.

— Peut-être un peu. Si je me fie à mon expérience, un tel anonymat est excessivement difficile à obtenir.

Sin indiqua le dossier sur le bureau.

— Rien de ce que j'ai lu n'indique que Mlle Simpson était impliquée dans les activités illégales de son oncle, ni qu'elle savait ce que manigançait Strickland avec Beauvais – même si elle vivait avec lui à l'époque.

— C'est vrai, concéda Elliot.

— Alors pourquoi diable Strickland tient-il tant à la revoir ?

Cette question de Guy, Sin se la posait depuis qu'il avait reçu la lettre de Dominic.

— Peut-être qu'il est amoureux, regrette ce qu'il a fait et veut tenter de la reconquérir, suggéra Elliot.

Guy s'esclaffa et même Sin ne put s'empêcher d'esquisser un sourire las.

— C'est de Strickland que nous parlons, lança Guy. Personnellement, je crois qu'elle est compromise, et son oncle aussi, ajouta-t-il avec une véhémence qui ne lui ressemblait pas. Et ils sont sans doute tous les deux impliqués dans cette affaire avec Dominic.

Sin et Elliot le dévisagèrent.

— Pourquoi vous me regardez ainsi ?

— J'ai fait surveiller le courrier de Farnham, lui rappela Elliot. Il n'y a pas la moindre preuve…

— Tu as commencé après que Sin a reçu la lettre de Dominic, n'est-ce pas ?

— Ma foi, oui.

— Et si Dom lui avait écrit *avant* ?

— Certes, c'est poss…

— Ou s'il utilise quelqu'un pour envoyer et recevoir son courrier ? Un autre complice dans cette histoire de demande de rançon ?

— Oui, c'est…

Guy se pencha en avant.

— Nous avons déjà un lien ancien entre Farnham et Strickland…

— Mais aucune preuve que Farnham a fait davantage que passer des marchandises en contrebande, objecta Elliot. Et assurément rien qui le relie à l'évasion de Beauvais.

Guy ricana.

— Tu penses que Farnham trempait jusqu'au cou dans la contrebande à Deal, mais qu'il ne connaissait pas les autres activités de Strickland avec le même réseau ?

— Je reconnais que Farnham en sait vraisemblablement davantage que ce que nous avons pu découvrir, concéda Elliot. Mais s'agissant de Simpson, nous n'avons aucune preuve. Avant d'accuser un homme – ou une femme – de trahison, il me faut des preuves.

— Nous ne sommes pas en train de la condamner à la pendaison, Elliot, nous cherchons juste un argument susceptible de la convaincre de venir avec nous parler à Dominic.

— Par « convaincre », tu entends « contraindre », dit Elliot.

Sin ne laissa pas à Guy le temps de répondre.

— Hormis le fait que nous allons devoir forcer Simpson à venir avec nous, dit-il en jetant un coup d'œil à Guy, ce qui ne sera pas une mince affaire, comment peux-tu être si certain que Strickland n'a pas en tête un projet machiavélique la concernant ?

— Son oncle ne permettrait sûrement pas qu'il lui arrive malheur ?

— En supposant que Farnham soit mouillé, objecta Sin. Mais si ce n'est pas le cas ? Si Dominic fait cavalier seul ? C'est un vrai nœud de vipères, dit Sin en secouant la tête, et je sens qu'il y a quelque chose de pourri là-dedans. Pour quelle raison Dominic veut-il absolument la voir ?

Guy agita la main.

— Peu importe ce qu'il trame puisque nous serons avec elle. Nous pourrons la protéger.

— Je n'en suis pas si sûr, répliqua Sin. Le cerveau de Dominic Strickland est sombre et retors. Cet homme n'a jamais rien fait gratuitement. S'il veut parler à Simpson, c'est qu'il a quelque chose à y gagner. Et je doute fort qu'il lui veuille du bien. Par ailleurs, ajouta-t-il, en cas d'ennuis, nous ne pourrons compter que sur nous trois. Si Dominic est derrière cette série de demandes de rançon, il ne travaille probablement pas seul. Quelqu'un retient ces hommes prisonniers. Qui sait combien de personnes sont impliquées et dans quoi nous nous embarquons ? Il pourrait bien être à la tête d'une maudite armée.

Ses amis méditèrent cette éventualité.

— Je continue à penser que nous devrions emmener notre propre armée, déclara Guy. Pas de vrais soldats, précisa-t-il en hâte devant le regard agacé de Sin. Nous pourrions engager des...

— Pas question ! l'interrompirent les deux autres d'une même voix.

— Très bien. Reprenons. Tu dis que ton service espionne Dominic depuis des années et qu'il était soupçonné de vendre des secrets avant ce qu'il s'est passé avec Beauvais.

Elliot acquiesça d'un hochement de tête.

— On peut donc raisonnablement supposer que Farnham – qui a passé des marchandises en contrebande avec Strickland pendant des années – était également impliqué. Il y a en outre Mlle Simpson qui, comme par hasard, vivait avec Strickland à l'époque de l'évasion.

Guy se tourna vers Sin.

— Selon moi, Simpson a intérêt à coopérer avec toi si elle veut sauver la peau de son oncle et se disculper elle-même. Et si elle ne veut pas t'aider de son plein gré, je pense que tu as le droit de l'y contraindre. Franchement, tu ne lui demandes pas un énorme sacrifice. Tu veux juste qu'elle prenne quelques jours sur sa tournée pour nous accompagner à Metz. Ce n'est pas trop demander pour sauver la vie d'un homme, non ?

Sin s'adressa à Elliot :

— Je suis d'accord avec Guy. Si sa présence est un élément non négociable pour découvrir où est détenu Benjamin…

Il haussa les épaules sans terminer sa phrase.

S'il voulait sauver la vie de son frère, il n'avait pas le choix. Bien que cela lui soit extrêmement désagréable, si elle ne venait pas de son plein gré, il devrait recourir à la force – qu'elle soit coupable ou innocente.

Cela ne ferait-il pas de lui un homme aussi mauvais, voire pire, que Dominic Strickland ?

# 5

Sin attendait dans l'ombre du théâtre glacial avec l'impression d'être un pervers guettant sa proie.

Il avait dû débourser une coquette somme pour pénétrer dans le théâtre à l'heure de l'entraînement de Mlle Marianne Simpson. Il avait de la chance que le domestique employé par Elliot pour surveiller le courrier de Farnham soit désormais dans leur poche et ne puisse refuser sa demande.

Il se sentait très bête, caché derrière les rideaux et accessoires divers en coulisses, mais il avait tout essayé pour s'entretenir avec Mlle Simpson. Il était plus facile d'obtenir une audience avec le roi d'Angleterre qu'avec une pugiliste. Mais à moins de la faire arrêter et emmener de force chez lui, il était à court d'idées.

Et donc il était tapi là, à l'attendre.

Apparemment, les entraînements avaient lieu sur la scène qui servait aux matchs. À la différence que ce matin, il n'y avait pas de foule rugissante, il y avait moins de bougies pour éclairer le vaste espace, et deux sacs de son en cuir bouilli comme il en utilisait lui-même dans le club de Gentleman Jackson.

Les décors et les accessoires qui dissimulaient habituellement les coulisses étaient absents, laissant visibles toutes sortes de cordages, de poulies, d'armoires, et même un poêle à charbon dans une petite niche en brique, qui ne parvenait pas à réchauffer l'immense salle.

Sin, qui attendait depuis 5 heures du matin, somnolait à demi.

Le bruit de la porte des coulisses le réveilla brutalement. Il s'apprêtait à sortir de derrière le rideau lorsqu'il découvrit qu'il ne s'agissait pas de Mlle Simpson mais de son entraîneur, Jack Nelson.

Bon sang ! Le domestique n'avait pas dit qu'il serait présent. Jack Nelson possédant sa propre salle de boxe, Sin avait supposé, à tort, que lorsque Marianne s'entraînait avec lui, c'était là-bas.

Son intrusion n'allait pas lui plaire, et il y avait peu de chances qu'il lui accorde quelques minutes avec la jeune femme. Il allait plus probablement au-devant d'une bagarre impromptue avec l'imposant bonhomme.

Nelson avait un sac de cuir à l'épaule et un ballot de linge qu'il laissa tomber sur l'une des quatre chaises alignées contre le mur. Cet homme était un véritable géant et devait peser près de cent vingt kilos. Son visage taillé à la serpe avait pris des coups, et ses mains de la taille de jambons de Noël pendaient le long de ses flancs lorsqu'il alla ouvrir la plus grande des armoires, qui contenait un assortiment d'haltères. Il se pencha et en sortit un gros rouleau de toile à matelas. Il le porta à l'avant de la scène, flanqua un coup de pied dedans et déroula une mince paillasse.

Il tira de sa sacoche deux bouteilles de vin et quelques autres objets que Sin ne put identifier. Jack était encore courbé sur son sac quand Marianne Simpson entra.

Aujourd'hui, elle portait un chapeau de paille, une robe en laine grise et une cape assortie. Jack leva les yeux.

— Salut, chouchou.

— Bonjour, Jack, répondit-elle en bâillant à s'en décrocher la mâchoire.

Elle dénoua le ruban sous son menton et ôta son chapeau, révélant ses courtes boucles brunes. Sa voix agréable et distinguée, celle d'une jeune fille de bonne famille, le surprit de nouveau, alors même qu'il savait pourquoi elle s'exprimait avec ce raffinement.

Elle se dirigea vers Jack avec une grâce animale. D'un mouvement précis et fluide, elle retira ses gants et la cape qui couvrait ses épaules bien découplées.

Elle bâilla de nouveau et commença à déboutonner sa robe. Sin écarquilla les yeux. Juste ciel ! Elle avait l'intention de se déshabiller *ici* ?

Après avoir défait le dernier bouton, elle passa la robe par-dessus sa tête. Dessous, elle portait un corset court sur une chemise et un unique jupon.

Sa peau était si pâle que les ecchymoses sur son torse se détachaient cruellement. Un nœud se forma dans l'estomac de Sin devant ce témoignage des coups qu'elle endurait semaine après semaine. Les meurtrissures allaient du jaune au brun, en passant par le bleu violacé.

Les combats étaient plus authentiques qu'il ne l'avait cru.

Lorsque Jack se tourna vers elle, elle tendit un bras mince et musclé et ferma les yeux, comme si elle avait du mal à rester éveillée.

— Fatiguée ? demanda Jack en entourant sa main gauche de lanières de tissu.

— Un peu, admit-elle sans ouvrir les yeux.

Jack lui abaissa le bras et souleva sa main droite avant de l'envelopper avec la même dextérité.

— Tu aurais pu te lever plus tard aujourd'hui, Annie.

— Mon oncle veut que je m'entraîne avec toi trois fois cette semaine.

La lassitude dans son ton indiquait que cette conversation était récurrente.

— Ouais, ouais, je sais ce qu'il veut, Barney.

L'immense gaillard ricana et elle sourit, ce qui creusa les fossettes dont Sin avait soupçonné l'existence.

— Tu as mal à la tête ?

— Un peu, reconnut-elle en rouvrant les yeux maintenant qu'il avait fini de lui bander les mains.

— Je t'avais bien dit d'éviter cette méchante boisson gazeuse.

Elle éclata d'un rire étonnamment cristallin, avant de grimacer.

— Tu dois être la seule personne à parler du champagne en ces termes. Et puis, c'était l'anniversaire de Cécile, je n'avais pas le choix.

Jack grommela et se tourna de nouveau vers sa sacoche.

— Échauffe-toi bien ce matin, ma biche, il fait un froid de canard.

Elle bâilla, soupira, et se lança dans la série d'exercices la plus rigoureuse qu'ait jamais vue Sin, qui s'y connaissait pourtant en pratique sportive. Comme tous les jeunes aristocrates, il avait été obsédé par la compétition quand il était jeune. À Eton, Guy, Elliot, David, Dominic et lui avaient lancé le Gymnos Club.

*Gymnos* n'était pas seulement la racine du mot « gymnase », mais le mot grec pour « nu ». Ils avaient eu la brillante idée de pratiquer l'exercice physique en tenue d'Adam, comme les Spartiates et les athlètes olympiques d'autrefois.

Ils avaient eu tôt fait de découvrir que s'entraîner à l'extérieur en Grèce et en Angleterre était différent. Toutefois, après avoir capitulé devant la rigueur du climat et revêtu des habits appropriés, ils avaient continué à respecter un emploi du temps aussi rigoureux que sous la Grèce antique. Natation trois fois par semaine en toutes saisons, course à pied, équitation, escalades diverses et variées, qu'il s'agisse d'arbres ou d'édifices, poids et haltères, saut à la corde, et callisthénie pour l'endurance.

Bien que Sin ait renoncé à cet emploi du temps exténuant, il continuait à s'entraîner chez Jackson trois fois par semaine et montait à cheval presque tous les matins. Mais la routine de Marianne Simpson durant l'heure et demie qui suivit... il n'avait jamais rien vu de tel.

Elle s'échauffa en sautant à la corde à une vitesse inouïe, ne s'arrêtant que lorsque la sueur lui coula sur les tempes. Après cela, elle souleva les haltères tant de fois, et de tant de manières différentes, que le seul fait de la regarder faisait hurler ses propres muscles. Jack passa ensuite dix minutes à employer sa force considérable pour lui jeter une lourde balle en cuir sur le ventre.

Enfin, elle fit des pompes, des abdominaux, des tractions, de la musculation, et différents exercices d'étirement que Sin ne connaissait pas.

Lorsque Jack mit fin à l'inhumaine série de tractions – sur la barre de trapèze qu'il avait abaissée –, ses vêtements de mousseline étaient presque transparents tant elle avait transpiré.

Jack lui tendit une serviette et elle fit le tour de la scène jusqu'à ce qu'elle se soit refroidie.

— J'ai un nouveau pour t'entraîner, aujourd'hui, annonça-t-il. Du genre brut de décoffrage et pas à ton niveau, mais assez énergique pour te donner du fil à retordre.

Marianne hocha la tête et se sécha le visage avant de s'essuyer les épaules et les bras.

Jack retira le bouchon de la bouteille de vin qu'il avait sortie de son sac – qui contenait de l'eau, supposa Sin – et la lui tendit. Elle la porta à sa bouche, inclina la tête et avala à longs traits.

Sin était incapable de détourner les yeux. Cette femme était... Ma foi, il ignorait ce qu'elle était. Assurément, elle ne ressemblait à aucune femme de sa connaissance. Il essaya de l'imaginer les cheveux longs, dans une robe de soie et parée de bijoux.

Il était incapable de la visualiser.

Elle s'essuya la bouche d'un revers de main et but une dernière gorgée. Les muscles de ses épaules et de son dos étaient sculptés et élégants. Ses bras, en revanche, étaient aussi musclés que ceux de bien des hommes qui s'entraînaient chez Jackson. Lorsqu'elle porta la bouteille à sa bouche, son biceps saillit, le tracé bleu de ses veines se détachant sous sa peau presque translucide.

Il faisait froid dans l'édifice caverneux, mais la peau de Sin était brûlante et le picotait. Des sentiments contradictoires se bousculaient en lui et lui chauffaient les sangs. Sculpturale et musclée, Marianne Simpson se déplaçait avec l'assurance physique de n'importe lequel des grands athlètes qu'il connaissait : des athlètes *masculins*.

Les femmes étaient des créatures douces et galbées, avec des courbes là où il le fallait. Et cependant, son entrejambe avait réagi tandis qu'il observait cet entraînement éreintant. Jamais aucune femme n'avait eu un tel effet sur lui, il était plus excité que… Il ne se rappelait pas la dernière fois où il l'avait été à ce point.

Bon sang, qu'est-ce qu'il lui prenait d'éprouver un tel désir pour une femme aussi masculine ?

Non, « masculine » n'était pas le terme exact. Malgré tous ses muscles, elle était indéniablement femme. Ses petits seins formaient de délicats renflements pressés contre un corset si lâche qu'il méritait à peine ce nom. Bien que ses hanches soient minces, elles avaient des courbes résolument féminines…

Il s'arracha à la contemplation de cette femme bien trop fascinante, et se concentra sur la brute à ses côtés.

Jack éplucha une orange et la lui tendit. Elle se détendit visiblement et la mangea, le regard lointain, tandis que son compagnon s'affairait sur la scène.

— Je suis prête, dit-elle peu après, arrachant miséricordieusement Sin à des pensées qu'il ne souhaitait surtout par nourrir.

Elle s'apprêta à défaire les rubans qui retenaient son jupon à la taille. Jack inclina la tête.

— On se pèle, chouchou. Tu es sûre que tu veux te déshabiller ?

— Je brûle, et sous peu, j'aurai encore plus chaud.

Elle se débarrassa de son jupon, et le pouls de Sin s'affola lorsque le vêtement tomba en corolle sur le sol.

Il écarquilla des yeux. Était-ce bien… ? Non, ses yeux ne lui jouaient pas de tour : elle portait un caleçon d'homme en plus de sa chemise et de ses bas.

Pourquoi était-il à ce point choqué ? En vérité, le caleçon de coton lui arrivait juste sous les genoux, si bien que cela révélait moins de peau que si elle n'avait porté qu'une chemise.

Et pourtant, savoir qu'elle portait un sous-vêtement d'homme suffit à faire grimper davantage la température déjà élevée de son corps. Intellectuellement, il trouvait sa réaction physique grotesque, mais elle n'en était pas moins puissante.

Jack ouvrit la porte du poêle, y jeta une poignée de charbon et la referma.

— Je vais aller le chercher.

*Le chercher ?*

Marianne prit une serviette propre sur la pile et frotta vigoureusement ses cheveux humides. Quand elle eut terminé, elle souleva sa chemise.

Sin laissa échapper une respiration sifflante lorsqu'elle exposa son ventre humide de sueur, qui était non seulement plat mais strié de muscles. Son caleçon était bas sur ses hanches minces, et l'ombre plus foncée de son sexe se devinait sous le coton fin.

— Bon Dieu ! chuchota-t-il, hypnotisé.

Quand elle eut fini de se sécher, sa peau était toute rose. Elle laissa retomber tranquillement sa chemise, dissimulant son ventre fascinant.

Après cela, elle baissa les bretelles de son corset et de sa chemise, en deux pichenettes.

Et Sin en resta bouche bée.

« Retourne-toi, espèce de goujat ! » s'ordonna-t-il. Mais son corps était littéralement pétrifié.

Elle agrippa le devant de son corset d'une main et tira vers le bas, emportant la chemise dans la foulée et révélant deux petits seins exquis.

Sin déglutit tandis qu'elle frottait énergiquement les deux globes délicats – la seule partie de son corps qui ne semblait pas dure comme du bois – dont les tétons rose foncé se dressaient dans l'air froid. Seule une ecchymose à l'aspect douloureusement sensible gâchait leur perfection.

Elle jeta la serviette et remonta la chemise et le corset d'un geste vif.

La brûlure dans ses poumons fit réaliser à Sin qu'il avait refusé trop longtemps de l'air à son organisme. Il prit une inspiration tremblante et desserra lentement les poings. Aucune de ses maîtresses ne lui avait inspiré un désir physique aussi féroce, aussi rapidement, et cette fille n'avait même pas essayé de le séduire.

Certes, elle ignorait qu'elle se produisait devant un méprisable malotru qui l'espionnait depuis les coulisses. Il décida de garder sa culpabilité pour plus tard.

Elle se tourna vers la porte qui s'ouvrait et lança un amical « Bonjour » tandis qu'un homme s'approchait. Il devait avoir quelques années de moins qu'elle, dix-sept ou dix-huit ans, et son corps était piégé dans cette étape ingrate à mi-chemin entre l'enfance et l'âge adulte.

Le garçon lui rendit son salut avec un sourire insolent qui hérissa Sin. Marianne, en revanche, parut plus amusée qu'offensée. Le jeune homme se tourna vers Jack.

— Hé, dites, lâcha-t-il d'une voix nasillarde, c'est pas exactement mon gabarit, hein ? Et si je lui fais mal ?

Il gratifia la silhouette svelte à demi dénudée de Marianne d'un regard méprisant.

Il avait raison. Il pesait plusieurs kilos de plus qu'elle et mesurait six ou sept centimètres de plus. Sin se demanda si l'entraîneur n'était pas un peu fou de mettre une femme en face d'un homme, quand bien même ce dernier n'était qu'adolescent.

— Inquiète-toi plutôt pour toi, Tommy, lui conseilla Jack avec un regard narquois. Tu veux un peu de temps pour t'échauffer ?

Tommy ricana et ses yeux globuleux se posèrent sur Marianne.

— Nan, à mon avis c'est tout bon.

Choqué par son manque de respect, Sin serra les poings. Il n'aurait su dire pour quelle mystérieuse raison il s'offusquait de cet affront fait à Marianne Simpson, d'autant qu'elle ne semblait même pas remarquer l'attitude du garçon.

— Bien, dit Jack. Déshabille-toi et je t'enveloppe les mains avant d'attacher tes gants.

— Quoi ? s'exclama Tommy en s'immobilisant. Je vais quand même pas mettre des moufles !

Jack serra les dents, l'air menaçant.

— Je t'ai prévenu. Si tu veux l'argent, tu mets des gants. Et maintenant, ferme ton clapet ou dégage.

Tommy leva les mains en signe de reddition, vaguement inquiet.

— D'accord, d'accord, patron.

Marianne tourna le dos à Sin le temps que Jack lui attache les gants de boxe matelassés. L'arrondi de son postérieur bougeait sous la fine mousseline de sa chemise lorsqu'elle se déplaçait.

Le caleçon et la chemise dissimulaient ses cuisses, mais ses bas de laine ne pouvaient cacher des mollets à la fois bien galbés et musclés. Là encore, ces caractéristiques a priori masculines qui n'avaient rien de particulièrement séduisant étaient tempérées par la présence de chevilles délicates.

Sin se rembrunit devant la réaction importune de son corps, et releva à grand-peine les yeux jusqu'à ses épaules pendant que Jack lui attachait son gant.

L'attitude de Sin vis-à-vis de la boxe – comme de tant d'autres choses – s'était modifiée à mesure qu'il gagnait en maturité. Autrefois, il adorait les combats sanglants à mains nues. Aujourd'hui, il trouvait ces exhibitions répugnantes et barbares, tant pour les hommes que pour les femmes.

Un combat de boxe était aussi gratifiant à regarder sans que des adversaires en sang s'administrent des blessures parfois définitives. Mais même avec des gants, cela restait une activité brutale, comme en témoignaient les ecchymoses sur le corps de Marianne. Comment Farnham pouvait-il infliger cela à un membre de sa propre famille ? Ou à n'importe quelle femme ?

*Arrête de jouer les redresseurs de torts, le métier de cette femme ne te regarde absolument pas.*

Pourtant, dans le monde de Sin, les gentlemen protégeaient les femmes ; ils ne les exploitaient pas.

*Ah oui, et tous ces bordels qui fournissent des petites filles à de riches « gentlemen » ? C'est pour les protéger ?*

Il avait honte que des hommes avec qui il avait grandi puissent prendre pour proies des créatures impuissantes.

*Et toi, tu ne t'apprêtes pas à prendre Mlle Simpson pour proie ?*

Sin fit taire cette voix intérieure. Il aurait amplement le temps de se battre avec sa conscience plus tard… une fois son frère libéré.

Quand Jack eut fini de préparer Marianne, il s'occupa de Tommy. La jeune femme attendit en continuant à s'échauffer. Son corps était mince et souple, et non une boule de muscles comme chez bien des boxeurs de sexe masculin.

Sin se tendit à la perspective de cet entraînement déséquilibré. Peu importait que Tommy soit plus jeune. C'était un homme et les hommes étaient plus forts que les femmes.

Du moins, c'était ce que Sin avait toujours cru.

Mais il lui suffit d'une minute à peine pour se rendre compte que Tommy était largement surclassé sur le plan de la dextérité et la vitesse.

L'insouciance agressive de l'adolescent se transforma si promptement que c'en était comique. D'abord railleur et fanfaron, il tituba brusquement en arrière sous un direct féroce qu'il n'avait pas vu venir.

Sin était abasourdi par la rapidité de la jeune femme. Son poing remuait si vite qu'il semblait flou ; sa posture souple et détendue ne trahissait rien de ses intentions avant qu'elle frappe.

Après le deuxième coup, Tommy renforça ses appuis et travailla sa garde, toute nonchalance disparue. Son expression était concentrée – voire vaguement respectueuse – et non plus moqueuse.

À l'instant où il prit son adversaire au sérieux, le combat fut plus équilibré, et malgré cela, Tommy ne réussit qu'une frappe contre cinq ou six de Marianne. Elle possédait un mélange meurtrier d'intelligence, d'habileté et d'endurance. Sin était impressionné par la subtilité avec laquelle elle décelait les faiblesses du jeune homme pour les utiliser contre lui, jusqu'à ce que Tommy soit hors d'haleine, et ses coups de moins en moins ciblés.

Quand Jack mit un terme à l'entraînement, les deux combattants respiraient fort et luisaient de sueur, mais Marianne Simpson avait largement pris le dessus. Pendant qu'ils se séchaient, se désaltéraient et se préparaient à un deuxième round, Jack discuta à voix basse avec Marianne pendant un instant avant de se tourner vers Tommy, qui buvait beaucoup trop pour un homme sur le point de se battre. Il lui arracha la bouteille.

— Continue comme ça et tu vas tout dégobiller.

Il s'approcha du visage de Tommy et examina son œil droit, qui enflait déjà.

— Prêt pour un deuxième round, ou il te faut plus de temps ?

Le visage déjà rouge de Tommy devint écarlate.

— Bien sûr que je suis prêt !

Alors que les deux adversaires s'apprêtaient à reprendre l'entraînement, la porte de la scène s'ouvrit et Barnabas Farnham fit irruption.

— Ah, parfait, je vous attrape entre deux reprises ! dit-il, son accent français à peine perceptible.

Il tourna son regard perçant sur Tommy, fronça les sourcils devant son œil qui enflait, et fusilla Jack du regard.

— Tu n'as pas trouvé mieux ?

Jack parut vexé et Tommy tressaillit comme si on lui avait donné un coup en plein visage. L'entraîneur ouvrit la bouche, mais Barnabas agita une main impatiente.

— Peu importe, je n'ai pas le temps d'en discuter.

Il se tourna vers Tommy.

— Est-ce que Jack sait où te trouver si on a besoin de toi ?

Le garçon hocha la tête.

— Bien. Alors va-t'en. Disparais, ajouta-t-il en voyant Tommy hésiter.

Le garçon se rembrunit, fonça vers la chaise, ramassa ses vêtements et sortit au pas de charge.

— Hé, Barny, on n'a pas terminé ! lança Jack. Ça ne peut pas att...

— Non, ça ne peut pas attendre, le coupa Barnabas qui pivotait déjà vers la porte. Il faut que je te parle, tout de suite. Au fait, puisque tu ne condescends pas à venir en tournée avec nous, as-tu trouvé des remplaçants pour Andy et toi ?

— J'ai parlé à quelques gars, mais il faut que je les amène pour qu'ils rencontrent Annie et...

— Ça m'est égal. Règle le problème.

Farnham claqua des doigts.

— Et maintenant, dépêche-toi, je n'ai pas toute la journée.

L'immense boxeur parut sur le point d'exploser en s'entendant donner des ordres comme à un chien. Il ouvrit la bouche, sans doute pour dire à Farnham le fond de sa pensée, mais Marianne intervint.

— C'est bon, Jack, dit-elle, vaguement amusée. Je suis fatiguée.

Ils échangèrent un regard entendu et Jack hocha la tête avant de se tourner vers Farnham.

— Il faut que je rassemble mes affaires.

— Je te donne une minute, aboya le Français. Et je t'attends dans mon bureau.

— Bon Dieu, fit Jack en secouant la tête quand Barnabas fut parti.

— Je suis désolée.

— Ce n'est pas ta faute, ma grande, grommela le colosse en lui retirant ses gants.

— Si, en partie. J'ai annulé à deux reprises des entrevues avec ton remplaçant. Je n'arrive pas à m'y résoudre, tu vas tellement me manquer ! Mais je sais pourquoi tu restes à Londres. Je te promets que je vais rencontrer tous les gars que tu me présenteras et qu'on en engagera d'ici vendredi prochain.

Se hissant sur la pointe des pieds, elle tira sa tête à elle et l'embrassa sur la joue.

Jack était écarlate, mais Sin vit qu'il appréciait.

— Tiens, ma caille, dit-il en lui tendant son jupon.

— Merci, dit-elle en l'enfilant vivement. Je vais ranger. Va plutôt parler à mon oncle.

Sin attendit que la porte se soit refermée derrière Jack avant de sortir de l'ombre.

— Bonjour, mademoiselle Simpson.

# 6

Marianne poussa un cri et fit volte-face.

Le duc de Staunton se tenait à quelques pas. Il portait une chemise aussi blanche et cotonneuse qu'un nuage, un pantalon de daim, une ample cape brune et des bottes qui avaient la couleur du caramel fondu. Il aurait été davantage à sa place dans un salon distingué que sur la scène d'un cirque.

Elle jeta un coup d'œil au rideau derrière lequel il avait dû se cacher.

— Comment avez-vous…

Elle s'interrompit et fronça les sourcils en réalisant que de là où il était, il avait dû la voir sans chemise.

Il s'arrêta devant elle.

— Je suis navré si je vous ai fait peur…

Le poing de la jeune femme vola avant même que son cerveau sache ce qu'il faisait, et elle frappa le duc au coin de la bouche, lui renversant la tête en arrière assez brutalement pour qu'elle entende le bruit de ses vertèbres cervicales. Il recula en chancelant, et porta la main à son visage. Tous deux regardèrent le filet de sang sur ses doigts avant que leurs regards se croisent.

Marianne fut vaguement consciente de sa respiration haletante ; elle était plus essoufflée qu'après un round avec le jeune Tommy.

Et elle avait mal à la main.

Le coin des lèvres du duc se retroussa. Le mouvement était infinitésimal – il fallait l'observer avec attention pour le remarquer –, mais c'était néanmoins un sourire.

— Vous trouvez cela amusant ? lança-t-elle. De pénétrer dans un endroit privé pour espionner quelqu'un ?

— Pour être franc, j'étais en train de me dire que je méritais ce coup de poing.

Ses paroles lui firent le même effet qu'un uppercut. Puis il porta le coup de grâce en ajoutant :

— Je suis désolé.

Un duc, demander pardon ? À *elle* ?

Il tamponna sa lèvre en sang qui enflait rapidement avec le mouchoir qu'il avait sorti de son manteau tandis que Marianne secouait distraitement sa main endolorie. Cela faisait longtemps qu'elle n'avait pas administré un direct aussi puissant sans gant.

Le mouchoir du duc était agrémenté d'une surpiqûre ornementée et un chiffre était brodé dans un coin. Il plia le carré de tissu pour dissimuler le sang avant de le ranger dans sa poche.

— Je cherchais simplement une occasion de m'entretenir avec vous. Je ne m'attendais pas à...

Il eut un geste vague en direction de sa personne.

Il avait beau ne pas bredouiller, il s'était rarement senti aussi gêné qu'en cet instant précis, devina Marianne.

Un sentiment de puissance l'envahit tandis qu'elle découvrait cette petite faille dans la carapace de lord Parfait. En réalité, cela lui était égal qu'il l'ait vue nue – on perdait vite sa pudeur quand on travaillait dans un cirque –, en revanche, qu'il se soit introduit dans son intimité lui déplaisait.

Elle ne put toutefois s'empêcher d'être amusée par le fait qu'un coup d'œil sur ses seins nus avait suffi pour que l'homme le plus puissant d'Angleterre rougisse comme une jeune fille.

Amusement excepté, en nage et à peine vêtue, elle se sentait désavantagée devant cette créature impeccable. Elle se retourna et arracha sa robe du dossier de la chaise.

— Vous avez beau être duc, c'est une violation de propriété.

Elle lança ces paroles par-dessus son épaule avant d'enfiler sa robe. Lorsqu'elle l'eut boutonnée, elle se tourna vers lui.

— À moins que vous ne soyez au-dessus des lois, Votre Grâce ?

— Vous pourrez appeler la police après que je vous aurai parlé, mademoiselle Simpson. Je paierai le prix pour cette violation.

— Oh, vraiment ? Merci beaucoup de me dire ce que je *peux* faire. Mais d'abord, vous devez me parler, alors que je vous ai répété que je ne le souhaitais pas ?

Elle croisa les bras pour s'interdire de le frapper de nouveau. Plus elle pensait à cet espionnage, plus elle était en colère.

— Je souhaiterais votre coopération sur quelques affaires, mademoiselle Simpson, et vous serez généreusement récompensée pour vos efforts.

— Parce que l'argent, c'est tout ce qui intéresse les gens comme moi, n'est-ce pas ? répliqua-t-elle.

— Ce n'est pas…

— Je sais déjà que vous avez besoin de moi pour parler à Strickland. Que voulez-vous d'autre ?

— J'ai cru comprendre que votre oncle partait en tournée sur le continent à la fin du mois prochain.

Surprise, Marianne battit des paupières.

— En effet, et ?

— Je souhaiterais qu'il m'autorise, ainsi que deux autres personnes, à venir avec vous.

— Pardon ?

— Nous ne voyagerons avec vous que jusqu'à Metz.

— Nous n'allons pas à Metz, s'écria-t-elle, comme si cela avait quelque chose à voir avec sa requête grotesque.

— Je sais. Nous quitterons le cirque un peu avant cette ville.

Marianne se massa la tempe, qui commençait à être douloureuse.

— Lorsque vous dites « nous », vous voulez dire…

— Vous nous accompagnerez au rendez-vous avec Dominic Strickland.

Elle ricana, incrédule devant une telle arrogance.

— Et en admettant que j'accepte, pourquoi diable souhaiteriez-vous accompagner un cirque en tournée ? Nos horaires sont éreintants et nous voyageons dans des roulottes. Vous êtes riche. Si vous tenez tant à voir Dominic, pourquoi ne pas prendre un carrosse et six chevaux et vous déplacer confortablement ? Pourquoi ne pas…

Marianne s'interrompit et secoua la tête.

— Je n'arrive pas à croire que je suis en train de parler de cela. Peut-être que Tommy a frappé plus fort que je ne le croyais, marmonna-t-elle.

Le duc haussa un sourcil.

— Avez-vous perdu la tête, Votre Grâce ? Je me sens obligée de vous poser la question.

Elle regarda autour d'elle, les sourcils froncés.

— Vous avez échappé à votre surveillant ? Il est à votre recherche ?

Il avança de quelques pas, jusqu'à ce qu'il soit suffisamment près pour la frapper s'il en avait envie. Marianne refusa de céder du terrain et dut se tordre le cou pour croiser son regard.

— De vous, je veux deux choses. D'une part, la couverture que me procurera votre cirque. D'autre part, vous avoir à proximité. Je n'ai pas envie de sillonner toute l'Europe quand le moment sera venu de rencontrer Strickland. Nous pouvons discutailler toute la journée, mademoiselle Simpson. Mais sachez une chose : vous n'arrivez pas à me dissuader. Jamais.

Elle eut beaucoup de mal à ne pas baisser les yeux sous son regard froid et implacable.

— Non.

Il continua de la dévisager et Marianne soutint son regard, stupéfaite – et contrariée – de sentir sa peau la picoter.

— Si vous croyez me soumettre par la seule force de votre regard furieux, vous vous trompez lourdement, Votre Grâce.

Il sortit quelque chose de sa poche intérieure.

— Je vous suggère de jeter un coup d'œil là-dessus.

Comme une enfant, elle mit les mains derrière son dos.

— Je vous ai dit que je ne voulais pas lire la lettre du baron.

— Il ne s'agit pas de sa lettre.

Il lui tendit une épaisse liasse de papiers dépareillés entourée d'une ficelle.

— Qu'est-ce que c'est ? demanda-t-elle tandis qu'il défaisait le nœud.

Il tira un papier de la pile et le lui tendit. Marianne reconnut aussitôt la signature familière, et arrondit les yeux en découvrant le montant de la reconnaissance de dettes.

— C'est le nom de mon oncle.

Elle jeta un coup d'œil aux autres papiers qu'il tenait toujours.

— Combien…

— Beaucoup, je le crains. Pour être franc, je dirais que tout ce que possède Farnham ne suffirait pas pour rembourser ses dettes.

— Je ne vous crois pas, déclara Marianne en lui arrachant les papiers de la main.

Certains tombèrent par terre, mais elle gardait les yeux rivés sur la douzaine qui lui restaient entre les doigts. Elle pressa la main contre sa bouche.

— Mon Dieu, il y en a pour des milliers de livres !

Comme le duc ne répondait pas, elle leva les yeux. Quelque chose traversa son regard glacial. De la pitié ? Elle feuilleta les reconnaissances de dettes, de toute évidence émises à des dates différentes et vraisemblablement auprès de personnes différentes.

— Vous les avez rachetées, n'est-ce pas ?

— Oui.

Marianne eut envie de pleurer – cela faisait des années qu'elle n'avait pas pleuré, pas même depuis sa misérable débâcle avec Dominic.

— Vous êtes donc en train de me dire...

— Si vous ne faites pas ce que je vous demande, je réclamerai le remboursement de ces dettes et votre oncle ira en prison. Pour très, très longtemps. Je prendrai tout ce qui lui appartient, et je ferai fermer le cirque.

Elle serra le poing autour des papiers et le sang lui rugit aux oreilles.

— Vous n'êtes qu'un odieux, exécrable, méprisable...

— Si vous faites ce que je vous demande, tout ceci vous appartiendra dès que vous aurez parlé à Strickland. Cela représente plusieurs dizaines de milliers de livres. Vous pourrez les réclamer. Ou pas.

Son beau visage se durcit davantage.

— Que j'aie racheté ces dettes ou pas ne change rien : elles auraient été à honorer tôt ou tard, et même incessamment, et votre oncle n'aurait pas pu s'en acquitter. C'est une véritable aubaine que je vous propose.

Marianne le fixa à travers un voile de fureur écarlate. Elle le détestait d'avoir raison. Son offre était bel et bien d'une générosité ahurissante. Mais cela ne l'empêchait pas de se sentir comme un animal pris au piège.

— Pourquoi m'avoir laissée croire que j'avais le choix ? Pourquoi cette... cette farce, de me demander mon aide ? Pourquoi ne pas m'avoir dit d'emblée que j'étais à votre merci ?

— Quelle importance ?

Les mots prononcés d'un ton neutre n'étaient pas faits pour la narguer, et elle eut d'autant plus envie de le frapper.

— Vous avez raison, cela n'a pas d'importance.

Elle brandit les reconnaissances de dettes.

— Pour autant, je ne me contenterai pas de vous croire sur parole. Je veux parler à mon oncle.

Il demeura immobile tel un prédateur observant sa proie blessée et agonisante lutter inutilement.

— Il est prévu que vous quittiez l'Angleterre le 1er mars, n'est-ce pas ?

— Oui.

— Il reste donc cinq semaines avant votre départ. Je vous laisse jusqu'au soir de votre prochain match pour parler avec votre oncle afin de confirmer mes dires.

Marianne se mordit la lèvre. Elle avait l'impression d'avoir reçu un violent coup sur la tête.

— Vous m'avez entendu, mademoiselle Simpson ?

Comme elle ne répondait pas, Staunton s'approcha. Au lieu de battre en retraite, elle carra les épaules et fit un pas vers lui, jusqu'à ce que leurs poitrines se touchent. Plutôt mourir que de reculer devant cet homme.

— Et si, après que j'ai parlé de vous à mon oncle, il s'enfuit et disparaît sur le continent ?

— Je le lui déconseillerais.

— Cela ressemble à une menace.

— Vous savez aussi bien que moi que votre oncle est impliqué depuis des années dans des activités illicites.

La gorge de Marianne se noua, et elle eut du mal à respirer. Que savait-il ?

Il hocha la tête devant ses joues cramoisies, comme si elle venait d'avouer quelque chose, et un sourire dur lui incurva les lèvres.

— J'ignore de quoi vous parlez, Votre Grâce.

— Dans ce cas, je devrais peut-être envoyer un message à l'administration des douanes. Si vous voulez mon avis, ils seront fascinés par le contenu des caves de votre oncle, mademoiselle Simpson. Je peux faire venir des agents ici en moins d'une heure.

— Si acheter du brandy de contrebande était un délit passible de prison, les geôles de ce pays seraient pleines à craquer, Votre Grâce… essentiellement d'hommes de *votre* milieu.

— Je ne parle pas d'acheter des biens de contrebande, vous le savez pertinemment.

Ses paroles et son regard accusateur la révulsèrent.

— Vous…

— Oui, oui, je sais, je suis un être odieux, exécrable, etc. Inutile de vous répéter. Réfléchissez plutôt à ceci : si éviter la prison pour dettes à votre oncle ne suffit pas pour vous convaincre de coopérer, peut-être que lui permettre d'échapper à la déportation ou à la pendaison vous décidera ?

Marianne le dévisageait, muette et pétrifiée. Que savait-il ? Mais surtout, qu'est-ce que son oncle avait fait avec Dominic ? Oh, elle n'ignorait pas qu'ils avaient trempé dans des histoires de contrebande à Deal, mais elle n'avait jamais voulu savoir jusqu'où ils étaient allés. À présent, cependant…

Le duc reprit la parole :

— Après votre prochain combat, ma voiture viendra vous chercher et vous emmènera dans un endroit où nous pourrons discuter de nos plans pour les semaines à venir.

Il marqua une pause, les yeux étrécis.

— Si vous ne m'attendez pas, je ferai en sorte que les autorités viennent chercher votre oncle. Me suis-je bien fait comprendre ?

Comme elle ne répondait pas, il se rembrunit davantage.

— Ne mettez pas ma patience à l'épreuve, mademoiselle Simpson. Vous découvrirez que je n'en ai pas. Dites-moi que vous avez compris.

— J'ai compris, Votre Grâce.

Ces paroles étaient comme du verre pilé dans sa bouche.

— Ce sera tout ? ajouta-t-elle.

— Non. Une dernière chose. Dites à votre oncle que je veux voir la lettre et le médaillon.

— La lettre et le médaillon ? Suis-je censée savoir de quoi vous parlez ?

— Votre oncle comprendra.

Il tourna les talons et partit par là d'où il était venu.

Marianne le suivit des yeux avant de pivoter et de donner un coup dans le sac de son.

— Ordure ! siffla-t-elle en martelant le cuir bouilli jusqu'à ce que ses articulations la brûlent.

Ce fut seulement lorsqu'elle vit une tache de sang sur le cuir qu'elle agrippa le sac et se laissa aller contre lui en battant des paupières à toute vitesse, comme si cela pouvait arrêter les larmes qui coulaient déjà et lui brouillaient la vue.

Une fois de plus, un homme prenait le contrôle de sa vie. Contrairement à Dominic, qui s'était contenté d'anéantir sa réputation, le duc allait détruire les existences de tous ceux qui dépendaient de son oncle et du travail qu'il leur procurait. Des dizaines d'employés et leurs familles souffriraient si elle envoyait promener le duc. Sans parler du sort qui serait réservé à son oncle Barnabas.

Encore une fois, un homme lui laissait un choix qui n'en était pas un.

— Je ne comprends pas, mon oncle. Comment cela a-t-il pu arriver ? Il ne reste vraiment plus rien ?

La peau pâle et parcheminée de Barnabas Farnham était devenue rouge brique. Jamais elle n'avait vu son oncle aussi honteux. La peur lui transperça la poitrine devant l'affliction qu'elle lisait dans son regard.

— Mon Dieu ! Tu as aussi utilisé mon argent, c'est cela ?

Il se mordit la lèvre et Marianne ferma les yeux.

— Toutes mes économies ont disparu ? Toutes mes payes, que tu étais censé investir pour moi. Tu as tout joué et tout perdu !

Comme il ne répondait pas, elle rouvrit les yeux. L'expression de son oncle trahissait une profonde contrition.

— Je suis désolé, Marianne. J'avais prévu de tout rembourser, de tout regagner, et avec des intérêts, avant que tu t'en rendes compte.

Elle demeura muette.

— Comment l'as-tu appris ? demanda-t-il.

— Qu'est-ce que cela change ?

Il déglutit.

— Rien, je suppose.

— Cela doit durer depuis des années !

Il s'humecta les lèvres.

— Je gérais les dettes, j'empruntais à droite à gauche pour rembourser celles qui arrivaient à échéance, et puis j'ai traversé une mauvaise passe…

Elle leva la main.

— Je t'en prie, épargne-moi les détails sordides.

— Que vas-tu faire, Marianne ?

Elle éclata d'un rire presque dément et son oncle tressaillit.

— Ai-je le choix, mon oncle ?

— Il doit bien y avoir une autre…

— Je sais que tu m'as envoyée à l'école dans l'espoir que je trouve une position respectable, mais dans la mesure où personne ne voulait m'engager comme gouvernante avant que je commence à boxer, il y a peu de chances pour qu'on s'arrache mes services maintenant que je suis devenue la Baronne Boxeuse, pas vrai ? lança-t-elle, furieuse et écœurée.

Ils avaient été naïfs et idiots d'imaginer qu'une bonne éducation contrebalancerait ses liens avec un cirque. Six mois à envoyer des candidatures – y compris au fin fond de l'Angleterre – l'avaient convaincue qu'elle n'avait qu'un seul moyen de gagner sa vie.

— J'espérais arrêter la boxe d'ici trois ans. À présent, je vais être forcée de continuer pendant au moins six ans pour mettre assez d'argent de côté. Je me demande ce qui restera de moi à ce moment-là, et si raccrocher les gants présentera encore un quelconque intérêt.

— Je vais tout arranger, ma chérie. Je te le jure. La situation n'est pas désespérée. Je vais réussir à…

— À quoi ? l'encouragea-t-elle comme il s'était interrompu.

— Je peux me procurer cet argent. Il me faut juste un peu de temps…

— J'espère que tu ne parles pas de contrebande, parce que c'est hors…

— Non, non.

— Dans ce cas, tu espères que la chance va tourner au jeu ?

— Non.

Elle leva les bras.

— Quoi, alors ?

— Je… je ne peux pas te le dire maintenant, mais je te jure sur la tête de ma mère que je récupérerai ton argent. Laisse-moi juste un peu de temps.

— Nous n'avons pas de temps, mon oncle.

Elle ne voulait même pas savoir ce qu'il mijotait.

— Comment as-tu été mise au courant, Marianne ? insista-t-il.

Elle laissa échapper un soupir.

— Le duc de Staunton est venu me trouver, il a racheté toutes tes dettes.

Barnabas écarquilla les yeux.

— Staunton ? Mais… mais pourquoi ? Jamais je n'ai joué aux cartes avec lui.

Il plissa le front.

— Il veut nous faire fermer pour des raisons de moralité ? C'est ça ?

Marianne savait qu'elle ferait mieux de tout lui raconter, mais elle était trop en colère. En outre, elle ne supportait pas l'idée d'évoquer Dominic ni le fait qu'il était toujours en vie. L'association entre son oncle et le baron avait fait ressortir le pire chez chacun d'eux. Il était hors de question de les rapprocher.

— Il a racheté tes dettes parce qu'il veut m'obliger à coopérer avec lui.

— Coopérer, mais de...

— Il a parlé d'une lettre et d'un médaillon, sais-tu de quoi il s'agit ?

Barnabas resta bouche bée et ses joues cramoisies devinrent livides.

— Mon oncle ? dit-elle vivement. À quelle lettre et à quel médaillon fait-il allusion ?

— Euh...

Il déglutit et croisa son regard.

— Je ne sais pas ?

— On dirait une question, mon oncle.

— Non, bien sûr que non, bredouilla-t-il. Je ne vois pas du tout de quoi il s'agit. Tu m'as perturbé, Marianne. Je n'apprécie pas ton air accusateur.

Marianne utilisa l'astuce de Staunton et le dévisagea sans mot dire.

— Je suis ton oncle, reprit-il piteusement. Je te jure que je te dis la vérité... je ne sais rien d'une lettre ou d'un médaillon. J'espère que tu croiras à ma parole plutôt qu'à celle d'un inconnu ?

Elle soutint son regard de chien battu, puis murmura dans un soupir :

— Bien sûr, mon oncle.

Ce n'était pas tout à fait un mensonge, mais pas non plus la vérité. Cependant, le médaillon et la lettre étaient le cadet de ses soucis. Son avenir venait de voler en éclats en l'espace de quelques minutes. Son oncle avait perdu au jeu tout l'argent qu'elle lui avait confié.

— Pour quelle raison Staunton s'intéresserait-il à moi ? À nous ? demanda Barnabas d'un air pensif.

Sa bouche était pincée par l'inquiétude et son regard était lointain.

— Tu n'es pas obligée de faire ce qu'il te demande, Marianne, enchaîna-t-il en plongeant son regard dans le sien. Je suis sûr que nous pouvons trouver un moyen de récupérer l'argent. Peut-être que je...

— Peu importe, le coupa-t-elle avec lassitude.

Elle n'osait imaginer le genre de machinations dont il était capable si elle le laissait livré à lui-même.

— Je vais m'en occuper.

Elle se leva et se tourna vers la porte.

— Comment ? demanda-t-il. Tu ne possèdes rien, hormis ce cheval, et tu n'as rien dépensé de tes gains, pas même pour acheter des bijoux ou des objets de valeur que tu pourrais revendre, ma chérie.

Il lui restait une chose à vendre : sa fierté.

# 7

Cécile fit irruption dans la loge, claqua la porte et s'y adossa.

— Il est revenu, Marianne.

Celle-ci n'eut pas besoin de demander qui.

Elle serra les doigts sur le bâton de charbon qu'elle utilisait pour noircir ses sourcils.

— Zut, marmonna-t-elle tandis que de minuscules fragments noirs tombaient en pluie sur les pots de fard posés sur sa coiffeuse.

— Tu m'as entendue ? demanda Cécile.

Ç'aurait été difficile de ne pas l'entendre, mais Marianne garda sa réflexion pour elle.

— Sa présence n'a rien à voir avec moi, mentit-elle.

Cécile tourna son regard sombre vers Joséphine Brown, qui s'était produite avant Marianne.

Marianne ne connaissait pas très bien cette femme réservée et mystérieuse. Personne dans le cirque ne la connaissait vraiment. Joséphine était apparue à l'adresse de Newcastle Street un jour et avait commencé à lancer des couteaux jusqu'à ce qu'elle attire l'attention de Barnabas. Il l'avait engagée sur-le-champ et c'était la troisième plus grande attraction de la Foire.

S'il existait un couteau ou une épée que cette femme ne maîtrisait pas, Marianne ne les avait jamais vus.

D'ordinaire, elle exécutait son numéro et disparaissait. Curieusement, elle s'attarda dans la loge après s'être démaquillée et débarrassée de la tenue scandaleuse qu'elle portait pour son numéro, à savoir un pantalon de cuir noir, une veste à queue de pie noire extrêmement fine, une chemise noire et des bottes noires, et un masque de cuir noir qui lui couvrait le haut du visage. Sa tenue était d'autant plus spectaculaire qu'elle avait la peau laiteuse, les yeux gris clair et des cheveux blonds comme les blés.

Sans parler de l'énorme oiseau noir qui l'accompagnait en permanence.

Angus, le corbeau, était aussi calme et mystérieux que sa propriétaire. Ils étaient inséparables, et il faisait partie intégrante de son numéro. Elle l'avait entraîné à tenir les cartes à jouer qu'elle empalait de ses dagues, entre autres choses.

L'oiseau était aussi un peu voleur, du moins de l'avis de plusieurs membres de la troupe. Des petites choses, pas forcément de valeur, avaient disparu depuis quatre mois que Joséphine et Angus avaient rejoint le cirque. Et bien que personne n'ait pu prouver qu'il était coupable, sa maîtresse et lui faisaient l'objet de beaucoup de soupçons.

Son oncle avait donné à la jeune femme un nom de scène français, *la Sabreuse*, et gardait son identité secrète. Mais les gens qui travaillaient au cirque n'en savaient pas beaucoup plus sur Joséphine Brown que les spectateurs.

— Il t'a regardée aujourd'hui ? demanda Cécile à Joséphine, qui aiguisait paresseusement ses couteaux, passe-temps auquel elle consacrait une grande partie de ses journées vu la quantité de lames qu'elle portait sur elle.

Perché sur un tas de vêtements jetés sur l'accoudoir du canapé, Angus ébouriffa ses plumes et enfouit sa grosse tête sous son aile.

Comme sa maîtresse ne répondait pas, Cécile tapa dans ses mains.

— La Sabreuse, tu m'écoutes ?

Ni Jo ni son oiseau ne bougèrent.

Un sifflement étouffé brisa le silence tandis que Jo faisait glisser sa lame sur la pierre à aiguiser une fois de plus avant de lever les yeux. Ses étranges yeux gris pâle étaient éteints, comme si elle venait de se réveiller d'un profond sommeil.

— Je te demande pardon ?

Elle avait une voix douce, pas vraiment distinguée, mais sans accent régional. Elle s'exprimait un peu comme une domestique supérieure, une gouvernante, par exemple. Avec sa robe bleu marine toute simple et ses cheveux tressés en une natte épaisse qui tombait dans son dos, elle rappelait à Marianne les vachères qui gardaient leurs troupeaux dans Hyde Park et vendaient aux passants des tasses de lait frais. Elle paraissait saine et pure.

Jusqu'à ce qu'on la regarde de plus près.

Jamais Marianne n'avait rencontré quelqu'un d'à ce point dénué d'émotions. Même le duc de Staunton ne lui arrivait pas à la cheville. Au moins, avec le duc, elle avait perçu de la colère, de l'irritation et de la dérision derrière la façade polie. Chez la Sabreuse, elle ne percevait qu'un vide inquiétant.

Cécile claqua des doigts devant le visage de Joséphine, qui semblait avoir oublié sa question.

— Mon Dieu ! Tu vis vraiment dans ton monde, hein ? Je te parlais de Staunton, ajouta-t-elle sans lui laisser le temps de répondre. Est-ce qu'il te regardait ce soir ?

La Sabreuse ne disait ni ne faisait jamais rien dans la précipitation, et la brusquerie de Cécile ne l'empêcha pas de prendre son temps. Au lieu de répondre, elle examina la lame étincelante. Ses doigts fins et élégants paraissaient incongrus sur l'épais manche noir recouvert de cuir.

— Non, je ne crois pas qu'il était parmi les spectateurs, dit-elle enfin en passant un pouce presque caressant sur le tranchant de la lame. En tout cas, je ne l'ai pas remarqué.

— Pfff !

Cécile adressa un regard dégoûté à la blonde diaphane avant de se tourner vers Marianne.

— C'est bien ce que je pensais : il est arrivé juste à temps pour te voir.

Son visage ravissant prit une expression rusée.

— Voilà un développement intéressant. C'est un homme riche et puissant. S'il souhaite te parler, c'est peut-être…

Marianne fit de nouveau face au miroir et plongea le doigt dans le petit pot de rouge. Elle aurait bien aimé que la Française abandonne le sujet.

— C'est peut-être *toi* qu'il est venu voir, Cécile. Après tout, je ne suis pas le dernier numéro, ce soir.

Cécile adressa à son amie un regard éloquent, et Marianne rougit.

Elle aurait dû envoyer un message à Staunton sitôt après avoir parlé avec son oncle. Quelques jours de plus ou de moins, quelle différence ? Mais cette histoire l'agaçait et elle avait pris tout le temps qu'il lui avait accordé. Et maintenant, elle devait supporter sa présence sur son lieu de travail, et l'effet que cela produisait sur tout le monde – du moins, sur les femmes. Et probablement sur son oncle lorsqu'il apprendrait que son créancier était dans la salle.

Cécile claqua des doigts devant le visage de Marianne, qui sursauta.

— Toi aussi, tu es dans ton monde, dit-elle en désignant du menton la lanceuse de couteaux, qui caressait Angus et lui chuchotait des petits mots rapides.

Ce dernier émettait des petits croassements donnant l'impression qu'il conspirait avec sa maîtresse.

Marianne finit d'appliquer le fard sur ses lèvres et tamponna le surplus.

— Que veux-tu que je te dise, Cécile ? Peu importe que Staunton soit venu pour moi, toi ou la Sabreuse.

Il a le droit de regarder, comme n'importe quel spectateur qui a acheté son billet.

— Je sais bien, nounouche.

— Nunuche, corrigea une voix douce.

Cécile et Marianne se tournèrent d'un même mouvement vers la Sabreuse, mais elle ne les regardait pas. Elle avait ramassé l'un des linges qu'elles utilisaient pour se démaquiller et le tranchait calmement en l'effleurant à peine de sa lame.

— Barnabas va hurler, l'avertit Cécile.

C'était vrai. Cela le rendait fou de trouver des morceaux lacérés de tissu, de papier, et de bien d'autres choses, signe que la Sabreuse était passée par là et avait distraitement découpé ce qui lui tombait sous la main. Cela le rendait fou également qu'on utilise son prénom français, ce qui n'empêchait pas Cécile de le faire.

Jo se contenta de lever les yeux sur celle-ci, décrivant avec son couteau des moulinets paresseux d'une grâce éblouissante. Cécile pointa le doigt sur Angus, qui s'était rendormi.

— Il est perché sur mon peignoir. Est-ce qu'il a fait ses besoins dessus ?

— Angus est bien élevé, répliqua Jo sans s'émouvoir en reprenant son aiguisage. Il aime sentir la soie sous ses serres.

C'était probablement la première fois qu'elle en disait autant. Cécile grommela et secoua la tête avant de s'adresser à Marianne :

— Ne le laisse pas te distraire ce soir, ma chérie. N'oublie pas ce qui s'est passé la dernière fois.

Marianne n'avoua pas à son amie qu'elle n'avait plus besoin d'observer le bel aristocrate à la dérobée. Elle aurait tout le loisir de le regarder au cours des deux mois à venir.

La voiture du duc, une énorme berline noire dépourvue d'armoiries, attendait devant la maison de son oncle quand Marianne sortit, une heure et demie plus tard.

Le match, son troisième avec Nelly O'Grady, une femme de Dublin, avait été rude. Nelly était plus petite que Marianne mais très rapide et décochait coup sur coup. Marianne avait l'impression d'avoir été piquée sur tout le corps par un frelon. Elle était épuisée et de mauvaise humeur. Elle n'avait qu'une envie, s'immerger dans un bain chaud et se coucher. Au lieu de cela, elle s'apprêtait à monter dans sa satanée voiture.

Quoi qu'il en soit, si le duc pouvait la soumettre à sa volonté, rien ne l'obligeait à capituler avec grâce. Marianne sourit à la pensée de le faire souffrir. Petite gratification collatérale.

Un domestique vêtu d'une luxueuse livrée sauta à terre, ouvrit la portière et abaissa le marchepied comme Marianne s'approchait de la voiture. Elle portait sa tenue d'équitation, pantalon et redingote, si bien que le valet ne l'aida pas à grimper à l'intérieur de l'immense véhicule. En vrai gentleman, le duc avait pris le siège tournant le dos au sens de la marche. Le domestique referma la portière, et le véhicule s'ébranla.

— Bonsoir, mademoiselle Simpson.

— Où allons-nous ? demanda-t-elle, coupant court aux amabilités.

— Je possède une petite maison non loin d'ici.

Elle haussa un sourcil, et le duc soupira.

— Je n'ai aucune intention coupable, mademoiselle Simpson. Cependant, ce que nous nous apprêtons à mettre au point n'est pas une chose que je souhaite voir associée à mon nom.

Il inclina la tête.

— Nous allons passer beaucoup de temps ensemble au cours des semaines et des mois à venir. Vous avez l'intention de vous montrer belliqueuse en permanence ?

Marianne appuya les coudes sur ses genoux et se pencha en avant, réduisant l'écart qui les séparait.

— Je ne me vois pas entretenir des rapports chaleureux avec mon extorqueur, Votre Grâce. Aussi, *oui*, je serai probablement belliqueuse dans un avenir proche. Ce sera un problème pour vous ? Vous préférez peut-être changer d'avis et trouver une autre personne à qui imposer votre auguste volonté ?

Le sourire qu'il lui adressa lui hérissa les poils de la nuque, mais il ne fit aucun commentaire. Marianne tourna la tête et le silence retomba entre eux. Moins de cinq minutes plus tard, la voiture s'arrêtait devant une maison en brique de deux étages.

Le duc ouvrit la portière, baissa le marchepied et se tourna pour l'aider. Ignorant sa main, elle sauta à terre.

— Après vous, dit-il en lui faisant signe d'avancer.

Marianne le fusilla du regard.

— J'ai mis une tenue masculine afin de conserver les quelques vestiges de ma réputation en lambeaux, Votre Grâce. Inutile de faire preuve de galanterie.

Sans attendre sa réponse, elle avança jusqu'à la porte, qui s'ouvrit avant qu'elle puisse saisir la poignée.

Lord Carlisle se tenait sur le seuil, ses lèvres pleines incurvées sur un sourire promettant des délices sensuels. Mais son regard était aussi dur que la pierre.

— Bonsoir, Staunton, dit-il sans détacher les yeux de Marianne tout en reculant. Et ce doit être Mlle Simpson.

Marianne retira ses gants avant d'enlever son chapeau et de les laisser tomber dedans. Elle le lança à Carlisle, qui l'attrapa instinctivement et fronça les sourcils.

— Merci, dit-elle en déboutonnant son manteau.

Elle l'ôta et le tendit également à Carlisle. Il prit le vêtement et déclara avec ironie :

— C'est un plaisir que de vous servir, mademoiselle Simpson.

— Quel bonheur de rencontrer un aristocrate éprouvant le désir de se rendre utile, répliqua Marianne, ce qui lui valut un bref éclat de rire de la part du séduisant marquis.

Ignorant leur échange, le duc posa son chapeau et ses gants sur une console, puis il monta les marches de l'escalier deux à deux, sans attendre Marianne cette fois.

— Après vous, dit Carlisle en tendant les vêtements au valet de pied qui les avait suivis dans la maison. Deuxième porte à gauche, précisa-t-il lorsqu'ils atteignirent le premier étage.

Un autre homme se trouvait dans la pièce en plus du duc. Contrairement à Staunton et à Carlisle, il n'était ni grand ni éblouissant physiquement. Il avait des cheveux châtains, des yeux bleus et des traits réguliers. Si on lui avait demandé de le décrire, elle aurait dit qu'il était presque exceptionnellement quelconque.

Mais peut-être était-ce uniquement par comparaison avec ses deux associés.

— Bonsoir, mademoiselle Simpson, je suis Elliot Wingate, dit-il en s'inclinant.

Sans lui répondre, Marianne se dirigea vers le feu qui crépitait, se laissa tomber sur le siège le plus proche et posa sa cheville sur son genou.

— Il est tard et je suis fatiguée. Pouvons-nous aller droit au but ?

Wingate arqua un sourcil et le duc pinça davantage les lèvres. Seul Carlisle semblait enchanté par sa grossièreté. Il s'assit à côté d'elle, visiblement fasciné par sa tenue d'homme. C'était là une réaction qu'elle avait vue trop souvent de la part d'admirateurs aristocrates pour la trouver charmante.

— Un verre, mademoiselle Simpson ? proposa le duc en désignant le plateau en argent sur lequel étaient posés plusieurs flacons.

— Non, merci.

Staunton s'assit sans se servir. Les trois hommes la dévisagèrent, chacun d'entre eux intimidant à sa façon. Marianne avait l'impression de se retrouver face à une sorte de tribunal. Elle avait presque peur de parler, mais...

— Dans la mesure où je suis *contrainte* de vous obéir, je pense que je devrais prendre connaissance de la lettre du baron Strickland.

Elle avait vaguement espéré que le duc ne l'aurait pas sur lui, qu'elle avait été brûlée ou volée, mais elle n'eut pas cette chance. Il sortit un petit rectangle de sa poche et le lui tendit.

— Je me doutais que vous souhaiteriez la lire.

Marianne poussa un soupir, prit le papier et le déplia.

*Staunton,*

*J'espère que tu te portes bien. Cela fait plus de dix ans que nous ne nous sommes pas parlé. Beaucoup d'eau a coulé sous les ponts. En voyant la signature au bas de cette feuille, tu as probablement déjà envisagé de prévenir les autorités ou de la jeter au feu. J'espère, pour le salut de ton frère Benjamin, que tu n'en feras rien.*

*Là, je pense avoir retenu ton attention, n'est-ce pas ?*

*En effet, j'ai découvert récemment que ce cher Benjamin est vivant, bien qu'il ne soit peut-être pas au mieux de sa forme.*

*Sache qu'il est pour l'instant en sécurité. Quand tu viendras le chercher, cependant, prévois un moyen de le transporter car il n'est pas en état de monter à cheval.*

*L'homme chez qui il réside exige une compensation pour le temps et les efforts qu'il lui a consacrés. Il demande dix mille livres sterling. Cela paraît beaucoup, mais je lui ai assuré que c'était dans tes moyens. Surtout pour ton seul frère encore en vie.*

*Comme preuve de ce que j'avance, je t'envoie sa chevalière ainsi qu'une lettre de lui, rédigée de sa main.*

*Je ne demande pas d'argent pour ma part, mais je t'emmènerai à l'endroit où Benjamin est en convalescence en échange d'un service.*

*Je désire voir une femme appelée Marianne Simpson, qui travaille pour un certain Barnabas Farnham.*

*J'ai des choses importantes à dire à Mlle Simpson. Il ne sera pas si difficile de me l'amener, car la troupe de*

*Farnham partira en tournée sur le continent beaucoup plus tôt que d'habitude cette année, sans doute pour devancer la concurrence.*

Marianne leva les yeux ; les trois hommes l'observaient avec attention.

— Comment est-il au courant de la tournée ?

— C'est un ancien associé de votre oncle. Se pourrait-il qu'ils communiquent encore, tous les deux ?

La première réaction de Marianne fut la colère, une colère indignée, et elle ouvrit la bouche pour défendre son oncle. Mais aucun mot n'en sortit. Comment Dominic savait-il pour la tournée ? Qui aurait pu le renseigner sinon Barnabas ? Mais comment son oncle pouvait-il faire une chose pareille après ce qui s'était passé entre le baron et elle ?

Son estomac se souleva à l'idée que Barnabas puisse être aussi déloyal. Elle croisa le regard du duc. Était-ce de la pitié qu'elle voyait dans ses yeux ?

— J'ignore s'ils communiquent, reconnut-elle.

Le duc se contenta de hocher la tête, et Marianne reprit sa lecture.

*Si tu m'amènes Marianne, je te conduirai à Benjamin.*

*Elle ne voudra pas me voir, et tu auras certainement beaucoup de mal à la faire venir ici. Si elle a besoin de motivation, suggère-lui d'interroger Barnabas à propos du médaillon et de la lettre. Quand elle les aura vus, elle aura quantité de questions. Dis-lui que j'ai les réponses à toutes ses questions, cela lui donnera envie de me voir.*

*Je sais que tu es un citoyen intègre et d'une moralité à toute épreuve, mon cher Saint John, mais je t'en prie, évite de prévenir les autorités de mon existence. S'il me venait aux oreilles qu'Elliot ou ses comparses sont à moins de cent miles de moi, j'en serais profondément chagriné.*

*Et Benjamin mourra.*

*Présente-toi à l'auberge du Casque de Fer le 15 avril, et je t'y retrouverai.*

*Si tu as ne serait-ce qu'un jour de retard, je serai parti, et tu ne reverras jamais ton frère.*

*Dominic*

Marianne replia la lettre, fière que ses mains tremblent à peine. Si elle avait encore hésité à croire que Dominic était vivant, cette lettre levait tous ses doutes. Non seulement elle reconnaissait son écriture, mais son ton lui était beaucoup plus familier qu'elle ne l'aurait souhaité.

Elle rendit la lettre au duc.

— Le moment semble venu de m'expliquer ce que vous avez en tête, Votre Grâce.

# 8

— Vous êtes fous à lier ? s'exclama Marianne Simpson, les yeux tellement exorbités que Sin faillit sourire.

— Non, mademoiselle Simpson.

Elle regarda alternativement Guy et Elliot. Ni l'un ni l'autre ne souriaient.

— Alors c'est un canular ? Je sais que la vie des aristocrates est si vaine qu'ils adorent faire des paris ridicules pour se distraire. C'est cela ? Un canular ?

— Non. Ce n'est ni un canular ni un pari. C'est une requête tout à fait sérieuse. Vous devez nous trouver à tous les trois un emploi dans le cirque de votre oncle. Vous avez lu la lettre. Nous devrons transporter une grosse somme d'argent et ramener mon frère. Personne ne remarquera une roulotte de plus au milieu du cirque de votre oncle.

— Très bien. Dans ce cas, pourquoi ne pas simplement nous suivre dans votre propre roulotte ?

— Parce que l'arrivée de deux nobles et d'un serviteur de la Couronne armés dans un pays étranger en ces temps troublés soulèverait bon nombre de difficultés politiques. Et vous avez vu ce que dit Dominic à propos d'Elliot. Nous devons nous mêler à la troupe et ne pas éveiller les soupçons. Si on voit une roulotte remplie d'hommes qui ne font rien, cela fera jaser. Il nous faut des emplois. Nous devons passer inaperçus.

Elle éclata d'un rire sans joie et secoua la tête.

— Mon oncle a déjà engagé tous les extras qu'il lui faut pour la tournée. La guerre étant terminée, cela se bouscule au portillon. Nous ne sommes pas les seuls à vouloir profiter de la première occasion de partir en tournée depuis des décennies. Les gens qu'il a engagés sont compétents, forts, et habitués à abattre une dure besogne du matin au soir. Ils savent déplacer des accessoires et des gens avec rapidité et efficacité.

Sin garda le silence.

— Et même si vous possédiez les compétences nécessaires pour ce genre de travail et que je pouvais convaincre mon oncle de vous engager, que serions-nous censés faire de ceux que mon oncle a déjà embauchés ? demanda-t-elle. Les renvoyer parce que des aristocrates ont décidé que ce serait drôle de jouer à travailler ?

Sa question résonna dans la pièce, et Sin perçut les réactions stupéfaites de Guy et d'Elliot devant l'agressivité de la jeune femme.

— Je ne souhaite pas que quiconque ait à souffrir de mes actes, dit-il calmement, refusant de se sentir insulté par ses insinuations selon lesquelles tous trois étaient des mauviettes inutiles et paresseuses. J'offrirai une généreuse compensation à ceux qui auront été remplacés, mademoiselle Simpson. Je leur donnerai le double de ce que votre oncle les paie juste pour rester chez eux à ne rien faire jusqu'à la fin de l'année. Cela suffirait-il ?

Elle inspira profondément, et relâcha tout l'air d'un coup.

— En supposant que certains acceptent votre offre, de quoi êtes-vous capables, tous les trois ? Tous les emplois sont soit ingrats – transporter, traîner, soulever, déplacer, cuisiner et nettoyer –, soit ils exigent de vraies compétences, comme celles d'un charpentier ou d'une couturière.

Avec un sourire narquois, elle conclut :

— L'un d'entre vous sait-il coudre ou fabriquer des décors de théâtre ?

Sans relever, Sin répondit :

— Je pense que nous saurons transporter, traîner, soulever, etc.

Elle rit.

— Vous pourriez peut-être nous expliquer la raison de votre hilarité, mademoiselle Simpson ? s'enquit Sin froidement.

— Pardonnez-moi, Votre Grâce, je suis juste en train de vous imaginer recevant des ordres de la part des employés du cirque. Des gens qui remarqueront certainement votre manque d'expérience même pour les tâches les plus simples. Toutefois, en supposant qu'ils ne le remarquent pas, je me représente un duc qui va de son plein gré et docilement transporter, traîner, soulever, *etc*.

Elle prononça le dernier mot d'une voix grave et modulée, imitant assez bien son accent.

— Il m'arrive régulièrement de me livrer à des efforts physiques.

— Ce n'est pas cela qui m'inquiète. Encore que l'idée de vous voir porter mes bagages soit très séduisante, ajouta-t-elle en ébauchant un sourire.

Guy s'esclaffa.

— Miséricorde, quelle joute ! Vous devriez peut-être enfiler des gants de boxe et vous mesurer pendant quelques rounds pour régler le problème ?

Sin jeta un regard sévère à son ami. Mlle Simpson n'avait pas besoin d'encouragement pour faire des siennes. Heureusement, elle ne parut pas entendre Guy – ce qui était étrange. Rares étaient les femmes à ne pas remarquer Gaius Darlington, unanimement considéré comme l'un des célibataires les plus séduisants d'Angleterre.

Décidément, Marianne Simpson se révélait singulière à bien des égards.

— Admettons que je réussisse à m'arranger pour vous trouver trois postes subalternes. Comment espérez-vous passer inaperçus ?

— Je peux modifier mon apparence, assura Sin.

Elle rit de nouveau, mais cela ressemblait plutôt à un ricanement incrédule.

— Ma foi, je vais devoir vous croire sur parole, je suppose.

— En effet, mademoiselle Simpson. Croyez-moi également sur parole lorsque j'affirme que je ne changerai pas d'avis. Je n'ai pas l'intention de perdre mon temps en vaines discussions. Je pensais que votre présence ici ce soir signifiait que nous avions conclu un accord.

— Parce que je croyais que vous souhaitiez uniquement… Oh, je ne sais pas, nous suivre dans votre propre roulotte ! Je n'avais pas compris que vous vouliez vous faire engager.

— Eh bien, maintenant, vous le savez.

Elle ouvrit la bouche, mais aucun mot n'en sortit.

— Bien, poursuivit Sin. Lorsque vous dites que tous les postes ont été pourvus, je me rappelle avoir entendu votre oncle dire que vous aviez traîné des pieds pour engager le remplaçant de Nelson. Ainsi que d'un autre homme. Andy, si je me souviens bien. Cela fait donc deux postes libres.

À sa grande surprise, elle ne répliqua rien de désagréable. Elle se mordilla la lèvre, songeuse, puis murmura :

— Ce n'est pas une si mauvaise idée, tout compte fait.

— Je vous demande pardon ?

Tirée de ses pensées, elle croisa son regard interrogateur.

— En tant qu'hommes fortunés et oisifs, je présume que vous savez boxer ?

Sin échangea un regard amusé avec Elliot et Guy ; ni l'un ni l'autre n'étaient vraiment fortunés, mais ils savaient incontestablement boxer.

— Oui, répondit Guy pour eux trois.

Elle se tourna vers Elliot.

— Voulez-vous vous lever, je vous prie ?

Elliot haussa les sourcils, mais obéit.

Mlle Simpson se leva à son tour souplement et s'approcha d'Elliot. Elle tourna autour de lui, l'étudiant comme un homme pourrait inspecter un cheval avant une vente aux enchères. Le visage d'ordinaire impénétrable d'Elliot rougit sous cet examen.

Écarlate, Guy essayait laborieusement de réprimer un gloussement.

Lorsque Marianne s'arrêta devant Elliot, Sin remarqua que ce dernier n'était guère plus grand qu'elle – peut-être cinq ou six centimètres.

Ils se ressemblaient suffisamment pour être de la même famille : bien bâtis, souples et agiles, le teint pâle et de courts cheveux bruns. Tous deux se déplaçaient avec une grâce de prédateur laissant deviner une force latente sous leur sveltesse.

— Ainsi vous savez boxer ? demanda-t-elle.

Les narines d'Elliot se dilatèrent légèrement.

— Assez bien.

— Il a été deux fois champion à Eton dans la catégorie poids plume, intervint Guy, ce qui lui valut un regard noir d'Elliot.

— Je suis donc en présence d'une sommité ? commenta Mlle Simpson, visiblement amusée. Voyez-vous un inconvénient à porter des gants ou à vous entraîner avec des femmes ?

— Non aux deux, répondit Elliot.

— Pouvez-vous venir au théâtre vendredi à la première heure ?

— Oui.

— Bien. Je m'assurerai que Nora et Lucy soient là également, et nous verrons ce que vous avez dans le ventre.

Elliot rougit de plus belle sous la provocation. Elle se tourna alors vers Sin.

— C'est assez compliqué de trouver des partenaires d'entraînement lorsqu'on est sur les routes ; c'est pour cela que mon oncle voulait engager quelqu'un pour nous trois. Si votre ami est aussi bon que vous le dites, Jack le recommandera à mon oncle. Il s'agit de nous entraîner, de s'occuper de notre équipement, de nous ravitailler en eau, et ainsi de suite.

Elle fronça les sourcils comme si Elliot avait discuté.

— C'est un *vrai* métier, vous comprenez ? Si vous ne le prenez pas au sérieux et n'accomplissez pas le travail requis, vous devrez trouver un autre moyen de vous rendre à Metz. Et je me fiche de la pression que pourra exercer Sa Grâce.

— Je comprends, mademoiselle Simpson, répondit Elliot posément.

Elle pivota vers Sin et le gratifia du même examen tout en se massant le menton.

— Et vous, Votre Grâce ?

— Quoi, moi ?

— Vous étiez aussi champion de boxe dans votre école huppée ? le nargua-t-elle.

— C'était notre…

Sin fit taire Guy d'un regard.

— Où voulez-vous en venir, mademoiselle Simpson ? demanda-t-il, furieux de se sentir rougir sous son regard moqueur.

— Vous aviez raison. Puisque ni Jack Nelson ni Andy Leonard ne nous accompagneront pendant la tournée, il nous faudra quelqu'un d'autre. Je les aurais déjà remplacés, mais jusqu'à présent les hommes que j'ai rencontrés ne m'ont pas satisfaite.

Elle esquissa un sourire sans joie.

— Apparemment, ma satisfaction passera au second plan.

Sin refusa de mordre à l'hameçon.

— Celui qui occupera cet emploi sera mon coach pendant les matchs et supervisera mon entraînement.

C'est également un *vrai* métier, ajouta-t-elle en fronçant les sourcils.

— Y a-t-il un troisième poste ? demanda-t-il avec un calme qu'il était loin de ressentir.

— J'avais prévu de payer les palefreniers qui s'occupent des animaux de mon oncle pour qu'ils s'occupent aussi de mon cheval – qui sera du voyage –, mais je peux engager un valet d'écurie sans que personne trouve à y redire. Puisque ce ne sera pas un travail à plein temps, celui qui s'en acquittera pourra également conduire la roulotte que je partagerai avec Cécile et Joséphine. Cela signifie transporter nos bagages, faire nos courses, et un tas d'autres petites tâches.

Elle croisa les bras et adressa à Sin un regard belliqueux.

— Voilà les trois postes. Ceux qui prendront les deux premiers devront être jugés acceptables par Jack. Pour le garçon d'écurie, je peux décider moi-même.

— Staunton s'entraîne avec Gentleman Jackson au club trois fois par semaine, c'est le mieux placé pour l'entraînement, déclara Guy avec un sourire narquois à l'adresse de Sin. Je pense convenir le mieux pour le poste de palefrenier.

Sin le gratifia d'un regard annonçant des représailles. À cause de Guy, il serait enfermé avec une femme hostile plusieurs heures par jour.

Marianne regarda le duc entre ses paupières mi-closes, mais s'abstint de tout commentaire.

— Je vais prendre le poste de Jack, dit-il comme s'il avait le choix.

— Vous comprenez que nous serons obligés de révéler vos identités à mon oncle ?

— Uniquement à lui, j'espère ?

— Cela ne m'enchante pas de lui annoncer la nouvelle, et cela ne lui plaira pas non plus. Aussi, à moins que quelqu'un ne vous reconnaisse – et je pourrai difficilement en être tenue responsable, n'est-ce pas ? –, personne d'autre n'a besoin d'être au courant.

— Personne ne nous reconnaîtra, lui promit-il.

Elle lâcha un ricanement sceptique.

— Vous êtes bien conscients, j'espère, que j'aurai réellement besoin que vous accomplissiez au moins une partie des corvées qui vous seront dévolues ?

— Oui, vous l'avez répété quatre ou cinq fois. Au cours des cinq dernières minutes.

Elle le fixa d'un regard dur.

— Vous paraissez relativement athlétique, mais il s'agit d'un vrai travail, pas de « s'entraîner avec Gentleman Jack au club trois fois par semaine ».

Guy produisit un son ressemblant au gémissement d'un chien asthmatique tandis qu'il s'efforçait, sans succès, de réprimer un rire.

— Oui, mademoiselle Simpson, riposta Sin d'un ton aigre, j'ai *compris*.

— En outre, je ne paierai aucun d'entre vous. En fait, je me demande si ce n'est pas vous qui devriez me payer.

Du coin de l'œil, Saint John vit Elliot se mordre la lèvre et regarder le sol pour dissimuler son expression. De son côté, Guy reniflait tel un cochon truffier. Sin poussa un soupir.

— Combien voulez-vous ?

Elle eut l'air contrariée qu'il cède aussi facilement.

— N'y pensons plus. Je n'ai pas besoin de votre argent.

Elle se tourna vers Guy.

— Lord Carlisle, je peux difficilement vous appeler ainsi. Quel sera votre nom d'emprunt ?

— Guy fera l'affaire. Guy Darling, ajouta-t-il avec un sourire.

Elle parut amusée.

— Bien. Guy, vous n'aurez pas grand-chose à faire jusqu'aux jours précédant notre départ. Vous pouvez aller chercher les roulottes – la mienne et celle que vous partagerez tous les trois. Puisque vous n'avez pas besoin d'accompagner les deux autres vendredi, vous pourriez passer dans le courant de la semaine prochaine afin que je vous présente Cécile et Joséphine, que vous devrez également…

Elle plissa les yeux d'un air mauvais, et termina :

— *Servir.*

— Oui, mademoiselle Simpson, répondit-il humblement.

Elle le dévisagea d'un air soupçonneux avant de s'adresser de nouveau à Sin.

— J'ai interrogé mon oncle sur le médaillon et la lettre, il ne savait rien.

Sin se demanda si elle était naïve au point de croire ce qui sortait de la bouche de Barnabas Farnham.

— Ne vous gênez pas pour afficher cette mine incrédule, dit-elle, fine mouche. C'est mon oncle, et s'il m'a dit qu'il n'était pas au courant, alors il ne l'est pas. Allez-vous le faire jeter en prison simplement parce qu'il ne possède pas ce que vous voulez ?

Il ne s'abaissa pas à lui répondre.

— Quand désirez-vous que je commence à vous… *servir* ?

Elle sourit, et Sin fut contrarié de trouver son expression plus que charmante.

— Vous devriez venir avec M. Wingate afin que Jack puisse donner son accord. À mon avis, il souhaitera que vous commenciez à travailler immédiatement afin de pouvoir vous avoir à l'œil.

— Immédiatement ? répéta Sin en essayant de ne pas paraître aussi contrarié qu'il l'était.

À en juger par l'air moqueur de la jeune femme, il échoua lamentablement.

— Oh, je suis infiniment navrée ! s'exclama-t-elle. Ce nouveau travail, que vous m'imposez par le biais d'un chantage, serait-il trop éprouvant pour vous ? Êtes-vous atterré à l'idée d'être soumis à un véritable travail physique six jours par semaine ? Peut-être avez-vous changé d'avis, Votre Grâce ? Je suis sûre que vous pourrez…

— Vous souhaitez que nous nous présentions à 6 heures ? gronda Sin, incapable de garder son sang-froid.

— Le vendredi, nous nous retrouvons à 10 heures. Soyez à l'heure, je déteste les retardataires.

— C'est tout, mademoiselle Simpson ? demanda-t-il d'un ton glacial. Ou avez-vous d'autres instructions me concernant ?

— Non, c'est tout. Pour le moment. Mais puisque vous êtes désormais mon employé, Votre Grâce, je vous suggère de prendre l'habitude d'obéir à mes ordres, diligemment et avec le sourire.

La porte s'était à peine refermée derrière Mlle Simpson que Guy éclata de rire.

— Bon sang, Sin, cette femme va faire de ta vie un enfer pendant les deux mois qui viennent. Un véritable enfer !

Sin fit la sourde oreille.

— Ma foi, déclara Elliot en essayant vainement de ne pas sourire, cela s'est passé mieux que je ne m'y attendais. La bonne nouvelle, c'est que si nous devons commencer tout de suite, j'aurai accès au théâtre, qui est à deux pas de chez Farnham.

— Tu crois que c'est raisonnable de fouiller chez lui toi-même ? demanda Sin.

— Fais-moi confiance, répliqua Elliot. Et je pense que nous devrions profiter de la moindre occasion pour passer du temps au théâtre et faire connaissance avec les employés. Plus ils seront à l'aise avec nous, moins ils nous remarqueront, et plus grande sera notre liberté de mouvement. Pour ce qui est de s'introduire dans le bureau et la maison de Farnham…

— Nous nous en remettrons à toi, acheva Sin à sa place.

— Parfait, dit Elliot. Parce que Farnham t'aura à l'œil, et guettera le moindre fait ou geste suspect. Idem pour toi, Guy.

— Et toi, tu penses passer inaperçu ? ironisa Sin.

— Peut-être pas, mais je suis beaucoup moins intéressant ou remarquable que vous deux.

— Méfie-toi, Elliot. Les gens qui ont eu affaire à Farnham et à Strickland par le passé sont morts, lui rappela Sin. Tu as vraiment besoin de pénétrer dans son bureau et chez lui ?

— J'ai l'impression que nous tâtonnons dans le noir. Et Farnham ayant été lié à Dominic, il apparaît comme notre meilleur espoir de mettre la main sur des renseignements. Il n'y a peut-être rien à découvrir, mais il y a trop d'inconnues dans cette affaire pour ne pas au moins essayer.

— Comment pouvons-nous t'aider ?

— Il faut que Farnham et sa nièce baissent la garde. Et pour cela, nous devons nous montrer le plus possible, qu'ils s'habituent à notre présence. Mlle Simpson nous prend pour des bons à rien fainéants en quête de distractions ; elle risque de nous mener la vie dure dans l'espoir que nous renoncions.

Sin leur souhaitait bonne chance. Tant qu'ils n'auraient pas ramené Benjamin à la maison, il resterait collé à Mlle Marianne Simpson telle une bernique sur un rocher à marée basse.

# 9

Marianne se changeait après sa promenade à cheval du vendredi lorsque la porte de la loge s'ouvrit. Cedric, l'un des accessoiristes, passa la tête dans l'entrebâillement.

— Il y a deux types qui veulent te voir.

La ponctualité du duc arracha un sourire narquois à Marianne.

— Envoie-les-moi, dit-elle en sortant de derrière le paravent et en boutonnant sa robe de travail grise.

Cedric ouvrit la porte en grand.

— Entrez, messieurs.

Un instant, Marianne crut à une erreur. Ce n'étaient pas le duc et son ami.

L'un des hommes était grand, large d'épaules, brun, et avait des lunettes cerclées d'argent. Il portait un vieux pantalon de tweed enfoncé dans des bottines à semelles cloutées élimées. Un foulard à carreaux noir et blanc autour du cou, une veste vert bouteille usée, et un abominable gilet vert et or dessous.

Marianne ne put s'empêcher d'écarquiller les yeux lorsqu'elle posa les yeux sur son visage. Il ne s'était pas rasé depuis plusieurs jours et le chaume de barbe était d'un roux choquant émaillé de poils blond argenté. Il avait l'air… bigarré.

À la vérité, il était méconnaissable.

Wingate portait une tenue similaire. Il avait coupé ras ses épais cheveux bruns, qui ressemblaient maintenant au pelage soyeux d'un animal. Cette coiffure soulignait ses pommettes, qui paraissaient aussi affûtées que des lames de couteau, et révélait ses sourcils noirs, ce qui lui donnait un air menaçant.

Marianne dut admettre qu'elle n'avait reconnu les deux hommes que parce qu'elle savait qu'ils viendraient aujourd'hui.

Elle croisa le regard vert de Sa Grâce – il y avait des traits impossibles à dissimuler, dont la couleur des yeux.

— Je suis impressionnée, concéda-t-elle à contrecœur, son regard s'attardant sur ses cheveux, qui n'étaient plus blond clair, mais d'un châtain sans éclat quelque peu incongru avec sa barbe rousse.

Et quelle barbe ! Marianne ne put s'empêcher de sourire avec ironie.

— Seigneur, c'est bien au-delà du roux, on pourrait presque la qualifier d'orange brûlé, n'est-ce pas ?

Sa remarque ne l'amusa pas.

— Comment êtes-vous venus ? s'enquit-elle. Parce que si vous avez chevauché votre monstre noir, toute cette mascarade n'aura servi à rien, ajouta-t-elle en désignant leurs personnes d'un geste.

— Nous avons loué un fiacre.

Marianne grimaça en entendant les syllabes dures et sèches.

— Vous ressemblez peut-être à n'importe quel quidam, mais vous parlez toujours comme un aristo.

— Vous aussi vous parlez comme une *aristo*, répliqua-t-il froidement.

Sa réponse acerbe fit sourire Marianne et il arrondit les yeux, comme s'il ne s'attendait pas qu'une vulgaire pugiliste à la réputation sulfureuse ait le sens de l'humour.

— Bien vu, reconnut-elle. On m'a accusée d'avoir un accent snob plus d'une fois. Il n'est pas rare que les gens des classes inférieures essayent de s'élever en imitant leurs supérieurs.

Il étrécit les yeux lorsqu'elle accentua le mot « supérieurs ».

Le premier choc étant passé, Marianne remarqua deux autres choses qui le trahissaient : son attitude impérieuse et sa posture arrogante, qui étaient celles d'un homme possédant une bonne partie du pays.

Mais il fallait choisir sa bataille. Il était probablement impossible de le débarrasser complètement du duc qui l'habitait. Quand bien même elle aurait aimé y parvenir.

— Il vous reste quelques semaines pour travailler votre accent et votre posture.

— Que reprochez-vous à ma posture ? demanda-t-il en se raidissant, ce qui le fit paraître encore plus ducal.

— On dirait que vous avez un tisonnier dans le... euh, je veux dire, vous êtes aussi raide qu'un tisonnier. Observez les hommes que vous allez côtoyer et essayez de vous en inspirer.

Elle vit à son froncement de sourcils hautain qu'il n'avait guère envie de s'inspirer de la populace.

— Vous serez sans doute surpris d'apprendre que vous n'êtes pas le seul à ne pas vouloir qu'on vous découvre en train de jouer à l'ouvrier. Je préférerais que mon nom ne soit pas associé à celui d'un autre aristocrate. Si les gens savaient que je vous ai introduit clandestinement dans le cirque de mon oncle, ils en tireraient une seule conclusion. Donc, si cela ne vous ennuie pas, je vous serais reconnaissante de ne révéler à personne durant la tournée que vous êtes duc.

Les yeux de Staunton lancèrent des éclairs. Elle s'amusait bien trop à narguer Sa Grâce, et ce comportement mesquin ne donnait pas une bonne image d'elle. Cela lui était égal.

— Entendu, siffla-t-il. Qui sommes-nous censés être, dans ce cas ?

— Vu votre accent, nous pourrions simplement dire que vous étiez majordome chez un noble. Ils sont encore plus compassés que leurs employeurs, pas vrai ?

Elliot Wingate étouffa un rire.

— Elle marque un point, là, Staunton… euh, pardon, Sin. Buffle est plus intimidant que n'importe quel duc.

— Sin[1] ? répéta Marianne, étonnée.

— C'est un surnom, précisa Sa Grâce froidement.

— Vous, le noble et moralement irréprochable lord Parfait, on vous surnomme Sin ? s'esclaffa Marianne. C'est censé être ironique ?

— C'est le diminutif de son nom de baptême, expliqua Elliot en hâte, sentant la tension grandir.

— Et quel est ce nom ? demanda Marianne, avant d'ajouter avec un sourire railleur : À moins qu'il ne soit interdit de partager ce genre de renseignements avec une simple roturière.

— Saint John.

Le nom jaillit à mi-chemin entre un grondement et un sifflement.

Hmm. Oui, il avait bien l'allure d'un Saint John.

— *Sin* ne risque pas d'être facilement identifié par d'autres aristos ?

— Non, répondit Elliot tandis que le duc fulminait. Seules deux autres personnes l'appellent ainsi.

Marianne réfléchit une minute, cherchant un nom qui ne hurle pas « je suis noble » tout en étant suffisamment familier pour que Staunton y répondre.

— Et si nous disions que Sin est le diminutif d'un nom de famille plus banal, comme Sinclair par exemple. John Sinclair ?

— Très bien, dit le duc brièvement.

Avec un sourire moqueur, elle déclara :

— Parfait. Nous avons déjà un Squeaky, un Bazzer et un Chook, vous vous fondrez dans la masse.

1. « Péché », en anglais. *(N.d.T.)*

— Pour quelle raison un ancien majordome se ferait-il engager dans un cirque ambulant ? demanda le duc sans relever.

— Je suis sûre que vous avez renvoyé votre lot de domestiques. Imaginez une raison.

L'accusation le hérissa, mais il ne nia pas.

— Pourquoi les domestiques perdent-ils leur emploi ? insista Marianne. Bagarre, batifolage… vol. Voilà, vol.

— Pas question. Je refuse d'être perçu comme un voleur pendant neuf semaines.

Son expression pincée l'amusa.

— Très bien. Pas voleur, donc.

Elle fit la moue et envisagea des raisons possibles à la chute de sa trajectoire sociale.

— Disons que vous avez été surpris en train d'étancher votre soif dans la cave de votre employeur – à plusieurs reprises – et qu'il vous a congédié sans lettre de recommandation.

— Me voilà donc dipsomane.

Marianne sourit, et le duc soupira.

— Très bien. Et comment aurais-je entendu parler de cet emploi ?

— Un certain Charlie Whittaker, surnommé Charlie la Belle Gueule, qui était valet avant d'être boxeur, vous en aura parlé.

— Et ce Charlie n'affirmera-t-il pas qu'il ne me connaît pas ?

— Par chance, il est retourné à Glasgow depuis peu. Nous n'aurons qu'à dire que vous travailliez tous les deux pour le même maître il y a plusieurs années.

Le duc hocha la tête, et Marianne se tourna vers l'autre.

— Et vous, comment désirez-vous vous faire appeler ?

— Elliot, ce sera bien.

— Elliot ? *Elliot ?*

Elle éclata de rire.

— Non, je ne crois pas. C'est presque aussi terrible que Saint John, ou Sinjin. Et Wingate ne va pas non plus.

— Et Smith, c'est assez banal pour vous ? suggéra Elliot avec un sourire ironique.

— Jamais un boxeur ne s'appellerait Smith. Répondrez-vous si on vous appelle Smithy ?

— Je pense que oui.

— Êtes-vous de Londres ?

— Non, de Bristol.

Marianne afficha un grand sourire.

— Ah, le berceau des champions ! Hen Pearce, Tom Cribb et Jem Belcher.

Elle examina son corps mince et noueux.

— Nous dirons donc que vous arrivez de Bristol. J'ai croisé Pearce une fois, avec votre gabarit, c'est crédible. Nous pourrions raconter que vous étiez employé chez un boucher et que vous avez été renvoyé parce que vous avez lorgné la fille de votre patron. Vous boxez depuis que vous êtes en âge, mais vous avez pris une sacrée dérouillée il y a quelques années et vous n'avez pas pu remonter sur un ring depuis. Vous parviendrez à vous rappeler tout cela ?

Il esquissa un de ses petits sourires.

— Je crois que je m'en sortirai, mademoiselle Simpson.

— Vous feriez mieux de vous habituer à m'appeler Marianne. Tous les deux, ajouta-t-elle avec un coup d'œil au duc.

— Et votre entraîneur ne s'étonnera pas que vous engagiez de tels réprouvés, et sans aucune lettre de recommandation ? s'étonna ce dernier.

— Contrairement à vous autres, Votre Grâce, Jack n'attend pas des gens qu'ils aient un pedigree comme des chevaux de course. Il sait ce que c'est que de gagner sa croûte et considère que tout le monde a droit à une seconde chance.

— Vous devriez peut-être cesser de me donner du « Votre Grâce » et m'appeler Sin, *Marianne*.

Elle doutait de réussir à l'appeler par son prénom. Elle allait lui parler le moins possible.

— Bien. C'est parti, alors.

Elle alla vers la porte, mais le duc la devança pour ouvrir ladite porte. Elle s'arrêta et le fusilla du regard.

— Vous n'êtes plus un gentleman. Les femmes comme moi ouvrent leurs portes toutes seules.

— Je refuse de me montrer mal élevé sous prétexte que les autres le sont.

— Cela vous fera encore plus remarquer que votre accent et votre posture... ducante.

Ses narines palpitèrent lorsqu'il répliqua :

— Je crois que c'est le mot « ducal » que vous cherchiez.

— Oh, vraiment ? fit-elle en feignant d'être surprise. Ma foi, vous êtes mieux placé que moi pour le savoir.

Il la foudroya du regard et franchit le seuil devant elle, s'en voulant sûrement de se conduire de manière aussi indigne.

Sin savait qu'elle le provoquait pour l'exaspérer. Et avec quel talent ! S'il rentrait dans son jeu, il ne ferait que lui donner ce qu'elle voulait. Il devait s'efforcer d'ignorer ses piques puériles.

Ce qui était plus facile à dire qu'à faire.

Jack Nelson retirait son manteau et un homme plus âgé – un autre pugiliste, à en juger par son visage abîmé – était en train d'accrocher l'un des sacs de cuir.

— Salut, ma grande, lança Jack à Marianne lorsqu'ils entrèrent.

Il jeta un coup d'œil curieux à Sin et Elliot.

— Voici Sin et Smithy, dit-elle. Les gars dont je t'ai parlé.

Nelson s'avança vers eux.

— Annie me dit que vous avez fait de la boxe et que vous touchez un peu votre bille.

— C'est ça, m'sieur, répondit Elliot. J'ai combattu au Hatchet et je me suis entraîné avec Jemmy Wallace quand j'étais jeune.

Sin eut du mal à ne pas écarquiller les yeux devant l'accent à couper au couteau de son ami, subitement incompréhensible. Quoi qu'il ait dit, cela fit sourire Jack.

— Je lui ai réglé son compte il y a quelques années, à Jemmy, dit-il en secouant la tête. Bien dommage, ce qui lui est arrivé.

— C'est sûr, il aimait un peu trop les canassons, concéda Elliot.

Les deux hommes gardèrent un silence respectueux, puis Jack se tourna vers Sin, les yeux étrécis.

— Première fois que je vois un boxeur avec des binocles.

— C'est récent. Je n'en portais pas quand je boxais à Leeds.

Sin s'était trouvé un passé avant d'arriver, et avait choisi Leeds parce qu'il possédait une propriété près de cette grande ville du Nord, et qu'il allait souvent assister à des matchs de boxe avec un cousin quand il était jeune.

— J'ai gagné des sous à une époque au Jolly Taxpayer, mais c'était il y a longtemps.

Les sourcils de Jack, dont l'un était zébré par deux cicatrices, se haussèrent.

— Mince alors, écoutez-moi cet accent !

Il se tourna vers Marianne, qui avait observé leur échange en dissimulant un sourire.

— Ma parole, c'est un fichu duc que tu nous as dégoté pour me remplacer, chouchou ?

La petite sorcière sourit.

— Jamais personne ne pourra te remplacer, Jack. M. Sinclair parle comme un duc parce qu'il était majordome chez un duc, justement. Il s'est fait renvoyer à cause d'un petit penchant pour la bouteille.

— Ah ouais ? fit Jack en l'observant d'un regard plus perçant. C'était qui, ce duc ? Pas ce trou du cul de lord Parfait, j'espère ?

Marianne toussa avant de répondre d'une voix étranglée :

— Non, non, ce n'était pas lui. Un autre cornichon, un duc écossais.

Elle coula un regard rieur à Sin. C'était charmant, et elle ne lui avait encore jamais adressé un tel regard.

— C'est Charlie la Belle Gueule qui lui a parlé du boulot.

Ce renseignement sembla plaire à Jack.

— Ah, vous connaissez cette vieille canaille de Charlie ?

— Oui, mentit Sin.

— Un sacré numéro, ce vieux Charlie, pas vrai ?

— Oh, oui ! s'esclaffa Sin. Les histoires que je pourrais raconter…

Le grand gaillard pouffa.

— Oui, j'imagine. Bon, déclara-t-il en frottant ses énormes mains, si c'est Charlie qui vous envoie, ça me va. Venez les matins où je suis là, le vendredi, le lundi et le mercredi, et je vous apprendrai les ficelles du métier pour bien entraîner Annie. Vous savez monter ?

Sin cligna des yeux.

— Pardon ?

— Monter. À cheval ?

— Euh, oui.

— Il faudra l'accompagner quand elle ira courir. Louez-vous un canasson et filez la note à Barney.

Il jeta un coup d'œil à Marianne, qui haussa les sourcils comme si elle le mettait au défi de protester.

— Entendu, répondit-il.

— Parfait. Vous verrez les jours et tout ça avec Marianne. Il y a deux autres boxeuses, Nora et Lucy, mais c'est le frère de Nora, Ted, qui les entraîne la plupart du temps, elles n'auront donc pas beaucoup besoin de vous.

— Je pense qu'il devrait venir entraîner Lucy et Nora aussi, Jack, intervint Marianne, prenant un malin plaisir à lui ajouter de la besogne. Il faut qu'il nous connaisse bien toutes les trois.

— C'est pas faux, ma grande. Bon, reprit Jack en regardant Sin, ça vous va de venir tous les jours jusqu'au départ ?

Sin adressa Marianne un regard exaspéré.

— Bien sûr, s'il y a besoin.

— Ça roule. Il ne vous reste plus qu'à organiser votre emploi du temps avec les filles.

Il marqua une pause et fronça les sourcils.

— Et si ce radin de Barney ne veut pas vous payer tout de suite, envoyez-le-moi, je lui dirai deux mots.

Sin hocha la tête.

— Ça vous fait trois boxeuses épatantes, déclara Jack en regardant Marianne avec affection. Celle-là, ça fait un moment qu'elle s'entraîne et elle connaît bien son affaire, mais si vous la laissez faire, elle traînera la patte pour la course à pied.

Marianne émit un couinement peu élégant.

— Je ne…

— Elle doit courir cinq jours par semaine, la coupa Jack. Il ne faudra pas hésiter à faire siffler la cravache, histoire d'être sûr qu'elle s'y tient, hein ?

Ce fut au tour de Sin de sourire, et à Marianne de tressaillir.

— Ce sera un plaisir de faire en sorte que Mlle Marianne reste à la hauteur.

Il baissa les yeux vers la jeune femme, dont l'air goguenard s'était mué en grimace.

— Quant à faire siffler la cravache, ajouta-t-il avec un grand sourire, je le ferai avec vigueur. Et plaisir.

Jack éclata de rire et donna une tape sur l'épaule de Marianne.

— On dirait que tu t'es trouvé un parfait entraîneur, ma belle, dit-il. Et maintenant, enchaîna-t-il en se tournant vers Elliot, voyons ce que Smithy peut faire pour toi, Annie.

Après trois reprises avec Elliot Wingate, Marianne suffoquait.

— C'est bon, c'est bon, ça ira pour le moment, cria Jack alors que ses poumons allaient exploser.

Elle gémit et posa les mains sur ses genoux, à bout de souffle.

— J'en connais une qui n'a pas fait sa course à pied, lança Jack d'une voix chantonnante qui lui donnait envie de lui asséner un bon coup de poing.

Elle était trop hors d'haleine pour répondre.

— Tu es doué de tes mains, toi, dit Jack à Elliot.

Elle leva les yeux à temps pour voir le visage déjà rouge d'Elliot s'empourprer davantage.

— Elle m'a fait tricoter des jambes, concéda-t-il.

C'était gentil de sa part, trouva Marianne. S'il n'avait pas retenu ses coups, elle n'aurait même pas tenu un round. Il était rapide, et son corps noueux et musclé était incroyablement puissant.

— Alors, Sin, qu'est-ce que tu as à dire sur notre petite caille ? demanda Jack au duc.

Elle fusilla ce dernier du regard, le mettant au défi d'ouvrir la bouche. Il croisa les bras sur sa large poitrine et bascula sur les talons – une pose désinvolte assez étrange pour un homme aussi rigide.

— Elle baisse sa gauche.

— C'est faux ! protesta-t-elle.

Jack pouffa.

— Non, ma grande, tu sais bien que c'est vrai.

Il fit un signe de tête au duc.

— Tu as l'œil, Sin. Et maintenant, j'aimerais bien qu'on parle de certains changements dans son entraînement...

Marianne se rembrunit tandis que les deux hommes commençaient à parler d'elle comme si elle n'était pas là.

— Vous êtes douée.

Elle se retourna en entendant la voix calme d'Elliot. Il se tenait les bras tendus devant Andy qui lui retirait ses gants.

— Et vous encore plus, dit-elle, soulagée que sa voix ne trahisse pas totalement sa contrariété.

Elliot se contenta de sourire.

C'est alors que la porte côté scène s'ouvrit et Joséphine entra. Elle jeta un coup d'œil dans la salle, son étrange regard gris pâle survolant les personnes présentes. Comme toujours, Angus était perché sur son épaule, ses yeux noirs aussi perçants que ceux de sa maîtresse étaient vagues.

— Bonjour, Jo, il te fallait quelque chose ? demanda Marianne comme cette dernière demeurait silencieuse.

Joséphine avait les yeux rivés sur Elliot, qui la dévisageait de la même manière. Étrangement immobiles tous les deux, ils lui faisaient penser à des chats de gouttière. S'ils avaient eu de la fourrure, elle se serait hérissée.

— Jo ? dit Marianne.

— Ton oncle a dit que tu avais engagé des volontaires. Je voulais les rencontrer, dit-elle sans quitter Elliot des yeux.

Un poignard à la lame acérée apparut dans sa main droite comme par magie, et elle le fit habilement rouler sur le dos de sa main avant de le rattraper entre ses doigts d'un mouvement souple et hypnotique.

— Des volontaires ? répéta Elliot en haussant un sourcil.

— C'est ça, confirma Andy en lui ôtant ses gants avant d'aller aider Marianne. Tous les gars se relayent.

Le regard d'Elliot passa de Jo à Marianne.

— Se relayent pour faire quoi ?

— Oh, je n'avais pas évoqué cet aspect de votre travail, le volontariat ?

Jack et le duc avaient cessé de parler pour les écouter.

— Non, vous n'avez jamais parlé de volontariat, dit Staunton d'une voix crispée.

Il devait se demander s'il lui resterait suffisamment de temps dans la journée pour manger ou dormir. Jack lui tapota l'épaule.

— T'en fais pas, Sin, ce sont des pros, toutes les deux. Crois-moi, tu t'y habitueras.

Il ricana avant d'ajouter :

— Au bout d'un moment.

— M'habituer à quoi ? De quoi parlez-vous ? voulut savoir le duc.

Marianne dut se mordre la joue pour ne pas éclater de rire.

— Vous serez l'un des volontaires pour le numéro de lancer de couteaux de Jo.

— *Volontaire*, répéta Angus d'une voix qui ressemblait tellement à celle de Joséphine que c'en était inquiétant.

Elliot regarda l'oiseau, puis Marianne.

— Pourquoi dites-vous *volontaires* ? Qu'est-ce que ça signifie, exactement ?

— Ça signifie que je vais lancer des couteaux sur vous, expliqua Jo de sa voix basse et atone.

— *Des couteaux*, coassa Angus.

Les deux hommes tournèrent vivement la tête pour dévisager Jo – ou peut-être Angus – qui ne leur prêtèrent attention ni l'un ni l'autre.

Joséphine avait sorti un deuxième poignard identique dans sa main gauche et faisait maintenant tournoyer les deux. Angus ébouriffait les plumes d'une de ses ailes, tandis que son énorme bec produisait un bruit de vent.

Ce fut Andy qui brisa le silence choqué.

— Et Cécile tirera sur une pomme que vous avez sur la tête, dit-il en retirant le deuxième gant de Marianne. J'ai failli faire sous moi, la première fois qu'elle s'est entraînée avec moi, marmonna-t-il.

— Elle va aussi trouer de quatre balles les coins d'un jeu de cartes pendant que vous les tiendrez, ajouta Jack, hilare devant l'expression stupéfaite des deux nouveaux.

— Entre vos dents, précisa Andy.

Staunton et Elliot se tournèrent lentement vers Marianne. Elle afficha un air étonné.

— J'avais omis de vous en parler ?

— Oui, dit le duc d'une voix toute en menace soyeuse. Y a-t-il autre chose que nous devrions savoir ? Devrons-nous nous balancer sur un trapèze ? Jongler avec des torches enflammées ?

— Oh, rien de tel ! Mais il faudra éventuellement remplacer les clowns de temps en temps, ajouta-t-elle en éclatant enfin de rire.

# 10

Marianne lança une pièce au cocher et se frotta les mains en se dirigeant vers le sentier qui longeait la Tamise. Il faisait un froid glacial. Son oncle était un peu fou d'organiser cette tournée si tôt dans l'année, mais il avait raison de craindre que leurs deux rivaux principaux ne lui coupent l'herbe sous le pied. Le Cirque féminin de John Dornan était parti pour Paris en décembre, et celui de Melvin Pickle, beaucoup plus petit, partirait une semaine seulement après Farnham.

Tout le monde – non seulement les cirques et les hommes d'affaires, mais une foule d'aristocrates – se rendait en Europe maintenant que la guerre était terminée. Naturellement, les employés de la Foire aux Femmes Fantastiques Farnham ne fréquenteraient pas la crème de la crème qui se pressait dans des villes comme Paris et Bruxelles.

Marianne se frictionna les bras à travers son manteau de laine élimé et jeta un coup d'œil autour d'elle à la recherche du duc, tout en courant sur place sur le sol durci.

Quelle déception ! Il manquait déjà à ses engagements.

La dernière fois qu'elle l'avait vu, c'était la veille, à 16 heures, alors qu'elle traversait le théâtre à la recherche de Cécile. Le duc ramassait le linge sale que Jack avait laissé s'accumuler. Elle s'était attardée juste assez pour entendre Jack envoyer « Sin » à la blanchisserie et lui rappeler de revenir à 20 heures pour observer le combat de Nora.

Marianne sourit : l'arrogant duc de Staunton réduit à trimbaler du linge sale…

Tant pis. Elle n'avait pas besoin de lui pour courir. C'était simplement par précaution que Jack insistait pour…

Un claquement de sabots résonna dans son dos, et elle se retourna.

Elle éclata de rire à la vue de l'imposant et digne duc de Staunton assis sur un vieux cheval au dos cambré affligé d'une excroissance au jarret.

— Où avez-vous trouvé cette haridelle ? s'exclama-t-elle.

— Vous m'aviez *ordonné* de ne pas me faire remarquer, lui rappela-t-il d'un ton glacial.

— Il est encore plus pitoyable que le cheval d'Andy.

C'était Andy qui l'accompagnait la plupart du temps.

— Si vous l'avez loué dans l'écurie dont Jack vous a parlé, ils ont dû bien rire à vos dépens.

— Au risque, navrant, de vous décevoir, je ne l'ai pas loué.

— Ne me dites pas que vous l'avez *acheté* ?

— Si. Comme je n'avais guère envie de traîner dans une écurie avant l'aube cinq jours par semaine, j'ai acheté Dobbin.

— Votre maître d'écurie doit penser que vous êtes devenu fou.

— Je ne le garde pas à Berkeley Square, naturellement.

— Naturellement, répéta-t-elle d'une voix apaisante.

Son sourire s'élargit tandis qu'elle examinait Staunton et sa monture. Le duc était vêtu d'habits usés, comme la veille. Ses cheveux étaient dissimulés sous une vieille casquette en tweed, et sa barbe hirsute. Il avait l'air… chiffonné, comme s'il était à peine réveillé. Son pardessus était d'un marron terne, rapiécé à plusieurs reprises, et ses grosses bottes entraient à peine dans les étriers.

— Je vous trouve un peu grincheux ce matin, Votre Grâce. Est-il trop tôt pour vous ? Ou est-ce à cause de votre longue journée besogneuse d'hier ? J'espère que votre nouveau travail ne vous empêche pas d'accomplir vos nombreuses tâches ducales ?

Le duc la dévisagea sans répondre. Il faisait cela souvent, avait-elle remarqué. Sans doute avait-il l'habitude que sa posture hautaine, sa stature imposante et son regard d'aigle suffisent pour intimider ses subalternes.

Mais Marianne n'était pas sa subalterne, il pouvait donc la dévisager jusqu'à ce que les yeux lui en tombent. Ce qu'il paraissait tout à fait disposé à faire.

— Voyons si vous arrivez à lancer cette bête au trot, proposa-t-elle en s'engageant sur le sentier à petites foulées.

Quelques instants plus tard, le cheval trottinait à côté d'elle. Marianne chassa le duc de son esprit et adopta sa cadence. Les dix premières minutes étaient toujours pénibles, mais lorsqu'elle approchait de la fin, en général au bout de trois quarts d'heure, elle se demandait pourquoi elle avait autant pesté.

— Combien de temps courez-vous ? s'enquit le duc.

Sa voix grave la fit sursauter de son agréable rêverie.

— Quelle heure est-il ? demanda-t-elle sans ralentir l'allure.

Il sortit une montre en étain cabossé.

— 6 h 30.

— Jusqu'à 7 heures.

— Jack disait que vous faisiez cela cinq jours par semaine ?

— Jack *aimerait* que je coure cinq jours par semaine, mais en général, je ne viens pas plus de quatre fois.

— Puisque je suis votre nouvel entraîneur, je décide que vous courrez cinq jours par semaine. Je vous donne rendez-vous ici demain matin à la même heure.

Marianne rit. Qu'il essaye de lui imposer quoi que ce soit !

— Demain, même heure, dit-elle poliment.

Elle serait à Hyde Park. Il arrondit les yeux devant sa capitulation facile et parut assez fier de lui – il avait sorti symboliquement la cravache.

— Jack Nelson possède son propre club de boxe, non ? demanda-t-il d'un ton aimable qu'elle ne lui connaissait pas.

— Oui. Ainsi qu'une femme et cinq enfants, et un sixième en route. Il aime bien venir m'entraîner avant l'ouverture.

— Pourquoi ne pas vous entraîner dans sa salle ?

— Nous avons essayé. Au début. Mais…

— Vous attiriez trop l'attention ? devina-t-il.

— Quelque chose comme cela.

Marianne lui jeta un coup d'œil. Il ne fronçait pas les sourcils, contrairement à son habitude. Il ne souriait pas à proprement parler, mais au moins il ne la regardait pas comme si elle était un papier gras collé à sa semelle.

Ils continuèrent en silence, ce qu'elle apprécia car elle était trop essoufflée pour jacasser.

— C'est bon, dit-elle comme ils s'approchaient de Temple Gardens.

Elle ralentit, puis marcha quelques minutes pour détendre ses muscles. Lorsqu'elle eut repris son souffle, elle retourna là où il l'attendait. À sa grande surprise, il sortit une bouteille d'une sacoche de selle, en retira le bouchon et la lui tendit.

Elle but un quart de la bouteille avant de la lui rendre.

— Merci.

— Voulez-vous que je vous hèle un fiacre ?

— Non, c'est inutile. Je vais aller à pied jusqu'à Water Street. Vous pouvez partir.

— Je vous accompagne.

Marianne se rembrunit. Cela l'amusait de le sortir à l'aube de son lit bien chaud et de sa maison remplie de domestiques, mais pas de partager son petit déjeuner avec lui.

— Je vais juste me chercher quelque chose à manger, objecta-t-elle. L'entraînement est terminé. Voyez cela comme un répit, la possibilité de retourner dans votre lit bien chaud.

Il reboucha la bouteille et la glissa dans la sacoche avant de mettre pied à terre.

— Je vous accompagne, répéta-t-il.

— Pourquoi ? J'ai...

— Je ne peux pas « retourner dans mon lit bien chaud » car j'ai rendez-vous avec Lucy au théâtre dans une heure, puisque vous avez eu la bonne idée de suggérer que je vienne tous les jours. Ce n'est que l'une de vos suggestions, du reste, car je crois que c'est aussi à cause de vous que j'ai passé deux heures hier à astiquer tous les haltères...

— Ils étaient sales, dit Marianne sans prendre la peine de dissimuler son sourire.

— Et c'est également vous qui avez convaincu Farnham qu'Elliot et moi devions déplacer tous les sièges et tous les bancs de la salle parce que vous avez réfléchi à un nouvel agencement permettant d'accueillir davantage de clients ? Ce qui n'était pas le cas. De sorte que nous avons dû les remettre tous à leur place.

Elle haussa les épaules.

— Pas de progrès sans échec.

Le regard qu'il lui adressa lui brûla la peau.

— De toute façon, je ne laisserai pas une demoiselle déambuler seule dans ce quartier. Quoi que vous y trouviez à redire.

Il haussa un sourcil dédaigneux, qui l'irrita presque autant que l'arrogance si masculine avec laquelle il supposait qu'elle avait besoin de sa protection. Ou de quoi que ce soit venant de lui.

*C'est toi qui as insisté pour qu'il vienne...*

Marianne serra les dents, pivota et s'éloigna à grands pas.

Sin prit la longe du vieux cheval et lui emboîta le pas. Elle avait beau ne rien dire, elle vibrait de colère à la façon d'un diapason.

Tant pis pour elle. Elle avait voulu le faire trimer, elle récoltait les fruits de son travail.

Sin aurait presque souri de l'ironie. *C'est l'arroseur arrosé, n'est-ce pas, mademoiselle Simpson ?*

Il sentit la boulangerie avant même de la voir. Bien qu'il soit tôt, une petite queue s'était déjà formée. Marianne l'ignora ostensiblement pendant qu'ils attendaient.

La serveuse, une jolie brune aux yeux noirs, s'appuya sur le rebord de la porte hollandaise et adressa à Marianne un sourire béat.

— Bonjour, monsieur Simpson.

Elle posa les yeux sur Sin et les écarquilla.

— Vous avez amené un ami aujourd'hui.

— Bonjour, Sally, dit Marianne d'un ton bourru. Deux friands au porc, s'il vous plaît.

— Tout ce que vous voudrez, monsieur Simpson.

La jeune fille sourit et retourna à l'intérieur.

Comment quiconque pouvait croire une seconde que Marianne Simpson était un homme ? Elle avait des traits résolument féminins, ainsi que ses manières, mais la plupart des gens semblaient s'arrêter à ses vêtements.

Quand la jeune fille revint avec deux sachets, Marianne lui glissa quelques pièces en la remerciant.

— À la semaine prochaine, monsieur Simpson ? risqua-t-elle d'une voix pleine d'espoir.

Marianne se contenta de sourire, tendit l'un des sachets à Sin, et retourna là où il avait attaché Dobbin.

Sin contempla le petit paquet chaud et odorant, les sourcils froncés. Elle lui avait acheté un petit déjeuner.

— Qu'est-ce qui ne va pas ? demanda-t-elle en déballant le sien. Ce n'est pas assez raffiné pour vous, un friand à la saucisse ?

— Non, pas du tout, rétorqua-t-il sèchement, trop exaspéré par ses piques constantes pour dissimuler son irritation. C'est juste que je n'en ai pas mangé depuis une éternité, ajouta-t-il inutilement.

Et jamais de sa vie une femme ne lui avait acheté... quoi que ce soit.

*Ressaisis-toi, Saint John. Ce n'est pas une bague de fiançailles, mon vieux.*

— Désolée si l'endroit n'est pas à la hauteur de vos lieux de prédilection, mais ce sont les meilleurs de Londres, déclara-t-elle avant de dévorer le sien.

Sin déballa le papier brun, et l'odeur délicieuse lui monta à la tête.

— Je croyais qu'on n'en trouvait que dans le Yorkshire, dit-il avant de prendre une bouchée, honteux du bruit qu'il produisit.

Elle lui sourit, et sa mine rembrunie de garçon manqué la transforma en une ravissante jeune femme qui lui coupa temporairement le souffle.

— Je vous avais dit qu'ils étaient délicieux. C'est notre cuisinière qui m'a conseillé cet endroit, elle vient de Leeds, ajouta-t-elle sans cesser de sourire.

Il mastiqua et déglutit en espérant qu'elle ne remarquerait pas qu'il avait rougi. Ou qu'elle attribuerait cette coloration soudaine au plaisir de la dégustation. Ces friands bien chauds et succulents en cette froide matinée étaient un véritable délice. Cela lui rappela de merveilleux souvenirs d'enfance auxquels il n'avait pas repensé depuis des années.

Ils s'adossèrent contre une charrette non attelée reposant sur ses essieux et mangèrent dans un silence amical. Marianne termina la première et le regarda. Elle ne souriait plus.

— Vous êtes duc. Vous avez certainement des tas de choses à faire. Des choses importantes. Comment pouvez-vous passer des journées entières à jouer à travailler ?

— En effet, j'ai beaucoup de choses à faire, reconnut-il.

Et la liste ne faisait que s'allonger, à cause de toutes les tâches qu'elle lui assignait – ce qu'il garda pour lui.

— Mais rien n'est plus important que la vie de mon frère. Si vous espérez m'épuiser dans l'espoir que je renonce, sachez que vous vous fourvoyez. Je m'acquitterai de mes obligations envers vous comme je l'ai promis.

Son expression butée l'amusa. Il mangea sa dernière bouchée et regarda la boulangerie avec envie.

— N'y songez même pas, dit-elle. Ceux à la saucisse partent vite. Le temps que votre tour arrive, il ne leur restera que des miches de pain.

Elle fit un pas vers la rue et leva la main pour héler un fiacre.

— La prochaine fois, c'est vous qui payez le petit déjeuner.

À sa grande surprise, le duc l'attendait à l'écurie lorsqu'elle vint chercher Reggie le lendemain matin.

Aujourd'hui, il était impeccablement vêtu et chevauchait le même étalon splendide que la première fois qu'ils s'étaient vus. Marianne donna une pièce au palefrenier et grimpa en selle avant de se tourner vers Staunton.

— Que faites-vous là ? demanda-t-elle en talonnant Reggie.

— Pourquoi ? demanda-t-il en la rejoignant. Vous espériez que j'allais vous chercher près du fleuve avec Dobbin ?

Elle lui adressa un sourire moqueur.

— Je me doutais que vous viendriez ici, mais j'ai envoyé Guy vous attendre sur le sentier où vous courez, à tout hasard.

Cela la fit rire.

— Je me réjouis que cela vous amuse de nous faire perdre notre temps, commenta-t-il froidement.

— Eh bien, vous pouvez partir, maintenant que vous m'avez transmis votre message, dit-elle. Hyde Park n'est pas dangereux, je n'ai pas besoin de votre protection. Ni que quelqu'un sorte la cravache et me fasse chevaucher.

Elle ne voulait pas de lui ici. Elle avait beau aimer le faire tourner en bourrique, elle aimait trop ses promenades à cheval en solitaire pour souhaiter les partager.

— Je monte presque tous les matins à cette heure-ci, cela ne me dérange donc pas, dit-il.

— Pourquoi n'avez-vous pas pris Dobbin aujourd'hui ?

Le duc sourit – oh, à peine ! –, mais elle faillit en tomber de son cheval. Avait-il déjà souri ? Elle ne se le rappelait pas. Un rictus moqueur, à l'occasion, mais jamais de sourire.

— Les gens ne vont-ils pas s'interroger sur l'identité de la personne avec qui vous chevauchez ? demanda-t-elle en s'efforçant d'oublier ce quasi-sourire troublant.

— Je croise rarement quiconque à cette heure matinale. Si cela arrive, je dirai que vous êtes le fils d'un ami.

— On ne vous attend pas au Parlement pour faire des discours et voter des lois destinées à nous contrôler, nous autres ? demanda-t-elle tandis qu'ils cheminaient dans la rue presque déserte menant à l'entrée du parc.

Il ne répondit pas.

— Vous n'avez pas de vastes domaines à gérer ? Des domestiques à qui donner des ordres ? Des réceptions à honorer de votre présence ? Des femmes à charmer ?

— Je peux faire tout cela et vous consacrer quelques heures par jour, mademoiselle Simpson.

— Quelle chance j'ai !

Ils cheminèrent en silence, puis, devant les grilles, elle le prévint :

— Dès que nous serons dans le parc, je vais sûrement galoper.

— Bien sûr.

Sa docilité était agaçante. Ce n'était pas facile de continuer à insulter quelqu'un qui ne mordait pas à l'hameçon. Elle observa sa monture.

— C'est un bel animal, dit-elle à contrecœur.

— En effet, Cassio[1] est l'un des premiers chevaux de loisir issu d'un haras que j'ai acquis il y a plusieurs années.

— Cassio ? répéta-t-elle en riant. Voilà un nom intéressant. J'imagine que vous n'avez pas prévu de baptiser l'un de vos autres chevaux Iago[2] ?

Il flatta l'encolure de l'étalon.

— Probablement pas.

— Vous vous êtes lancé dans l'élevage de chevaux ?

— J'ai acquis ce haras récemment. Il se consacrait à l'élevage de chevaux de course, mais les courses ne m'intéressent pas, c'est pourquoi je lui donne une autre orientation.

— Un aristocrate qui ne s'intéresse pas aux courses ? ironisa-t-elle. Je ne pensais pas que c'était autorisé.

Il se tourna vers elle.

— Vous classez toujours les gens de manière aussi rigide, Marianne ?

Un tressaillement agaçant se produisit au creux du ventre de la jeune femme quand elle l'entendit l'appeler par son prénom.

— Nous sommes arrivés, éluda-t-elle. C'est l'heure du galop.

---

1. Personnage de la pièce de Shakespeare *Othello ou le Maure de Venise*. *(N.d.T.)*

2. Figure du traître dans *Othello ou le Maure de Venise*. *(N.d.T.)*

# 11

Au cinquième jour, Marianne commença à éprouver un certain respect pour le duc de Staunton. Bien qu'il ait mené une vie d'aristocrate titré, il n'allait pas se laisser briser facilement.

Le huitième jour, elle eut l'intuition que lui imposer une succession de besognes triviales, inutiles ou répugnantes ne le découragerait pas.

À la fin de la deuxième semaine, elle avait peu ou prou renoncé à essayer de briser sa volonté. C'était tout simplement trop fatigant. Au demeurant, lorsqu'elle arrivait à oublier sa véritable identité pendant quelques minutes, elle devait reconnaître que c'était un excellent entraîneur, un très bon boxeur, et qu'il avait amélioré ses performances dans plus d'un domaine.

Ils n'étaient pas devenus amis, bien sûr, mais elle avait cessé ses provocations. Ou plus exactement, elle les avait diminuées de moitié.

Un matin, au début de la troisième semaine, en arrivant à l'écurie, Marianne trouva le duc qui l'attendait sur un nouveau cheval – un magnifique hongre gris argent. À côté de lui, sellé et prêt, Cassio attendait.

— Quelqu'un d'autre se joint à nous ? s'enquit-elle en scrutant l'écurie à peine éclairée à la recherche du palefrenier qui travaillait tôt le matin.

— Non, je me suis dit que cela vous ferait peut-être plaisir de l'essayer.

Marianne fit volte-face.

— Moi ?

Le duc hocha la tête. Elle regarda Cassio, qui la dévisagea avec – elle l'aurait juré – un rictus équin sceptique et hautain, comme si le magnifique étalon était stupéfait que son maître puisse le prêter à une telle plébéienne.

— Je ne peux pas, dit-elle en se tournant vers le duc.

— Vous craignez de ne pas savoir le maîtriser ?

— Bien sûr que non !

Son petit sourire lui apprit qu'il avait dit cela pour plaisanter, et qu'elle était tombée dans le piège. Qui l'eût cru ? Sa Grâce avait le sens de l'humour ?

— Ce que je voulais dire, c'est que cet animal est trop précieux. Si je l'abîmais ? Jamais je ne pourrais vous le rembourser.

— L'abîmer ? Comment ?

— Je ne sais pas, s'il se fait une entorse, ou s'il se prend une jambe dans un terrier de lapin ?

Le duc arqua les sourcils.

— Un terrier de lapin sur l'allée cavalière de Hyde Park ?

Elle lui jeta un regard exaspéré.

— Vous savez très bien ce que je veux dire, Votre Grâce.

— Je ne vous aurais pas crue lâche, Marianne.

Elle ricana.

— Ce genre de provocation fonctionne avec vos deux amis, Votre Grâce ?

— Je prête mes montures fréquemment et la plupart des gens ne sont pas des cavaliers aussi émérites que vous.

Le compliment était tellement inattendu que Marianne en resta momentanément muette.

— À vous de décider. Si vous ne souhaitez pas le monter, Emmett – il désigna le garçon qui tenait ses rênes – le ramènera à l'écurie.

Elle relâcha lentement son souffle.

— Ma foi, inutile d'ajouter du travail à Emmett, protesta-t-elle hypocritement. Mais s'il arrive quelque chose…

L'air de s'ennuyer terriblement, il inspecta sa cravache. Marianne caressa l'encolure de Cassio.

— Tu vas passer une agréable matinée avec moi – pas de brute épaisse à transporter.

Emmett se racla la gorge et détourna les yeux, mais Marianne eut le temps de voir son sourire. Elle monta en selle et prit les rênes.

— Merci, Emmett.

Seigneur ! Elle avait l'impression d'être très haut ! Pourtant, Cassio ne devait pas dépasser Reggie de plus d'une main et demie.

— Prête ? demanda le duc.

Ils partirent au pas, et Marianne sentit immédiatement la différence entre Reggie et le cheval du duc.

— Zut, marmonna-t-elle après quelques minutes de petit trot. Je ne pourrai plus me contenter de mon pauvre Reggie, à présent.

— Oui, Cassio est un joyau.

— Celui-là fait aussi partie de vos nouveaux chevaux ? demanda-t-elle en indiquant celui qu'il montait.

— Non, Bay Rum ne vient pas du haras. Je l'ai depuis plus de dix ans. Il est resté à Londres toute cette année. Quand je partirai, je l'enverrai à la maison pour qu'il profite de la campagne.

Il caressa l'encolure du cheval avec une affection qui surprit Marianne venant d'un homme aussi froid.

— Où se trouve votre maison ?

— Dans le Derbyshire.

— C'est joli.

— Vous connaissez ?

— Aucune loi n'interdit aux gens de ma sorte de partir à la campagne.

Elle regretta aussitôt sa réponse désagréable, d'autant qu'il venait de prendre la peine de lui prêter son meilleur cheval.

— Marianne, faut-il…

— Je vous demande pardon, Votre Grâce.

Devant son air stupéfait, elle ajouta :

— Quoi ? Vous me croyez incapable de m'excuser quand j'ai été impolie ?

— Jusqu'à présent, les faits ont prouvé le contraire.

Elle pouffa, ce qui lui valut un autre regard surpris.

— Je l'ai bien mérité. Quant au Derbyshire, j'y ai séjourné lors des vacances de Pâques, invitée par une camarade de classe.

— Où êtes-vous allée en classe ?

— À l'École pour jeunes filles de Mlle Nolan.

— J'en ai entendu parler. Un excellent établissement.

— Vous devez vous demander comment j'ai pu y être acceptée ?

Devant son regard peiné, elle reprit :

— Pardon, c'était un peu… sec.

— Un peu. Cela dit, maintenant que vous m'y faites penser, je croyais qu'il y avait une liste d'attente pour entrer dans cet établissement.

— C'est le cas. J'ai eu la chance d'être recommandée par la comtesse de Morecombe.

Le duc fronça les sourcils, cherchant visiblement dans sa mémoire.

— N'est-ce pas…

— La grand-mère maternelle de Dominic.

— Vous le connaissez donc depuis que vous êtes petite ?

— Pas personnellement. C'est mon oncle qui a arrangé cela. Je n'ai rencontré Dominic qu'après avoir quitté l'école.

Elle l'observa avec intérêt tandis qu'il digérait l'information. Qu'allait-il demander ensuite ?

Mais lorsqu'ils furent aux grilles du parc, il la prit de court en demandant :

— Vous voulez galoper ?

— Pas tout de suite, répondit-elle avec un sourire presque gêné. J'aimerais m'habituer un peu à Cassio, d'abord.

Il hocha la tête. Quelques instants plus tard, il fit remarquer :

— Je me réjouis d'apprendre que Dominic a pu utiliser son influence dans une intention louable.

— Pour changer ?

— Ma foi, c'est vous qui l'avez dit : seul l'argent le motive.

— Vous avez raison. C'est pour cela qu'il a convaincu sa grand-mère de soutenir ma candidature. Il devait quelque chose à mon oncle, je ne sais pas quoi. J'ai eu de la chance que Barnabas ait eu l'idée de se faire rembourser sous cette forme.

Son oncle, malgré tous ses défauts, avait réussi non seulement à lui faire intégrer l'une des meilleures écoles de jeunes filles du pays, mais à financer ses études.

— Vous avez aimé vos études ?

— Étonnamment, oui.

— Pourquoi étonnamment ?

— Allons, Votre Grâce, vous devez vous douter que j'étais le mouton noir. Je n'étais certes pas l'une des quelques étudiantes boursières – dont le sort était bien pire que le mien –, il n'empêche que j'étais mise au ban par les jeunes filles bien nées.

— Je vous imagine mal rechercher leur approbation. Et avant que vous m'arrachiez les yeux, je voulais juste dire que vous ne me faites pas l'effet d'être une mondaine.

— J'avais à peu près autant de chances d'atteindre ces sommets sociaux que d'être capable de voler. Mais j'ai trouvé des camarades à mon niveau – essentiellement parmi les filles de marchands. Ce qui n'empêchait pas certaines d'entre elles de se méfier de la nièce d'un propriétaire de cirque. Mon oncle m'avait conseillé de mentir sur mon histoire personnelle, mais je n'ai pas vu l'intérêt de falsifier ma vie pour faire plaisir à des inconnues. Je ne suis jamais allée jusqu'à inviter des camarades chez moi, bien sûr, toutefois, plusieurs ont eu la gentillesse de m'accueillir pendant les vacances.

— Vous avez gardé des liens avec elles ?

— Quand j'ai commencé à boxer dans le cirque de mon oncle, cela a sonné le glas de la plupart de ces relations.

Elle se mordilla la lèvre inférieure en songeant à Deborah Barton, sa meilleure amie à l'école.

— Et pour celles qui avaient perduré, c'est moi qui ai coupé les ponts après que Dominic...

Lui coulant un regard ironique, elle ajouta :

— Vous avez certainement lu ou entendu parler de ce qui s'était passé.

Il ne s'empressa pas de nier, comme beaucoup.

— Vous n'êtes pas telle que je vous imaginais, avoua-t-il d'une voix plus lente et plus circonspecte qu'à l'accoutumée.

— Qu'imaginiez-vous ? Une prostituée grossière vêtue de satin rouge, jurant comme un charretier et descendant du gin à la pinte ?

À sa surprise, le duc de Staunton s'esclaffa. Elle eut l'impression qu'un rayon de soleil venait de jaillir d'entre les nuages. Son rire était grave et velouté, et *coupable*.

— Ma foi, oui. Je suppose que je me représentais quelqu'un de comparable à Letty Lade.

— Vous la connaissez ? demanda Marianne. Dominic m'en a parlé une ou deux fois, mais je crois qu'il la détestait parce qu'elle l'avait battu lors d'une course ou je ne sais quoi.

— En effet, elle lui a damé le pion et a remporté cinq cents guinées dans la foulée.

— C'est merveilleux ! Donc, je ne ressemble pas à Letty ?

— Non. Vous ne ressemblez à aucune des femmes que Dominic fréquentait, et avant que vous me posiez la question, c'est un compliment.

— Votre Grâce ! Cela fait deux en une journée, le taquina-t-elle en espérant qu'il attribuerait la couleur de ses joues au vent froid.

Il posa sur elle son regard bien trop pénétrant.

— Ma foi, je ne...

Marianne serra à peine les genoux contre les flancs de Cassio, qui s'élança.

— Le premier arrivé ! cria-t-elle par-dessus son épaule.

Et elle prit son envol.

Quelque chose de froid se glissa entre le col de Sin et son cou, et il leva les yeux. La neige qui menaçait depuis ce matin s'était décidée à tomber.

Il grimaça. Il se sentait idiot planté là sous la neige, à califourchon sur le sac d'os le plus misérable qu'il ait jamais vu, à attendre une femme qui n'avait qu'une envie – et à juste titre –, l'envoyer au diable.

Le misérable cheval s'agita.

— Pardon, mon vieux, j'ai parlé à voix haute ?

Il se pencha pour caresser l'animal hirsute entre les oreilles.

— J'ai l'impression que je t'ai fait sortir de ton écurie bien chaude pour rien, Dobbin. Apparemment, Mlle Marianne n'aime pas les conditions mét...

À cet instant, un fiacre délabré apparut au coin de la rue. Il s'arrêta non loin de Sin, et Marianne en descendit d'un bond. Elle lança une pièce au cocher.

— Je ne m'attendais pas à vous voir ce matin, dit-elle en courant vers lui à petites foulées.

Elle portait un bonnet de laine vert foncé, une horrible écharpe rouge, bleu et jaune, et des mitaines à rayures pervenche et rose pâle.

Sin savait qu'il était bouche bée, et il la referma – un peu trop tard. Elle lui adressa un sourire qui le désarma tandis que les flocons de neige se posaient sur ses cils ridiculement longs.

Bon sang, depuis quand n'avait-il pas remarqué les cils d'une...

Il chassa cette pensée avant qu'elle se soit totalement formée.

— Vous aurez assez chaud ?

— Je sais, je suis hideuse. C'est Cécile qui m'a tricoté cette panoplie, elle apprend le tricot, et cela l'aurait vexée que je ne la porte pas.

— Hmm, peut-être pas tous les accessoires en même temps ?

Elle rit.

— Ç'a beau être dépareillé, c'est très chaud. Et c'est le principal.

Elle se frotta les mains et entreprit une série d'étirements, qu'elle termina en se penchant en avant et en appuyant les deux mains à plat sur le sol.

*Juste ciel !*

Il avait beau passer presque toutes ses journées avec elle depuis plusieurs semaines, il continuait à être surpris par sa souplesse.

Après quelques minutes d'échauffement supplémentaires, elle se mit à courir, prenant encore un moment avant d'allonger sa foulée pour adopter une allure de croisière confortable.

La neige s'épaissit et le monde devint blanc autour d'eux.

— Que c'est beau ! s'exclama-t-elle. Cela consolerait presque d'être dehors.

Elle avait raison. Londres sous la neige était magique. Demain, ou sans doute même ce soir, ce serait un cauchemar de boue, de verglas et de neige fondue, mais pour le moment c'était féerique.

— Parlez-moi, dit-elle, le tirant de ses pensées.

Elle lui faisait la même demande chaque fois qu'elle courait. « Cela m'aide à passer le temps, et je déteste courir », avait-elle expliqué.

Au début, il avait été agacé par sa requête péremptoire. À présent, il savait qu'elle écoutait à peine ce qu'il disait ; elle aimait juste entendre le son d'une voix. Même si cette voix était la sienne.

— Que voulez-vous que je vous raconte aujourd'hui ?

Il avait davantage parlé pendant ces entraînements matinaux – et de quantité de choses – qu'il ne l'avait fait de toute sa vie. Il ne savait jamais quel sujet elle allait trouver : l'état des négociations sur la paix à Vienne, s'il préférait Brighton ou Bath, la guerre en Amérique, etc. Elle n'évitait que les sujets personnels – à son grand soulagement.

— Parlez-moi de la saison des mondanités que vous allez rater pendant cette tournée en France.

En parlant d'éviter les sujets personnels...

— Que désirez-vous savoir ? s'enquit-il, méfiant.

— À quoi cela ressemble ? Décrivez-moi une journée type.

Sin réfléchit, se demandant s'il devait répondre avec franchise ou éluder. Depuis qu'elle avait cessé d'essayer de faire de sa vie un enfer dans l'espoir qu'il démissionnerait, une étrange relation s'était installée entre eux – il ne l'aurait pas qualifiée vraiment de camaraderie – et il appréciait de plus en plus sa compagnie. Bien qu'il prenne soin de ne pas s'entourer de lèche-bottes, il savait que son statut en imposait pratiquement à tout le monde, à l'exception de quelques-uns de ses pairs. Et maintenant, de Marianne.

— Allons, Votre Grâce, irez-vous à l'Almack ? Vous promènerez-vous avec des jeunes filles à Hyde Park dans une chaise de poste jaune ? Je ne ferai jamais partie de votre monde. C'est la seule occasion que j'aurai de savoir à quoi ressemble la haute société.

Il faillit répondre qu'elle avait autrefois été la maîtresse d'un baron, mais préféra ne pas gâcher sa bonne humeur.

— Très bien, dit-il en abaissant la visière de son chapeau pour que la neige ne tombe pas sur son visage. Oui pour l'Almack. Oui pour les promenades en voiture. D'ordinaire, je n'assiste qu'à un événement par jour, peut-être deux.

— Un événement ?

— Bals, dîners, réceptions, etc.

— Que voulez-vous dire par « d'ordinaire » ?

Dieu qu'elle était vive ! Elle avait relevé d'emblée le mot qu'il regrettait déjà.

— Les choses auraient-elles été différentes cette année ? insista-t-elle.

Avant qu'il puisse répondre, elle ajouta, les yeux ronds :

— Vous auriez courtisé des demoiselles cette saison, Votre Grâce ?

Bien entendu, la nature excessivement personnelle de sa question le fit rougir. Elle sourit d'une oreille à l'autre.

— Oui, c'est cela, n'est-ce pas ? Mais vous êtes déjà un peu âgé pour vous y mettre seulement maintenant, non ?

Sin laissa échapper un petit ricanement, mais ne mordit pas à l'hameçon.

— Quel âge avez-vous ? demanda-t-elle.

— Et vous ?

— J'aurai vingt et un ans en juillet. À vous.

— Trente-deux.

— Pfff.

— Quoi ?

— Rien, je vous croyais plus âgé.

Sin se rembrunit, et elle rit.

— Je vous taquine, Votre Grâce.

— Pfff.

— J'ai l'impression que la plupart des gens sont trop intimidés pour vous taquiner.

— Vous avez rencontré Guy, fit-il remarquer avec flegme. Vous trouvez que je l'intimide ? Ou Elliot ?

— Vous avez raison. En particulier à propos de Guy. C'est une plaie, et il a déjà rendu Cécile à moitié folle avec ses plaisanteries. Mais revenons-en à votre chasse à l'épouse.

— Je n'ai jamais dit que j'allais « chasser l'épouse », pour reprendre votre expression triviale.

— Pourtant, c'est le cas, n'est-ce pas ?

— Pas cette année.

— Mais vous l'auriez fait si vous étiez allé à Londres ?

— Je refuse de répondre.

— Étant l'héritier d'un duché, vous ne devriez pas être déjà marié ? s'entêta-t-elle sans se laisser démonter.

Sin crispa la mâchoire. Elle lui jeta un coup d'œil et son expression ironique disparut.

— Mon Dieu ! Je viens de commettre une maladresse, je crois. Je suis désolée.

— Vous n'avez pas à l'être, répliqua Sin avec raideur. C'était il y a longtemps.

La moitié de la vie de cette femme, réalisa-t-il.

— Elle est morte en couches, ainsi que notre fils.

C'était fascinant qu'un homme puisse résumer l'événement le plus catastrophique de sa vie en seulement neuf mots.

Elle courut en silence pendant une dizaine de minutes, puis retira son écharpe hideuse. Sin tendit la main.

— Lancez-la-moi, je vais vous la garder.

Elle lui jeta le vêtement, accompagné d'une bouffée de son odeur : savon, air frais, et les effluves piquants de la sueur. Pourquoi la sueur féminine sentait-elle tellement meilleur que la sueur masculine ?

— Vous êtes bien silencieux, dit-elle d'une voix un peu plus essoufflée qu'auparavant. Parlez-moi de vos amis, Guy et Smithy.

C'était assez inoffensif.

— Je connais Guy depuis le berceau. Sa famille est bien plus nombreuse que la mienne : il a six sœurs et il est le seul garçon.

— Ah, le chouchou de la famille, en plus d'être la coqueluche de la haute société !

— Oui, il est terriblement gâté, si c'est ce que vous voulez savoir.

— Et il sera duc un jour, lui aussi ?

— Oui.

— Elliot, lui, n'a pas de titre de noblesse ?

— Il est le benjamin d'un comte, donc non, il ne possède pas de titre.

— Et donc, vous vous encanaillez tous les trois ?

Sin fronça les sourcils.

— C'est le terme pour décrire les gens de la haute qui viennent observer les humbles distractions du peuple, expliqua-t-elle. Un peu comme regarder les animaux exotiques au zoo, sauf qu'il s'agit de roturiers et non de tigres et d'éléphants.

— Vous considérez que vous faites partie de ce « peuple », mademoiselle Simpson ? Compte tenu de l'école que vous avez fréquentée et de votre diction, vous n'êtes pas du même milieu que Jack.

Son ton acerbe la fit sourire ; elle était manifestement ravie de l'avoir agacé.

— Donc, Elliot ne sera jamais lord ?

— Pas à moins que ses trois frères aînés et ses quatre neveux ne décèdent avant lui.

— Il n'a pas de titre et il est pauvre.

— Pourquoi dites-vous cela ?

— Parce qu'il exerce un métier.

— C'est lui qui vous l'a dit ?

— Comment le saurais-je, autrement ? répliqua-t-elle avec un regard étrange.

Curieusement, imaginer Elliot et cette femme échanger des confidences l'étonna. Elliot n'était pas vraiment le plus communicatif des hommes. Mais il avait passé presque autant de temps en compagnie de Marianne que lui, ces dernières semaines. Se pouvait-il qu'il ne soit pas insensible à son charme un peu particulier ?

Sin découvrit que cette pensée ne lui plaisait guère, et sa propre réaction le chagrina. Ce qu'Elliot et cette femme faisaient ne le regardait pas.

— Vous l'avez rencontré à l'école ?

— Pardon ?

— Elliot, ou plutôt Smithy. Je vous demandais si vous vous étiez connus à l'école.

— Oui.

— Il était votre ami, ainsi que celui de Guy et de Dominic.

Il baissa les yeux sur elle, mais elle regardait droit devant.

— Comment saviez-vous que j'étais un ami de Strickland ?

— Pourquoi ? C'était censé être un secret ?

— Ce n'est pas un secret, riposta-t-il, exaspéré par son sarcasme. Je m'étonne simplement que vous le sachiez. C'est Strickland qui vous l'a dit ?

— Oui. Il a parlé de vous une ou deux fois.

Vu sa moue, Sin devinait ce qu'avait dû dire son ancien ami.

— Mais il disait que vous vous étiez brouillés.

Elle marqua une pause, espérant de toute évidence qu'il la renseignerait.

— Il vous en a donné les raisons ? demanda-t-il malgré lui.

— Il vous trouvait moralisateur et critique, et prétendait que vous essayiez toujours de régenter sa vie. Et que vous vous fâchiez quand il ne vous laissait pas faire.

C'était typique de Dominic, qui devait se douter que la vérité n'aurait pas plu à cette femme.

— Apparemment, vous avez été proches, vous deux et trois autres garçons, reprit-elle. À l'école, vous vous donniez je ne sais plus quel nom.

— La Fraternité.

Elle rit.

— Ça paraît un peu idiot, reconnut Sin. Mais attention, c'étaient les autres garçons qui nous appelaient ainsi, et ils n'avaient que dix ans quand ils ont inventé ce nom.

— Il y a donc vous, Smithy, Guy, Dominic, et qui d'autre ?

— Un certain David Norris.

— David Norris. Vais-je devoir lui trouver un poste à lui aussi dans le cirque de mon oncle, Votre Grâce ?

— David est mort.

Elle lui jeta un coup d'œil.

— Je suis navrée. La guerre ?

— Oui.

Elle hocha la tête et ils finirent la course sans mot dire.

Lorsqu'elle eut récupéré un peu, Sin mit pied à terre et lui tendit la bouteille d'eau. Après avoir bu, elle la lui rendit et observa le ciel. La neige tombait plus dru.

— Vous êtes prêt à braver les intempéries ? lui demanda-t-elle.

— Oui, j'ai faim.

Ils cheminèrent dans un silence amical jusqu'à ce qu'ils atteignent l'endroit où il attachait généralement Dobbin.

— C'est ma tournée aujourd'hui, lui rappela Sin. Combien pour vous ? Moi, je vais en prendre trois.

Elle lui adressa un grand sourire, et son expression joyeuse fit naître une nouvelle onde de chaleur indésirable dans son ventre.

— Trois ! s'exclama-t-elle. Quel glouton !

— J'ai commis l'erreur d'en parler à Guy. Il se considère plus ou moins expert en matière de feuilletés, friands et autres roulés à la saucisse, et il est convaincu qu'ils ne peuvent pas être meilleurs que ceux que nous achetions au village près de chez moi.

Il n'ajouta pas que, transi et affamé comme il l'était, le troisième ne parviendrait probablement pas à son ami.

— Un seul me suffira, dit-elle en frissonnant.

Sin sortit l'affreuse écharpe du sac où il l'avait fourrée.

— Tenez, dit-il en la passant autour de son cou et l'enroulant deux fois.

Il s'apprêtait à enfoncer les extrémités entre les revers de son manteau lorsqu'il se rendit compte de ce qu'il faisait ; il lâcha l'écharpe comme si elle lui avait brûlé les doigts.

Les yeux de Marianne lui paraissaient plus foncés et plus grands que d'habitude lorsqu'elle les leva vers lui.

— Merci, dit-elle avec une étrange expression tendue.

Sin la dévisagea longuement. Ni l'un ni l'autre bougèrent. À quel moment son visage lui était-il devenu si familier ? À quel moment avait-il commencé à apprécier ces petits matins pénibles sur un canasson osseux ?

Que lui arrivait-il ?

— Bon, les friands, dit-il stupidement en s'arrachant à sa contemplation.

Il pivota et se dirigea vers la queue avec une hâte inhabituelle. Une partie de lui avait envie de continuer à marcher indéfiniment.

# 12

— Ta garde, ma grande ! Attention à ta garde, cria Jack à Marianne en allant et venant autour des partenaires d'entraînement et en marmonnant dans sa barbe entre deux vociférations.

Marianne leva consciencieusement sa main gauche en maudissant sa distraction. L'objet de ladite distraction se tenait à côté d'Elliot, les bras croisés sur sa poitrine puissante, ses pieds bottés légèrement écartés, et l'observait avec un regard qui lui donnait l'impression d'être un insecte cloué sur une planche.

On aurait pu penser qu'elle se serait habituée à l'attention dérangeante du duc après presque trois semaines, or, étrangement, elle était chaque jour plus nerveuse en sa présence.

Au lieu de trouver des raisons de lui faire abattre le plus de besogne possible, elle cherchait maintenant des moyens de s'éloigner de lui.

C'était absurde.

Depuis qu'il n'était plus un imbécile arrogant, qu'il était presque… humain – à vrai dire, il était plus qu'humain, il était gentil même –, elle n'avait qu'une envie, le fuir.

Mais elle avait beau faire, il s'obstinait à venir aux entraînements de boxe ou à la course. Jack s'était hérissé lorsque Marianne avait affirmé qu'elle n'avait pas besoin de lui ici.

— Bon sang, Annie ! Tu pars dans quelques semaines à peine. Bien sûr que ton nouvel entraîneur doit être présent pour se familiariser avec ta façon de faire !

Ha ! Elle n'avait aucune envie que le duc se « familiarise », justement.

Mais surtout, c'était insupportable d'être le point de mire de son regard intense pendant qu'elle boxait. Cela la mettait mal à l'aise, et la rendait maladroite finalement.

*Et pourquoi cela, Marianne ? Se pourrait-il que tu aies fait ce que tu t'étais promis de ne jamais refaire ? Aurais-tu le béguin pour le duc de Staunton ? Es-tu donc si sotte ?*

Elle avait envie de faire taire cette voix moqueuse. Malheureusement, elle était à l'intérieur de sa tête.

Marianne refusait de croire qu'elle s'était entichée de l'homme le plus parfait d'Angleterre.

*Tu auras beau le nier, c'est la vérité.*

Elle se rendit à l'évidence, abasourdie. Elle en aurait pleuré. Comment pouvait-elle être aussi faible et idiote ? Une liaison humiliante et tragique avec un aristocrate ne lui avait donc pas suffi ?

Apparemment pas.

— Marianne !

La voix coléreuse de Jack la tira de ses ruminations, juste à temps pour qu'elle esquive un coup de Lucy.

— Bon sang ! beugla Jack.

Marianne se concentra pendant cinq secondes, puis, comme si ses yeux étaient actionnés par des ficelles, ils se posèrent sur Staunton. Ce dernier était censé observer Lucy tandis que Jack observait Marianne. Mais elle sentait le poids de son regard. Et chaque fois qu'elle lui jetait un coup d'œil, beaucoup trop souvent pour son bien, il la dévisageait avec son air ténébreux.

Comme Jack, Andy et Elliot – qui étaient tous présents aujourd'hui –, le duc avait retiré son manteau et retroussé ses manches, dénudant des avant-bras étonnamment musclés. Sur ses mains aux longs doigts, le bleu prononcé des veines se détachait sous sa peau claire.

Si ses avant-bras étaient troublants, ce n'était pas le pire. Ces derniers temps, il s'était mis à porter des pantalons en chevreau si usés et si fins qu'ils moulaient comme une deuxième peau ses cuisses athlétiques, ses hanches étroites et son postérieur ferme.

Marianne coula un bref regard vers le pantalon en question et esquiva de justesse un crochet de Lucy.

— Annie ! s'écria Jack, qui écumait littéralement.

Elle serra les dents et se força à oublier les hanches et les cuisses du duc.

Cependant, avec l'acharnement d'un petit chien mal éduqué, ses pensées retournèrent vers lui quelques instants plus tard. Quelle honte ! S'habiller ainsi en public ! Comment une femme était-elle censée se concentrer lorsqu'il paradait dans cette…

Le poing de Lucy frappa le menton de Marianne, assez durement pour qu'elle sente craquer les os de son cou.

— Bon Dieu ! hurla Jack tandis qu'elle vacillait sous le choc. Où tu as la tête, Annie ?

Elle doutait que la réponse lui plaise. Elle avait la tête dans le pantalon du duc. Elle se ressaisit et cligna des yeux.

— Fin de la séance ! cria le duc.

Marianne pivota et le foudroya du regard.

— Je n'ai pas besoin de...

— Hé ! gronda Jack en posant sa grosse pogne sur son épaule. Quand Sin dit quelque chose, tu l'écoutes comme tu m'écouterais.

Le visage de Marianne devint brûlant – il était rare que Jack lui adresse un reproche.

— Désolée, Jack, marmonna-t-elle.

Elle continuait à voir trouble.

— Non, c'est pas auprès de moi qu'il faut t'excuser, déclara Jack avant de désigner le duc du menton.

— Ce n'est pas la p…, commença Sa Grâce.

— Pardon… *Sin*.

Les mots franchirent difficilement ses dents serrées. En prononçant son nom, qu'elle n'avait jamais dit à voix haute, elle sentit son visage devenir encore plus rouge. Jack lui tapota doucement l'épaule.

— C'est bien, ma grande.

Il lui souleva le menton et grimaça.

— Tu auras un beau bleu demain.

Il jeta un coup d'œil à Sin.

— Tu as bien fait d'arrêter l'entraînement. Annie a la tête ailleurs. Ça suffit pour aujourd'hui. Il te reste un match avant de partir, ajouta-t-il à l'adresse de Marianne, et j'aimerais que Sin me remplace.

Elle cilla. Elle avait dû mal entendre.

— Quoi ?

— Ce mardi, je veux que Sin soit avec toi, répéta Jack.

— Mais… Pourquoi ? Tu seras là, non ? Pourquoi…

Jack étrécit les yeux, la prit par le bras et l'entraîna vers les coulisses, suffisamment loin pour que le duc ne puisse pas les entendre.

— Il a fait quelque chose de mal, ma grande ? Parce qu'on dirait qu'il te hérisse le poil.

— Non, bien sûr que non, Jack. C'est juste…

— C'est juste… ? l'encouragea-t-il.

*C'est juste que je ne peux pas m'empêcher de regarder son pantalon, ses avant-bras, son visage parfait et…*

Marianne serra les dents, horrifiée. Elle se racla la gorge et chassa le duc et son pantalon de son esprit.

— J'espérais que tu serais avec moi pour mon dernier match avant notre départ, dit-elle piteusement. Tu es mon porte-bonheur, Jack.

Il sourit et prit en coupe le côté intact de son visage avec sa grosse main.

— Je serai là, je te regarderai des coulisses, lui promit-il. Tu es une boxeuse de première classe, Annie. Tu n'as pas besoin de porte-bonheur.

Marianne pria le ciel pour que ce soit vrai.

Mais elle allait être obligée de s'asseoir sur les genoux du duc entre deux rounds – comme tous les combattants le faisaient avec leur entraîneur, dont les cuisses servaient de siège –, d'endurer son contact, de sentir son souffle chaud contre son oreille, toutes choses qu'elle n'avait jamais remarquées avec Jack ou Andy. Et son petit doigt lui soufflait que tout cela allait semer une sacrée pagaille en elle.

Mardi, elle allait embrasser le tapis.

Sin aidait Lucy à retirer ses gants lorsque Marianne quitta Jack et s'avança vers lui.

— Il faut que je vous parle, lui dit-elle.

— Tout à l'heure, je…

— Maintenant, le coupa-t-elle. Excuse-nous, Lucy, Jack va s'occuper de toi.

Elle posa la main dans le dos de Sin et le poussa littéralement vers la porte des coulisses.

— Où allons-nous ? s'enquit-il tandis qu'elle se frayait un chemin au milieu des accessoiristes et des artistes.

— Dans la loge.

— Pourquoi ?

— Parce que je veux vous parler en privé.

Devant la porte, elle s'arrêta et lui décocha un regard appuyé.

— Quoi ? dit-il en haussant un sourcil. Je croyais que je n'étais pas censé vous ouvrir les portes ?

Elle leva les mains, toujours emprisonnées dans les gants.

Au lieu d'être agacé par sa brusquerie – pour ne pas dire sa grossièreté –, Sin ravala un sourire, lui ouvrit la porte et s'effaça.

Marianne Simpson n'avait que faire de son statut social, de son argent, ou du fait qu'il dînait avec le prince de Galles ce soir même.

Elle était plus aimable avec les balayeurs de rue qu'avec lui. Un jour qu'il le lui faisait remarquer, elle lui avait adressé un de ses sourires espiègles et répliqué :

— Les balayeurs de rue accomplissent une fonction précieuse. Les ducs, eux… ma foi.

Plus les jours passaient, plus il était impressionné par son intelligence, sa ténacité et sa fougue. Il savait maintenant que ses combats étaient aussi réels que tous ceux qu'il avait pu voir au fil des ans.

Il méprisait plus que jamais Farnham de se faire de l'argent sur la souffrance de sa nièce, mais son admiration pour Marianne menaçait dangereusement son objectivité.

Nom de nom ! Qui essayait-il de berner ? Quelle objectivité ? Cette femme l'impressionnait depuis le premier jour. D'abord, il avait été saisi par sa franchise et – impossible de se mentir – son incroyable impolitesse.

Mais depuis près de trois semaines qu'il travaillait avec elle, son admiration allait croissant. Elle était intelligente, loyale, spirituelle, généreuse et honnête. S'il l'avait un temps soupçonnée d'être l'acolyte de Strickland, ce n'était plus le cas.

Tandis qu'elle arpentait la petite loge d'un pas irrité, il se demanda comment il avait pu la soupçonner d'une telle duplicité.

— Vous avez perdu la tête ? lança-t-elle.

— Vous adorez me poser cette question, on dirait.

Elle tendit les poignets vers lui. Alors qu'il dénouait le cordon d'un de ses gants de cuir, il fut submergé par son odeur à présent familière. Aucune autre femme ne sentait comme elle : un mélange enivrant de sueur, de cuir et de lavande. Il ne comprenait pas comment il avait pu trouver séduisante chez une femme l'utilisation de parfums coûteux.

— Vous ne pouvez pas être mon entraîneur mardi.

Il lui jeta un coup d'œil.

— Pourquoi ? demanda-t-il en retirant un gant, s'émerveillant une fois de plus de la délicatesse de ses poignets.

Elle libéra sèchement sa main.

— Pourquoi ? répéta-t-elle avec une mimique hautaine, en singeant son accent d'une manière qui faillit lui arracher un sourire.

— Quelle excellente imitation, Marianne. Je suis flatté que vous ayez pris le temps et fait l'effort d'étudier ma voix et mes manières aussi attentivement.

Elle se rembrunit.

— Je ne suis pas d'humeur à plaisanter.

Il s'attaqua au double nœud de son deuxième gant.

— Pourquoi ce revirement soudain alors que vous m'avez forcé à passer presque chaque minute de mes journées soit à vous suivre avec Dobbin, soit à faire le ménage derrière vous au théâtre, soit à vous servir d'homme à tout faire ?

Sin en savait maintenant bien plus qu'il ne l'aurait souhaité en matière de blanchisserie, et regardait désormais ses vêtements immaculés avec un respect nouveau.

— Dois-je vous rappeler, Votre Grâce, que si vous montez sur ce ring mardi, vous serez en présence de centaines de vos amis les plus proches ? Des hommes avec qui vous êtes allé à l'école, avez fait la noce dans des clubs et couru les bordels…

Sin releva vivement la tête, plus amusé du tout. Marianne interrompit sa tirade lorsque leurs regards se croisèrent.

— Vous croyez tout savoir à mon sujet, n'est-ce pas, Marianne ?

Il y avait dans le calme de son ton une menace qui la fit tressaillir. Sin lui retira son gant et le jeta sur le sol. Puis il posa les mains contre le mur de part et d'autre de ses épaules, l'emprisonnant bel et bien.

— À moins que cela ne vous amuse de m'insulter en m'accusant d'être hypocrite. Lord Parfait, ce crétin moralisateur, rigide et prétentieux, qui se bat contre l'immoralité publique au Parlement et dénie à ses semblables tout plaisir sensuel, mais n'hésite pas à satisfaire ses propres vils appétits ?

Elle déglutit et le regard de Sin se fixa sur son cou. Sa peau était luisante et nacrée. Et son odeur…

Bon sang, elle sentait tellement bon !

Elle s'humecta la lèvre inférieure, et son sexe durcit instantanément.

— Je... euh, ne...

Il s'arracha à la contemplation de sa bouche si tentante et aux pensées qui l'accompagnaient.

— Oui, Marianne ?

Elle secoua la tête et les boucles brunes humides qui encadraient son visage dansèrent.

— Euh...

Sin se pencha davantage et elle sursauta. Il inspira son odeur, s'en emplit les poumons, retint son souffle. Lorsque sa poitrine commença à le brûler, il expira à contrecœur.

Le silence régnait, hormis le bruit de leurs respirations entrecoupées et les sons assourdis derrière la porte de la loge. Une mèche brune lui tombait sur l'œil, et il l'écarta avec précaution d'une main légèrement tremblante.

— Je ne suis pas un saint, Marianne, dit-il d'un ton bourru. Je n'ai jamais prétendu l'être. Je ne suis pas dénué de défauts, tant s'en faut. Je suis un homme et j'éprouve des désirs charnels. Si je m'exprime en défaveur des maisons closes au Parlement, c'est pour les mêmes raisons que je ne fais pas appel à des prostituées pour satisfaire mes propres besoins.

Les yeux noisette s'assombrirent tandis qu'elle le dévisageait, les lèvres entrouvertes.

La tentation et la retenue se livraient une âpre bataille dans le corps de Sin, et son sexe palpitait contre son pantalon. Il ne pourrait pas cacher son état lorsqu'il se forcerait à reculer.

Il le fit cependant, et ce fut peut-être le pas le plus difficile qu'il ait jamais franchi.

Il continua à la regarder dans les yeux. Était-ce une pointe de déception qu'il y lut ? Du soulagement ?

— Cessez de me narguer, Marianne, dit-il d'une voix que la bataille qu'il venait de livrer rendait plus dure. Je sais que vous n'avez pas envie de moi dans votre vie, mais j'y suis – au moins jusqu'au 15 avril.

Il pivota et se dirigea vers la porte avant d'ajouter sans se retourner :

— Rendez-vous demain à la première heure au parc.

Marianne avait l'impression qu'elle venait d'être renversée et piétinée par une malle-poste. Elle tendit les mains devant elle et ne fut pas surprise de découvrir qu'elles tremblaient.

Elle les laissa retomber, ferma les yeux et appuya la tête contre le mur. Dieu tout-puissant ! S'il n'avait pas repris ses esprits et ne s'était pas éloigné, elle aurait pu se jeter à son cou et...

Elle s'interdit de laisser son imagination s'emballer. Il s'était bel et bien ressaisi.

Mais ils avaient frôlé la catastrophe.

Elle cogna doucement sa tête contre le mur, comme pour y faire entrer un peu de bon sens.

Mais c'était inutile. Elle était physiquement attirée par cet homme. Comment ne pas l'être ? Il était riche, puissant, beau et, apparemment, honorable.

Elle gémit. Comment était-ce arrivé ? Comment avait-il peu à peu effrité ses résistances jusqu'à envahir une portion conséquente de ses pensées ?

Qu'est-ce qui ne tournait pas rond chez elle ? Certes, il était attentionné, magnifique et avait des principes, mais c'était tout de même un aristocrate – le genre d'hommes qui se croyaient meilleurs que les autres et prenaient ce qu'ils voulaient sans en subir les conséquences, et ne laissaient dans leur sillage que douleur et destruction.

Et pourtant... bien que Staunton fasse indéniablement partie de ce cercle exclusif, il ne vivait pas selon ce credo.

Ce qui le rendait d'autant plus séduisant.

— Seigneur, souffla-t-elle en contemplant le plafond sans le voir.

Comment tiendrait-elle jusqu'au 15 avril sans commettre l'irréparable ?

Comme tomber amoureuse.

# 13

Suzi Fisk administra un direct dans la mâchoire de Marianne quelques secondes avant le gong qui mit fin au cinquième round.

Marianne tituba sous le choc, sonnée, et secoua la tête pour chasser les chandelles. Deux grandes mains se posèrent sur ses épaules.

— Venez vous asseoir, cria le duc en la guidant vers son coin.

La foule, toujours en délire, semblait encore plus excitée qu'à l'accoutumée.

La raison de cet enthousiasme tenait à deux facteurs : ce serait la dernière représentation avant l'hiver prochain, et Suzi avait toujours les faveurs du public. Dans le monde des femmes pugilistes, elle était célèbre pour sa beauté, et son entraîneur, qui était aussi son mari, savait la mettre en valeur ; il lui faisait porter des robes aux décolletés si plongeants qu'il n'était pas rare qu'un sein jaillisse en plein affrontement, perspective qui garantissait un spectacle à guichets fermés. Marianne ne se rappelait pas avoir jamais vu la salle aussi bondée. Même les allées débordaient. Sans scrupule, son oncle avait vendu plus de tickets que de places.

Le duc mit un genou à terre et l'attira doucement sur son autre jambe. C'était la cinquième fois ce soir qu'elle s'asseyait sur sa cuisse. Malgré sa tête qui bourdonnait et sa mâchoire endolorie, son corps entier se tendit au contact de sa cuisse dure sous ses fesses. Elle inspira profondément, savourant les effluves d'une eau de Cologne probablement coûteuse, mélangés à l'odeur de laine, de sueur et de cuir.

— Vous écoutez, Marianne ?

Sa voix grave grondait contre sa tempe, accompagnée par un souffle chaud. À son ton, elle comprit que ce n'était pas la première fois qu'il lui posait la question.

Elle rouvrit les yeux, soulagée de ne pas voir double.

— Oui, j'écoute.

— Tiens, donne-lui ceci.

Elliot tendit une bouteille et la moitié d'une orange coupée en quartiers entre les épaisses cordes en velours qui entouraient le ring.

— Merci, murmura Sin en proposant la bouteille d'eau à Marianne. Écoutez-moi, maintenant, enchaîna-t-il tandis qu'elle buvait. Vous ne pourrez pas encaisser beaucoup d'autres coups comme le dernier.

— Je suis bien placée pour le savoir, grinça-t-elle. Elle m'a frappée au même endroit que Lucy pendant l'entraînement.

— Et pour quelle raison ? demanda Sin, sarcastique.

— Je sais, je sais, dit Marianne qui s'essuya la bouche d'un revers de main et grimaça avant de rendre la bouteille à Elliot. C'est parce que je baisse constamment ma gauche.

Sin lui donna un quartier d'orange et essuya rapidement sa nuque et les cheveux humides sur ses tempes, tout en se penchant pour lui dire :

— Vous vous rappelez la règle numéro un ?

Il faisait allusion aux principes du grand livre de Mendoza, *L'Art de la boxe*. Marianne l'avait lu au moins une dizaine de fois, mais cela faisait des années qu'elle n'y avait pas songé. La règle numéro un voulait que l'on regarde toujours le visage de son adversaire – à moins que s'en abstenir ne vous procure un avantage.

— Bien sûr, répondit-elle.

— Vous avez tendance à soutenir le regard de l'adversaire, et Suzi le sait. Ce serait le bon moment pour utiliser contre elle ce qu'elle croit être un atout.

— Vous voulez que je feinte ?

Il lui adressa un sourire féroce, et elle eut l'impression de recevoir un deuxième coup à la tête. Le visage de Sin était beau, mais éclairé par un sourire comme celui-là, il était presque douloureux à regarder.

— ... une seule fois, dit-il, terminant visiblement une phrase.

Marianne fronça les sourcils.

— Pardon ?

Mais que lui prenait-il, bon sang, d'être aussi distraite ?

— Vous n'écoutiez pas, n'est-ce pas ?

À son expression sévère, son corps réagit de manière troublante.

— Vous voulez que je dise à votre oncle de mettre fin au match ? Vous voyez double ?

— Non, non, pas question d'arrêter ! Ça va, c'est juste... Pardon, j'avais la tête ailleurs, mais je suis tout ouïe à présent.

— Je disais qu'elle baisse souvent sa droite juste avant de lancer sa gauche, ce qui la rend vulnérable.

— Je n'avais pas remarqué, reconnut Marianne.

— C'est pour cela que je suis là : pour remarquer.

Il lui tendit un autre quartier d'orange.

— La prochaine fois qu'elle le fait, au lieu de parer, déplacez-vous vers la droite et envoyez-lui un bon direct.

Marianne hocha la tête.

— Tournez-vous un peu, ordonna-t-il.

Les mains sur ses hanches, il la fit tourner jusqu'à ce qu'elle lui offre son dos, à califourchon sur sa cuisse.

Marianne se mordit la lèvre pour ne pas gémir tandis que la chair sensible de son sexe se pressait sur ses muscles fermes. Cet homme n'avait donc pas idée de ce qu'elle ressentait ?

— Vous êtes crispée, dit-il en se penchant si près que ses lèvres lui effleurèrent l'oreille. Je vais vous aider à vous détendre un peu.

Ses doigts se refermèrent sur ses épaules et se mirent à pétrir les muscles noués...

Seigneur ! Marianne aurait dû avoir honte des petits gémissements d'aise qui lui échappaient, mais au point où elle en était, cela lui était égal.

Qui aurait pensé que de si belles mains pouvaient être aussi puissantes ? Et comment un homme qui n'avait jamais travaillé de sa vie pouvait-il être aussi fort ?

Le quartier d'orange glissa de sa main molle tandis qu'il lui redonnait vie. Ses doigts magiques activaient son sang et insufflaient de la vigueur à ses muscles, jusqu'à ce que son corps vibre d'une énergie renouvelée.

Trop tôt à son goût, il s'arrêta et la fit de nouveau tourner, face à lui, cette fois.

— Regardez-moi.

Elle s'obligea à soulever ses paupières lourdes et regarda l'homme qu'elle avait de plus en plus de mal à considérer comme un duc. Elle était aussi proche de lui que lors de leur dispute dans la loge, mais cette fois, les lumières de la scène illuminaient ses yeux derrière ses lunettes. Ses iris offraient un mélange complexe de verts qui allait du genévrier à la mousse en passant par le péridot, sans parler d'innombrables nuances qu'elle était incapable de nommer. D'aussi près, ses yeux n'étaient plus froids et réservés ; ils brûlaient d'intelligence et de vie, et... d'autre chose. De désir.

Si Marianne connaissait cette expression, elle n'aurait jamais imaginé la voir sur le visage de cet homme toujours si maître de lui.

Le duc la désirait, réalisa-t-elle, sous le choc.

C'était une catastrophe !

Pire, elle savait que ses propres yeux brillaient du même éclat brûlant.

— Marianne ?

Elle se ressaisit et hocha la tête.

— Je vous écoute.

Sa bouche sévère esquissa un sourire dans lequel perçait une pointe de sauvagerie.

— Vous pouvez l'achever dès la reprise, dit-il. Elle est plus massive et plus lente, et deux bons coups comme celui dont nous venons de parler pourraient conclure le match.

— Mais mon oncle...

— Je sais ; il préfère laisser traîner jusqu'à sept rounds afin que les clients en aient pour leur argent.

Il se rembrunit, balaya de son regard d'aigle la foule hurlante.

— Ils en ont déjà eu pour leur argent. Et même plus.

Le gong retentit et il lâcha la taille de Marianne. Il exerça une petite pression sur son épaule, hocha la tête, puis il la souleva de son genou comme si elle ne pesait rien.

— Retournez-y et finissez ce combat, Marianne.

— J'ai dit que j'étais désolée, mon oncle, répéta Marianne pour la troisième fois.

Barnabas arpentait la loge, son corps noueux tressaillant tandis qu'il se passait les doigts dans ses cheveux gris clairsemés.

— Je comprends parfaitement que tu travailles dur, Marianne, mais si ces gens n'obtiennent pas ce pour quoi ils paient, ils se déchaînent.

Il frissonna.

— Tu n'étais pas là en 1812, quand...

— Je sais, je sais, la Chatte bottée.

Ces mots – le surnom d'une des adversaires – donnaient la chair de poule à tous les employés de la Foire Farnham depuis qu'une violente émeute avait éclaté à la suite d'un match ayant tourné court, la femme ayant été mise K-O. Le théâtre avait dû fermer pendant six mois.

— Ces hommes – des aristocrates ! – ne se sont pas contentés de saccager le théâtre, Marianne. C'étaient des bêtes féroces. Ils ont agressé les accessoiristes, et même les pauvres gamins porteurs de torches que j'avais laissés regarder du paradis. C'était…

Elle avait entendu l'histoire un nombre incalculable de fois. Tout le théâtre, de la scène jusqu'aux places les moins chères – le paradis comme l'appelaient les gens de théâtre car c'était tellement haut perché – avait essuyé les foudres de la foule furieuse.

— Je comprends, mon oncle.

— Sans parler de ce que ça coûte en termes de perte de ventes quand on finit une rencontre prématurément. Tu sais bien que ces gars achètent à boire entre chaque round…

— Je sais. Et je suis désolée pour ce soir. Cela ne se reprodui…

La porte de la loge s'ouvrit abruptement, et le duc entra. Barnabas, qui était passé du stade de la harangue à celui des supplications, aurait bientôt laissé Marianne tranquille.

Au lieu de cela, il se hérissa de nouveau en voyant l'homme qu'il jugeait – à juste titre – responsable de son préjudice financier.

— Et vous ! C'est votre boulot de faire en sorte qu'elle ne…

— C'est à moi que vous parlez ? demanda le duc d'une voix si glaciale et avec un regard si hautain que Barnabas parut se recroqueviller, se rappelant soudain à qui il s'adressait.

Marianne se leva de sa coiffeuse.

— Laissez-moi lui expliquer, mon oncle, dit-elle en s'interposant entre les deux hommes.

Barnabas s'enhardit et se redressa de toute sa hauteur, ce qui ne l'empêchait pas de mesurer encore une demi-tête de moins que le duc.

— Je te le conseille.

Il plissa les yeux en fusillant Staunton du regard.

— Et tu pourras peut-être en profiter pour rappeler à Sa Grâce qu'il est uniquement toléré ici.

Le duc fit un pas en avant, et son corps toucha celui de Marianne.

— Et je pourrai peut-être en profiter pour vous rappeler que vous avez intérêt à retrouver le médaillon et la lettre que je vous ai demandés il y a plusieurs semaines.

Elle ignorait que le duc lui avait fait cette requête.

— Je vous ai déjà dit que je ne vois pas du tout de quoi vous parlez.

Marianne sentit dans sa voix que son oncle mentait, et devina à l'expression du duc qu'il n'était pas dupe.

— Ce n'est pas ce qu'affirme votre ami Strickland.

— Je trouve votre…

— S'il vous plaît, mon oncle, partez, l'interrompit Marianne.

Barnabas émit un bruit étranglé, la contourna et quitta la pièce au pas de charge, laissant la porte ouverte, comme à son habitude. Marianne la referma et poussa le verrou pour qu'ils ne soient pas dérangés, puis elle se tourna vers le duc. Il grimaça en voyant sa mâchoire enflée.

— Seigneur !

Il tendit la main, mais elle l'écarta sèchement.

— Non.

Il soupira, croisa les bras et s'adossa au mur, adoptant la pose d'un homme qui s'apprête à endurer un éclat d'une femme à bout de nerfs.

Cette expression fit du bien à Marianne, car stupidement, elle s'était adoucie vis-à-vis de lui au cours de la soirée. À l'exception de Jack, le duc était le seul homme à avoir jamais essayé de lui épargner des souffrances, ou qui semblait trouvait que boxer pour gagner sa vie était dur et dangereux. Elle avait découvert qu'elle appréciait beaucoup trop sa sollicitude.

Il était temps de mettre un terme à cet instinct protecteur vis-à-vis d'elle – et au plaisir que cela lui procurait.

— Il faut vous résigner, Votre Grâce : c'est mon métier.

Il haussa un sourcil.

— Si vous ne pouvez faire ce pour quoi vous êtes ici, à savoir me faire tenir sept rounds et, de préférence, m'aider à gagner, il faudra que je vous trouve une autre occupation sur la tournée.

Il se contenta de la dévisager.

Et soudain, sa distance, le fait qu'il était intouchable, alliés à l'effet chaotique que cela exerçait sur son corps et son esprit, furent insupportables. Elle appuya l'index sur sa poitrine étonnamment dure.

— Je sais que vous trouvez ma vie brutale et indigne, mais…

Au lieu de regarder ce doigt offensant, il contempla sa bouche, et sa mâchoire se contracta. Elle savait ce que son expression signifiait, car elle ressentait exactement la même chose : une tension de tout son corps.

C'est alors qu'il baissa la tête, presque imperceptiblement. Sans hésiter, Marianne se hissa sur la pointe des pieds pour approcher son visage du sien.

« C'est une erreur », chuchota une petite voix dans sa tête.

Elle n'avait certes pas besoin de cet avertissement pour savoir que c'était une erreur.

Mais elle s'en moquait ! Loin de résister, elle tendit le cou pour combler les quelques centimètres manquants.

Et il couvrit sa bouche de la sienne.

# 14

Finalement, la bouche ferme et sévère du duc n'était pas dure du tout.

En fait, elle était douce tandis qu'il écrasait ses lèvres sur les siennes. Sa main, solide et familière, glissa au creux de ses reins pour l'attirer contre lui.

Son autre main se referma sur sa nuque, et sa langue, humide et chaude, caressa sa lèvre supérieure. Il embrassait exactement comme elle s'y attendait : avec une autorité absolue.

Elle fit ce qu'elle rêvait de faire depuis des semaines, et fit courir ses mains sur le daim qui gainait ses hanches. Un gémissement passa de sa bouche à la sienne lorsqu'elle enfonça les doigts dans ses muscles. C'était encore plus agréable qu'elle ne l'avait imaginé. Elle plaqua contre elle le bassin de Sin et caressa son postérieur en se frottant contre son sexe durci.

Lui agrippant la taille à deux mains, il la souleva et la retourna avec une aisance stupéfiante pour la clouer contre le mur où il s'adossait une seconde plus tôt. Il promena la bouche sur sa joue, s'arrêta sous son oreille ; l'arête de son nez élégant caressa la peau sensible de son cou tandis qu'il inhalait profondément.

— Vous sentez si bon, souffla-t-il d'une voix enrouée de désir.

Ses lèvres impatientes et brûlantes s'entrouvrirent sur sa gorge, et il lui caressa la peau de la langue.

— Et votre goût est encore meilleur, murmura-t-il en déposant des petits baisers jusqu'au creux de sa gorge.

Marianne se mordit la lèvre pour contenir un gémissement lorsqu'il aspira sa chair délicate et la suça avec ardeur. La douleur était étrangement plaisante. Elle songea vaguement que cela laisserait une trace, mais ne put se résoudre à s'en soucier.

Il enfonça le genou entre ses cuisses, et elle écarta les jambes sans hésiter.

Cette fois, un gémissement lui échappa lorsqu'il s'appuyait contre son mont de Vénus. Elle ondula contre lui telle une prostituée dans une ruelle, cherchant son plaisir sans réfléchir.

Il relâcha sa chair avec un petit bruit de succion.

— Marianne, chuchota-t-il avec ferveur.

Il prit possession de sa bouche et lui empoigna les hanches tandis qu'il levait le genou. Marianne se cambra contre lui, et les doux pétales de son sexe se frottèrent contre le muscle tendu de sa cuisse.

Il s'écarta juste assez pour voir son visage. Ses yeux étaient voilés, ses paupières alourdies tandis qu'il se repaissait de son plaisir, remuant le genou et remontant les mains jusqu'à ses côtes. Lorsqu'il effleura des pouces les pointes durcies de ses seins, elle étouffa un cri, et battit des paupières.

Il l'embrassa de nouveau, tout en remuant doucement le genou, les mains en corolle autour de ses seins, sa bouche absorbant les petits bruits qu'elle ne pouvait retenir.

Un éclair de plaisir exquis la traversa, son corps se raidit, et...

Quelque chose remua à l'autre bout de la pièce. Le fouillis de couvertures et de costumes empilés sur le vieux canapé se souleva et une tête apparut.

Marianne poussa un cri strident.

Sin fit volte-face, protégeant Marianne de son corps. Il écarquilla les yeux. Une tête dépassait de la pile de vêtements qui recouvrait constamment le vieux canapé.

C'était Joséphine Brown. Elle cligna des yeux à la façon d'une chouette, bâilla, et dit simplement :

— Oh.

Marianne surgit de derrière Sin, le visage en feu.

— Comment as-tu pu ne pas entendre Barnabas entrer, crier à tout le monde de sortir et me faire la leçon ? s'exclama-t-elle.

Brown – la Sabreuse, comme tout le monde l'appelait – écarta le tas de costumes et de vêtements, et posa les pieds par terre.

Elle avait été absente, cette semaine, ayant apparemment pris un congé pour rendre visite à une parente souffrante. D'après l'enquête d'Elliot, elle n'avait pas de famille et l'apparition soudaine d'une cousine était suspecte. Il s'était arrangé pour la faire suivre partout où elle allait, mais l'homme avait perdu sa trace. Sin ne se rappelait pas avoir déjà vu son ami aussi furieux.

Bien qu'il ait répété son numéro avec elle quatre ou cinq fois, il n'avait pas réalisé à quel point cette femme était étrange. Durant l'entraînement, l'éclairage était tamisé, et le reste du temps, il la voyait sur scène, la moitié du visage dissimulé par un masque. Quant à la partie visible, elle était recouverte de l'épais fard blanc que s'appliquaient toutes les artistes de Farnham.

En la regardant à présent, dans la loge bien éclairée, il constata qu'elle était presque dénuée de couleur. Lui-même avait des cheveux blond cendré, mais les siens étaient encore plus clairs, comme ceux des très jeunes enfants.

Ses yeux gris pâle, sans la moindre trace de bleu ou de vert, ressemblaient à une agate.

Lorsqu'elle se leva, il constata qu'elle portait l'une de ces robes de laine grise que les femmes du cirque privilégiaient pour travailler. Bien qu'elle ait sans doute au moins vingt-cinq ans, voire davantage, elle était petite (plus que Marianne) et sa silhouette svelte était juvénile.

— Quand es-tu rentrée ? demanda Marianne d'une voix encore tendue, mais sa colère était retombée.

— Il y a quelques heures seulement, répondit-elle d'une voix grave et rauque étonnante de la part d'une femme aussi menue.

Elle avait un léger accent, probablement un vestige de son enfance dans le Yorkshire.

— Et ta cousine ? Elle va...

— Mieux.

Le regard inquiétant de Jo passa de Marianne à Sin. Ce fut à peine perceptible, comme tout ce qu'elle faisait. Aucun mouvement brusque, jamais. Elle pencha légèrement la tête de côté en le regardant.

— Bonjour... Sin.

Quelque chose dans sa façon de le regarder, d'un air presque entendu, le fit légèrement rougir. Il inclina la tête.

— Bonsoir, mademoiselle Brown.

— Vous pouvez m'appeler la Sabreuse, dit-elle avec l'ombre d'un sourire. Comme tout le monde.

— Ce n'est pas méchant, s'empressa de préciser Marianne. Je peux demander aux autres d'arrêter si tu...

— Cela ne me dérange pas, assura Joséphine, conciliante.

Un nouveau silence gêné tomba sur la pièce. Sin s'apprêtait à partir lorsque Marianne demanda :

— Où est Angus ?

— Il a un petit rhume alors je l'ai laissé à la maison ce soir.

Sin n'imaginait pas qu'un oiseau puisse s'enrhumer. Le regard troublant de la Sabreuse revint sur lui.

— J'ai l'impression de vous avoir déjà vu.

Elle plaisantait ?

— Euh... nous nous entraînons ensemble depuis plusieurs semaines pour votre numéro, lui rappela Sin.

Un petit rire de gorge.

— Non, je voulais dire avant que vous veniez travailler ici.

— Je ne pense pas que nous nous soyons déjà rencontrés.

C'était la vérité. Il n'aurait pas oublié une femme aussi singulière.

Son attention fut attirée par un mouvement sur son côté, où une lame de vingt centimètres venait de surgir. Elle ne l'avait pas quelques instants plus tôt, quand elle avait lissé ses jupes en se levant.

Ses doigts étaient aussi pâles et minces que le reste de sa personne, et ils remuaient presque paresseusement, le couteau tournant au-dessus de sa main avant qu'elle le reprenne dans sa paume, encore et encore.

Tous trois étaient immobiles, telles des statues dans un jardin, le seul mouvement étant celui du couteau qui accrochait la lumière par intermittence.

— Bon, dit enfin la Sabreuse, je vais aller prévenir Barnabas que je peux travailler demain. Bonne nuit.

Sin et Marianne murmurèrent « Bonne nuit » en réponse. Une fois la porte refermée derrière Jo, Marianne s'affaissa contre la coiffeuse, renversant flacons et petits pots. Elle semblait exténuée. Et visiblement furieuse contre elle-même. Lorsqu'elle leva les yeux, il y lut de la honte, et devina ce qu'elle allait dire avant même qu'elle ouvre la bouche.

— En dépit de ma conduite il y a un instant, j'espère que vous ne croyez pas que je vais devenir votre pu...

— Arrêtez.

Ses yeux lancèrent des éclairs et elle répliqua :

— Pourquoi ? C'est ce que vous pensez certainement.

— Si nous passions un accord, Marianne ? Vous ne me dites pas ce que je pense, et j'en ferai autant avec vous. Car nous nous tromperions invariablement l'un et l'autre.

— Parfait. Alors je vous pose la question : que pensez-vous ?

— Plusieurs choses, en fait. Ma première pensée – si déshonorante soit-elle – est que je regrette cette interruption.

Elle le regarda, bouche bée. Était-ce mesquin de sa part de se réjouir de lui avoir causé cette surprise ? Probablement.

— Mais la pensée qui vient tout de suite après, c'est : je suis désolé d'avoir perdu toute maîtrise.

Son air stupéfait se mua rapidement en une expression moqueuse qui ne lui allait pas aussi bien que l'autre.

— Ah, c'est vrai, lord Parfait ne devrait pas s'abaisser à un comportement aussi primitif.

Sin l'étudia, les yeux étrécis. Lentement, à la façon d'un coucher de soleil, ses joues rosirent sous son regard.

— Je n'ai jamais prétendu être parfait, Marianne, dit-il doucement. Comme je vous l'ai déjà confessé, j'ai des désirs charnels, comme tout un chacun. Certes, je m'applique à les maîtriser, mais je serais menteur et hypocrite si je n'admettais pas que je vous ai trouvée attirante quasiment au premier regard.

Loin de paraître flattée par son aveu – comme n'importe quelle femme qu'il connaissait l'aurait été –, elle se rembrunit.

— C'est uniquement la nouveauté qui vous attire, Votre Grâce. Une femme qui boxe, comme c'est original et curieux !

Certes, elle était originale. Mais elle était aussi bien davantage : intelligente, spirituelle, pleine d'esprit, et gentille – avec tout le monde à l'exception de Guy et de lui. Il l'avait aussi vue se montrer généreuse avec les balayeurs, les chiffonniers et les gamins des rues.

Marianne Simpson était plus nuancée et plus complexe qu'aucune personne de sa connaissance.

Mais, tant pour elle que pour lui, il ne fallait surtout pas qu'il lui avoue à quel point il en était venu à l'admirer. Elle venait de lui fournir le prétexte idéal pour justifier sa conduite de tout à l'heure ; il n'avait qu'à lui laisser croire que c'était exactement ainsi qu'il la voyait : comme une nouveauté.

Un tel aveu ne ferait que renforcer sa mauvaise opinion s'agissant des aristocrates en général et de lui en particulier, mais à terme, ce serait leur rendre service. Car il ne pourrait jamais rien y avoir entre eux. Du moins, rien de bon pour sa réputation à elle ou sa conscience à lui.

Pourtant, il ne put se résoudre à confirmer son accusation. Il ne la nia pas non plus.

— Je voulais vous prévenir que je pars demain pour une semaine. J'ai déjà averti Jack.

Le visage de Marianne se ferma ; elle avait reçu son message.

— Très bien, dit-elle en attrapant un linge et en se tournant vers le miroir avant de se rendre compte qu'elle s'était déjà démaquillée.

Elle jeta le linge dans le panier qui débordait.

— Je ne reviendrai que le jour du départ pour Douvres.

Elle pivota pour le foudroyer du regard.

— Entendu. Vous pouvez partir à présent.

Le corps de Sin réagit avant que son esprit puisse l'en empêcher. Il lui saisit le bras et l'attira à lui jusqu'à ce que leurs corps soient plaqués l'un contre l'autre. Puis il posa ses lèvres sur les siennes.

Elle s'ouvrit à lui sans hésitation, et il prit ce qu'elle lui offrait, sondant les profondeurs de sa bouche chaude et douce, jusqu'à ce qu'il soit obligé de reprendre son souffle. Il plongea alors son regard dans le sien. Il respirait vite et s'en voulait d'avoir fait exactement ce qu'il s'était interdit quelques secondes plus tôt.

— Sachez que votre impolitesse et votre insolence ne me mettent pas en colère, Marianne, dit-il d'une voix enrouée. Cela ne fait qu'accroître mon désir pour vous.

Il l'embrassa de nouveau pour faire bonne mesure, presque durement, et la planta là, l'air aussi abasourdie que lui-même.

# 15

Après leur tête-à-tête torride dans la loge, Sin fut heureux de prendre ses distances avec Marianne Simpson. Car il avait eu beau s'évertuer à effacer de sa mémoire le souvenir de ses baisers et la sensation de son corps contre le sien, il était incapable de ne pas penser à elle.

Il aurait pu rendre visite à sa maîtresse, lady Alanna Galhart, la veuve sensuelle qu'il fréquentait depuis près de deux ans, pour assouvir son désir, mais l'idée de coucher avec une femme en pensant à une autre lui laissait un goût amer dans la bouche.

Il choisit donc la distance. Même si ce n'était pas une solution radicale contre son attirance pour Marianne, cela valait mieux que de passer cinq heures par jour avec la source de la tentation.

Il n'avait jamais quitté l'Angleterre pour une aussi longue période, et la liste de tâches à accomplir avant son départ pour l'Europe s'allongeait chaque jour.

Tout en haut figurait une visite à sa tante Julia ainsi qu'à son régisseur, William Talbot, qui vivaient tous les deux à Wortham, le berceau de la famille. Là-bas, il verrait sa mère, bien sûr, qui ne s'en rendrait même pas compte.

Talbot avait travaillé pour son père et en savait autant que lui à propos de Wortham et de leurs huit propriétés.

Initialement, Sin avait prévu de raconter au régisseur le même mensonge qu'aux autres : qu'il partait pour l'Amérique du Nord. Mais plus il y réfléchissait, plus il se disait que Talbot était l'une des trois personnes à son service (en plus de son valet, Phelps, et de son secrétaire John Morland) qui devraient savoir où il était réellement, et pourquoi. Après tout, ce voyage n'était pas sans danger. S'il lui arrivait malheur, Talbot devrait prendre des mesures pour retrouver Benjamin, si possible, ou prévenir le prochain héritier, son cousin Wendall.

Tante Julia, en revanche, ne devait rien savoir de ses vrais projets. Tandis qu'il la regardait, le dernier matin de sa visite, une étrange émotion lui étreignit la poitrine. Il la chérissait tellement. La sœur unique de son père avait été autrefois, avant la variole, une femme ravissante. Encore maintenant, à plus de soixante-dix ans, le visage marqué par la maladie, elle restait belle.

Mais sa santé s'était fragilisée depuis qu'elle avait appris la mort de Benjamin, l'année passée.

Elle avait déjà tant souffert : le décès de son mari alors qu'elle n'avait que vingt-trois ans, deux enfants mort-nés et une fausse couche, et la mort de son frère aîné, de son neveu et de sa jeune nièce – la sœur de Sin portait son prénom – de la même maladie que son mari l'avaient terriblement affectée.

Non, Sin ne pouvait ajouter à son chagrin et à son inquiétude en lui expliquant qu'il allait mettre sa vie en danger en affrontant un dangereux traître totalement dénué de scrupules. Il préférait ne pas lui parler de Benjamin tout de suite non plus. Pas question de lui donner de faux espoirs.

— Mais, mon chéri, quelle idée de partir pour les Amériques maintenant ? s'étonna une fois de plus lady Julia tandis qu'ils prenaient le petit déjeuner.

Il était exagéré de dire qu'elle mangeait : elle trempait distraitement un minuscule toast dans un thé très peu infusé.

— Il est temps que je m'y rende, ma tante. Personne n'y est retourné depuis la visite de père en 1784.

Elle repoussa son thé et son toast.

— Je préférerais du porridge, dit-elle à son valet préféré, Charles, qui n'était jamais loin.

— Tout de suite, milady.

Charles s'inclina et disparut.

Sin grimaça. Ce n'était jamais bon signe quand sa tante voulait du porridge.

— L'Amérique est un endroit tellement dangereux, Saint John, reprit-elle en tripotant l'anse de sa tasse qu'elle avait rapprochée d'elle.

Encore un mauvais signe.

— J'ai lu les articles dans les journaux, ils sont en guerre.

Sin posa sa main sur la sienne. Ses os étaient aussi fragiles que ceux d'un oiseau. Une image des mains de Marianne Simpson – pas beaucoup plus larges, mais éminemment plus fortes et plus habiles – s'imposa à lui. Il avait senti ses mains sur son corps, ses doigts s'enfoncer dans son postérieur et ses hanches...

Il se ressaisit en hâte et bannit l'image indésirable. En attendant la prochaine intrusion.

Au lieu de fantasmer sur Marianne, il s'appliqua à rassurer sa tante, qu'il considérait comme sa mère bien que cette dernière vive dans l'aile est de la maison. Si l'on pouvait appeler « vivre » l'existence qu'elle menait.

— Le conflit auquel vous pensez se déroule dans le Sud, tante Julia, sur le territoire de la Floride. Notre exploitation forestière est située à la frontière avec le Nouveau-Brunswick, au nord du pays. En fait, une grande partie de la propriété se trouve dans notre colonie. Il n'y a aucun danger de guerre, là-bas.

Lady Julia pinça les lèvres, peu convaincue. Sin devait regagner Londres après ce petit déjeuner, elle n'avait donc que quelques heures pour livrer un nouvel assaut.

— Tout ira bien, lui promit-il en lui tapotant la main.

La porte de la salle à manger s'ouvrit et Keller, majordome à Wortham depuis que Sin était enfant, entra, un petit plateau en argent à la main.

— Ceci vient d'arriver pour vous, Votre Grâce.

— Merci, dit Sin en jetant un coup d'œil sur la première enveloppe.

Il soupira. Alanna. Encore un élément sur sa liste d'affaires à régler avant de partir. Sous la lettre, il y en avait plusieurs autres que son secrétaire lui avait fait suivre de Londres, ainsi qu'une dernière écrite sur un parchemin bon marché à l'horrible sceau gris.

— Qu'est-ce que tu as fait à tes cheveux, Saint John ?

Il leva les yeux.

— Pardon, ma tante ?

— Tes cheveux, dit lady Julia en plissant ses yeux du même gris clair que les siens et ceux de son père. Ils sont presque... sales.

— Je crois que c'est cette nouvelle pommade qu'utilise Phelps, mentit-il en suppliant silencieusement son valet de lui pardonner.

Elliot lui avait donné une pâte à base de café qui fonçait ses cheveux trop aisément reconnaissables. Il préférait ne pas savoir comment son ami connaissait de tels procédés.

Phelps, son valet, avait été horrifié la première fois que Sin lui avait demandé d'appliquer la mixture sur ses cheveux.

Elliot lui avait assuré que la teinte disparaîtrait aisément. Il avait quelque peu exagéré. Heureusement, Phelps avait concocté un produit de rinçage à base de vinaigre qui avait éliminé presque toute la couleur, beaucoup plus efficacement que du savon et de l'eau.

Pauvre Phelps. Si ce dernier avait été stupéfait de devoir foncer les cheveux de son maître, il avait frôlé l'apoplexie lorsque ce dernier lui avait dit où il serait vraiment durant les mois à venir.

Et où Phelps lui-même irait.

Bien que son valet n'ait pas discuté quand il lui avait ordonné de préparer ses bagages pour aller en Amérique en compagnie du secrétaire de Sin, ce dernier avait senti que pour la première fois en presque vingt ans de service, le domestique avait été sur le point de protester.

Ma foi, tant pis. Le voyage de Phelps et de Morland était nécessaire pour faire croire à cette expédition en Amérique. En outre, son secrétaire avait réellement des affaires à régler à Boston, quand bien même cela aurait pu se faire par courrier.

Sin tourna d'abord son attention vers la missive d'Alanna. Une odeur de lilas lui chatouilla les narines. S'il avait apprécié cet arrangement avec la jolie veuve, cela faisait quelque temps déjà qu'il songeait à mettre un terme à leur relation.

Avant de recevoir la lettre de Strickland, il avait décidé de se mettre sérieusement en quête d'une épouse. Cela ne l'enchantait guère. Non qu'il soit opposé au mariage ; il avait apprécié sa brève union avec Vanessa, alors qu'ils se connaissaient à peine lorsqu'ils s'étaient mariés.

Non, s'il n'était pas très motivé, c'était parce qu'il devrait choisir une femme en âge d'enfanter alors qu'il avait déjà trente-deux ans. Il s'était rendu à quantité de bals au cours des années précédentes et avait dansé avec suffisamment de jeunes filles pour savoir qu'entre dix-huit ans et trente-deux ans, le fossé allait bien au-delà des quelques années de différence.

Il avait néanmoins dressé une liste de candidates. Il comptait rencontrer ces jeunes filles durant la saison, et faire sa demande avant de regagner la résidence familiale à la fin du mois de juin.

Il devrait repousser ses projets de mariage.

L'idée de courtiser une femme tout en couchant avec une autre lui répugnait – d'autant que c'était manquer de respect aux deux –, raison pour laquelle il avait prévu de mettre un terme à son arrangement avec Alanna avant le début de la saison.

Elle ne serait pas contente. Il la soupçonnait d'attendre une demande en mariage. Elle était veuve d'un vicomte, et son ascendance était impeccable. Ses trois fils prouvaient qu'elle était féconde, bien qu'à trente-six ans, elle soit peu susceptible de lui donner plus de quelques enfants.

Pour autant, il n'y avait aucune raison de ne pas l'épouser.

Et cependant...

Cependant, il ne se voyait pas vivre avec elle. Elle était d'une grande beauté et c'était une merveilleuse partenaire sexuelle. Malheureusement, rien d'autre ne l'intéressait que le plaisir. Pas même ses enfants, semblait-il, qu'elle avait confiés à sa belle-mère pour qu'elle les élève.

Sin avait grandi avec un père égoïste, hédoniste et menant une vie dissolue, et une mère atteinte de lésions cérébrales. Il voulait mieux pour ses propres enfants. Il voulait une femme qui ne pensait pas uniquement à la mode, aux bijoux et aux divertissements.

Il espérait qu'il finirait par aimer celle qu'il épouserait. Car une fois marié, il lui resterait fidèle et exigerait qu'elle en fasse autant.

Ma foi, tout cela devrait attendre. Et à vrai dire, il éprouvait un certain soulagement à l'idée de repousser cette décision lourde de conséquences.

Il décacheta la lettre d'Alanna.

*Chéri,*

*Cela fait plus de trois semaines que vous n'êtes pas venu me voir. Je commence à penser que je ne vous plais plus. Vous allez bientôt partir, je le sais, et je ne vous reverrai pas avant une éternité.*

*Vous savez que la ville est clairsemée, ces derniers temps. Et le temps est épouvantable, cette année. Vous me négligez et je me languis, Staunton. Je serai à la soirée de Lydie Conrad demain soir. J'espère vous y voir.*

*Bien à vous,*

*A.*

Sin replia le feuillet. Après tout, pourquoi ne pas la voir le lendemain soir ? Il avait prévu d'aller à la soirée des Conrad de toute façon. Ce serait la dernière réception à laquelle il se rendrait avant de partir.

Il retourna la dernière lettre, et brisa le hideux cachet gris.

*Duc,*

*Je sais que vous proposez une récompense pour toute information concernant un certain événement survenu en mai 1815. Je serai au Chien à Trois Pattes à partir de 11 heures le 27 février. Venez seul et apportez le double de l'argent promis si vous voulez entendre ce que je sais. Je vous reconnaîtrai. Si je pense que vous avez été suivi ou si vous amenez quelqu'un, vous n'entendrez plus jamais parler de moi.*

Sin étudia la lettre à l'écriture grossière. Elliot avait fait jouer ses relations pour lancer une rumeur selon laquelle ils cherchaient des renseignements concernant le lien éventuel de Dominic avec le fugitif français Beauvais, et c'était là la première réponse. Le 27 février serait sa dernière nuit à Londres.

Pourquoi avait-il l'impression que cette date – pile la veille de son départ – n'était pas une simple coïncidence ?

# 16

Il neigeait en ce 28 février, jour de leur départ de Londres. Marianne vit là un présage. Bon ou mauvais, elle n'aurait su le dire.

Les deux premières roulottes, qui transportaient les accessoires et les décors, étaient parties pour Douvres quelques jours plus tôt et seraient déjà en route pour Lille, où avait lieu leur première représentation, lorsque Marianne et les autres artistes poseraient le pied sur le sol français.

Presque tous les employés effectuaient le trajet dans des roulottes, et quelques-uns, comme Marianne, avaient en plus leur cheval. Son oncle, lui, voyageait dans sa propre voiture, un véhicule de dimension obscène qui avait dû appartenir à quelque aristocrate car il restait encore la vague trace dorée d'un blason sur les portières.

C'était certainement Sonia, sa maîtresse de longue date, qui avait exigé une telle extravagance. Désabusée, Marianne préférait ne pas penser à l'argent – qu'ils ne possédaient pas – qu'avait dû coûter ce véhicule.

Barnabas avait proposé à Marianne de voyager avec lui, mais elle préférait chevaucher Reggie, même sous la neige. Les seules activités auxquelles se livraient son oncle et la lunatique Sonia étaient de se chamailler, de faire les comptes et de roucouler.

Elle n'avait pas envie d'en être témoin.

Elle aimait son oncle, mais ne supportait pas Sonia, ce qui était réciproque. Bien que Marianne ait vécu avec elle depuis que son oncle l'avait sauvée de l'orphelinat, bien des années auparavant, Sonia n'avait jamais caché que sa présence dans leur vie lui pesait.

Cécile avait essayé plus d'une fois d'inciter Marianne à quitter la maison de son oncle pour partager un appartement avec elle. Mais chaque fois que Marianne y avait fait allusion, il l'avait suppliée de rester.

Depuis que cette affaire avec le duc avait commencé, Marianne était soulagée que Cécile et elle occupent des chambres séparées chez Barnabas. Depuis des semaines, elle évitait de se retrouver seule avec la Française – ce qui n'était ni facile ni agréable dans la mesure où c'était sa meilleure amie – parce qu'elle ne voulait pas lui mentir à propos des trois aristocrates.

Marianne avait décidé de demander au duc si elle pouvait révéler à Cécile au moins une partie de la vérité. Elle en avait assez d'avoir des secrets pour cette femme qui lui était aussi chère qu'une sœur.

Le bruit d'un galop interrompit le fil de ses pensées, et elle se retourna, la main sur le pistolet qu'elle gardait à la ceinture. La route de Douvres était dangereuse, même en plein jour.

Elle plissa les yeux sous la neige pour mieux voir le cavalier. Bien qu'il porte sa tenue « d'homme humble », elle reconnut aisément le duc, qui avait une excellente assiette et se tenait comme si la route lui appartenait. Ce qui était probablement le cas.

Il ralentit en s'approchant d'elle. Elle ne l'avait pas revu depuis l'épisode dans la loge, et son cœur papillonna tel un oiseau enfermé dans sa cage thoracique.

Même dans de vieux vêtements, il ressemblait à un dieu. Et sachant désormais que son corps était aussi dur que du granit, elle se demandait s'il n'en était pas un.

— Je pensais que vous étiez parti avec Smithy et Guy hier, dit-elle en guise de salut.

— J'avais une dernière affaire à régler hier soir à Londres.

Ses yeux, lorsqu'ils croisèrent les siens, étaient si froids que Marianne tressaillit. Elle fronça les sourcils. Était-il en colère à cause de ce qui s'était passé dans la loge ? Ce n'était pas l'impression qu'il lui avait donnée en partant. À moins qu'il ne craigne qu'elle ne se jette à sa tête s'il se conduisait aussi cordialement qu'avant ce mardi fatidique ?

La honte la dévora à cette pensée. Eh bien, il pouvait être tranquille. Elle n'allait pas lui faire des avances.

— C'est Barnabas que j'ai dépassé dans l'ancienne berline du comte de Charring, si je ne m'abuse.

— Oui, Barnabas et Sonia, sa gouvernante, répondit-elle aussi froidement que lui.

Le duc haussa un sourcil.

— Il emmène sa gouvernante ?

— Tenir sa maison n'est qu'une de ses occupations.

Il ouvrit la bouche comme pour demander quelles étaient les autres, puis la referma, manifestement gêné.

— Ah.

Marianne ne put s'empêcher d'être amusée par sa pudibonderie. Elle supposa que les jeunes filles de bonne famille qu'il fréquentait ne discutaient pas d'amants et de maîtresses, même pour y faire allusion. Il devait pourtant savoir – surtout après leur dernière rencontre – qu'elle n'était pas une vierge effarouchée.

— C'est à cause d'elle que vous voyagez à cheval ?

— En partie. Mais je préfère aussi chevaucher plutôt que d'être ballottée dans une voiture, si bien suspendue soit-elle.

— Même sous la neige ?

— Même sous la neige. Et vous ? Pourquoi n'êtes-vous pas dans un carrosse en route vers une chambre douillette à l'hôtel des Voyageurs ?

— Je m'efforce de jouer le jeu, Marianne.

Elle n'aimait pas la façon dont son corps réagissait quand il l'appelait par son prénom. Même lorsqu'il le prononçait d'un ton aussi froid. Elle doutait qu'il puisse un jour s'exprimer moins laconiquement – il était duc jusqu'au bout des ongles. Il n'empêche, entendre son nom prononcé avec cet accent inflexible était pour le moins… distrayant, pour ne pas dire dangereusement stimulant.

L'accent de Dominic était tout aussi aristocratique, mais jamais il ne paraissait austère ou rigide. Non, rien de sévère chez Dom. En revanche, les adjectifs ne manquaient pas pour le qualifier : égoïste, inconséquent, irresponsable, désinvolte…

— Comment vont vos côtes ? s'enquit-il, la tirant de ses réflexions.

— Pourquoi vous intéressez-vous à mes côtes ?

— Elliot m'a dit que Nora avait percé votre garde.

Quelle étrange impression de découvrir qu'il parlait d'elle avec son ami ! Elle avait compris que cet homme ne faisait pas les choses à moitié. Au début, elle s'était dit que le submerger de demandes le pousserait à renoncer, mais elle avait vite soupçonné qu'il avait pris son poste et ses responsabilités au sérieux.

— Marianne ? Vos côtes ?

— Oh, ça va ! Un peu sensibles, c'est tout.

Elle ne pouvait avouer au duc que la raison de son inattention était qu'il chevauchait à côté d'elle. Ce n'était pas le duc lui-même qui l'avait déconcentrée, du reste, mais le souvenir du rêve qui l'avait réveillée ce matin. Un rêve extrêmement précis, spectaculaire et érotique.

Son visage la brûla à cette seule pensée.

Elle n'était pas une oie blanche. Elle savait que ce qu'elle éprouvait était une attirance sexuelle. C'était purement animal. La façon dont son corps, ce traître, réagissait à celui du duc de Staunton était plus qu'humiliante.

Qu'y avait-il donc chez cet homme qui l'empêchait à ce point de se concentrer ? Ce n'était pas seulement son physique, car son ami lord Carlisle était encore plus beau, et pourtant elle ne ressentait rien pour lui.

Quoi qu'il en soit, elle avait la tête ailleurs, or, il était grand temps qu'elle se ressaisisse, car bientôt elle serait assise sur les genoux du duc toutes les semaines. Il épongerait la sueur sur son corps, soignerait ses blessures et s'occuperait d'elle. Pas question de se jeter à sa tête chaque fois. Son orgueil ne survivrait pas à un autre rejet.

— Vous avez de la famille en France ?

Elle battit des paupières, surprise.

— Pas à ma connaissance, répondit-elle, avant d'ajouter après un silence : Ma mère et mon oncle étaient les derniers survivants de leur famille.

— Ils ont emménagé ensemble ici ?

— Barnabas est parti le premier pour l'Angleterre. Puis ma mère a épousé un marin anglais et elle est venue vivre ici après ma naissance.

— Vous êtes donc française ?

Pourquoi lui posait-il ces questions avec ce regard d'oiseau de proie ? Ce n'était pas le genre d'expression d'une personne qui s'efforce de discuter de choses et d'autres.

— Par la naissance, mais je me considère comme anglaise.

— Tiens donc, fit-il avec un petit sourire narquois.

Marianne fronça les sourcils. Où voulait-il en venir, à la fin ?

— Et vous, Votre Grâce ?

— Moi ?

— Vous voulez parler de ma famille. Eh bien, moi, je veux parler de la vôtre. Puisque votre frère est la raison de votre intrusion dans ma vie, auriez-vous l'amabilité de me raconter ce qui lui est arrivé ?

— Vous l'ignorez ?

— Comment le saurais-je ? rétorqua-t-elle en lui coulant un regard agacé.

— Mon frère était officier de reconnaissance pour Wellington. Lui et deux de ses camarades ont été pris en embuscade par un groupe d'hommes agissant en vertu de renseignements qui leur sont parvenus d'Angleterre.

On n'a jamais retrouvé le corps de mon frère, mais les deux autres ont été ramenés chez eux.

— Comment Dominic a-t-il pu retrouver votre frère ?

— À votre avis ? répliqua le duc.

Devant son expression perplexe, la moutarde lui monta au nez. « Quelle comédienne ! » songea-t-il.

— Comment voulez-vous que je le sache ? rétorqua Marianne.

— Vous étiez la maîtresse de Strickland. Ah non, pardonnez-moi ! Vous affirmiez être sa femme…

Avec un sourire ironique, il ajouta :

— Quelques semaines seulement avant qu'il mette en scène sa mort et disparaisse. Vous avez bien dû remarquer quelque chose d'anormal.

Elle serra les dents et ses narines palpitèrent.

— En fait, sa *femme* était avec lui à peine quelques jours avant sa prétendue mort. Pourquoi ne lui demandez-vous pas à *elle* si elle savait ce qu'il manigançait ?

Il soutint son regard, cherchant la culpabilité, la peur ou la honte, n'importe quel indice montrant qu'elle connaissait les agissements de son ex-amant au cours de ces fameuses semaines. Mais il ne vit que colère, confusion et douleur.

Si ce qu'il avait appris la veille au Chien à Trois Pattes était vrai, c'était une remarquable actrice.

— Mon frère et les deux autres hommes ont été capturés à cause de renseignements que les Français ont reçus de la part d'un de leurs agents, qui était incarcéré sur l'un des bateaux prisons amarrés à Chatham.

Quand elle entendit le mot « Chatham », la peur assombrit le regard de la jeune femme, qui se ressaisit en hâte.

— Qu'essayez-vous de dire, Votre Grâce ?

— Je n'*essaie* pas de vous dire quoi que ce soit. Je vous explique comment le renseignement est passé de Whitehall à un prisonnier enfermé sur un ponton à Chatham, puis en France. Ce qui a causé la mort de deux hommes, et la séquestration possible du troisième.

Elle détourna brièvement les yeux, avant de le regarder de nouveau.

— La résidence familiale de Dominic se trouve tout près de Chatham.

— Oui.

— J'y étais. Au mois de mai de l'année dernière.

— Ah oui ? dit-il, feignant la surprise.

— Vous le savez, n'est-ce pas ? C'est de cela qu'il s'agit. Vous pensez que Dominic est mêlé à cette affaire.

Elle éclata d'un petit rire incrédule.

— Vous pensez que *je* suis mêlée à cette affaire. Vous êtes en train de dire que Dominic a libéré cet homme, un espion détenant des secrets qui ont conduit au meurtre de soldats britanniques.

— Est-ce le cas ?

Elle arrêta son cheval au milieu de la route. La neige tourbillonnait autour d'elle.

— Comment osez-vous m'accuser d'une chose pareille !

— Je n'accuse pas, je pose une question.

— Cela ne ressemble guère à une question, aboya-t-elle, ses joues pâles en feu. En réalité, c'est le nœud de l'affaire, n'est-ce pas ? Vous m'utilisez pour atteindre Dominic parce que vous pensez que je l'ai aidé à espionner. Que peut-être je l'aide encore ?

Il se contenta de la dévisager.

— Est-ce le cas ?

— Pourquoi prendre la peine de poser la question puisque vous ne me croirez pas ?

— Soyez convaincante, Marianne.

— À quoi bon ? Que va-t-il se passer exactement lorsque nous rencontrerons Dominic, Votre Grâce ? Si vous pensez que j'ai quelque chose à voir avec cette haute trahison, vous n'allez pas vous contenter de m'amener auprès de lui pour boire une tasse de thé, n'est-ce pas ?

Elle pinça les lèvres et déglutit.

— Si vous croyez que j'étais impliquée, vous pensez probablement que mon oncle l'était aussi.

Lui dire la vérité n'aiderait pas sa cause. Sin le savait, mais il ne supportait pas de la regarder après ce qu'il avait appris la veille. Il n'avait reçu aucune formation en matière d'espionnage. Il était incapable de tourner autour du pot avec éloquence lorsqu'il s'agissait de haute trahison et d'espions, de la mort d'un ami et de la capture de son frère.

— En effet, confirma-t-il.

— Et que comptez-vous faire de nous ?

— Je vais découvrir la vérité.

— Si je vous disais que je ne suis au courant de rien ?

Comme il gardait le silence, elle ricana.

— Peu importe, je lis votre réponse sur votre visage. Qu'est-ce qui m'empêche de tourner les talons et de regagner Londres sur-le-champ ?

— Moi.

— Ah oui ? Vous allez m'arrêter et me traîner jusqu'en France les fers aux pieds ?

— Oui. Et votre oncle aussi.

Le corps de Marianne vibrait de colère.

— Vous n'oseriez pas !

— S'il s'agit de choisir entre mon frère et vous, mon frère passera toujours en premier.

Elle le dévisagea longuement, furieuse, puis :

— Vous êtes-vous seulement demandé pourquoi Dominic tenait tant à me revoir ?

— Je me le suis demandé, oui, reconnut-il. Si vous me le disiez ?

— Je n'en ai aucune idée, siffla-t-elle. J'ai été tout aussi choquée que vous d'apprendre qu'il n'était pas mort. Mais je sais une chose, Votre Grâce.

— Laquelle ?

— Si Dominic se donne tout ce mal pour me voir, cela n'augure rien de bon.

Avec un sourire amer, elle ajouta :

— Rassurez-vous, je ne vous obligerai pas à me brutaliser. J'ai donné ma parole, et je tiens toujours mes promesses, quoi que vous pensiez.

— Moi aussi.

— Ah oui ? Et mon oncle ? Parce que j'ai l'impression que vous venez de menacer de lui passer un nœud coulant autour du cou, après m'avoir promis que vous n'exerceriez pas de représailles contre lui pour la contrebande si je me pliais à vos caprices.

Sin grinça des dents. Après ce qu'il avait appris la veille, l'oncle et la nièce méritaient tous les deux d'être écartelés.

— Eh bien ? insista-t-elle.

— Ma promesse concernant votre oncle s'appliquait à la contrebande de bagatelles coûteuses, mademoiselle Simpson. Je ne fermerai pas les yeux sur la trahison et le meurtre. Farnham et vous serez jugés pour vos crimes, ainsi que votre amant, que je ramènerai pieds et poings liés.

— Mes crimes !

Elle éclata d'un rire sans joie et fit volter sa monture.

— Où allez-vous ?

— N'ayez crainte, je ne m'enfuis pas. Je préfère continuer le voyage en compagnie de mon oncle. Tout à coup, être secouée en voiture en compagnie d'une femme qui me méprise me séduit davantage que de chevaucher à vos côtés.

— Mais il est loin derrière. Cette route n'est pas sûre. Un homme et son valet ont été dévalisés ici pas plus tard que la semaine dernière, on leur a tiré dessus en plein jour.

— Quoi ? Vous avez peur qu'on m'assassine, ce qui vous priverait du plaisir de me regarder être pendue ?

Sans attendre de réponse, elle talonna son cheval, plantant Sin au milieu de la route.

# 17

La traversée de Douvres à Calais se déroula sans anicroche. Comme il y avait trop de roulottes pour un seul bateau, leur groupe fut réparti sur plusieurs.

Marianne n'avait pas revu le duc depuis qu'elle l'avait abandonné sur la route, la veille. Elle savait que ses amis et lui seraient sur le même bateau qu'elle, car elle avait regardé l'équipage charger leur roulotte à bord. Celle-ci avait été achetée ailleurs, et non à l'endroit où son oncle s'était fourni pour le reste, et elle était d'un magnifique rouge verni rehaussé de bordures peintes en noir et de lettres dorées sur le côté. Cela avait dû coûter une fortune, mais, après tout, Staunton roulait sur l'or.

Heureusement pour lui qu'elle ne l'avait pas revu, car elle n'était pas certaine de pouvoir le regarder sans lui flanquer son poing dans la figure.

Cécile la rejoignit et s'appuya au bastingage.

— Qu'est-ce qui ne va pas, chérie ? Tu es en boule depuis qu'on est arrivés à l'hôtel hier soir. C'était si terrible, le trajet avec Barnabas et Sonia ? Je t'avais bien dit que tu aurais dû monter avec Nora, Lucy et moi. Elles sont aussi bavardes que des pies, mais au moins elles ne passent pas leur temps à se disputer.

— Joséphine n'a pas voyagé avec vous ?

— Non.

— Comment a-t-elle rejoint Douvres ?

Cécile haussa les épaules.

— Je ne suis pas sa nounou. J'ai assez de travail à surveiller tes arrières.

Marianne contempla l'horizon.

— Tu n'as pas besoin de surveiller mes arrières. Je suis une grande fille.

— Je croyais qu'on était amies ?

Marianne sentit qu'elle était blessée.

— Bien sûr que nous le sommes. Pardonne-moi d'être aussi grincheuse.

Cécile écarta d'une main son excuse.

— Ce n'est pas ce que je veux dire. Depuis des semaines, j'attends que tu me racontes ce que tu fabriques avec ces hommes.

Elle était étonnée que Cécile ait mis tant de temps à aborder le sujet.

— Tu les as reconnus ?

— Pas ce type mince que tu appelles Smithy. Mais le duc, oui, bien sûr, je connais ce visage - ce ne sont pas des yeux qu'une femme risque d'oublier. Quant à l'autre, Guy ! Évidemment que j'ai reconnu ce grand imbécile brun.

Marianne éclata de rire.

— Imbécile ? On pourrait le traiter de beaucoup de choses : arrogant, hautain, supérieur… et ainsi de suite, mais imbécile ? Non.

— D'accord. Ce n'était peut-être pas le bon mot.

— Il rechigne à se porter volontaire pour ton numéro ? s'enquit Marianne, soudain curieuse.

Elle avait assigné aux trois hommes des tâches de *volontariat,* mais n'avait pas demandé à Cécile ou à la Sabreuse comment cela s'était passé.

— Non, non, il est venu, et il a fait ce que je lui demandais.

— Qu'y a-t-il, alors ? Tu as l'air mécontente.

Cécile ignora la question et contempla la mer.

— J'aurais pensé que cela te ferait plaisir de le mener par le bout du nez.

La Française tourna vivement la tête.

— Que veux-tu dire ?

— Ma foi, tu adores lire tout ce qui se rapporte à lui dans la presse à...

— Tu ne le lui as pas dit, j'espère ? la coupa Cécile, ses yeux noirs lançant des éclairs.

— Non, bien sûr. Je ne lui ai strictement rien dit à ton sujet.

— Pourquoi ? Il a posé des questions sur moi ?

Surprise, Marianne répondit :

— Non, il n'a rien demandé, et s'il s'y était risqué je n'aurais rien dit. Qu'est-ce que tu as ? Pourquoi sembles-tu si... inquiète ?

Cécile détourna les yeux.

— Rien, tout va bien.

Marianne ne la croyait pas, mais elle n'avait pas la force d'insister. Personnellement, elle aimait bien l'insouciant marquis de Carlisle. Au moins, il ne l'accusait pas de trahison et de meurtre.

— Quand les as-tu reconnus ? demanda-t-elle.

— Dès que j'ai posé les yeux sur eux. Tu me crois stupide au point de me laisser berner par de la teinture et des vêtements bon marché ?

— Barnabas n'en a reconnu aucun jusqu'à ce que je lui révèle leur identité.

— Cet imbécile ! dit Cécile avec mépris. Que tu puisses être parente d'un homme aussi stupide reste un mystère pour moi.

Marianne ne put s'empêcher de rire, et se sentit un peu coupable. Cécile avait raison, cependant. Comment son oncle avait pu ne pas remarquer d'emblée que ces hommes avaient l'allure et les manières d'aristocrates anglais ? Même Smithy, qui se débrouillait étonnamment bien avec son accent de Bristol, était beaucoup trop mince et sain pour être un ancien boucher pugiliste.

— Tu ne comptes pas me dire pourquoi ils voyagent avec nous, je suppose ?

Cécile regarda le chapeau de Marianne d'un œil critique et tendit une main pour refaire le nœud sous son menton.

— Ne bouge pas et laisse-moi arranger ça, marmonna Cécile comme son amie reculait.

Elle tira sur le ruban bleu marine jusqu'à ce qu'il soit plus long d'un côté, puis refit le nœud sous l'oreille de Marianne avant de s'écarter pour admirer son œuvre.

— C'est bien. Pourquoi t'obstines-tu à être si mal fagotée ?

— Tu maîtrises bien les expressions typiques.

— N'essaye pas d'éluder ma question.

— Laquelle ? Celle à propos des hommes ou celle sur mes vêtements ?

— Tu as de l'allure, mais tu fais tout pour le dissimuler.

— Je ne peux pas te dire pourquoi ils voyagent avec nous, et je te demanderai de ne pas dévoiler leur véritable identité.

L'avertissement était superflu à en juger par le regard offensé de Cécile. Cependant, au soulagement de Marianne, elle n'insista pas. On ne savait jamais, avec elle. Elle était capable d'essayer de vous tirer les vers du nez à n'en plus finir.

— Bonsoir, mesdames.

Elles pivotèrent et découvrirent le marquis de Carlisle, un grand sourire aux lèvres. Il retira sa casquette et exécuta une révérence plongeante.

Cécile eut un reniflement hautain.

— Bonjour, Guy, lança Marianne, amusée par la réaction de son amie.

— Je vois que vous avez le pied marin toutes les deux, dit-il en appuyant le coude sur le bastingage. Vous avez déjà eu le mal de mer ?

— C'est mon premier voyage en bateau à vapeur, dit Marianne, avant de se raviser : Non, c'est faux. C'est mon deuxième. Mais la dernière fois, j'avais à peine un mois, je ne m'en souviens donc pas.

Elle se tourna vers Cécile, qui posait sur Guy un regard si intense que c'était un miracle que la tête du marquis n'ait pas pris feu.

— Et toi, Cécile ? Tu dois te souvenir de ta dernière traversée ?

— Oui, j'avais quatorze ans. Et non, je n'ai pas été malade.

— Et cela fait combien de temps ? s'enquit Guy.

— Autant me demander mon âge ! protesta-t-elle.

— Je vous dirai le mien si vous me dites le vôtre.

— Je me fiche de votre âge, riposta Cécile.

— Aïe ! s'exclama-t-il en pressant les mains sur son cœur. Vous frappez au-dessous de la ceinture !

— Dans ce cas, vous agrippez le mauvais organe.

Il rit.

— Apparemment, les pistolets ne sont pas les seules armes fatales que vous savez manier.

— À propos d'arme fatale, avez-vous vu Jo ? intervint Marianne, avant que Cécile tire sur leur facétieux compagnon.

Guy détacha les yeux de Cécile au prix d'un effort visible.

— Non, je ne l'ai pas vue depuis vendredi… quand elle lançait des couteaux autour de ma tête.

Marianne pouffa.

— Je suis enchanté que cela vous amuse, fit le marquis d'un ton guindé. Mais je ne suis pas certain que j'aurais accepté ce poste si j'avais su que des femmes allaient me prendre pour cible.

— Vous devriez être content de vous rendre utile, pour changer, répliqua Cécile.

Guy s'apprêtait à répondre, lorsque son attention fut attirée par une haute silhouette familière qui s'approchait.

— Bonjour, Sin.

Le duc adressa un signe de tête à Cécile et à Guy avant de fixer Marianne d'un regard froid. L'atmosphère se rafraîchit considérablement.

— Comment va Smithy ? demanda Guy lorsqu'il fut clair que ni Marianne ni Sin, qui se livraient à une compétition de regards noirs, n'avaient l'intention de parler.

Le duc cilla avant de se tourner vers Guy.

— Très mal. Je crois cependant que sa détresse relève davantage de l'humiliation que d'une vraie maladie. Il dit qu'il n'a jamais eu le mal de mer avant.

— Cela arrive, assura Guy. Y compris à des marins aguerris.

Son regard effleura la Française, qui observait Marianne et le duc d'un air perplexe. Tous les quatre gardèrent un silence inconfortable, que Cécile finit par briser :

— Il faut que j'aille m'occuper de quelque chose.

— Euh... je vous accompagne. Moi aussi, je dois m'occuper de quelque chose, déclara Guy.

Comme elle arquait les sourcils, il précisa :

— Autre chose.

Ils disparurent et Marianne s'accouda au bastingage, tournant le dos à Staunton. Au lieu de partir, comme l'aurait fait n'importe quel être humain normal, il s'appuya à son tour au bastingage, si près que leurs épaules s'effleuraient.

— Le voyage s'annonce interminable si nous devons être à couteaux tirés en permanence.

— Vous devriez peut-être reprendre aussitôt un bateau à Calais et rentrer chez vous, Votre Grâce.

Il tourna la tête vers elle, mais elle continua à regarder droit devant, l'étendue liquide à l'infini apaisant ses nerfs à vif.

— Avant-hier soir, j'ai eu une conversation avec un homme qui a été valet de pied chez Strickland à Chatham. Il y était en même temps que vous.

— Et ?

— Il dit qu'il était avec vous et Strickland lorsque vous avez pris en voiture un gentleman français du côté des quais, et que vous êtes allés avec lui jusqu'à Deal.

Marianne le regarda.

— Et alors ? C'était un architecte français, un émigré qui s'appelait Olivier Monet.

Elle avait délibérément occulté tous les souvenirs de cette époque avec Dominic, mais elle se rappelait très bien cette journée – et ce trajet.

Ils s'étaient disputés. Enfin, elle avait argumenté pendant que Dominic buvait. La scène s'était déroulée quelques semaines seulement après leur prétendu mariage. Il avait invité à Chatham tous les gens qui avaient travaillé pour lui dans sa version reconstituée du cirque de son oncle, une affaire démarrée l'année précédente et qu'il avait baptisée le Caligula Club. Le nom était bien trouvé, car le cirque de Dominic était assez glauque : ses boxeuses étaient des femmes dures et exploitées qui empestaient le gin. Aucun de ses boxeurs – mâles ou femelles – ne portait de gants, et les combats ne se terminaient que lorsqu'il ne restait plus qu'un adversaire debout. Elle avait aussi entendu des rumeurs à propos d'autres événements moins classiques, réservés à des clients triés sur le volet : par exemple, une fosse à rats dans laquelle il employait non seulement des chiens, mais aussi des enfants.

Lorsqu'elle avait demandé à Dominic si ces ouï-dire étaient fondés, il lui avait proposé de faire un tour en voiture. Elle pensait qu'ils allaient discuter de ses accusations. Au lieu de quoi, il avait ramené Monet.

— Je me souviens de Monet, dit-elle au duc, qui attendait patiemment.

Un mélange de frayeur et d'angoisse la submergea au souvenir de cette journée.

— Nous sommes allées le chercher dans une maison délabrée à quelques rues du port de Chatham.

Elle croisa son regard perçant.

— Pourquoi m'interrogez-vous à son sujet ?

Il sortit une lettre de sa poche.

— Est-ce votre écriture ? demanda-t-il.

Seuls deux mots étaient écrits : *Robert Slattery*.

— On dirait, oui.

— Vous connaissez Robert Slattery ?

— Je ne le connaissais pas personnellement, dit-elle en se mordillant la lèvre tandis que les rouages de son cerveau cliquetaient à toute vitesse. Et avant que vous posiez la question, oui, je savais qu'il était propriétaire d'un bateau, le *Defiant*, qui transportait des biens en contrebande de part et d'autre de la Manche.

Le duc ouvrit la lettre.

— Permettez-moi de vous faire la lecture : *Nous avons reçu l'argent. Le colis sera dans le vieil entrepôt de cordes le 17 mai.* Vous vous rappelez avoir écrit ceci ?

— Non.

Comme il étrécissait les yeux, elle s'empressa d'expliquer :

— Je ne nie pas l'avoir écrit, mais je ne me souviens pas de ce courrier en particulier.

— C'est une lettre que le valet de Strickland dit avoir remise à ce Robert Slattery quelques jours avant que Strickland et vous emmeniez le Français à Deal.

— Quoi ? C'est un mensonge. Je n'ai pas... Attendez. Si ce valet a été payé pour la remettre, pourquoi l'a-t-il encore en sa possession ?

— Il dit qu'il a réussi à la subtiliser après que le destinataire l'eut lue.

Marianne ricana.

— Voilà qui est commode.

Le duc se renfrogna, mais elle sentit que lui aussi trouvait l'histoire un peu suspecte. Elle écarta cette pensée.

— Qu'est-ce que tout cela signifie ? Où voulez-vous en venir ?

— Le 17 mai de l'année dernière, c'est le jour où au moins un de ces prisonniers français échappés a pu sortir de Deal, mademoiselle Simpson.

— Je vous jure sur ma vie que je n'ai pas envoyé de lettre le 17 mai 1814.

— Pardonnez-moi, mais comment pouvez-vous en être aussi sûre ?

— Parce que la dernière fois que j'ai écrit une de ces lettres – qui se rapportaient toutes à des marchandises de contrebande, et en aucun cas à des individus, je tiens à le préciser –, c'était pour mon oncle, à l'époque où il vivait encore à Deal. Cela remonte à au moins cinq ans ; j'étais en pension à l'époque, et j'étais venue lui rendre visite pendant les vacances.

— Expliquez-vous.

— Pourquoi prendrais-je cette peine ? Vous me croirez ?

— Racontez, nous verrons.

Elle poussa un soupir exagéré.

— Mon oncle a du mal à écrire en anglais. Du reste, il n'est pas plus doué avec le français. Je rédige fréquemment pour lui des lettres ou des messages dans les deux langues.

— Si vous l'avez écrit, vous avez dû l'aider dans ses activités de contrebande.

— Oui, je l'ai aidé, admit-elle, écarlate. C'est mal, je le sais, et je le savais à l'époque. Mais...

— Mais quoi ?

— Il disait que s'il avait été obligé d'aller vivre à Deal, c'était parce que son avocat s'était emmêlé les pinceaux avec l'acte de propriété du théâtre londonien. Il affirmait qu'il perdrait la totalité de ses intérêts dans l'établissement s'il ne pouvait rassembler une somme suffisante, et...

Elle gémit et secoua la tête.

— Mon Dieu, cela paraît dérisoire, comparé aux dettes de jeu que vous brandissez si élégamment au-dessus de ma tête telle une épée de Damoclès. Mais à l'époque, je le croyais. J'étais terrifiée à l'idée que nous puissions perdre le théâtre. Et puis, le projet de Barnabas ne me paraissait pas si coupable. Rappelez-vous comment les choses se passaient. Pratiquement tous les gens qui vivaient dans une ville côtière se livraient à la contrebande. On était même suspect si on ne le faisait pas ! Mais je parle d'alcool, de dentelles, de soieries, et de Dieu sait quoi d'autre. Je vous jure que je n'ai jamais entendu parler de gens qui vendaient des informations ou faisaient passer des individus clandestinement. Donc, oui, j'ai écrit cette lettre, mais longtemps avant que le prisonnier dont vous parlez s'échappe.

Sin était troublé de voir à quel point il avait envie de la croire.

— Parlez-moi de cette expédition à Deal avec Strickland et l'architecte.

— Que voulez-vous savoir ?

— Racontez-moi tout ce dont vous vous souvenez, même si cela vous paraît anecdotique.

Elle contempla le ciel, comme pour sonder les confins de sa mémoire.

— Il était grand et mince. Je me souviens qu'il avait l'air... malade. Il était émacié et d'une pâleur à faire peur. Ses cheveux étaient du même roux que votre barbe.

Elle venait de lui fournir la description précise de Beauvais.

— Pourquoi l'emmeniez-vous à Deal ?

— Il avait besoin d'argent et était prêt à travailler en échange de pas grand-chose sur une maison que Dominic voulait faire construire. Vous connaissez Dominic ; vous devez savoir de quelle manière il fonctionnait.

— Oui, je l'ai connu... Il y a longtemps. Expliquez-moi ce que vous voulez dire.

— Il semblait toujours avoir des « arrangements » avec les gens. Des arrangements qui n'étaient pas exactement illicites mais, disons... troubles. C'était un fervent adepte du troc, en grande partie parce qu'il était toujours en manque de fonds. J'ai présumé que cet architecte souffreteux accomplirait le travail pour une fraction du coût parce qu'il était français et aux abois.

C'était typique de Dominic, de chercher à exploiter le désespoir d'autrui si cela lui permettait de gagner de l'argent.

Sin hocha la tête. Strickland avait toujours agi à la lisière des convenances. Leur amitié avait pris fin à cause d'un de ces incidents, qui avait franchi la frontière de l'illégalité – sans mentionner son immoralité.

— Que vous rappelez-vous d'autre ?

— C'est tout. Je suis navrée, mais j'avais l'esprit occupé ailleurs ce jour-là.

Elle le fusilla du regard.

— Puisque vous êtes manifestement bien renseigné à mon sujet, vous aurez compris que j'ai quitté Dominic peu après ce trajet en voiture. Disons juste que les architectes, français ou autre, n'étaient pas au centre de mes préoccupations à cette époque.

Sin s'en voulait d'être aussi curieux à propos de sa relation avec Strickland. Plus il la connaissait, moins il comprenait qu'elle ait pu tomber amoureuse d'un homme comme lui. Certes, il avait un charme indéniable, mais il était tellement... superficiel.

Sin en était venu à croire – du moins avant de parler à ce maudit valet de pied l'avant-veille – que Marianne Simpson était exactement ce qu'elle semblait être : une femme intelligente que les circonstances avaient forcée à exercer un métier brutal.

— Je sais que vous me tenez en piètre estime à cause de ce qui s'est passé entre Dominic et moi. Et je ne peux pas vous en vouloir de me prendre pour une criminelle, puisque je viens d'admettre avoir pris part à des activités illégales. Mais je vous donne ma parole d'honneur – c'est la dernière chose qu'il me reste – que je n'ai jamais passé en contrebande ni des secrets ni des individus. La lettre remonte à des années ; apparemment, Dominic a mis la main dessus et s'en est servi pour ses propres manigances. Il ne tenait pas à ce que ce soit son écriture au cas où elle tomberait entre de mauvaises mains.

— Je vous crois, dit-il doucement.

L'expression de Marianne était plus amère que soulagée lorsqu'elle répliqua :

— Mais vous pensez que j'ai pu aider des espions à mon insu.

— C'est possible.

C'était même presque certain.

Les épaules de la jeune femme s'affaissèrent.

— Les services que j'ai rendus à mon oncle... c'était idiot et irréfléchi. Pour autant, je refuse de croire qu'il ait pu être impliqué dans de l'espionnage. Non qu'il soit particulièrement patriote, ajouta-t-elle avec un petit rire triste, c'est juste qu'il aurait eu trop peur. En dépit de ses fanfaronnades, Barnabas, j'ai honte de le reconnaître, est un lâche.

L'aveu était douloureux, devina Sin. Elle était loyale, mais pas aveugle.

Ils contemplèrent l'eau, étonnamment lisse sous le ciel chargé. Quand Marianne se tourna enfin vers lui, son visage était sombre.

— Si Dominic a fait sortir cet homme du pays en utilisant ma lettre pour se blanchir, alors je souhaite le savoir, dit-elle d'une voix calme. Je ne voulais pas le voir, mais à présent j'ai hâte de lui parler. Et je découvrirai la vérité, Votre Grâce.

Sin la croyait. Il espérait juste que la vérité ne la condamnerait pas en même temps que son ancien amant.

# 18

Barnabas avait réservé des chambres dans une auberge simple mais propre à proximité de la ville de Calais.

Leur première représentation, trois jours plus tard, aurait lieu à Lille, à deux longues journées de route. Les chariots d'accessoires qui avaient traversé la Manche avec eux ne pourraient jamais faire le voyage aussi vite, c'est pourquoi un autre ensemble de chariots était déjà parti pour Lille quelques jours plus tôt.

Les roulottes arrivées en même temps qu'eux contourneraient Lille et poursuivraient jusqu'à l'étape suivante de la tournée. Si tout se passait bien, ce système permettait qu'une équipe et un jeu d'accessoires complets les attendent à chaque étape.

Son oncle ayant veillé à ce que l'itinéraire soit moins long pendant la période hivernale, ils resteraient deux semaines dans les villes choisies pour la première partie de la tournée, afin de compenser d'éventuels retards dus aux conditions météorologiques. À partir du mois de mai, ils s'arrêteraient dans beaucoup de villes plus petites et proposeraient des spectacles avec seulement l'un des numéros principaux chaque soir. Et ils commenceraient à utiliser davantage les roulottes plutôt que de dormir dans des auberges.

Il faisait anormalement froid pour la saison, le matin où ils prirent la route de Lille, et à mesure que s'écoulait la journée, le ciel s'assombrit encore et la pluie se transforma en neige fondue.

Heureusement, il y aurait des relais de poste à intervalles réguliers où ils pourraient s'arrêter. Mais si la neige fondue continuait à tomber aussi dru, ils ne parviendraient pas à l'étape de milieu de journée, Blendecques, avant la nuit.

— Vous devriez rester au sec dans la roulotte avec les filles.

Marianne se retourna en entendant la voix familière et hautaine. Le duc ne montait ni Dobbin ni Cassio, mais un solide hongre alezan mieux adapté aux terrains incertains et aux longues chevauchées. Il avait dû lui coûter une petite fortune, mais il ne détonnait pas comme l'aurait fait Cassio parmi les autres montures des employés.

Marianne abaissa son affreuse écharpe juste assez pour briser la croûte de glace qui s'était formée au-dessus de sa bouche.

— Et vous, pourquoi ne restez-vous pas avec Smithy ?

Comme le duc, ses deux compagnons avaient des montures ; cependant, Elliot conduisait leur roulotte tandis que Guy conduisait celle dans laquelle se trouvaient Cécile et Jo. Cécile aurait parfaitement pu la conduire elle-même, mais cela faisait partie des tâches de Guy et la Française adorait faire travailler le grand marquis.

— Vous ne serez bonne à rien à Lille si vous tombez malade, objecta le duc.

Marianne ne put s'empêcher de sourire.

— Vous ne supportez pas que je n'obéisse pas à vos ordres, n'est-ce pas ?

Il la fusilla du regard, mais ne répliqua pas.

— Vos cheveux semblent plus foncés.

Il hésita, comme s'il rechignait à ne pas se disputer avec elle, puis parut se raviser.

— J'utilise une teinture à base de noix à présent.

— Qu'utilisiez-vous avant ?

— Du café. Smithy assure que celle-ci durera plus longtemps.

— Et vos lunettes ?

— Je ne pense pas en avoir besoin ici.

Il avait raison. Avec ses cheveux foncés, même sa mère ne l'aurait pas reconnu.

Sa mère. N'avait-il pas dit qu'elle était en vie mais qu'une tante l'avait élevé ? Il y avait une histoire là-dessous, soupçonnait-elle. Elle doutait cependant qu'il soit prêt aux confidences.

Et depuis quand se souciait-elle des états d'âme de Staunton ? Pourquoi ne pas l'interroger ? Que faire d'autre par une journée aussi maussade ?

— Vous êtes allé voir votre famille lorsque vous avez pris votre semaine ?

Sa mâchoire se crispa, mais il ne tourna pas la tête. Elle commençait à penser qu'il ne répondrait pas lorsqu'il lâcha :

— Certains d'entre eux.

Il dut se rendre compte que son ton était bougon, car il ajouta plus aimablement :

— J'avais vu mes sœurs lors d'un baptême il y a un mois, mais cette fois, je suis allé voir ma tante et ma mère.

— Elles n'étaient pas au baptême ?

— Non, dit-il en la regardant enfin.

Marianne soutint son regard et haussa un sourcil.

— Ma mère ne va pas bien, dit-il dans un soupir, et ma tante ne peut pas la quitter.

À en juger par son ton, elle n'en saurait pas davantage sur le sujet.

— Je crois que nous allons devoir séjourner dans un village plus petit que la ville qui était prévue ce soir, reprit-il tandis que la pluie succédait à la neige fondue.

— J'avais prévenu mon oncle qu'une tournée à cette époque de l'année, c'était de la folie. Apparemment, il a prévu ce genre de retards. Nous saurons bientôt s'il a vu assez large.

— À sa décharge, il fait un froid inhabituel pour la saison dans cette région de France.

Elle ne fut pas vraiment surprise qu'il prenne la défense de Barnabas, qu'il détestait pourtant visiblement. Le duc était d'une impartialité presque biblique. Elle le voyait bien assis sur un trône, ordonnant qu'un enfant soit tranché en deux.

Non, elle exagérait : il était juste, mais pas cruel.

— Le temps ne sera pas forcément plus clément en avril, fit-elle remarquer. Nous devons veiller à quitter la Foire à temps pour vos retrouvailles avec Dominic.

— Je crains que vous ne soyez obligée de manquer l'une de vos représentations, car le rendez-vous est un mardi. Mais je devrais pouvoir vous déposer à Dijon pour la suivante.

— Vous n'avez pas à me déposer où que ce soit, Votre Grâce. Lorsque vous aurez récupéré votre frère, vous souhaiterez regagner l'Angleterre au plus vite.

— Je vous emmènerai d'abord à Dijon, répliqua-t-il avec autorité.

Marianne leva les yeux au ciel.

— Je me suis arrangé pour qu'un nouvel entraîneur vous rejoigne à Dijon.

Marianne tourna vivement la tête.

— Pardon ?

— L'un des hommes qui figuraient sur la liste de Jack, Dexter Fielding, sera à Dijon pour vous accompagner pendant le reste de la tournée. J'ai déjà payé ses gages.

— C'est plus fort que vous, n'est-ce pas ? ironisa-t-elle.

— Jack m'a dit que vous aimiez bien Fielding.

— Oui, je l'aime bien, mais la question n'est pas là. La question…

Honnêtement, Marianne se demandait pourquoi elle prenait la peine de discuter. Cet homme était certes capable de payer le prince régent pour qu'il vienne à

Dijon, mais pour autant, elle n'était en rien obligée de se plier à ses décisions.

— Peu importe, dit-elle, avant de claquer de la langue pour faire avancer Reggie, laissant le duc derrière elle.

À quoi bon prendre la peine de discuter avec cette femme ? se demanda Sin. Il aurait mieux fait de se taire, et elle se serait trouvée devant le fait accompli en arrivant à Dijon.

Il se rembrunit en la regardant chevaucher à côté de la roulotte des femmes. Bien que Guy tienne les rênes, Cécile était assise à côté de lui. La dernière fois qu'il s'était arrêté pour parler à son ami, tous deux se disputaient âprement à propos d'armes à feu. La Française semblait sur le point de sortir un pistolet pour tirer sur Guy, aussi Sin était-il allé rejoindre Marianne dans l'espoir d'avoir une conversation normale après leur rapprochement sur le vapeur. Mais cette dernière était têtue comme une mule.

Sin ralentit sa monture jusqu'à ce qu'Elliot, qui conduisait la dernière des quatre roulottes, parvienne à sa hauteur.

— Charmante journée, dit-il en souriant à Sin.

Avec sa barbe d'une semaine, on aurait dit un bandit de grand chemin. Sin désigna Marianne.

— Que diable fait-elle à cheval par ce temps au lieu de rester à l'abri dans l'une des roulottes ? aboya-t-il.

En voyant le sourire narquois de son ami, il regretta sa question.

— Et toi ?

— Moi, je suis un homme, cela ne me dérange pas de chevaucher quel que soit le temps.

— Peut-être que ça ne la dérange pas non plus.

Sin émit un petit bruit moqueur.

— Je doute que nous atteignions notre destination ce soir si l'état des routes s'aggrave encore, déclara Elliot, de toute évidence pour changer de sujet.

Les ornières se creusaient d'heure en heure.

— Tu as regardé la carte ?

Elliot avait apporté d'excellentes cartes d'état-major de toutes les régions qu'ils allaient traverser.

— Oui. Je crois que nous pourrons être à Longuenesse avant la nuit.

La vitre arrière de la roulotte des femmes, qui cheminait devant eux, coulissa, et Joséphine Brown apparut dans l'ouverture, son corbeau sur l'épaule. Elle sourit.

Sin ne voyait pas ce qu'elle regardait, mais il soupçonnait Elliot d'être sa cible.

— Qu'est-ce qu'il y a entre cette femme et toi ? s'enquit-il. Tu ne la quittais pas des yeux au petit déjeuner.

— Je lui trouve quelque chose de… bizarre, répondit Elliot, songeur.

Sin éclata de rire.

— Il y a au moins une dizaine de choses bizarres chez elle. À commencer par sa bestiole.

Comme si le corbeau l'avait entendu, il tourna la tête et produisit un piaillement rocailleux audible même par-dessus le roulement des roulottes.

— Je ne connais personne qui ait un corbeau comme animal de compagnie et j'ignorais qu'ils parlaient, avoua Sin.

En outre, l'oiseau avait exactement les mêmes intonations que sa maîtresse, ce qui était plus que troublant.

— Angus est son chouchou, pouffa Elliot.

À cet instant, la Sabreuse se pencha vers l'oiseau et lui murmura quelque chose. La grande créature noire hésita un instant, puis s'élança dans le ciel sombre et disparut dans les arbres sur le côté de la route.

— Qu'est-ce que c'est que ça ? marmonna Elliot.

Joséphine leur décocha un dernier regard avant de refermer brutalement la vitre.

Sin ne put s'empêcher de remarquer que son ami, d'ordinaire si sérieux, souriait en fixant sur la roulotte un regard à la fois perçant et perplexe.

# 19

Il y avait trois auberges à Longuenesse, où ils durent faire halte pour la nuit, et elles étaient petites. Ils se répartirent donc en trois groupes : Barnabas, Sonia, le duc et ses deux amis, ainsi que Marianne et Cécile, prirent des chambres dans la première. Jo et les trois jongleuses partagèrent des chambres dans la deuxième. Et Nora, Lucy et Ted prirent les deux dernières chambres de la troisième auberge.

— À propos de quoi vous êtes-vous disputés toute la journée, Guy et toi ? demanda Marianne en retirant son manteau trempé.

— Oh, celui-là ! Il croit tout savoir.

Marianne sourit. C'était l'hôpital qui se moquait de la charité, Cécile étant un peu elle-même une Mme Je-sais-tout capable de disserter sur tout et n'importe quoi.

— S'il t'agace à ce point, pourquoi n'es-tu pas retournée dans la roulotte avec la Sabreuse ?

Cécile ricana.

— Pour parler toute seule toute la journée ? Non, merci. Au moins, à l'avant, j'ai un minimum de conversation.

Joséphine était en effet très réservée. Angus était probablement plus bavard qu'elle.

— Et puis, ajouta Cécile, se disputer tient chaud et fait passer le temps plus vite.

Marianne jeta un coup d'œil à la pile de bagages que Cécile avait apportés dans la chambre.

— Pourquoi tant de sacs pour une seule nuit ? Oh, je sais ! s'écria-t-elle en riant. Tu as demandé à Guy de monter toutes tes affaires, c'est cela ?

Assise devant la coiffeuse, Cécile arrangeait sa coiffure. Elle esquissa un sourire.

— Il n'est bon qu'à cela.

— C'est injuste : il est amusant et plutôt agréable à regarder.

— Pff.

C'était l'une des réponses préférées de la Française quand elle voulait clore un sujet. Marianne sortit une de ses robes de laine grise.

— Oh, non ! se désola Cécile. S'il te plaît. Pas ce… ce *chiffon hideux*, dit-elle en français.

— Ce n'est pas un chiffon hideux. C'est juste un…

— Chiffon hideux, insista Cécile en ouvrant sa malle.

Après une hésitation, elle en sortit une robe bleu marine et y ajouta un épais châle ivoire.

— Tiens. Cela te va bien au teint, et il te faut quelque chose de chaud. Elle me serre un peu, elle t'ira donc parfaitement.

« Parfaitement » était exagéré, bien que Marianne compense sa petite poitrine par des épaules et un dos plus larges.

— C'est très gentil, Cécile, mais pourquoi devrais-je…

— Nous ne sommes plus en Angleterre, chérie.

— Je sais, mais…

— Enfile-la.

Cécile se retourna vers le miroir et fixa ses boucles d'oreilles. Marianne contempla la robe, un modèle simple et cependant très chic, comme tous les vêtements que possédait son amie. Elle imagina l'expression du duc si elle apparaissait – pour une fois – féminine.

Son visage s'enflamma à cette idée et elle jeta un coup d'œil à Cécile, comme si celle-ci pouvait deviner ses pensées. Cette dernière croisa son regard dans le miroir et ses lèvres s'incurvèrent sur un sourire espiègle.

— Ses beaux yeux vont lui sortir de la tête.

— Je ne vois pas de quoi tu parles, protesta faiblement Marianne.

Cécile éclata de rire.

— Miséricorde ! gémit Marianne. Mon béguin ridicule est donc si évident ?

— Oui. Mais ce n'est pas à sens unique. Ça fait des étincelles quand vous vous frottez l'un contre l'autre.

— On ne se frotte pas l'un contre l'autre, mentit-elle.

— Enfile cette robe.

Marianne regarda la robe en question. Après tout, pourquoi pas ? Ce n'était qu'une robe.

La salle à manger de l'auberge du Coq Hardi était petite mais accueillante. Bien qu'elle soit à l'écart du bar, la porte était ouverte afin que la chaleur de l'immense cheminée dans laquelle rôtissait un cochon circule entre les deux pièces.

Barnabas, sa gouvernante-maîtresse Sonia et son cocher Yves étaient déjà installés à une grande table lorsque Sin pénétra dans la salle à manger.

Le directeur du cirque le regarda de travers, mais désigna les sièges libres d'un geste. Sin prit place en face de Sonia, lui sourit brièvement en réponse à son sourire affecté et ses cils papillotants. Elle était séduisante dans sa maturité pulpeuse, mais il détestait ses minauderies et avait déjà dû la fuir deux fois, la première sur le bateau, et la veille pendant le dîner à Calais.

— Le valet d'écurie a-t-il trouvé des places pour les roulottes ? demanda Farnham.

— Il en garde une chez son frère pour la nuit. Smithy dormira dedans après avoir dîné.

La roulotte contenait trop d'argent et trop d'armes pour rester sans surveillance. Bien qu'elle soit équipée de volets, de verrous et de portes épaisses doublées de panneaux métalliques, il ne pouvait courir le risque que quelqu'un la cambriole, ou la dérobe.

— Vous appréciez ce voyage en France... Sin ? s'enquit Sonia quand Farnham se tourna pour répondre à son cocher.

Elle affichait le même sourire narquois chaque fois qu'elle lui parlait, crevant visiblement d'envie de lui dire qu'elle savait qui il était. Si elle n'avait encore rien dit, soupçonnait-il, c'était uniquement parce que Farnham le lui avait interdit. Cela étant, elle n'était certainement pas le genre de femme à tenir compte longtemps des avertissements de son amant.

— Il fait plus froid que je ne m'y attendais, répondit-il poliment. De quelle région venez-vous, madame ?

Elle parut ravie de susciter son intérêt.

— Je viens de l'Estaque, mais cela fait vingt ans que j'habite en Angleterre.

— L'Estaque ? Je n'en ai jamais entendu parler.

Il remercia d'un hochement de tête le serveur qui lui apportait un verre de vin. Elle pouffa, mouvement qui fit tressauter sa poitrine monumentale et tira le tissu extensible de sa robe au décolleté plongeant.

— Le contraire me surprendrait, monsieur. C'est un endroit minuscule au nord de Marseille.

— Vous comptez rendre visite à votre famille pendant que vous serez en France ?

Une expression ambiguë traversa son beau visage ; ce fut si bref qu'il se demanda s'il ne l'avait pas imaginée.

— Je suis le dernier membre vivant de ma famille, dit-elle avec un haussement d'épaules. Mais j'en ai une nouvelle, maintenant.

Elle jeta un coup d'œil par-dessus l'épaule de Sin et sa bouche se pinça.

— Justement, en voilà une que je considère comme ma propre fille.

Sin se leva et se retourna. Son regard se posa d'abord sur Cécile Tremblay puis, derrière elle, sur Marianne.

Il en resta bouche bée de stupeur.

— Il y a de la place pour nous ? s'enquit Cécile.

Sin se força à détourner les yeux de Marianne.

— Bien sûr, dit-il en tirant deux chaises à côté de lui.

— Tiens, assieds-toi à côté de Sin, Marianne.

Marianne ne le regarda pas, mais il vit qu'elle avait rougi.

— Tu ressembles presque à une jeune femme ce soir, Marianne, déclara Sonia, que cela ne semblait pas réjouir particulièrement.

Marianne esquissa un sourire, sans se laisser démonter par la pique.

— Merci, Sonia. Vous êtes très jolie, vous aussi.

Elle coula un regard oblique à Sin et ajouta :

— Merci de vous être occupé de Reggie.

Il avait presque dû arracher les rênes de ses doigts glacés avant qu'elle l'autorise à l'aider.

— C'était un plaisir, dit-il, incapable de s'empêcher de la dévisager.

Marianne baissa les yeux.

— Un peu de vin ? proposa-t-il, perturbé par cette version nouvelle, presque réservée, d'une femme d'habitude si rétive et directe.

— Volontiers.

Sin leva la main pour appeler le serveur. Sonia et Cécile discutaient de ce qui allait probablement se passer à Lille ; elles parlaient vite et en français, les excluant Marianne et lui.

— Vous êtes charmante.

Dieu que c'était banal !

— Euh, très jolie, rectifia-t-il en hâte.

Il se serait giflé lorsque, levant les yeux, elle le considéra d'un air incrédule.

— Quoi ? riposta-t-elle, les joues en feu. Vous pensiez que je n'étais pas une femme ?

Loin de se vexer, Sin sourit, ravi et soulagé qu'elle ait retrouvé son mordant habituel. Elle arrondit les yeux.

— Quoi ? l'imita-t-il. Vous pensiez que j'étais incapable de sourire ?

— En fait, oui. Merci, dit-elle au serveur.

Sin la voyait souvent en robe. Elle se battait en robe et venait aux entraînements en robe de laine grise. La seule vraie différence, ce soir, c'était la couleur et la coupe. Le bleu marine lui allait bien au teint, et elle avait même de délicates boucles d'oreilles en nacre. Elle avait aussi fait quelque chose à ses cheveux, bien qu'il soit incapable de dire quoi.

Elle était bel et bien jolie, mais surtout, réalisa-t-il non sans surprise, elle semblait différente. Certainement pas plus jolie que lorsqu'elle portait un pantalon ; c'était probablement la tenue dans laquelle il la préférait – pour des raisons pas exactement honorables.

— Que pensez-vous de la France ? demanda-t-elle après avoir bu une gorgée de vin.

— J'y suis déjà venu.

— Ah bon, quand cela ?

— Brièvement, il y a longtemps, j'avais à peine dix ans, je crois. Mon père m'avait emmené pour voir des chevaux. Je ne me souviens pas de la ville, mais c'était près de Paris. En revanche, je me rappelle que mon français d'écolier était pitoyable.

— Je vous ai entendu parler au valet d'écurie. Apparemment, vous avez fait de gros progrès.

Il haussa les sourcils.

— Un compliment de votre part, Marianne ?

Elle rougit.

— Je ne...

La porte de l'auberge s'ouvrit soudain à la volée, manquant de peu un serveur chargé d'un plateau. L'homme qui fit irruption dans la salle était trempé comme une soupe, livide, et grelottait. Il balaya la salle du regard, les yeux presque exorbités, et hurla :

— Napoléon a quitté l'île d'Elbe. Il marche sur Paris !

Sin et Marianne se tournèrent l'un vers l'autre tandis que la pièce explosait littéralement. Tout le monde se mit à parler en même temps, à crier des questions au nouveau venu, qui grimpa sur une chaise et agita les bras.

— Il a appelé tous les Français fidèles et patriotes à le rejoindre.

Déjà, des gens commencèrent à affluer de la cour, des villageois qui avaient dû suivre le cavalier tandis qu'il galopait à travers la petite ville.

— C'est possible ? demanda Marianne à Sin.

— Je croise les doigts pour que ce soit une plaisanterie, répondit-il.

Mais un malaise lui noua l'estomac tandis qu'il étudiait le messager. Si l'homme était blême, son regard brûlait de ferveur. Ce n'était pas le visage d'un plaisantin.

Si Napoléon s'était vraiment échappé de l'île d'Elbe et levait une nouvelle armée, cela signifiait que l'enfer des deux dernières décennies allait recommencer.

Et ils seraient piégés en plein milieu.

# 20

Ils partirent le lendemain matin avant le chant du coq. Le temps était encore plus exécrable que la veille.

Barnabas Farnham refusait obstinément de croire ce qu'ils avaient entendu dans la salle à manger.

— Jamais les Anglais ne l'auraient laissé s'échapper, et les Français ne veulent plus de lui, insista-t-il lorsque Sin lui demanda quels étaient ses projets au cas où une guerre éclaterait.

— Nous nous tiendrons au programme tant que nous n'aurons pas de renseignements plus fiables.

C'est ainsi qu'ils cheminèrent péniblement vers Lille sous une pluie battante. Mais il devint évident, à mesure qu'ils s'approchaient de la ville, que la rumeur de la fuite de Napoléon s'était déjà répandue.

Leur troisième soir dans la ville très animée, il devint impossible de nier la vérité : l'Empereur avançait sur Paris en levant une armée.

Sin avait servi d'entraîneur à Nora ce soir-là – son frère avait attrapé un mauvais rhume et gardait le lit. Après la fin du match, il s'occupa des quelques blessures de Nora, puis partit à la recherche d'Elliot et de Guy, avec lesquels il avait à peine eu le temps de parler depuis leur arrivée à Lille.

Il repéra Guy qui regardait le numéro de la Sabreuse depuis les coulisses.

— Je croyais que c'était ton tour d'être volontaire ce soir, dit Sin en s'arrêtant près de lui.

Ils avaient fini par décider que la meilleure manière de gérer la tâche désagréable d'être la cible de coups de feu et de lancers de couteaux était d'alterner, une semaine chacun.

— C'était le cas, reconnut Guy avant de grimacer tandis que Joséphine lançait une lame au milieu d'une carte à jouer qu'Elliot tenait entre les doigts. Mais Smithy a décidé qu'à partir de maintenant, c'était lui qui jouerait dans tous les numéros de la Sabreuse.

Il décocha un sourire narquois à son ami et murmura :

— Je dirais que notre Elliot pourrait bien avoir enfin développé un certain intérêt pour le sexe faible.

Il gloussa comme un gamin de douze ans.

— C'est sa façon à lui – un peu tordue, je l'admets – de flirter.

Sin rit tout bas tandis qu'un autre couteau s'enfonçait dans une carte et la clouait sur la planche de couleur vive située derrière la tête d'Elliot.

Joséphine se tourna vers son public, s'apprêtant à saluer, mais Angus cria : « *Encore !* » en français et lança un autre couteau à sa maîtresse, ce qui lui valut un petit cri furieux de la part d'Elliot. La foule hurla de rire. Le numéro de la Sabreuse se termina quelques minutes plus tard, et Sin fit un signe à Elliot lorsqu'il quitta la scène.

— Il faut qu'on parle.

— Suivez-moi, dit Elliot, qui les précéda dans un coin relativement tranquille, non loin de la porte arrière du théâtre.

— Alors, tu as des nouvelles de ton ami à Paris ? s'enquit Sin.

— J'ai reçu un message juste avant le numéro de Mlle Brown. Mon contact affirme que tous les diplomates en poste là-bas sont prestement dépêchés à Bruxelles ou renvoyés chez eux. Il semble penser que cette réaction résulte d'un excès de précaution, que Bonaparte sera aisément arrêté et ses espoirs étouffés dans l'œuf.

— Ton avis ? demanda Guy.

— Honnêtement, je ne sais pas quoi penser… Mais les quelques semaines à venir s'annoncent critiques.

— Tu crois que je devrais laisser Marianne retourner en Angleterre ? demanda Sin.

— Ce serait certes plus sûr pour elle. Cela ne nous empêche pas de nous rendre tous les trois au rendez-vous. Je ferai ce que tu décides, Sin.

Guy hocha la tête.

— Moi aussi.

— Tu n'es pas obligé de prendre une décision tout de suite, ajouta Elliot. Mais le plus tôt sera le mieux.

— Donnons-nous encore un peu de temps, déclara finalement Sin. Mais je n'entraînerai pas Marianne au beau milieu d'une zone de guerre pour faire plaisir à Dominic. Quelles qu'en soient les conséquences.

— Regarde ça !

Barnabas attendait à côté de la porte des coulisses lorsque Marianne eut terminé – et remporté – son combat.

Elle s'arrêta, le visage ruisselant de sueur et la tête endolorie par un coup particulièrement puissant porté à sa tempe, et observa le public. Son oncle s'était plaint que les ventes de billets déclinaient depuis qu'ils étaient arrivés à Lille, et chaque jour qui passait accroissait son agitation. Ce sixième soir, il était tout simplement hors de lui.

— À peine la moitié des sièges sont occupés ! s'exclama-t-il. Si ça continue comme ça, on va…

— Il faut mettre de la glace sur son œil, le coupa le duc avec brusquerie en posant la main sur l'épaule de Marianne.

Barnabas s'en tint là.

— Venez, murmura-t-il à Marianne.

Sa gentillesse contrastait avec le ton glacial qu'il avait utilisé pour s'adresser à son oncle. Il s'inséra entre Marianne et Barnabas, repoussant ce dernier, et elle se laissa guider vers la loge qu'elle partageait avec au moins sept autres femmes.

— Vous ne devriez pas être si dur avec lui, lui reprocha-t-elle alors même que le seul fait de parler lui faisait mal au crâne.

Staunton éclata d'un rire furieux tandis qu'il contournait Francine Gordon, la magicienne, qui berçait Henry, son lapin, d'un air inquiet.

— Il n'est pas rétabli ? demanda Marianne alors que le duc ouvrait la bouche, sans doute pour dire quelque chose de désagréable à propos de Barnabas.

Francine leva la tête, un pli soucieux entre ses grands yeux bleus.

— Il est encore plus malade. Tu crois que Barnabas se fâcherait si…

— C'est toi qui fais l'interlude avant la Sabreuse ? demanda Marianne.

Les interludes étaient des numéros plus courts entre les attractions principales. Francine acquiesça.

— Je suis sûr que Lizzy ou Lu-Lu pourront te remplacer.

C'étaient les deux jongleuses.

— Retourne à l'auberge avec Henry, je vais prévenir mon oncle.

— Oh, merci Marianne !

Francine tira un élégant mouchoir de soie de la manche de sa robe et se tamponna les yeux. Marianne sourit et jeta un coup d'œil autour d'elle à la recherche d'un accessoiriste. Son regard se posa sur Guy, adossé à un pilier, qui bavardait avec une jolie femme que Marianne ne reconnut pas. Elle leva la main pour lui faire signe, mais Sin lui attrapa le poignet.

— Allez vous asseoir dans la loge. Je vais dire un mot à Guy.

Il se tourna vers Francine et désigna la lourde malle qui servait à la fois de rangement et d'accessoire pour son numéro.

— Ne vous inquiétez pas, nous nous occuperons de la malle.

— Merci, Sin, vous êtes un amour.

Francine se hissa sur la pointe des pieds et déposa un baiser sur sa joue.

— Dis merci, Henry.

Elle leva son lapin, qui se contenta de fixer Staunton de ses petits yeux roses, les narines frémissantes.

— Euh, il n'y a pas de quoi, dit Sin, qui rougit de façon charmante.

Après le départ de la magicienne, il se tourna vers Marianne.

— Vous êtes encore là ?

Il fit signe à Guy sans la quitter des yeux.

— Allez vous asseoir avant de tomber.

— Cessez de me dire ce que je dois faire, répliqua-t-elle sèchement.

Chaque mot lui faisait l'effet d'un pic à glace enfoncé dans son crâne.

— Allez. Vous. Asseoir, martela-t-il d'une voix ferme.

— Tu as besoin de moi ? demanda Guy en rejoignant le duc.

— Peux-tu t'assurer que la malle de Francine soit rangée avec les autres ?

— Bien sûr. Mais ça s'appelle un coffre à accessoires, Sin.

— Et trouve-moi de la glace, vite, s'il te plaît.

Guy haussa les sourcils, mais ne posa pas de questions tandis qu'il soulevait avec aisance la lourde malle et s'éloignait.

— Qu'est-ce que vous faites encore là ? gronda le duc. Vous tenez à peine debout.

Son ton était accusateur lorsqu'il ajouta :

— Ne soyez pas si têtue pour une fois, Marianne. Faites comme si j'étais Jack et écoutez-moi. Vous devez absolument vous asseoir.

Il alla ouvrir la porte de la loge. Marianne cessa de discuter et le suivit dans la pièce qui, à son grand soulagement, était vide. Il y avait plusieurs tables et tabourets, mais une seule chaise.

— Là.

Il fit tomber sur le sol une pile de vêtements et de costumes sans se soucier de son cri d'indignation.

Alors qu'elle s'apprêtait à s'asseoir, sa vision s'obscurcit et son corps entier devint flasque. Deux bras puissants se refermèrent sur elle et elle se retrouva contre un mur de muscles.

— Bon sang, Marianne !

Ce fut la dernière chose qu'elle entendit avant d'être aspirée par les ténèbres.

Sin aurait volontiers étranglé Barnabas Farnham. Malheureusement, il avait une femme inconsciente dans les bras. Il la déposa doucement sur la chaise, fut à la porte en deux foulées, l'ouvrit brusquement, faisant sursauter un accessoiriste qui passait. Phil, lui semblait-il.

— Toi, va chercher un médecin, aboya-t-il.

Les yeux comme des soucoupes, le garçon répéta :

— Un médecin ?

— Oui. Un médecin.

— Mais... où ?

— Demande au directeur. *Tout de suite.* Et tu as intérêt à te dépêcher !

Le garçon courut en direction du bureau du directeur.

— Que se passe-t-il ? s'enquit une voix calme.

Sin se retourna et découvrit la Sabreuse, vêtue de cuir noir de la tête aux pieds, la moitié du visage dissimulée derrière un masque noir.

— Marianne a pris un sale coup sur la tempe, juste à côté de l'orbite. Elle vient de perdre connaissance.

La Sabreuse entra dans la loge sans mot dire, et Sin referma la porte tandis qu'elle s'accroupissait près de Marianne, ôtait ses gants et lui soulevait la paupière.

— C'est arrivé il y a combien de temps ?

— Quand elle s'est assise, cela fait moins d'une minute. Elle était rouge, plus que d'habitude, et soudain elle est devenue très pâle.

Le cœur de Sin battait si fort que sa tête palpitait.

— Ses pupilles sont-elles dilatées ?

— On dirait qu'elles réagissent à la lumière, répondit-elle en regardant un œil, puis l'autre, avant d'examiner la tempe tuméfiée de Marianne.

Ses doigts minces étaient agiles et légers. Enfin, elle laissa retomber ses mains et se redressa.

— J'ai déjà vu des gens blessés à la tête. Même si elle a une commotion cérébrale, il n'y a pas grand-chose à faire hormis la laisser se reposer dans un lieu chaud et confortable.

Ce fut seulement lorsqu'elle fut à côté de lui que Sin se rendit compte à quel point Joséphine Brown était petite. Sa tête lui arrivait à peine à l'épaule. Avec sa silhouette menue, sa tenue noire moulante et sa couronne d'épais cheveux blonds, elle semblait venir d'un autre monde. Ses yeux gris paraissaient presque argent derrière le masque.

— Si elle pouvait arrêter la boxe, ce serait un bon début, marmonna Sin, les yeux rivés au visage livide de Marianne.

Seigneur ! Elle semblait tellement fragile ! Elle avait gagné son match ce soir, mais contre une adversaire immense et lourde. Il ne comprenait pas pourquoi Barnabas mettait sa nièce en face d'une femme aussi imposante. Bien qu'elle ait esquivé beaucoup de coups, celui qui l'avait atteinte avait causé des dégâts. Marianne avait relâché sa garde une brève seconde après avoir trébuché, mais cela avait suffi.

— Je crois que nous allons toutes arrêter très bientôt, déclara la Sabreuse.

Il releva vivement la tête.

— Que voulez-vous dire ?

— Napoléon a traversé Grenoble et le 5e régiment d'infanterie s'est apparemment rallié à lui. Ils marchent sur Paris.

— Le 5e ? Mais ne sont-ils pas farouchement…

— Royalistes ? demanda-t-elle tandis que ses lèvres écarlates esquissaient un sourire. Apparemment, ils ont viré de bord.

— Bon Dieu ! murmura-t-il. Je vous demande pardon, ajouta-t-il.

Ses yeux pâles brillèrent d'une étincelle amusée.

— Comment l'avez-vous appris ? demanda-t-il.

— Ils ont envoyé des pigeons voyageurs et l'annonce a été faite sur la place juste avant le crépuscule. La moitié de la ville est déjà en train de s'organiser pour aller à Paris afin de l'accueillir à son arrivée.

— Nom de Dieu, souffla Sin.

Il fallait se rendre à l'évidence : Bonaparte était libre. Le cauchemar allait recommencer.

— J'aimerais rester, dit la Sabreuse en enfilant ses gants, mais je passe après l'interlude.

Sin hocha la tête.

— J'ai envoyé un des accessoiristes chercher un médecin.

— Je reviendrai tout de suite après mon numéro, promit-elle en jetant un dernier regard à Marianne avant de sortir.

Elle venait de partir lorsque la porte se rouvrit. Cette fois, c'était Guy. Il arrondit les yeux en voyant Marianne inanimée et tendit un seau à glace rempli de quelques glaçons déchiquetés.

— C'est tout ce que j'ai trouvé, dit-il avant d'ajouter en fronçant les sourcils : Elle avait l'air d'aller à peu près bien tout à l'heure.

— Elle s'est évanouie en voulant s'asseoir.

Sin prit l'un des linges qu'utilisaient les femmes pour se démaquiller et en enveloppa un glaçon. Il s'apprêtait à appliquer le tissu contre sa tempe lorsque Marianne gémit et remua ; ses paupières papillonnèrent.

— Que s'est-il passé ?

— Vous vous êtes évanouie, répondit Sin en appliquant délicatement la poche de glace sur sa blessure.

Elle grimaça.

— Désolé, je sais que c'est froid. Maintenez-le quelques instants. J'ai envoyé chercher un médecin.

Elle ouvrit la bouche.

— Ne discutez pas, Marianne. Fermez les yeux et reposez-vous.

Pour une fois, elle obéit. Guy s'approcha.

— Je viens d'apprendre...

— La Sabreuse me l'a dit, l'interrompit Sin.

La porte s'ouvrit, et Elliot entra.

— Je viens de croiser Mlle Brown, qui m'a dit ce qui est arrivé à Marianne. Je peux me rendre utile ?

Sin secoua la tête.

— Nous attendons le médecin.

— J'imagine que vous connaissez la nouvelle ?

Ses amis acquiescèrent.

— C'est pire que ce que tu craignais, n'est-ce pas ? demanda Guy.

— Oui. Et cela arrive beaucoup plus vite que je ne m'y attendais. Cela dit, il reste suffisamment de généraux qui ont pris le parti du roi. Ils arrêteront peut-être Napoléon à Paris... Encore que je ne sois guère optimiste.

— Selon toi, que va-t-il se passer ? questionna Guy.

— Je crois qu'on va droit vers la guerre, répondit Elliot, la mine sombre.

# 21

Il faisait nuit quand Marianne se réveilla. Le terme n'était pas vraiment approprié pour cette lente et laborieuse remontée à la surface de la conscience.

Sa tête palpitait lorsqu'elle palpa avec précaution l'endroit douloureux. Ah, oui, le coup efficace que lui avait asséné Berta avant le gong ! Son œil était un peu enflé, mais ce n'était pas aussi terrible qu'elle le pensait.

Pire que tout, elle mourait de soif. Elle s'assit lentement au bord du lit et réalisa qu'on lui avait enfilé une chemise de nuit.

— Que faites-vous ?

Elle poussa un cri et tourna la tête. Aussitôt, elle ressentit une violente envie de vomir tandis que la pièce tanguait autour d'elle.

Deux mains fortes mais douces se refermèrent sur ses épaules.

— Vous allez vous évanouir ? demanda le duc, qui n'était qu'une ombre dans les ténèbres.

Il ne faisait pas complètement nuit, cependant. Maintenant que ses yeux s'accoutumaient à la pénombre, elle discerna une lueur venant de la cheminée et les ombres dansantes des flammes, cachées par un fauteuil. Sans doute était-ce là qu'était assis le duc.

— Marianne ? reprit-il, sa voix grave teintée d'inquiétude.

— Je me croyais seule, dit-elle d'une voix enrouée, comme si elle ne l'avait pas utilisée depuis longtemps. Que faites-vous là, Votre Grâce ?

Elle n'avait toujours pas réussi à l'appeler Sin, contrairement à tous les autres, des couturières aux cireurs de bottes.

— Le médecin ne pense pas que vous ayez une commotion cérébrale, mais il voulait que quelqu'un reste à votre chevet au moins cette nuit, et de préférence pendant quarante-huit heures.

Il la lâcha et ses mains lui manquèrent aussitôt.

« Imbécile ! » l'accusa une voix dans sa tête. Oui, elle était une imbécile.

— Cécile et moi partageons cette chambre. Elle peut rester avec moi.

— Si Jack était là, il vous laisserait ?

— Oui, bredouilla-t-elle.

— Allons donc, Marianne. Cela ne vous va pas de mentir.

— D'accord. Jack serait resté. Mais Jack est…

— Je reste.

Il ne haussa pas le ton, mais il n'y avait rien à répliquer.

— Où est Cécile ?

— Je lui ai laissé ma chambre, et Guy dormira dans celle d'Elliot. Essayez de vous asseoir.

Le duc lui prit le coude et la guida vers le fauteuil devant la cheminée. Elle aurait voulu se passer de son aide, protester pour le principe, mais elle avait les jambes en coton.

— Avez-vous faim ? demanda-t-il lorsqu'elle fut assise.

— J'ai soif, c'était pour cela que je me levais. Mais je meurs aussi de faim.

C'était sans doute pour cela qu'elle se sentait aussi faible. Elle n'avait pas eu envie des ris de veau que Barnabas avait commandés pour le dîner, avant le spectacle, et n'avait mangé que quelques bouchées du pain délicieux.

Elle entendit un tintement, puis le duc lui tendit un verre d'eau.

— Merci, dit-elle en s'en emparant, les mains tremblantes.

— Je vais appeler une servante.

— La cuisine ne sera pas fermée ?

— Il est tard, mais je suis sûr qu'il leur restera quelque chose.

Il entreprit d'allumer quelques bougies sur le manteau de la cheminée.

— Pas trop, si cela ne vous ennuie pas, dit Marianne. La lumière me fait mal aux yeux.

Il alla poser le candélabre derrière elle, et une douce lumière tamisée remplit la pièce.

— C'est vous qui m'avez déshabillée ?

— Non. Cécile, avant de partir.

Il s'adossa à la porte et l'observa de son regard trop pénétrant.

— Où est-elle allée ?

— À la réunion organisée par votre oncle, avec tous les autres employés.

— Si tard ?

— Il a dû attendre que tous les numéros soient terminés.

— Il envisage de repartir déjà ?

— Oui. Vous l'ignoriez sans doute avant de perdre connaissance, mais Bonaparte a rassemblé encore plus de soldats et il marche sur Paris. La ville commence à se diviser. Il y a eu des bagarres dans les rues – et même une ce soir dans la salle à manger –, et les esprits sont échauffés des deux côtés.

— Royalistes et bonapartistes ?

— Ce roi n'est guère apprécié par le peuple, et je pense que ses partisans sont moins royalistes que fatigués par la guerre. Mais l'appel de Bonaparte paraît… eh bien, disons qu'une année de chicanes à Vienne et quelques imbécillités de la part de Louis ont rendu pas mal de gens nostalgiques du Corse.

On frappa doucement à la porte. Sin l'ouvrit et Marianne découvrit sa bonne préférée, Yvette, qui lui sourit chaleureusement.

— Ah, vous vous sentez mieux ?

— Oui, merci.

— Pourrions-nous avoir quelque chose à manger ? s'enquit le duc. Mlle Simpson n'a pas dîné ce soir.

Yvette lui adressa un regard impertinent.

— Vous non plus, monsieur.

Elle se tourna vers Marianne.

— Il s'est fait tellement de souci pour vous qu'il n'est pas descendu dîner, même après que Mlle Tremblay a proposé de rester près de vous.

Marianne regarda le duc, les sourcils arqués. Il s'était empourpré.

— Que nous proposez-vous ? demanda-t-il à Yvette, qui souriait ouvertement à Marianne.

Lorsqu'ils furent installés devant un ragoût, du pain, du gibier froid et l'une des magnifiques tartes aux fruits qui faisaient la renommée de la cuisinière, Yvette demanda :

— Vous voulez que je vous monte de l'eau chaude, mademoiselle ?

Son regard s'attarda sur les cheveux de Marianne, qui devaient ressembler à un nid d'oiseaux.

— Ce serait merveilleux, répondit Marianne.

La porte refermée, elle se tourna vers le duc.

— Que va proposer mon oncle, ce soir ?

Le duc déplaça le fauteuil afin qu'elle n'ait pas à se tortiller pour lui parler. Elle ne put s'empêcher de remarquer qu'il portait la tenue qu'elle préférait – oui, c'était pitoyable, elle connaissait tous ses vêtements –, le pantalon en daim élimé, une veste vert sapin, un foulard noir et une chemise en coton épais dont les manches retroussées dévoilaient ses avant-bras musclés.

Marianne n'aurait jamais pensé que les bras et les mains d'un homme puissent être sensuels, mais un simple coup d'œil au duc suffisait à lui embraser le ventre.

— Je ne suis pas dans les petits papiers de votre oncle, naturellement, dit le duc avec ironie. Mais je devine, d'après ce que je sais de lui, qu'il espère poursuivre la tournée en contournant l'armée que lève Bonaparte.

— Est-ce vraiment raisonnable ?

— Non. Je crois que c'est de la folie de faire autre chose que de quitter le pays. La coalition va se reformer et lorsqu'elle déclarera la guerre à Bonaparte, nous deviendrons les citoyens d'une nation hostile, piégés en France. Tout le pays est au bord de l'éruption. Cela pourrait être un désastre, Marianne.

— Le gouvernement français va sûrement l'empêcher d'arriver à ses fins avant qu'une autre coalition soit nécessaire, dit-elle. Le roi…

— Louis est faible, pour ne pas dire incompétent. Non, Bonaparte ne sera pas arrêté par une force venant de la France. Une guerre va éclater. Encore une fois, le plus sage serait de quitter la France sur-le-champ, avant qu'il soit trop tard.

— Vous voulez rentrer en Angleterre ? demanda-t-elle, incrédule.

— Je dis que ce serait sage.

Un petit sourire ironique lui incurva les lèvres.

— Ce n'est pas ce que je vais faire. En revanche vous, Marianne, vous devez partir.

— Et votre frère ?

— Je vais devoir courir ce risque.

— Mais Dominic a dit…

— Je sais ce qu'il a dit. Il est hors de question que je vous entraîne au beau milieu d'un champ de bataille, Marianne.

Elle battit des paupières devant sa véhémence.

— C'est déjà assez terrible que vous soyez là, ajouta-t-il, une étincelle de colère dans les yeux. Vous ne pouvez pas continuer à boxer. Le médecin qui vous a examinée a expliqué que ce genre de coup entraîne fréquemment un œdème cérébral, et le cas échéant, vous risquez de *mourir*…

— Vous me croyez ignare ou stupide, Votre Grâce ?

— Vous savez très bien que non, répliqua-t-il.

— Alors pourquoi me dire une chose que je sais déjà ?

— Parce que vous êtes têtue, Marianne. Ni stupide ni ignare, mais loyale et obstinée, et tellement jeune que vous ne vous rendez pas compte que votre vie est précieuse et que vous pourriez la perdre en un claquement de doigts.

Il s'arrêta brusquement, encore plus surpris que Marianne par cet éclat.

— Sur le vapeur, je vous ai donné ma parole que je vous accompagnerais, Votre Grâce, et je le ferai.

— Je vous l'interdis. C'est trop…

— Vous me l'*interdisez* ? s'emporta-t-elle.

Il poussa un soupir.

— « Interdire » n'est peut-être pas le mot qui convient.

— Peut-être, convint-elle d'un ton glacial.

— Ce que j'aurais dû dire, c'est que vous ne viendrez pas à cette réunion.

— Vous ne pouvez pas m'en empêcher. Je connais l'heure et le lieu du rendez-vous, et je…

— Vous ne souhaitiez pas revoir Strickland. Eh bien, vous êtes libérée de cette obligation.

— Il ne s'agit plus seulement de votre frère. Si Dominic m'a utilisée pour aider cet individu à fuir le pays, je veux le savoir.

— Je pourrai vous raconter ce qu'il en est plus tard, à mon retour en Angleterre. Vous n'avez pas besoin de…

— Je peux y aller avec vous, ou sans vous. À vous de choisir.

Il serra les dents. Jamais Marianne ne l'avait vu aussi renfrogné. Elle réalisa que le duc perdait peu à peu ses pouvoirs de dissimulation. À moins qu'elle n'apprenne à déchiffrer les subtils messages qu'il laissait échapper. Quoi qu'il en soit, elle voyait bien qu'il était sur le point de hausser le ton.

— Du reste, ajouta-t-elle d'un ton moins belliqueux, et pour autant que je sache, Barnabas veut terminer la tournée. J'irai donc en direction de Metz de toute façon.

Il s'esclaffa.

— Je ne serais pas étonné le moins du monde qu'il fonce droit dans une guerre.

— Votre rendez-vous avec Dominic est dans plusieurs semaines, lui rappela-t-elle. Qu'allez-vous faire pendant tout ce temps ?

Son regard la perfora littéralement. Il n'avait pas l'habitude qu'on lui tienne tête et c'était à coup sûr une expérience douloureuse pour lui ; cependant, elle vit qu'il était partagé. Ils ne se connaissaient que depuis quelques semaines, mais ils avaient été, par nécessité, très proches. Il devait se douter qu'elle irait jusqu'au bout.

— Je vais aller directement à Metz en espérant éviter d'éventuelles hostilités, déclara-t-il finalement. Dominic n'est pas idiot. Il comprendra ce que cette nouvelle signifie pour la tournée de votre oncle. À mon avis, il s'attendra que je vienne en avance.

— Je ne pense pas que la période soit la meilleure pour voyager quand on est anglais.

— Nous aurons notre roulotte, nous pourrons donc continuer à prétendre que nous faisions partie d'une troupe itinérante.

— Un cirque anglais ?

— Nous pourrons faire remplacer l'inscription par un nom français.

— Lequel ?

— Je ne sais pas, je vais y réfléchir.

— Sans vouloir vous insulter, le seul d'entre vous capable de se faire passer pour un Français est Elliot.

Il étrécit les yeux.

— Où voulez-vous en venir ?

— Je pense que *vous* devriez retourner en Angleterre. Si quelqu'un doit rester en France, ce sera moi, avec Elliot, et peut-être convaincrons-nous l'un des accessoiristes de nous accompagner. Nous voyagerons dans votre roulotte et apporterons l'argent. Nous pourrons également ramener votre frère.

Il lui adressa un regard stupéfait.

— Pas question.

— Même si cela met en danger la vie de votre frère de voyager avec des Anglais ?

— Vous ignorez ce que Strickland vous réserve, éluda-t-il. Et je n'ai pas l'intention d'aller ailleurs qu'à Metz. La discussion est close.

Elle n'avait pas vraiment cru qu'il accepterait, mais cela valait la peine d'essayer.

— Cela signifie donc que je me joindrai à vous trois. Comme prévu. Nous ne prendrons qu'une roulotte et mon cheval.

— Marianne.

— Hmm ? fit-elle tout en réfléchissant.

Ils seraient à l'étroit, et n'auraient pas beaucoup d'intimité…

— Vous n'êtes pas obligée de faire cela.

Sa voix calme la tira de ses pensées. Il affichait une expression qu'elle n'aurait jamais cru voir sur son visage : l'incertitude.

Il ne fallait pas être un génie pour deviner la raison de ses doutes. D'un côté, il souhaitait qu'elle vienne – la vie de son frère était en jeu. Mais c'était un homme honorable qui ne voulait pas la mettre en danger.

Le beau visage hautain qu'elle avait aperçu le premier soir parmi la foule demeurait le même malgré la barbe. En revanche, ses yeux n'étaient plus durs ni opaques lorsqu'il la regardait. Quelque part en chemin, il avait commencé à s'inquiéter pour elle… et il ne prenait pas la peine de le cacher. C'était un homme intègre, qui avait promis à Jack de prendre soin d'elle. Et sa parole comptait pour lui.

Personne n'avait exigé une telle promesse de Marianne. Elle n'avait aucune obligation de se soucier de Sin. Il lui offrait une chance de s'enfuir, et pourtant elle ne la saisissait pas.

Si elle insistait pour venir, ce n'était pas parce qu'elle voulait soutirer la vérité à Dominic. Du moins, pas uniquement. Non, c'était à cause de lui.

Presque à l'insu de Marianne, il s'était taillé une place dans sa vie. Elle avait commencé à se fier à lui, à lui faire confiance, et à croire qu'il était réellement celui qu'il professait être : un homme qui se souciait d'elle.

Mais Sin n'était pas un entraîneur de boxe. C'était un duc, et elle était une pugiliste qui travaillait dans un cirque. Autant dire qu'ils appartenaient à deux espèces différentes.

Elle croisa son regard inquiet, et son cœur s'emballa tandis qu'elle acceptait la vérité : peu importait qui ou ce qu'il était, il aurait pu être le roi d'Angleterre qu'elle s'en serait moquée. Elle ne voulait pas renoncer à lui. Pas tout de suite. Pas alors qu'elle avait la possibilité de passer encore quelques semaines en sa compagnie.

Elle aurait le reste de sa vie pour vivre sans lui.

Elle sourit.

— J'irai, Votre Grâce. Inutile de revenir là-dessus.

# 22

— Je te l'interdis, Marianne ! cria Barnabas.

Marianne croisa le regard amusé du duc et sut qu'il pensait la même chose qu'elle : son oncle était le deuxième homme à utiliser exactement les mêmes mots en moins de vingt-quatre heures.

— Vous ne pouvez pas m'interdire de partir, mon oncle.

— Si ! Tu n'as que vingt ans. Tu es toujours sous ma tutelle.

Le duc ricana et Barnabas pivota vers lui.

— Vous vous moquez de moi, mais c'est vous qui voulez la mettre en danger.

— Je lui ai déjà demandé de rester. Mais Marianne a raison, Farnham : elle est adulte.

— Ah, maintenant elle est adulte ! Pourtant, à Londres, vous chantiez un autre refrain. Vous disiez qu'elle devait obéir à vos ordres. Elle était votre pion, à l'époque, quand vous me menaciez.

Le duc afficha un sourire déplaisant, et il contempla Barnabas comme s'il était un cafard qu'il avait hâte d'écraser.

— Et pour sauver quel homme s'est-elle sacrifiée, Farnham ?

Son oncle laissa échapper un cri inarticulé. La présence du duc, si bien intentionné soit-il, ne facilitait pas cette conversation délicate.

— Pourriez-vous nous laisser seuls un moment, Votre Grâce ? demanda Marianne.

Ils étaient dans sa chambre, dans laquelle le duc s'était obstiné à rester toute la nuit, ne la quittant que le temps que Cécile l'aide à se laver et à s'habiller ce matin. Non pas qu'elle ait besoin d'aide, mais il avait également insisté sur ce point.

Sa requête lui déplut visiblement.

— Ne la laissez pas sortir de cette chambre, Farnham, siffla-t-il. Le médecin veut qu'elle se repose encore au moins vingt-quatre heures.

Marianne prit le duc par le coude, et il tressaillit.

— Je n'irai nulle part, promit-elle avant que son oncle se remette à hurler. Venez, Votre Grâce, ajouta-t-elle en entraînant Staunton vers la porte.

— Très bien, je sors. Mais ne vous laissez pas convaincre d'aider à charger les roulottes, ou je ne sais quelle autre besogne épuisante. Vous n'avez pas vu le capharnaüm en bas. Si vous descendez, vous serez entraînée dans la course.

— Je ne me fatiguerai pas, promit-elle.

Sur le seuil, Staunton se retourna.

— Pour une fois, Farnham a raison. Vous devriez rentrer en Angleterre avec lui, Marianne. Ce serait…

— Oui, merci.

Elle le poussa doucement et referma la porte avant de se tourner vers son oncle.

Les bras croisés, l'air buté, ce dernier déclara :

— Tu ne peux pas faire cela.

— Il le faut. La vie d'un homme est en jeu, mon oncle.

— Mais ce n'est pas ta faute !

Marianne se demanda si la discussion qu'elle s'apprêtait à avoir en valait la peine. Elle savait que son oncle lui avait menti à propos de la contrebande, des dettes de jeu, et probablement d'une dizaine d'autres choses. Il était peu probable qu'il lui dise la vérité maintenant, mais elle devait essayer.

— Pourquoi me regardes-tu ainsi, Marianne ?

— Peu de temps avant d'avoir mis en scène sa mort, Dominic a aidé à exfiltrer un prisonnier de guerre français, un certain Beauvais.

Il écarquilla les yeux.

— Tu ne penses tout de même pas que...

— Je ne veux pas le savoir, mon oncle. Sincèrement. Car alors, il faudrait que je vous dénonce pour ce crime et cela me détruirait assurément.

Barnabas ouvrit la bouche, mais il dut voir quelque chose dans son regard car il la referma.

— Vous m'avez recueillie à la mort de ma mère, vous vous êtes occupé de moi quand j'en étais incapable. Vous m'avez envoyée à l'école alors que vous aviez besoin de cet argent pour vous. Je vous suis redevable. Et je vous rembourserai avec plaisir ce que je vous dois. Mais je ne peux pas fermer les yeux si j'apprends que vous avez été impliqué dans une affaire de haute trahison. Aussi, si c'est le cas, je vous conseille de partir sur-le-champ, aussi loin de Staunton que vous le pourrez.

Son visage, rouge un instant plus tôt, était devenu gris.

— J'ai fait des choses dont je ne suis pas fier, tu n'imagines pas à quel point j'ai honte, Marianne. Mais je te jure que je n'avais jamais entendu parler de ce Beauvais. Quand j'ai appris les circonstances de la mort de Strickland, j'ai supposé qu'il l'était bel et bien.

Il s'interrompit. Sa poitrine se soulevait et retombait comme celle d'un homme qui vient de courir.

— Mais peu importe. Il faut que je te dise quelque chose, qui te fera peut-être changer d'avis.

L'estomac de Marianne se noua.

— Plusieurs choses, en fait.

Il indiqua les fauteuils de part et d'autre de la cheminée.

— Assieds-toi, on dirait que tu tiens à peine debout.

C'était le cas, mais pas à cause du coup qu'elle avait reçu à la tempe.

Quand elle fut assise, Barnabas passa la bandoulière de sa vieille sacoche en cuir par-dessus sa tête. Il ne se déplaçait jamais sans cette sacoche. Elle contenait son agenda, son livre de comptes, et beaucoup d'autres objets précieux.

Il posa la sacoche sur ses genoux et leva les yeux.

— J'ai reçu une lettre de Strickland au mois de novembre de l'année dernière.

Marianne ferma les yeux.

— C'est à cause de lui que j'ai accéléré le départ de la Foire pour le continent. Il disait qu'il voulait me voir.

Barnabas se tut et elle rouvrit les paupières ; tout était clair, soudain.

— Il vous fait chanter.

Barnabas hocha la tête.

Cela expliquait bien des choses. Marianne était stupéfaite d'être restée si longtemps dans l'ignorance.

— À cause de quoi ? demanda-t-elle.

— Il possède un cahier dans lequel sont consignées mes… mes activités de contrebande. Il a été compilé par un agent de la Couronne et il est très détaillé.

Marianne aurait voulu hurler.

— Cela remonte à l'époque où nous vivions à Deal ? Parce que si Dominic était aussi impliqué, et…

— Non, non, c'est bien antérieur, cela date de mon arrivée en Angleterre. Il s'agit d'une très vieille histoire. Strickland s'est servi de ce cahier pour que je lui présente les contrebandiers que je connaissais à l'époque…

Il se tut.

— Et ? l'encouragea-t-elle.

— Il va falloir que je remonte à l'époque où je vivais à Paris, jeune homme. Je m'étais acoquiné avec des gars qui n'étaient pas… disons, pas très fréquentables. Je leur devais beaucoup d'argent. Des dettes de jeu trop élevées pour que je les rembourse. Ils savaient que je parlais anglais.

Il rougit.

— J'avais vécu avec une Anglaise pendant plusieurs années et elle m'avait appris sa langue. Quoi qu'il en soit, ils m'ont dit qu'ils solderaient ma dette si je faisais quelque chose pour eux.

Il marqua une pause, s'humecta les lèvres.

— Ils ont payé ma traversée pour l'Angleterre et m'ont donné de quoi vivre.

*S'il vous plaît, mon oncle, ne dites pas ce que je crois que…*

— Au début, ils voulaient que je les aide à entrer en contact avec des hommes intéressés par des affaires le long de la côte.

— Les pêcheurs contrebandiers ?

Il acquiesça.

— Mais au bout d'un moment, ils ont voulu que je leur parle de ce que je remarquais.

Il lui jeta un coup d'œil, et l'estomac de Marianne se souleva tant il avait l'air coupable.

— Ils se sont arrangés pour que je travaille avec une troupe itinérante, les Mayfair Players, alors même que je ne connaissais strictement rien à ce genre d'industrie.

— Vous m'avez toujours dit que ma mère et vous aviez grandi dans un cirque. Que ma grand-mère était costumière et mon grand-père acteur.

— Je sais ce que je t'ai dit, soupira Barnabas, mais c'était un mensonge. Je ne suis pas celui que j'ai prétendu être, Marianne. J'étais un criminel. Ma mère se prostituait, et je n'ai jamais connu mon père.

Elle le dévisagea, muette.

— Quant à ta propre mère…

Il ouvrit sa sacoche et en sortit une ravissante petite boîte émaillée.

À sa vue, les souvenirs explosèrent à la façon d'un feu d'artifice. Marianne étouffa un cri.

— Elle appartenait à ma mère, je m'en souviens. Elle me l'a montrée un jour.

Elle l'avait complètement oubliée – cela lui paraissait sortir d'un rêve. Elle ferma les yeux et tenta de s'agripper au souvenir fugace qu'elle avait de sa mère. Elle était malade, mais elle creusait un trou dans le jardin, puis elle s'était évanouie. Dans les replis de sa jupe, quelque chose avait brillé au bout d'une grosse chaîne en or. Mais Marianne avait eu tellement peur que sa mère soit morte qu'elle n'avait pas cherché à savoir ce que c'était.

Rouvrant les yeux, elle vit Barnabas sortir de la boîte un grand pendentif rectangulaire au bout d'une longue et lourde chaîne dorée. Marianne avait beau ne rien y connaître en matière de bijoux, elle voyait bien que celui-ci avait été exécuté par un maître. Au centre, une grande pierre rouge ressemblant à un rubis. Tout autour, huit rayons composés de petites pierres jaune canari.

— Ce médaillon est vieux de plusieurs siècles et vaut beaucoup d'argent. Ta mère l'a enterré derrière sa maison, pour le cas où je ne la reverrais pas avant sa mort. Prends-le, dit Barnabas en le lui remettant.

Marianne tendit une main tremblante.

— Qu'il est lourd ! murmura-t-elle, stupéfaite.

Il y avait un minuscule levier sur un côté, et une charnière sur l'autre. Marianne poussa le levier et le médaillon s'ouvrit avec un petit déclic.

À l'intérieur, elle découvrit le portrait d'une inconnue aux cheveux bruns qui avait les mêmes yeux sombres et la même forme de visage qu'elle. Au dos du pendentif, quelques mots en français étaient gravés : *Avec tout mon amour, N*.

Marianne leva les yeux.

— Qui est-ce ? Que signifie le N ?

— J'ai toujours pensé que cette femme était ta vraie mère. Quant au N ?

Il haussa les épaules.

— Je ne connais pas son nom.

— Ma *vraie* mère ? Qu'est-ce que vous racontez, mon oncle ?

Il déglutit laborieusement.

— Eh bien… je ne suis pas ton oncle. Je n'ai même pas de sœur. Du moins, pas à ma connaissance.

Le regard de Marianne était irrésistiblement attiré par la miniature dans sa main. Leurs yeux avaient la même forme, mais les siens étaient noisette et ceux de la femme, marron. Elles avaient les mêmes cheveux noirs et le même teint de nacre. Plus elle l'examinait, plus elle y décelait une ressemblance. Bien plus marquée, en tout cas, qu'avec la femme qu'elle avait toujours prise pour sa mère, avec son visage ovale, ses cheveux roux et ses yeux bleus.

*Sa mère.*

— Qui est cette femme ? demanda-t-elle d'une voix blanche.

— Je ne sais pas.

— Vous ne savez pas ? s'écria-t-elle, incrédule.

Il tressaillit et leva les mains en signe d'apaisement.

— Je te donne ma parole que je ne mens pas.

— Votre parole, franchement !

Il serra les dents, mais s'en tint là.

— Dites-moi tout ce que vous savez, mon oncle…

Elle laissa échapper un petit rire de dérision.

— Je peux vous appeler Barnabas désormais, comme les autres.

— S'il te plaît, Marianne, ne…

— Tout.

Il soupira.

— Il n'y a pas grand-chose à raconter. La première fois que j'ai entendu parler de toi, j'étais avec les Mayfair Players. Sonia a reçu une lettre de Sandrine disant qu'elle était mourante et que quelqu'un devait venir te recueillir.

— Sonia ? Pourquoi Sonia ?

— C'était une cousine de ta mère. Enfin, je veux dire, une cousine de Sandrine Simpson.

— Alors pourquoi n'est-ce pas Sonia qui est venue faire valoir ses droits sur moi ? Pourquoi vous ?

— Nous trouvions qu'il valait mieux qu'un homme fasse la demande…

— Pourquoi ?

— Je ne me rappelle plus pourquoi, répondit-il sans conviction.

— Pourquoi avez-vous fait cela ?

Il détourna les yeux avant de les reporter sur elle.

— Dans sa lettre, Sandrine promettait de l'argent.

Marianne eut un rire sans joie.

— Ah, voilà une motivation crédible !

Son amertume le fit grimacer.

— C'est une histoire singulière, vous en avez conscience, n'est-ce pas ?

— Je sais, et pourtant c'est la vérité.

— Vous m'avez donc recueillie pour de l'argent ?

Il acquiesça en baissant la tête.

— Combien ?

— Cinq cents livres.

— Cinq cents livres !

Il confirma d'un signe de tête.

— C'est une fortune ! Pourtant, ayant vu vos factures récemment, je ne doute pas que tout ait vite été dilapidé. Pourquoi ne pas m'avoir déposée dans un orphelinat après avoir reçu l'argent ?

— Comment peux-tu me croire capable d'une chose pareille !

Elle leva la main.

— Arrêtez. S'il vous plaît. Je ne suis pas idiote et j'en ai assez que l'on me prenne pour une imbécile. Et le médaillon ? demanda-t-elle sans lui laisser le temps de répondre. Où l'avez-vous trouvé ?

— Il était dans le coffret émaillé. Sandrine était très malade lorsqu'elle a écrit à Sonia. Elle craignait de mourir avant que l'un de nous puisse venir te chercher. Alors elle a enterré la cassette et le médaillon, et nous a expliqué où les trouver. Elle a bien fait car elle était inconsciente lorsque je suis arrivé ; une voisine était à son chevet.

Marianne tourna et retourna le pendentif entre ses mains.

— Ce doit donc être le fameux médaillon que veut Dominic. Et à quelle lettre de ma mère, enfin, de Sandrine fait-il allusion ?

— Je ne vois pas de quelle lettre il parle.

— C'est encore un mensonge ?

— Non ! Je ne sais pas de quoi...

— Où se trouve la dernière lettre de Sandrine ?

— Je ne l'ai pas.

Elle étrécit les yeux.

— Je te le jure, Marianne ! Cette fois, je te dis la vérité.

— Oh, *cette fois* !

Elle fut stupéfaite de sentir la fureur jaillir en elle tandis qu'elle regardait cet étranger. Cet étranger menteur.

— Et comment Dominic a-t-il seulement eu connaissance de l'existence de ce médaillon ?

— Il a fouillé dans mes affaires un jour. Tu sais que je garde toujours cette sacoche sur moi, mais si quelqu'un a eu l'occasion de fouiner dedans, c'était bien ce salopard de Strickland.

— Vous avez gardé cette boîte à bijoux dans votre sacoche pendant toutes ces années ? s'exclama-t-elle, ouvertement sceptique.

— Non, bien sûr que non. Mais jusqu'à ce que nous possédions la maison, je ne voyais aucun endroit suffisamment sûr, alors...

— Vous mentez, Barnabas ! Vous me cachez quelque chose dans cette histoire.

Probablement des dizaines de choses.

— Non, je te le jure, gémit-il, pitoyable.

— Pourquoi Dominic vous a-t-il écrit l'année dernière ?

Barnabas enfouit la tête entre ses mains.

— Il voulait être sûr que je t'emmènerai en tournée, dit-il d'une voix assourdie et désespérée. Il m'a juré que cette fois, il me donnerait ce maudit carnet contenant les opérations de contrebande en échange.

— Ce cahier doit être diablement accablant !

Il marmonna quelque chose d'inintelligible, et Marianne frissonna à l'idée de ce dont Strickland le menaçait.

— Où est la lettre de Dominic ? Je veux la voir.

— Je l'ai détruite.

*Bien sûr.* Marianne contempla sa tête courbée.

— Je présume que la femme de ce portrait est issue d'une famille aisée. La miniature et le médaillon ne laissent guère de doute là-dessus. Et notre ressemblance me dit que je suis probablement sa fille. Les cinq cents livres indiquent aussi qu'elle était riche et qu'elle a payé cher pour qu'on s'occupe bien de moi. Dominic, toujours très doué pour exploiter les faiblesses d'autrui, a pensé avoir trouvé une femme à qui il pouvait extorquer beaucoup d'argent.

Barnabas hocha la tête.

— C'est aussi ce que je me suis dit.

Marianne rit.

— Je ne vois pas ce que cela a de drôle.

— Oh, c'est de l'humour plutôt noir, néanmoins cela m'amuse. Je savais qu'une seule raison pouvait inciter Dominic à souhaiter me revoir : l'argent. Et je ne m'étais pas trompée.

Elle le crucifia d'un regard glacial.

— Vous pouvez partir.

— Attends, la supplia-t-il. Que vas-tu faire ?

— Je vous l'ai dit, je vais aller voir Dominic avec le duc.

— Dans ce cas, je t'accompagne.

— Pourquoi ? Oh, bien sûr ! Vous voulez récupérer votre cahier.

Elle haussa les épaules.

— Faites ce que bon vous semble, Barnabas, mais vous ne viendrez pas avec moi.

— Marianne, je t'en supplie, ne prends pas la mouche. Je comptais tout te raconter le jour de ta majorité, quand tu serais enfin adulte.

— Vous voulez dire, plus adulte que lorsque vous m'avez implorée d'épouser Dominic ? C'est pour cela que vous étiez si persuasif, que vous m'avez convaincue que soit je me mariais avec Dominic, soit je me ferais tabasser toutes les semaines jusqu'à la fin de mes jours ?

Elle plissa les yeux.

— Vous saviez que la cérémonie de mariage arrangée par Dominic était une imposture, Barnabas ? Vous m'avez sacrifiée pour récupérer votre précieux cahier ?

— Non ! Comment peux-tu croire que je...

— Rentrez chez vous, Barnabas. Je récupérerai votre livre et ses sales secrets.

Marianne se sentit soudain si lasse qu'elle avait du mal à garder les yeux ouverts. Elle les ferma et appuya la tête au dossier du fauteuil.

Pendant un long moment, le silence régna dans la chambre.

— Je suis vraiment désolé, murmura Barnabas.

Elle l'entendit traverser la pièce, ouvrir et refermer la porte.

Elle rouvrit les yeux. Son oncle – non, Barnabas – avait posé le coffret émaillé sur la table, à côté du médaillon. Elle s'en empara, le rouvrit, et contempla le portrait de sa mère dans l'espoir d'éprouver un sentiment d'appartenance. Mais elle ne ressentait que de la douleur à l'idée que Sandrine Simpson, la femme qu'elle avait aimée toute sa vie, avait probablement été comme Barnabas, quelqu'un que la dame du portrait avait payé pour s'occuper d'elle.

Comme si sa liaison avec Dominic ne l'avait pas suffisamment avilie, elle se découvrait maintenant illégitime.

Que lui révélerait encore Barnabas avant que cette histoire avec Dominic s'achève ?

# 23

Sin regarda les paupières de Marianne s'alourdir alors même qu'elle n'avait pas avalé la moitié du repas apporté par Yvette.

— Fatiguée ? demanda-t-il en posant ses couverts.

— Oui, mais mon esprit ne cesse de fonctionner.

Elle bâilla et lui jeta un coup d'œil en rougissant.

— Pardon.

— Je vous pardonne pour cette fois.

Elle lui adressa un charmant petit sourire en coin.

— Je crains que vous ne vous soyez habitué à ma grossièreté.

Sin sourit à son tour. Il était soulagé de la voir parler et sourire, bien qu'elle paraisse exténuée. Après le départ de Barnabas ce matin, il était revenu et avait trouvé une femme au désespoir.

Il ne lui avait pas posé de questions, et elle ne lui avait rien dit. En fait, elle était retournée se coucher alors même qu'elle s'était plainte un peu avant d'avoir trop traîné au lit la veille. Elle avait dormi toute la journée et jusque tard dans la soirée, manquant de nouveau le dîner.

Sin avait attendu qu'elle se réveille dans l'espoir de lui parler avant le lendemain matin, lorsqu'il n'aurait plus de raison de rester à son chevet.

Pour la deuxième nuit consécutive, il avait payé à l'aubergiste une somme exorbitante afin qu'il garde la cuisine ouverte. Finalement, un peu avant 23 heures, elle s'était réveillée.

— C'est délicieux, dit-elle en repoussant son assiette, mais je ne pourrai pas avaler une bouchée de plus.

Sin se leva et appela un domestique pour qu'il vienne débarrasser.

— Je suis prête à entendre ce qu'il s'est passé pendant que je dormais, dit-elle. Et je veux savoir quel est notre plan.

Il souleva la bouteille de porto, mais elle secoua la tête.

— Presque tout le monde est parti, lui apprit-il en se servant un verre. Il ne reste que vous, moi, Guy, Elliot, Cécile...

— Cécile ? Pourquoi est-elle encore là ?

— Elle veut rester avec vous.

— Vous lui avez dit que c'était déraisonnable et dangereux ?

— Bien sûr, et plein d'autres choses encore. Elle obéit aussi bien que vous.

Pour une fois, Sin fut soulagé que l'expression lasse de Marianne redevienne aussi butée que d'ordinaire.

— Elle changera d'avis demain, dès que j'aurai eu l'occasion de la raisonner.

Sin en doutait.

— Si elle vient, vous aurez une roulotte, sinon vous serez obligés de partager la nôtre, souligna-t-il.

— Peut-être que Joséphine la voudra ? À moins qu'elle ne soit déjà partie ?

— Elliot m'a dit qu'elle était partie à cheval à l'aube ce matin. Toute seule avec l'oiseau. Enfin, probablement avec aussi une douzaine de couteaux, ajouta-t-il.

— Et le reste de ses affaires ?

— D'après Cécile, elle a laissé ses bagages dans la roulotte.

— C'est curieux.

C'était curieux, en effet. Sin n'ajouta pas qu'Elliot l'avait suivie, jusqu'à ce qu'elle le sème dix miles plus loin. Et qu'elle n'avait pas pris la route de Calais comme les autres.

— Donc, il ne reste que deux roulottes ?

— Et celle de votre oncle. C'est lui qui la conduit car il a renvoyé son cocher avec sa voiture.

Marianne se rembrunit, soudain parfaitement réveillée.

— Barnabas ne vient pas avec nous.

— Il dit que si. Accompagné de sa... gouvernante.

— Sonia ne vient pas non plus. Je suis heureuse de vous annoncer que je n'aurai plus jamais à lui adresser la parole.

— Est-ce que cela a un rapport avec votre conversation de ce matin ?

— Ils ne viendront ni l'un ni l'autre, insista-t-elle, ignorant sa question.

— Marianne, nous ne pouvons pas les en empêcher, c'est une route publique. Autant les laisser se joindre à nous, au moins nous pourrons les garder à l'œil.

— Non, déclara-t-elle en croisant les bras.

— Réfléchissez, si Barnabas nous suit de loin, cela paraîtra bizarre.

— Je m'en moque.

Lorsqu'elle faisait sa tête de mule, il était inutile d'insister. Il réglerait cela plus tard.

— Elliot a trouvé un peintre de décors qui travaille au théâtre ici, et qui remplacera les noms sur les roulottes par les mêmes en français. Nous serons désormais la Foire aux Femmes Fantastiques de Fuchs.

— Fuchs ?

— C'est le nom que votre oncle a trouvé.

— Ce n'est pas mon oncle. C'est juste un inconnu à qui ma vraie mère a donné cinq cents livres pour qu'il s'occupe de moi.

Une expression poignante déforma ses traits tandis qu'elle enchaînait :

— Il me ment depuis toujours, et quasiment à propos de tout. Il n'est même pas de la famille de la femme qui prétendait être ma mère. Pour autant que je sache, elle aussi a été payée pour s'occuper de moi.

Sin réfléchit à ce qu'il devait répondre. De toute évidence, elle avait appris que Barnabas avait pris de l'argent. Mais connaissait-elle l'ampleur du vol ? Probablement pas.

Vu son désarroi, il décida que ce n'était pas le moment de lui dire qu'elle n'aurait plus jamais besoin de se battre pour gagner sa vie. Qu'elle pouvait vivre comme une aristocrate. Que c'était la faute de Barnabas si elle était tombée entre les griffes de Dominic.

— Qui était votre vraie mère ?

— Il l'ignore.

Elle laissa échapper un rire amer.

— Non que je croie un mot de ce qu'il raconte. À propos, il existe bien un médaillon, qui vient de ma vraie mère.

— Un médaillon ?

— Oui, Barnabas m'a confirmé que c'est celui que veut Dominic. Encore un mensonge qu'il m'avait raconté.

— Et la lettre ?

— Il persiste à affirmer qu'il n'existe pas de lettre, mais il ment comme il respire. Je ne serais pas étonnée qu'elle ressurgisse comme par magie à un moment ou à un autre. D'après lui, Dominic espère retrouver ma vraie mère pour la faire chanter. C'est possible, je pense.

Une fois de plus, Sin fut horrifié à l'idée que l'homme qui avait été son ami se révèle aussi dépravé.

— Si Barnabas ignore son identité, comment Strickland espère-t-il la faire chanter ? dit-il.

— Je doute que Barnabas ait joué cartes sur table avec moi. Je ne serais pas surprise qu'il sache qui elle est – et mon père aussi, probablement.

Sin la soupçonnait d'avoir raison. Il la regarda se mordre la lèvre, et son expression misérable lui brisa le cœur. Il aurait voulu l'aider, mais il ne pouvait rien faire, du moins rien qui ne rende sa vie – ou sa réputation – pire qu'elle n'était.

Enfin, elle haussa les épaules.

— Je ne vois qu'une explication : Dominic a reconnu le portrait quand il l'a vu.

— Le portrait ?

— Oh, je ne vous ai pas dit qu'il y avait une miniature à l'intérieur du médaillon ?

Sin sourit devant cette omission de taille.

— Non.

— Vous voulez le voir ?

— Si cela ne vous ennuie pas.

— Cela ne m'ennuie pas.

Elle ricana.

— Au moins, je n'ai pas à craindre que vous ne me fassiez chanter. Le médaillon se trouve dans le coffret en émail sur la coiffeuse.

Le coffret en question était ravissant, semblait coûteux et très ancien, bien que Sin ne soit pas expert en la matière. Il souleva le couvercle, et fut surpris par la dimension du pendentif. Il devait dater de la fin du XVIe siècle ou du début du XVIIe. Le rubis, s'il était authentique, devait valoir une fortune.

— Je n'arrive pas à croire que Barnabas ne l'ait pas démonté pour vendre toutes les pierres, dit Marianne.

Sin se posait la même question. Il appuya sur le petit loquet et le médaillon s'ouvrit. La miniature était l'œuvre d'un maître ; le rendu était tel que l'on s'attendait presque à voir la femme respirer.

Il ouvrit le petit cadre intégré, dont les gonds étaient en face de ceux qui fermaient le médaillon. Le long de la partie inférieure droite de la miniature, on pouvait lire *C. Horneman*. Sin n'avait pas entendu parler de lui, mais les seules miniatures qu'il connaissait étaient la douzaine accrochée dans la galerie à Wortham. La plupart avaient plusieurs centaines d'années. S'il s'agissait réellement de la mère de Marianne – et la ressemblance était évidente –, le peintre était contemporain.

Levant les yeux, il vit qu'elle l'observait.

— Je lui ressemble, n'est-ce pas ?

— Oui, la même forme de visage, et les yeux.

La même peau nacrée, aussi.

— Barnabas vous a-t-il dit où se trouvait l'autre miniature ?

— Quelle autre miniature ? demanda-t-elle en fronçant les sourcils.

Il s'approcha de Marianne et s'accroupit.

— Regardez...

Il ouvrit l'encadrement qui renfermait le portrait de sa mère.

— Oh, je n'avais pas réalisé que l'on pouvait faire cela ! Vous croyez que cela abîmerait le portrait de le sortir ?

— Je ne pense pas.

Il sortit son canif dans sa poche et le lui tendit. La miniature jaillit aisément.

— C'est plus épais que je ne le pensais, murmura Marianne en retournant le portrait sur sa paume. On dirait de l'ivoire.

Sin regarda le médaillon grand ouvert.

— Regardez, Marianne. Il y a une autre inscription.

Il plissa les yeux, essayant de déchiffrer la petite écriture sans ses lunettes.

— *Tu es le gardien de mon cœur. D.*, lut Marianne en français.

Elle leva les yeux vers Sin.

— Est-elle D ? Ou N ?

— Je ne sais pas, mais la présence de deux inscriptions indique que la miniature faisait partie d'une paire.

Marianne fixa le portrait ; son visage n'exprimait rien. Sin aurait voulu lui poser des dizaines de questions, mais elle semblait si vulnérable et si fatiguée qu'il n'eut pas le cœur de l'interroger.

— Vous devriez vous rallonger, dit-il en lui prenant doucement le lourd collier de la main pour le remettre dans le coffret.

Elle se rembrunit lorsqu'il lui offrit son bras pour l'aider à se lever.

— Je vais bien. Vous avez entendu le docteur le confirmer tout à l'heure. Alors même que je vous avais dit que j'étais rétablie et que ce n'était pas la peine de l'envoyer chercher.

— Il a ajouté que même si vous n'avez sans doute pas eu de commotion cérébrale, vous devez vous reposer.

Elle fronça les sourcils et écarta son bras d'une petite tape.

— Je ne suis pas infirme. Je peux me lever seule.

Sin se mordit l'intérieur de la joue pour ne pas sourire et recula d'un pas. Il se demanda à quel moment il avait commencé à trouver son impolitesse séduisante.

— Je vais me débarbouiller et me laver les dents – si c'est permis.

— Je vous en prie, dit-il sans s'émouvoir. L'eau a dû refroidir. Voulez-vous...

— Cela ira, le coupa-t-elle. Vous n'avez pas besoin de rester dans ma chambre cette nuit.

Sans relever, Sin alla s'installer dans le fauteuil à oreilles et écouta les bruits d'eau évocateurs derrière le paravent en essayant de ne pas l'imaginer retirant sa chemise de nuit et se lavant le corps. De ne pas visualiser les pointes de ses seins se dressant sous l'eau froide...

Il ravala un gémissement, s'agita, gêné par un début d'érection, et sortit sa montre. Il était presque minuit. La nuit s'annonçait longue.

Quand Marianne sortit de derrière le paravent quelques minutes plus tard, elle avait retiré son peignoir et ne portait qu'une chemise de nuit très légère.

Sin se leva et glissa la vieille montre dans sa poche. Son pouls s'affola, aussi bruyant qu'une horde de chevaux, tandis que la silhouette de Marianne apparaissait à la lueur des chandelles derrière elle, le privant momentanément de la parole.

— J'étais sérieuse, Votre Grâce. Vous n'avez pas de raison de rester, dit-elle en se couchant et en remontant les couvertures sur elle. Je n'ai pas besoin qu'on veille sur moi.

— Je suis sûr que Cécile est déjà installée dans ma chambre.

En fait, quelque chose lui disait que Cécile avait rejoint Guy dans la roulotte. Mais il garda cette information pour lui.

Marianne ouvrit la bouche pour répliquer, puis la referma. Le voyant sourire, elle demanda, agacée :

— Cela vous plaît, n'est-ce pas ? Que les gens obéissent à vos ordres ?

— Je reconnais éprouver une sensation d'accomplissement lorsque vous obéissez sans discuter.

— Pff. Je vous conseille de ne pas vous y habituer.

— Bonne nuit, Marianne, dit-il en guise de réponse avant de souffler les bougies.

Dans la pénombre, il reprit sa place devant la cheminée. Il allongea les jambes et ferma les yeux en s'efforçant – vainement – de bannir son image de son esprit.

— Vous pouvez allumer quelques bougies pour lire, dit Marianne. Cela ne m'empêchera pas de dormir.

— Merci, ça va.

Ses pensées étaient beaucoup trop tumultueuses pour qu'il lise. Ou dorme. Et ce n'était pas à Bonaparte qu'il pensait, mais à la femme dans le lit tout proche. Même meurtrie, blessée et hostile, elle enflammait son imagination et lui échauffait les sangs.

Il appuya la tête contre le dossier. Comment avait-il pu s'autoriser à regarder une femme aussi peu faite pour lui ? Mais il avait beau se raisonner, se dire qu'elle n'était pas pour lui, il continuait à avoir envie d'elle.

Il n'imaginait même pas, en toute bonne conscience, lui proposer de devenir sa maîtresse officielle comme il l'avait fait avec Alanna. Bien que Marianne soit plus éduquée et probablement plus intelligente qu'Alanna, elle n'était pas membre de la haute société. Du reste, elle ne cachait pas sa méfiance vis-à-vis des aristocrates de sexe masculin. À raison, vu son expérience humiliante avec Dominic.

En l'espace d'un mois, Sin avait changé davantage qu'au cours des dix années écoulées. Peut-être n'était-ce pas si surprenant compte tenu de ce voyage, mais cela le déstabilisait et lui faisait perdre son assurance, sensation qu'il n'avait pas ressentie depuis l'âge de dix-sept ans, lorsqu'il était tombé amoureux d'une femme différente, mais tout aussi peu faite pour lui.

Il avait pris la bonne décision autrefois en renonçant à Jenny, mais à l'époque, le coût de cette décision avait été presque insupportable.

À présent, avec quinze ans de plus, il savait à quel point la vie était précieuse et fugace. La tentation de saisir le bonheur qui se présentait le submergeait. La perspective de passer plusieurs semaines avec Marianne – sans le désagrément de son misérable emploi – déclenchait en lui une chaîne de réactions : joie, impatience, appréhension. Il avait peur de ne pas réussir à faire ce que dictait le devoir et la laisser tranquille.

Depuis des semaines, il imposait un contrôle si rigide sur son esprit comme sur son corps que ses muscles en étaient endoloris. Lutter contre ses désirs l'épuisait. Cela faisait des années qu'il n'avait pas désiré une femme à ce point. Pas depuis Jenny. Et il n'était même pas sûr que ce qu'il avait éprouvé à dix-sept ans pouvait se comparer à ce qu'il ressentait maintenant. Il avait aimé Jenny, mais jamais…

— Je ne suis pas fatiguée.

Il sursauta au son de sa voix.

— Vous dormez ? demanda-t-elle comme il ne répondait pas.

— Non.

— Vous êtes inquiet quant à l'évolution de la situation ?

Il n'avait pas besoin de demander à quoi elle faisait allusion.

— Un peu, reconnut-il. S'aventurer dans un pays qui est sur le pied de guerre n'est pas la plus sage des décisions.

— Comment un unique individu peut-il mettre le monde entier sens dessus dessous ? Bonaparte doit posséder un attrait sans égal aux yeux du peuple français.

— Apparemment.

Étant anglais, Sin ne comprenait pas où résidait l'attrait en question.

— S'il atteint Paris, ce qui est vraisemblablement son but, c'est à un roi qu'il devra reprendre le contrôle de la France. Je sais que la France en a déjà décapité un, mais c'était alors la volonté de tout un peuple. Qu'un seul homme détrône un roi paraît inconcevable, non ?

— Inconcevable, mais, hélas, possible. Je ne serais pas surpris que la France s'engage dans des troubles civils, en plus de la guerre.

Ils gardèrent le silence pendant si longtemps qu'il crut qu'elle s'était endormie.

— Pauvre France, murmura-t-elle finalement.

Pauvre France, en effet. Quoi qu'il arrive au cours des semaines et des mois à venir, une chose était certaine : les gens du peuple souffriraient et mourraient.

Sin attendit une demi-heure avant d'aller vérifier si Marianne dormait. Les rideaux n'étant pas tout à fait clos, un filet de lumière venant de la cour l'éclairait. Elle s'était endormie, les lèvres entrouvertes, la respiration régulière.

Au début, son attirance pour elle l'avait littéralement terrifié. À présent, il avait l'impression d'être aussi meurtri à l'intérieur qu'elle l'était à l'extérieur.

Dans la lumière diffuse, il distingua l'hématome violacé autour de son œil. La fureur s'empara de lui. Son impuissance le rendait fou. Comment mettre fin aux violences qu'elle endurait ? Il était naturel qu'il souhaite lui épargner ces brutalités. Personne, homme ou femme, ne méritait une existence pareille !

Mais il ne se contentait pas de vouloir la secourir. Il aspirait maintenant à explorer toutes les facettes de son caractère alors qu'elle commençait à peine à s'ouvrir à lui. Il voulait la faire rire comme ses amies la faisaient rire. Il voulait qu'elle lui sourie et qu'une joie pure brille dans ses yeux.

En résumé, Marianne Simpson – avec la ténacité et la grâce dont elle faisait montre malgré sa vie si pleine de brutalité – était exactement le genre de femme avec laquelle il voulait partager son avenir.

Il sourit amèrement, amusé par l'ironie de la situation. Pour la deuxième fois de sa vie, il voulait quelqu'un désespérément. Et pour la deuxième fois, il avait choisi une femme qu'il ne pourrait jamais avoir.

— J'ai l'impression de vous entendre penser.

Sin sursauta et croisa son regard.

— Je vous croyais endormie.

— Je n'ai pas envie de dormir, déclara-t-elle en repoussant les couvertures pour poser les pieds sur le sol. J'ai déjà dormi trop longtemps.

Elle ne parlait pas littéralement, soupçonnait-il. Elle lui tendit la main.

— J'ai envie de vous.

Une fois de plus, elle le laissa muet de stupéfaction.

Comme il ne bougeait pas, elle agita la main. Craignant qu'elle ne se ravise, il entremêla ses doigts aux siens tandis qu'il se rapprochait, lui écartait les genoux, ne s'arrêtant que lorsque ses cuisses touchèrent le matelas.

Et là, il fit ce qu'il avait envie de faire au moins une fois par jour depuis des semaines : il lui caressa la joue d'un revers de main.

— Votre peau est incroyablement douce, murmura-t-il.

Elle le dévisagea, les lèvres entrouvertes, et le désir brut qu'il lut dans son regard fit naître en lui une faim vorace. Il fit glisser ses doigts jusqu'à son menton, effleura la courbe sensuelle de sa lèvre inférieure.

Elle lui frôla le pouce de la pointe de la langue. Sin étouffa un grognement ; son sang-froid ne tenait plus qu'à un fil.

— Votre tête, protesta-t-il faiblement. Vous ne devriez pas…

— Ne vous inquiétez pas pour ma tête. À moins que vous n'ayez pas envie de moi ?

— Vous savez bien que si, Marianne, mais je ne peux…

— Je sais. Il ne pourra jamais rien y avoir d'autre entre nous.

Elle libéra sa main pour le prendre aux hanches.

— Cela m'est égal. Je ne veux rien d'autre que ceci.

Sa main glissa jusqu'à son sexe palpitant qui s'écrasait impatiemment contre le daim de son pantalon.

Il prit une brusque inspiration tandis qu'elle refermait les doigts sur sa virilité par-dessus ses vêtements. Il ordonna à ses hanches de rester immobiles, de ne pas onduler contre sa main comme le ferait un adolescent désespéré.

Sans le quitter des yeux, Marianne le poussa doucement, se leva, puis elle fit sauter les quelques boutons qui fermaient le col de sa chemise de nuit. Elle se débarrassa du fin vêtement de coton, le laissa tomber sur le sol. Elle se tenait nue devant lui.

Ébloui, Sin la contempla sans mot dire. Comment avait-il pu la trouver masculine ?

Elle était exquise. Sa peau était si pâle qu'on aurait dit une statue de marbre, ses proportions aussi divines et parfaites que l'Homme de Vitruve de Léonard de Vinci, mais avec une puissance féminine bouleversante.

Elle tressaillit légèrement lorsqu'il referma les mains sur sa taille, et lui jeta un petit coup d'œil timide avant d'avancer dans le cercle de ses bras, et de faire courir ses mains sur son corps avec une hardiesse qui le mit en joie.

Il couvrit sa bouche de la sienne, et elle l'accueillit sans hésiter. Contrairement au dernier baiser qu'ils avaient échangé, celui-ci commença doucement. Ses lèvres étaient aussi douces que dans son souvenir. Leurs langues s'engagèrent dans une joute érotique, mais le corps de Marianne vibrait de la même faim désespérée que le sien et bientôt, ils se pressaient l'un contre l'autre, se mordillaient et ondulaient.

Et puis elle l'écarta soudain.

— Je veux vous voir, dit-elle en déboutonnant son gilet avant de le lui arracher presque.

Sin enleva le foulard noué autour de son cou. Elle s'attaqua à son pantalon tandis qu'il passait sa chemise par-dessus sa tête et la jetait au sol.

— Les bottes, murmura-t-elle.

Après l'avoir poussé sur le lit, elle s'accroupit pour délacer ses lourdes bottes.

Lorsqu'il les eut retirées, elle lui enleva ses bas et s'assit sur ses talons pendant qu'il se levait et arrachait presque pantalon et sous-vêtements.

Avant même qu'il puisse les repousser d'un coup de pied, une main fraîche s'enroula autour de son sexe érigé.

— Bon Dieu, Marianne, souffla-t-il en baissant les yeux sur elle.

Elle lui sourit, puis posa la bouche sur son sexe.

# 24

Peut-être avait-elle décidé de faire ce qu'elle voulait à cause de ce que lui avait raconté Barnabas – qu'elle était une bâtarde, qu'aucun homme ne voudrait l'épouser même si, par miracle, il faisait fi de sa réputation déjà en lambeaux.

À moins qu'elle n'ait enfin compris qu'il ne servait à rien de lutter : résister au duc simplement parce qu'il était duc était ridicule.

De surcroît, s'il y avait une chose qu'elle savait à propos du duc de Staunton, c'était que, contrairement à Dominic, l'homme auquel elle allait se donner en valait la peine, et au diable les souffrances à venir.

Il lâcha un juron lorsqu'elle entoura de sa main son sexe si épais que ses doigts ne se rejoignaient pas, et elle sourit. Dieu tout-puissant ! Non seulement Sin était un homme bien, mais son corps était une œuvre d'art.

Ses hanches tressaillirent quand elle fit coulisser sa main le long de sa virilité, excitée par son odeur musquée.

Elle passa la langue sur la petite fente à l'extrémité de son sexe et sourit comme un juron explosif jaillissait des lèvres de Sa Grâce. Il tendit le bras si brusquement qu'elle crut qu'il avait une attaque. Mais ce fut pour saisir le lourd rideau. Il y eut un bruit de tissu déchiré quand il l'écarta brutalement, puis la lumière des lampes dans la cour baigna la petite chambre d'une douce lueur.

— Voilà qui est mieux.

Il repoussa les cheveux de Marianne.

— Je veux voir votre belle bouche autour de mon sexe.

Ses paroles crues la firent frissonner. Il avait les lèvres entrouvertes, ses narines palpitaient, et ses pupilles étaient tellement dilatées qu'on ne voyait plus ses iris.

Marianne était fascinée par le jeu d'émotions qui contractaient son visage d'ordinaire indéchiffrable : émerveillement, adoration, désir...

Il arrondit les yeux tandis qu'elle le prenait plus profondément dans le fourreau de sa bouche.

Dominic avait été égoïste, cupide et immoral, mais au moins il lui avait procuré beaucoup de plaisir au lit au cours de leur bref faux mariage. Il lui avait aussi appris à en donner.

Elle se retira lentement, avant de le prendre de nouveau dans sa bouche.

— Seigneur, Marianne !

Le corps entier de Sin tressaillit et se raidit. Avant qu'elle comprenne ce qu'il faisait, il glissa les mains sous ses aisselles et la mit debout. Elle lui jeta un regard perplexe lorsqu'il la poussa doucement vers le lit.

— Allongez-vous, mon cœur, dit-il.

Le mot doux la fit chavirer. Jamais elle n'aurait pensé qu'un mot si tendre puisse sortir d'une bouche aussi sévère.

Il se mit à genoux, la surplombant de toute sa hauteur. Elle avait passé ces dernières années entourée de quelques-uns des hommes les plus athlétiques du pays, mais jamais elle n'avait vu un corps aussi beau et élégant. S'il n'avait pas la corpulence d'un boxeur professionnel, il était dur, remarquablement proportionné et... parfait.

Il lui caressa le ventre, et un étrange sourire flotta sur ses lèvres.

— Que signifie ce regard ? demanda-t-elle avant de tendre les mains pour lui caresser les cuisses.

— Il signifie que je suis heureux.

Il lui adressa un vrai sourire, et une fossette apparut sur sa joue droite, juste au-dessus de la barbe. Marianne se rendit alors compte qu'elle ne lui avait jamais vu une expression aussi ouverte et, oui, heureuse. Il referma ses grandes mains chaudes sur ses seins, et elle gémit.

— C'est agréable ? s'enquit-il en en pinçant doucement les pointes durcies.

Elle hocha la tête en creusant les reins.

Alors il s'inclina, prit un sein dans sa bouche, et elle cessa de penser.

La contempler allongée devant lui, véritable festin pour les yeux, surpassait tous les rêves érotiques qui l'avaient assailli nuit après nuit. Son corps tout à la fois svelte et fort se cabrait désespérément tandis qu'il suçait ses adorables petits seins.

— Sensible ? demanda-t-il bien qu'il connaisse la réponse.

Elle gronda et lui agrippa la tête pour le ramener vers sa poitrine. Pendant qu'il lui donnait du plaisir avec sa bouche, ses mains ne restaient pas inactives, l'une lui caressant les hanches tandis que l'autre s'insinuait entre ses cuisses.

Elle les écarta aussitôt. Il leva la tête tout en faisant glisser ses doigts entre les replis humides de son sexe.

— C'est pour moi, Marianne ? la taquina-t-il.

Elle se plaqua contre sa main.

— Par pitié, ne me torturez pas… vous le ferez plus tard.

Sin sourit.

— Là, tout de suite, j'ai envie de vous, souffla-t-elle d'une voix haletante. J'ai besoin de vous en moi. S'il vous plaît.

C'était la chose la plus sensuelle qu'une amante lui ait jamais dite. Sin s'approcha plus près, empoigna son sexe et le fit glisser le long de la fente de Marianne. Elle frissonna et s'offrit davantage encore.

S'il ne la pénétrait pas immédiatement, réalisa Sin, il n'allait pas tarder à se ridiculiser.

— S'il vous plaît, répéta-t-elle.

Elle souleva les hanches et Sin entra en elle d'un puissant coup de reins. Marianne mordit le coin de son oreiller pour étouffer son cri, mais on avait dû l'entendre dans toute l'auberge.

« Au temps pour la discrétion », songea Sin qui s'immobilisa pour lui permettre de s'habituer à lui.

— Ça va, Marianne ? demanda-t-il d'une voix rauque.

Elle ouvrit les yeux et un sourire comme il ne lui en avait jamais vu illumina son visage.

— Mmm, parfaitement bien. Encore.

Il rit tout bas.

— Comme il vous plaira, dit-il.

Il se retira avant de s'enfouir de nouveau jusqu'à la garde, puis il se mit à aller et venir en rythme.

Elle lui caressa le torse, le griffant légèrement. Quand elle pinça doucement un mamelon, il poussa un cri.

— Trop sensible ? demanda-t-elle en souriant avant de recommencer.

— Petite sorcière !

Elle contracta ses muscles intimes, l'attirant plus profondément en elle. Alors, il s'abandonna à son désir. Il la chevaucha follement, encore et encore. Il aurait voulu que cela dure indéfiniment, mais il sentait que l'issue approchait. Serrant les dents, il essaya de penser à l'irrigation des récoltes, à la législation du travail, au problème des catholiques...

Lorsqu'elle souleva les hanches en une supplique silencieuse, il perdit le contrôle et accéléra le rythme.

— Je rêvais de plonger dans votre corps magnifique depuis des semaines, Marianne, siffla-t-il.

La tête de lit heurtait bruyamment le mur à chaque coup de reins.

*Bam.*

*Bam.*

*Bam.*

Sin s'efforçait de se retenir et son corps entier en tremblait. Et soudain Marianne s'arc-bouta en lâchant un cri avant de basculer dans l'extase.

— Oui ! dit-il dans un souffle. Jouissez pour moi, Marianne.

Leurs corps se convulsèrent tandis qu'il répandait sa semence en elle.

Marianne se réveilla et sentit quelque chose de doux et de chaud lui caresser le ventre. Elle souleva la tête et vit le duc – le *duc* ! – tracer des lèvres et de la langue un sillon humide sur son ventre. Il leva les yeux.

— La belle endormie s'est réveillée.

— J'ai dormi longtemps ? demanda-t-elle en étouffant un bâillement.

Il secoua la tête et enfonça la langue dans son nombril. Marianne s'esclaffa.

— Chatouilleuse ?

Elle acquiesça. Mettant un terme à ses explorations, il vint s'allonger près d'elle, prit appui sur un coude, et écarta ses cheveux de sa tempe tuméfiée en grimaçant.

— Je ne suis pas un très bon garde-malade. Je vous ai fait mal ?

— J'aime assez vos manières au lit.

Il esquissa un sourire, mais son regard demeura sérieux tandis qu'il lui caressait le ventre.

— Je n'aime pas l'idée que vous soyez blessée, Marianne.

Elle lui prit la main, la porta à sa bouche et l'embrassa. Les pupilles de Sin se dilatèrent, mais il avait les lèvres pincées.

— Vous avez eu beaucoup de chance jusqu'à présent, mais cela ne durera pas éternellement. Il faut que vous trouviez un autre moyen de gagner votre vie avant de récolter une blessure irrémédiable.

Elle abaissa sa main et le fusilla du regard.

— Vous songez à m'entretenir ? répliqua-t-elle, regrettant son agressivité avant même que les mots soient sortis de sa bouche.

— Vous savez bien que jamais je ne suggérerais une chose pareille.

— Pardonnez-moi. Je le sais. Mais puisque vous abordez le sujet, pour quel genre de métier me croyez-vous compétente ? Avec ma réputation, je ne peux être ni gouvernante ni dame de compagnie. Avant même de travailler à la Foire, je ne trouvais pas de poste de professeur ; c'est la raison pour laquelle je boxe. Alors, que proposez-vous ?

Il ouvrit la bouche, hésita, la referma.

— Vous comprenez mon dilemme à présent.

— Il existe des métiers dans l'affaire de votre oncle – enfin, de Barnabas – qui n'exigent pas de se faire frapper toutes les semaines. Vous ne pouvez pas trouver une autre occupation ?

Lassée, elle porta la main de Sin à sa bouche, prit son index entre ses lèvres, avant de le caresser paresseusement de la langue.

La mâchoire de Sin se contracta. Il secoua la tête et sourit malgré lui.

— Vous êtes une experte dans l'art de la distraction, mais je n'en ai pas terminé avec le sujet.

Marianne fit une pause.

— Mais c'est fini pour le moment.

Il grommela et acquiesça, puis il se hissa sur elle. Elle écarta les jambes et gémit quand il s'enfonça en elle. Il était presque douloureusement long et volumineux, beaucoup plus que Dominic, et elle se tortilla légèrement tandis qu'il l'emplissait.

— Je vous fais mal ? demanda-t-il avant de tracer un chemin de baisers depuis sa mâchoire jusqu'à sa bouche.

Marianne secoua la tête, et il remua doucement les hanches. Soudain, il s'immobilisa.

— Je suis une brute pour vous prendre de nouveau si vite. Vous n'êtes pas trop meurtrie ?

— Non, mentit-elle en se cambrant à sa rencontre. Continuez, ordonna-t-elle.

Les yeux rivés aux siens, il se mit à genoux et lui souleva les jambes.

Elle frissonna et se cabra tandis qu'il l'amenait au bord de l'abîme, avant de l'y faire basculer. Alors qu'elle se contractait en rythme autour de sa virilité, il murmura, émerveillé :

— Je sens votre plaisir.

Il la rallongea sur le matelas et la couvrit de son corps. Marianne lui empoigna les fesses. Il recommença ses va-et-vient, plus lentement cette fois, jusqu'à ce qu'il cesse de lutter et se déverse en elle.

Marianne étreignit son grand corps secoué de spasmes. Ils étaient si unis qu'elle sentait battre son cœur contre ses propres côtes.

Jamais elle n'avait été aussi heureuse.

Cet homme incarnait son idéal masculin : un homme attentionné, honnête, loyal et solide, et un amant tendre et passionné.

Elle ferma les yeux en sentant les larmes lui picoter les paupières.

Car il ne pourrait jamais être à elle.

# 25

Le jour se levait lorsque Marianne se réveilla, seule dans son lit. Elle s'assit et plissa les yeux dans la lumière blafarde. Assis dans le fauteuil près du feu, entièrement habillé, le duc laçait ses bottes.

— Quelle heure est-il ? demanda-t-elle.

— 6 h 30.

Il se redressa et déroula les manches de sa chemise.

— Je vais vous faire préparer un bain.

— Avec joie.

— Vous voulez que je vous fasse aussi monter un petit déjeuner ? demanda-t-il en se levant et en prenant son pardessus au portemanteau.

— Non, je vais descendre.

Marianne croisa son regard, circonspecte. Il lui sourit, et c'était si rare que son cœur papillonna. Il s'approcha, lui souleva le menton et effleura sa lèvre inférieure du pouce. Elle fut prise d'une envie folle de l'attirer sous les couvertures, mais il était prêt à sortir. Et il fallait qu'elle reprenne ses esprits.

— J'étais sincère hier soir, dit-elle en sentant son visage s'enflammer sous son regard. Je n'attends rien.

— Je sais.

Il afficha une expression indécise qui ne lui ressemblait pas, avant de murmurer :

— Cette nuit a été… Je ne vous mentirai pas, Marianne : j'ai envie de recommencer. Encore et encore.

Il laissa retomber sa main à regret.

— La décision de continuer doit venir de vous. Je ne veux pas vous importuner.

— Et moi, je peux vous importuner ?

Le regard de Sin se fit brûlant.

— J'espère que vous le ferez.

Il s'empara de sa main, la porta à ses lèvres et déposa un baiser sur sa paume. Ce geste à la fois tendre et érotique la déstabilisa.

Il partit avant qu'elle soit en mesure de dire quoi que ce soit de cohérent.

Elle se laissa retomber contre les oreillers, le visage brûlant au souvenir du bruit de la tête de lit contre le mur, cette nuit, et des cris qu'elle avait poussés. Seigneur, son oncle occupait la chambre voisine.

Elle serra les dents. Barnabas n'était pas son oncle. Et quand bien même il le serait, c'était lui qui l'avait poussée dans le lit de Dominic ; il n'avait pas son mot à dire sur sa conduite actuelle.

Elle regarda la porte que venait de franchir le duc. Il ne reviendrait donc pas vers elle. Ce serait à elle de faire le premier pas.

La nuit avait été plus merveilleuse qu'espéré. Elle se doutait que ce serait un amant généreux et attentionné, mais sa passion et son abandon l'avaient sidérée. De même que son langage cru et le désir violent qu'il avait d'elle.

Il avait envie de recommencer. Jamais elle n'avait rien souhaité plus farouchement. Et cependant, elle avait peur.

Irait-elle à lui ? Honnêtement, elle l'ignorait.

Ils restèrent cinq jours supplémentaires à Lille. Ils auraient pu y séjourner plus longtemps si la coalition alliée n'avait pas déclaré la guerre à la France. Mais après cela, les villageois, y compris les aimables aubergistes, se montrèrent un peu moins amicaux.

Sin n'était pas retourné dans la chambre de Marianne et elle n'était pas venue à lui.

Chaque nuit, il avait attendu en vain.

Dans la journée, elle se conduisait comme s'il ne s'était rien passé entre eux. Il aurait dû lui en être reconnaissant. Au lieu de quoi, il avait l'impression d'être rongé de l'intérieur.

Il avait envie d'elle. Cette unique nuit n'avait pas suffi à assouvir son désir. Au contraire, car il savait maintenant qu'elle était une amante sensuelle, exigeante et hardie. Pas étonnant qu'il n'ait jamais rencontré de femme comme elle. Il n'en existait pas, tout simplement.

Il n'aurait jamais dû lui promettre de la laisser tranquille. « Et pourtant, si », songea-t-il en soupirant. Sa conduite lui faisait honte, même s'il ne parvenait pas à regretter cette folle nuit.

Mais poursuivre une telle relation, l'approfondir et l'explorer, ne ferait que rendre l'inévitable issue plus douloureuse. Il ne se lasserait pas d'elle en une semaine, ni en un mois, ni même en un an.

Or il ne disposait pas d'une année. Il avait déjà remis le mariage et les enfants à plus tard trop longtemps. Dans un an, il courtiserait une femme, organiserait sa vie avec une inconnue.

Cette pensée laissait un grand vide en lui.

Assis dans la taverne devant une pinte de bière française, il examinait sans le voir l'itinéraire qu'ils allaient emprunter.

— Sin ?

Il tourna la tête comme Guy se laissait tomber sur la chaise à côté de lui.

— Qu'y a-t-il ?

— Il faut qu'on parte. Maintenant.

— Nous partons demain matin.

— Non, tout de suite.

Le regard de Guy glissa vers la porte qui séparait la taverne de la salle à manger. L'aubergiste, l'un de ses serveurs ainsi qu'un inconnu les dévisageaient. L'air peu amical.

Sin et Guy se levèrent lorsque ce dernier s'approcha d'eux, suivi des deux autres.

— Vous devez partir, dit-il.

Sin jeta un coup d'œil à l'aubergiste, qui évita son regard.

— Nous avons payé jusqu'à demain, objecta-t-il.

— Si vous ne partez pas dans l'heure, vous ne partirez pas du tout.

— Qui êtes-vous pour nous dire ce que nous devons faire ? demanda Sin, dominant l'homme de toute sa hauteur.

— Je suis le maire, Étienne Dubois, répondit celui-ci en reculant d'un pas.

Il déglutit en regardant alternativement Sin et Guy.

— Et en vous parlant, je mets ma vie en danger. Il y a des groupes, ici – on pourrait les appeler des milices –, qui ont du pouvoir, comme l'armée ou la police. Certains sont légitimes, ils obéissent à l'armée, d'autres en revanche... Ces hommes-là ne reçoivent d'ordres de personnes. On les nomme les Chats rouges et ils sont plus d'une centaine. Ils considèrent que cette région est leur territoire. Depuis le déclenchement des hostilités, ils ont toutes les raisons de vous appréhender s'ils vous voient. Vous incarnez l'ennemi désormais.

Sin et Guy échangèrent un regard.

— J'ai entendu parler de ces hommes, intervint Guy. Ils ont à leur tête un certain Garnier, un sale personnage. La femme qui m'a mise en garde m'a dit qu'ils pillaient la région impunément depuis des années. C'est seulement avec la fin de la guerre que les villageois ont osé leur refuser ce qu'ils voulaient. Mais à présent...

Il n'eut pas besoin d'en dire davantage. Vu le chaos, plus personne ne s'opposait à eux.

— Nous allons partir, dit Sin au Français. Combien de temps avons-nous ?

Dubois ne cacha pas son soulagement.

— Deux heures, voire trois, pas davantage. Vous devez filer vers le sud car ils arrivent du nord.

Par chance, cela correspondait à leurs plans.

— Nous serons partis dans moins de deux heures.

Dubois hocha la tête et les trois hommes tournèrent les talons.

— Elliot était avec moi quand nous avons entendu parler de ce Garnier, expliqua Guy tandis que Sin et lui regagnaient leurs chambres. Il est déjà parti préparer les roulottes.

Ils s'arrêtèrent sur le palier.

— Tu as vu quelqu'un d'autre ? s'enquit Sin – il parlait de Marianne.

Mais avant que Guy ait le temps de répondre, Farnham apparut en haut de l'escalier, l'air affolé. Il avait apparemment appris la nouvelle.

— Nous devons décamper tout de suite, avant que…

— Nous savons, le coupa Sin.

Barnabas jeta un coup d'œil à la porte de la chambre de Marianne.

— Allez-vous…

— Je la préviens.

Barnabas lui adressa un signe de tête et gagna en hâte la chambre qu'il partageait avec sa maîtresse. Sin se tourna vers Guy.

— Entendu, dit ce dernier. J'ai quelques affaires à récupérer dans la chambre d'Elliot et j'amène la roulotte des femmes.

— Rendez-vous dans une heure dans la cour.

Guy hocha la tête et fila.

Sin s'apprêtait à frapper à la porte de Marianne lorsque celle-ci arriva de l'escalier.

— Nous devons…

— Je sais, l'interrompit-il. Pressez-vous, nous avons à peine une heure devant nous.

Marianne tremblait encore trois heures plus tard, alors que Lille était à plusieurs miles derrière eux. Elle entendit un bruit de sabots et, tournant la tête, vit Sin trotter vers elle.

— Personne ne nous suit, dit-il, devançant sa question. Ou si c'est le cas, ils ont plus d'une heure de retard.

Elle prit une longue inspiration.

— Racontez-moi ce qui s'est passé, dit-il doucement quand il fut à sa hauteur.

Ils fermaient la marche, chevauchant derrière les trois roulottes, tandis qu'Elliot avait pris la tête pour s'assurer qu'ils ne fonçaient pas droit dans un piège.

— Comment savez-vous qu'il s'est passé quelque chose ?

Il se contenta de lui lancer un regard ironique.

— Nous étions dans un petit café de la rue Comtesse lorsqu'un groupe d'hommes est entré. Ils portaient des écharpes rouges autour du cou et étaient armés de matraques. Ils m'ont reconnue, et ont commencé à me narguer en disant qu'ils voulaient me voir boxer contre un des leurs. Par chance, des hommes d'une bande rivale sont entrés et les deux groupes ont commencé à se disputer violemment. Le serveur nous a fait passer par la boulangerie pour sortir. C'était... terrifiant.

— Il n'est pas trop tard pour que vous rentriez, Marianne.

— Non. Je suis venue jusqu'ici, et je veux des réponses que seul Dominic semble connaître. Du reste, rien ne dit que nous ne risquons pas de croiser des bandes encore plus dangereuses sur la route de Calais. Je crois que nous avons une chance de passer pour des Français tant que nous ne rencontrons pas quelqu'un qui nous aurait vus à Lille.

Sin lui jeta un regard amusé.

— Et à condition que Guy et moi prétendions être muets.

Il avait raison. Les deux aristocrates parlaient bien le français, mais avec un accent affreusement anglais. Elliot, en revanche, s'exprimait couramment.

— Guy a chargé de l'eau et de la nourriture dans les deux roulottes, et Elliot va nous dénicher un endroit où dormir pendant quelques nuits, à l'écart de toute localité.

Marianne aurait quant à elle volontiers évité toutes les villes jusqu'à la fin de leur séjour en France. C'était affolant de voir à quelle vitesse les gens s'étaient retournés contre eux à Lille, et comment l'anarchie avait pris le dessus en si peu de temps.

Elle frissonna. Elle voyait soudain d'un œil nouveau son existence londonienne si prévisible.

— Vous avez froid ?

Le duc l'observait, les sourcils froncés.

— Non, je pensais juste que la vie en France a dû être très dure... et pendant longtemps.

— Oui, nous avons eu beaucoup de chance d'être en sécurité sur notre petite île. Espérons que la chance continuera à nous sourire, ajouta-t-il, la mine sombre.

La ferme qu'Elliot avait trouvée était presque paradisiaque.

— J'ai expliqué au fermier que notre tournée avait été annulée à cause de l'imminence des hostilités, expliqua-t-il tandis qu'ils mangeaient le repas préparé par Sonia autour de leur petite cuisinière.

— Combien de temps allons-nous rester ici ? demanda Cécile en soufflant sur une cuillerée de ragoût.

Sin ne put s'empêcher de remarquer que Guy semblait fasciné par chacun de ses faits et gestes.

— Uniquement ce soir, répondit Elliot. Nous devons repartir demain à l'aube.

— Vous pensez que les hostilités sont vraiment sur le point de débuter ? demanda Cécile en posant son bol à demi plein sur la souche qui servait de table. Peut-être que nous nous alarmons pour rien, et que le peuple va se retourner contre Napoléon à Paris ?

— Non, répondit Marianne d'une voix douce mais ferme. Nous avons vu les gens sur la route, même une petite route comme celle-ci.

Tous surent qu'elle voulait dire. Ils avaient croisé un flux continu de gens qui se dirigeaient vers le nord, principalement des hommes mais aussi des femmes. Pratiquement tous clamaient leur soutien à l'Empereur. Le premier empereur de France depuis plus de mille ans. Un homme qui avait eu l'audace de se couronner lui-même. Les Français avaient brièvement goûté à la capitulation ces derniers mois, et cela leur laissait un goût amer. Bonaparte leur offrait une autre chance, si mince soit-elle.

— Elliot partira en éclaireur. Si cela s'annonce bien, nous nous en tiendrons à l'itinéraire de départ.

— Et si cela s'annonce mal ? voulut savoir Marianne.

— Nous avons des cartes et beaucoup de temps devant nous avant le rendez-vous à Metz. Nous trouverons une solution sûre.

— Elliot, tu veux que je t'accompagne ? s'enquit Guy.

— Non, je me déplacerai plus vite seul.

Il se leva et posa son bol vide.

— Merci pour ce délicieux repas, ajouta-t-il à l'adresse de Sonia.

— Vous partez *maintenant* ? s'étonna Cécile. Au milieu de la nuit ?

Elliot esquissa un sourire.

— Rendez-vous dans trois jours, dit-il avant de se diriger vers les chevaux.

Quelques instants plus tard, ils entendirent un martèlement de sabots tandis qu'il disparaissait dans la nuit.

— Nous devrions tous nous coucher tôt, conseilla Sin. La journée de demain s'annonce longue.

# 26

Les six jours qui suivirent leur départ de Lille passèrent à toute allure. Ils se levaient avant le lever du soleil et voyageaient jusqu'à la nuit grâce à la lune. Le temps glacial et pluvieux qu'ils avaient affronté en rejoignant Lille se déplaça vers le nord et le troisième jour, l'étroite piste était sèche.

Ils retrouvèrent Elliot non loin de Charleville, où ils avaient prévu de s'arrêter pour s'approvisionner.

— Nous devons contourner la ville, leur annonça-t-il. Il y a une usine d'armement royal, ici.

Ils s'étaient arrêtés sur le bas-côté et contemplaient le flux lent et régulier de gens qui marchaient vers Paris.

— Une unité de soldats français est arrivée et répand la rumeur d'une attaque prussienne. Les villageois sont affolés et barricadent leurs maisons.

— Doit-on envisager une attaque ? s'enquit le duc.

— Je crois qu'ils ont de bonnes raisons d'avoir peur, répondit Elliot, l'air sombre, en dépliant la carte. On peut passer par là sans perdre trop de temps, ajouta-t-il en montrant la route et tendant la carte à Sin.

Marianne fit avancer Reggie, et le duc lui montra la carte.

— C'est loin ? demanda-t-elle.

— Cela vous prendra au moins cinq heures, dit Elliot.

— Qu'en pensez-vous ? lui demanda le duc.

Elle regarda Cécile, qui conduisait la roulotte des femmes depuis leur départ de Lille. Son amie semblait exténuée, mais elle hocha la tête comme si elle savait ce que lui demandait Marianne.

— Nous pouvons y être ce soir, répondit cette dernière.

— Bien. Arrêtez-vous à quelques kilomètres de Boulzicourt et je vous y retrouverai, dit Elliot avant de se diriger vers son cheval.

— Pourquoi tu ne viens pas avec nous ? s'étonna Guy.

— Je retourne à Charleville. Je voudrais essayer d'obtenir des renseignements plus récents sur les agissements de Bonaparte.

— Tu ne veux pas d'abord te reposer et manger quelque chose ?

Elliot était sur les routes depuis des jours, et les cernes bistre sous ses yeux trahissaient sa fatigue.

— Non, je trouverai quelques heures pour me reposer une fois en ville.

— Tenez, dit Sonia en s'approchant pour lui tendre un paquet enveloppé de papier huilé.

Le visage d'Elliot s'éclaira lorsqu'il déballa le sandwich.

— Merci, dit-il. Je mangerai en route.

Après son départ, Sonia distribua les sandwichs qu'elle avait préparés. Barnabas et elle restaient le plus souvent ensemble, ce qui convenait très bien à Marianne. Chaque fois qu'elle regardait Sonia, elle se sentait bête. Les mille et une méchancetés que cette femme lui avait adressées au fil des années lui revenaient, et prenaient à présent tout leur sens.

Une bouffée de colère la traversa tandis qu'elle prenait sans douceur le sandwich des mains de Sonia.

— Je continue à cheval, lança-t-elle à la cantonade.

Quelques instants plus tard, le duc vint chevaucher à côté d'elle en mangeant son dîner.

— Vous voulez le mien ? demanda-t-elle en lui tendant son sandwich intact.

— Il faut que vous mangiez.

— Je n'ai pas faim.

Si elle se fiait à son regard, il savait pourquoi elle refusait de manger – à cause de qui. Sa conduite était irrationnelle, elle le savait. Tant pis. Au bout d'un long moment, il prit son sandwich.

— Je vous le garde.

— Combien de temps nous arrêterons-nous ?

— Si nous trouvons un endroit sûr et confortable, plusieurs jours, j'espère.

— Tant mieux. Cécile a besoin de récupérer. J'aurais préféré qu'elle retourne en Angleterre. Ce voyage l'épuise.

— Mais pas vous ?

— Je suis fatiguée, mais cela fait des années que je m'entraîne quotidiennement. Physiquement au moins, c'est plus facile pour moi. En outre, j'ai une bonne raison de vouloir continuer.

Ils cheminèrent un moment en silence ; la lune était encore basse dans le ciel.

— Vous tenterez de retrouver votre mère si Dominic connaît son identité ?

— Je ne sais pas. Au début, j'étais en colère, et même furieuse, qu'elle m'ait confiée à des inconnus comme si je n'étais qu'un vieux vêtement mis au rebut.

Elle poussa un soupir.

— Mais au moins, elle a essayé de prendre soin de moi. Cinq cents livres, c'est une sacrée somme.

Elle leva les yeux vers lui.

— Elle a bien dû m'aimer un peu.

Elle remarqua son air gêné, et ajouta vivement :

— Pardonnez-moi, je vous embête avec une histoire sordide dont vous n'avez sans doute pas envie d'entendre parler.

— Je ne vous aurais pas interrogée si c'était le cas. Et puis, vous savez bien que l'aristocratie est spécialisée dans le sordide.

— Sûrement pas dans la famille de lord Parfait ?

Il lui coula un regard de biais.

— Veuillez m'excuser, ce n'était pas très délicat.

— Mon frère aîné, Robert, n'était pas le fils de mon père.

Marianne cligna des yeux. C'était la première fois qu'il lui livrait une information personnelle.

— Cela paraît... inhabituel pour un fils aîné.

— Inhabituel. C'est un bon terme pour décrire mes deux parents.

— Votre père savait-il... pour votre frère, je veux dire ?

— Oh, oui, ma mère le lui a dit ! Ce n'était pas un mariage d'amour, précisa-t-il en regardant droit devant lui. Le duché était sur la paille, et ma mère a apporté beaucoup d'argent dans l'escarcelle. Mon père l'a épousée, mais il était amoureux d'une autre, et il a tout fait pour que ma mère ne l'oublie jamais. Ses premières grossesses se sont soldées par des fausses couches. Ma tante disait que ma mère se sentait piégée et malheureuse, et que mes parents supportaient à peine de vivre sous le même toit. Quant à mon père, ma foi, il se consolait ailleurs.

Il se tourna vers Marianne.

— Il a gardé sa maîtresse jusqu'à sa mort. J'ai huit demi-frères et sœurs.

*Seigneur !*

— Votre mère le savait ?

— Au début, non. Elle a découvert à la fois la femme et les quatre enfants qu'elle avait déjà eus de mon père peu de temps après sa troisième fausse couche.

Marianne n'osait imaginer l'humiliation. C'était dix fois pire que ce que Dominic lui avait infligé.

— D'après ma tante, quand elle a tout découvert, la colère l'a rendue folle. Elle a pris un amant, mon père n'a jamais su qui, et a attendu la naissance de Robert pour lui révéler la vérité. Naturellement, il était furieux, mais il ne pouvait rien faire d'autre que la punir. Alors il l'a envoyée à la campagne. Il a renvoyé ses domestiques personnels – sa femme de chambre, ses valets et sa vieille nourrice –, et en a engagé d'autres qui faisaient quasiment office de geôliers. Elle n'allait nulle part et ne recevait aucune visite. À l'exception de mon père, qui ne venait la voir que le temps de l'engrosser. Je suis né après deux tentatives ratées, puis mes trois sœurs ont suivi, presque une par an. Ma mère est tombée gravement malade après la naissance de ma plus jeune sœur, mais mon père a continué à venir la voir. Non pas parce qu'il voulait d'autres enfants, mais parce qu'il la haïssait. Je doute même qu'il connaissait le prénom de ses filles.

Il prit une profonde inspiration, et soupira.

— Un an après la maladie de ma mère, Benjamin est né.

Un long silence suivit. Alors que Marianne pensait que cela ne pouvait empirer, Sin reprit :

— Ma mère a essayé de se tuer peu après la naissance de mon frère. À cheval. L'animal est mort, mais elle... elle est en vie, si l'on peut dire. Il lui faut des soins constants, et ce sera ainsi jusqu'à la fin de ses jours.

— Je suis désolée, murmura-t-elle.

Que dire d'autre à l'écoute d'une telle tragédie ?

— Tout cela est arrivé il y a longtemps, en grande partie avant ma naissance. Ma tante a toujours vécu avec nous et nous a donné de l'amour quand nos propres parents en étaient incapables. À cet égard, je n'ai pas eu une enfance malheureuse.

— Votre père s'est-il mal comporté avec votre frère aîné ?

— Il ne lui a jamais adressé la parole.

Marianne grimaça, incapable d'imaginer une telle cruauté.

— C'était une chance que Robert ait un caractère joyeux. C'est complètement inédit chez nous, où les esprits s'échauffent vite. De toute évidence, il a hérité ce trait de caractère de son père biologique.

— Vous n'êtes ni aigri ni colérique.

— Si. Mais j'ai appris à le dissimuler.

Il lui adressa un regard oblique et ajouta :

— Même si vous m'avez souvent mis à rude épreuve.

— Cela ne se voit jamais. J'ai toujours trouvé votre flegme surnaturel.

Il se contenta de sourire et soudain, Marianne eut très envie d'en savoir davantage.

— C'est vous qui avez hérité du titre, risqua-t-elle. Votre frère aîné... a-t-il...

— Il est mort le même jour que mon père. Le duc, qui passait le plus clair de son temps à Londres avec son autre famille, n'avait pas veillé à ce que ses métayers ou ses enfants légitimes soient vaccinés contre la variole. Il devait se croire immunisé, car lui-même n'avait pas été vacciné non plus. L'un des enfants d'un fermier est tombé malade et ma tante leur a rendu visite. Elle a rapporté la maladie à la maison. Seul Robert, ma plus jeune sœur Sarah, Benjamin et mon père – par une extraordinaire coïncidence – étaient là. Francine, Maria et moi étions à l'école. Le lendemain de la mort de Robert et de notre père, ma petite sœur est décédée. Ma tante s'est remise, mais elle est marquée à vie. Par miracle, Benjamin a été épargné.

— Quel âge aviez-vous ?

— Quinze ans.

Marianne avait toujours regretté de ne pas avoir de frères et sœurs. Mais à la pensée de ce qu'il avait enduré – la douleur et le deuil –, elle se félicitait presque de n'avoir eu que sa mère et un oncle.

Soudain, elle sursauta. Peut-être avait-elle des demi-frères et sœurs, comme le duc ! Accepteraient-ils de la rencontrer ?

— Vous connaissez les autres enfants de votre père ?

Apparemment, il avait compris ce qu'elle demandait.

— Mes demi-frères ont fait leurs études à Eton, trois d'entre eux en même temps que moi. Tous mes demi-frères et sœurs ont fait leurs débuts dans la haute société, et la plupart sont mariés et s'en sortent bien dans la vie.

— Ils n'ont pas été rejetés à cause de leur naissance illégitime ? demanda Marianne, incrédule.

— L'enfant naturel d'un duc est accueilli par tout le monde, excepté les gens extrêmement snobs. Et même ceux-là n'auraient pas voulu offenser mon père.

Il hésita avant d'ajouter :

— Ni moi.

— Cela ne vous contrarie pas ?

— Je me suis toujours comporté aimablement avec eux. Après tout, ce n'est pas leur faute. Ce n'est pas eux qui ont juré fidélité à ma mère.

— C'est un point de vue… éclairé. Et pas répandu, à mon avis.

— En effet, concéda-t-il avec un regard compatissant. Je le crains.

Ils trouvèrent un endroit parfait pour camper à quelques miles de la ville de Boulzicourt. C'était une grande ferme envahie de mauvaises herbes et jouxtant un cours d'eau.

La propriétaire était veuve et avait trois enfants en bas âge. Son mari, soldat, avait survécu à la guerre pour mourir dans un accident idiot alors qu'il labourait un de leurs champs.

Sin la paya généreusement, et elle était trop préoccupée par ses propres affaires pour se demander pourquoi ils campaient derrière ses granges vides.

Les deux premiers jours, ils dormirent presque tout le temps, et Sin paya la fermière pour qu'elle fasse la cuisine et leur apporte à manger. Il lui donna assez pour qu'elle achète aussi de la nourriture pour ses enfants et elle.

Le troisième jour, tout le monde était suffisamment reposé pour commencer à réfléchir à la prochaine étape.

— Nous allons attendre Elliot ici, déclara Sin alors qu'ils étaient assis autour du petit feu et mangeaient un délicieux dîner composé de pain frais, de beurre, d'un ragoût savoureux et d'une tarte aux pommes séchées.

— Il ne devrait pas déjà être là ? s'étonna Cécile.

Bien qu'il soit inquiet, Sin ne voulait surtout pas alarmer ses compagnons.

— Je ne me fais pas de souci pour le moment, mentit-il. Nous avons encore beaucoup de temps avant le rendez-vous à Metz.

Il n'avait pas dit à Cécile ce qu'ils allaient faire à Metz, mais il supposait que Marianne l'avait renseignée. Ou peut-être même Guy, qui avait tendance à traîner autour de la roulotte de la belle Française même lorsque ses services n'étaient pas requis. Son ami était fou amoureux d'elle, cela crevait les yeux. S'ils avaient été plus loin, Sin n'aurait su le dire.

Quant à lui, il avait renoncé à espérer que Marianne vienne à lui. Il tentait de se convaincre que cela valait mieux, quoique sans conviction, et chaque jour qui passait accroissait son désir.

Il était vraiment un imbécile.

— Cécile et moi allons au ruisseau laver des vêtements.

Il leva les yeux et découvrit l'objet de son désir à côté de lui. Elle avait troqué le pantalon et les bottes qu'elle portait depuis le début du voyage pour l'une de ses robes de travail.

— Vous avez des affaires à laver ?

— Nous pourrions sans doute payer Mme Blanchet pour faire notre lessive.

— Sans doute, mais j'ai besoin de m'occuper.

Il haussa les sourcils.

— Êtes-vous en train de me dire que courir derrière Dobbin vous manque ?

— Je n'irais pas jusque-là, mais j'ai juste besoin de faire… quelque chose.

Sin se leva.

— J'ai pas mal de linge sale. Je vais le porter pour vous.

À sa grande surprise, loin de protester, elle se tourna vers Cécile, qui se querellait avec Guy ; ils parlaient à voix basse mais avec virulence.

— À tout à l'heure, lui dit-elle.

La Française acquiesça d'un signe de tête, sans s'interrompre.

— À propos de quoi se disputent-ils ? demanda Sin quand ils se furent éloignés.

— À votre avis ? dit Marianne d'un air narquois.

Étonnamment, Sin s'empourpra.

— Oh. Je ne savais pas s'ils avaient…

— C'est le cas.

— Et il y a un problème à présent ?

— Je l'ignore. Je crois qu'ils aiment bien se chamailler, c'est tout.

Il rit et elle se tourna vers lui.

— Pourquoi me regardez-vous ainsi ? demanda-t-il.

— Vous ne riez jamais.

— Si, souvent.

— Non. Parfois vous ricanez, ou vous gloussez, mais un vrai éclat de rire ? Je ne m'en souviens pas.

Sin n'insista pas. Elle avait probablement raison.

— Je vous ai vue parler à Barnabas, dit-il. Vous avez…

— Non. Je voulais juste savoir s'il y avait eu une autre miniature dans le médaillon. Sonia et lui m'ont juré que non. Pour ce que vaut leur parole, ajouta-t-elle, narquoise.

— Peut-être que votre mère l'a gardée ?

— C'est possible. Quoi qu'il en soit, je devrais m'en réjouir.

— Que voulez-vous dire ?

— S'il y avait un portrait de mon père, Dominic aurait deux personnes à faire chanter.

Marianne rêvait de se baigner, mais le duc resta après avoir porté son linge à la rivière, et elle n'eut pas le cœur de lui demander de partir.

Elle aurait dû le rejeter, pour leur bien à tous les deux, mais elle s'était déjà refusé son corps, alors elle avait sûrement droit à sa compagnie en échange d'une telle sagesse désintéressée ?

« C'était sage et désintéressé de te jeter à sa tête l'autre nuit », s'enquit une petite voix intérieure.

Marianne se refusait à le regretter. Elle serait sans doute allée frapper à sa porte le lendemain si elle n'avait eu une discussion édifiante avec Guy.

Sa bouche se pinça au souvenir de leur bref échange, et elle battit la chemise qu'elle lavait – qui appartenait à l'homme en question – avec une agressivité renouvelée.

— Tu vas la déchirer, l'avertit Cécile, qui l'avait rejointe.

Marianne lui jeta la chemise, qui tomba dans l'eau et éclaboussa Cécile.

— Désolée, marmonna-t-elle tandis que son amie étrécissait les yeux.

Marianne regarda là où le duc lavait une serviette en la frappant contre un rocher. Il était trempé. Cécile la lui avait lancée lorsqu'il avait fait mine de s'installer sous un arbre pour faire une sieste.

— Rendez-vous utile et lavez ceci, avait-elle suggéré.

— Et si je l'abîme ? avait-il protesté.

— C'est une vieille serviette, Votre Grâce. Vous ne risquez pas de l'abîmer.

Il s'était rembruni quand elle avait fait usage de son titre, mais avait eu la sagesse de ne pas la corriger. Corriger Cécile en quelque domaine que ce soit n'était jamais une bonne idée. Et la corriger quand elle était de mauvaise humeur pouvait se révéler franchement dangereux.

Elle s'était mise à donner leurs titres aux deux hommes quelques jours plus tôt, et Marianne la soupçonnait de vouloir leur rappeler qu'un gouffre les séparait de ces aristocrates.

Cécile lui avait dit qu'elle avait couché avec Guy les deux nuits où elle-même était avec le duc.

— Je tiens à ce que tu me gifles si je commence à me comporter comme une imbécile énamourée, avait-elle précisé.

Marianne savait que son amie avait des amants, mais c'était la première fois qu'elle lui parlait de l'un d'entre eux.

— Et je te giflerai aussi si tu en fais autant, avait-elle ajouté en l'absence de réponse.

— Je n'aurai pas besoin de gifle, avait assuré Marianne, et Cécile s'était contentée de rire.

Cela étant, Cécile n'avait pas eu de brève mais instructive conversation avec le meilleur ami du duc. La conversation en question avait eu lieu le lendemain de cette merveilleuse soirée avec Sin, alors que Marianne cherchait dans sa roulotte un lieu sûr pour dissimuler le coffret émaillé renfermant le médaillon. Guy, qui occupait la roulotte des hommes, avait passé la tête en la voyant.

— Que faites-vous ?

— Quelque chose de privé.

— Oh, j'adore les activités privées !

Il lui avait adressé un sourire espiègle et elle avait fondu. Bien qu'elle n'éprouve rien d'autre pour lui qu'une indulgence amusée, elle ne pouvait nier que c'était un très bel homme.

— Qu'est-ce que c'est que cela ? avait-il demandé en fixant le coffret dans sa main.

Elle aurait pu répondre que cela ne le regardait pas, mais après tout, quelle importance ? Qu'allait-il faire ? Voler le médaillon et la faire chanter ? Il faudrait qu'il fasse la queue.

— C'est une chose qui est très importante pour moi, et je cherche un endroit où la cacher.

— La cacher de qui ?

— C'est personnel.

Il avait souri, naturellement.

— Vous avez raison. Je connais une excellente cachette.

— Où cela ?

Il l'avait emmenée dans la roulotte de Sin et lui avait montré le double fond, qui occupait toute la longueur du véhicule sur une hauteur de trente ou quarante centimètres. Il était rempli d'armes.

— Bonté divine ! avait-elle chuchoté.

— C'est astucieux, non ?

Ça l'était, en effet.

— Pourquoi toutes ces armes ?

— C'est personnel, avait-il répondu en écho à ses propres paroles. Vous voulez que je range votre coffret là-dedans ? Même si la roulotte est cambriolée, les voleurs ne le trouveront pas.

Elle lui avait remis le coffret.

Elle allait partir lorsqu'il avait déclaré :

— Il semble froid, mais il ne l'est pas. Vous pourriez lui faire beaucoup de mal.

Marianne avait failli prétendre qu'elle ne comprenait pas de quoi il parlait, puis avait décidé que cela ne valait pas la peine de mentir.

— Je crois que vous vous méprenez sur les sentiments de Sa Grâce à mon égard, milord.

— Je connais Sin depuis longtemps, et je vois bien que c'est différent pour lui.

— Ah bon ? Vous allez me dire que je suis sa première amante – sa femme mise à part ?

— Non, il en a eu d'autres.

Marianne n'avait pas envie d'en entendre parler. Même si elle le savait déjà.

— Et donc ?

— D'ordinaire, il choisit ses maîtresses parmi les femmes de la haute société.

Ses paroles lui avaient fait l'effet d'une gifle.

— Rassurez-vous, il reviendra bientôt vers les femmes convenables. Cet écart de conduite n'est que la conséquence d'un manque de choix.

Marianne avait fait volte-face pour s'éloigner, mais il lui avait agrippé le bras.

— Ce n'est pas ce que je voulais dire.

— Alors que vouliez-vous dire, *milord* ? avait-elle riposté en se libérant d'une secousse.

Lord Carlisle était toujours charmant et rarement sérieux. Il était rapidement devenu le chouchou des employés de son oncle, en particulier des femmes. Jamais elle ne lui avait vu un visage aussi sévère.

— La moralité de Saint John n'est pas un simple masque qu'il met et retire. C'est un homme d'honneur, pur et dur. Je l'ai connu alors que nous ne savions même pas encore marcher. À la mort de son père et de son frère, quand il a hérité du titre qu'il ne leur avait jamais envié, il a changé. Ce n'était plus Saint John Powell, fils destiné à l'Église.

Il avait hoché la tête devant l'air choqué de Marianne.

— Oui, à l'Église. Son avenir était déjà tout tracé alors que nous autres faisions encore les quatre cents coups à l'école. Il est tombé amoureux – et sacrément – à quinze ans, avant que sa famille soit décimée.

Un élan de douleur et de jalousie l'avait traversée. Douleur parce que le duc avait perdu quelqu'un qu'il aimait, et jalousie en l'imaginant avec une autre.

— Je savais que sa femme était morte, mais j'ignorais…

— Celle qu'il aimait n'était pas sa femme.

Marianne n'en croyait pas ses oreilles.

— Il avait une maîtresse pendant que…

— Bien sûr que non ! Jamais, au grand jamais, il ne suivrait l'exemple de son père. Cela fait des semaines que vous le côtoyez à présent, vous le croyez capable d'infliger des souffrances à autrui ? En particulier à des gens qui dépendent de lui ?

— Non, bien sûr.

— Quand il a épousé Vanessa, il a tout fait pour que leur mariage soit heureux. Elle n'a jamais su, je crois, qu'il avait donné son cœur à une autre. Ils ont été heureux ensemble, même si cela n'a pas duré. J'ose affirmer qu'avec le temps ils auraient fini par s'aimer.

Guy avait haussé les épaules, sans se rendre compte que ses paroles la lacéraient comme autant de coups de griffes.

— Et la femme qu'il aimait ?

— C'était la fille d'un pasteur. Gentille, douce, elle n'était absolument pas faite pour être duchesse, quand bien même Sin aurait pu l'épouser. Elle avait notre âge, et nous nous sommes beaucoup amusés tous les trois, avant que Sin et moi partions en pension. Mais même alors, il était évident que Sin la vénérait. À l'époque, il était beaucoup moins réservé. Son père avait sans doute eu vent de l'intérêt que portait son cadet à cette jeune fille, et Sin aurait dû se battre bec et ongles pour obtenir l'autorisation d'épouser la fille d'un pasteur.

— Vous avez dit « quand bien même Sin *aurait pu* l'épouser ». Pourquoi n'aurait-il pas pu ? Simplement à cause de leur différence de statut social ? Ce n'était pas un si grand amour si le jugement de la société comptait davantage que leur bonheur, ironisa-t-elle.

— Vous êtes prompte à critiquer ce que vous ne comprenez pas.

— Eh bien, expliquez-moi. À moins que mon cerveau ne soit pas suffisamment sophistiqué pour appréhender la complexité des mariages dans la haute société ?

— Je vous trouve diablement agressive, Marianne. Nous ne sommes pas tous comme Strickland, vous savez.

— J'attends, milord.

— Robert, le frère de Sin, était fiancé à la fille du baron Shereford. Le mariage avait été arrangé alors qu'ils étaient au berceau. Quand Robert est mort, le devoir d'honorer le contrat a été transmis à Sin.

— C'est positivement… moyenâgeux !

— Appelez cela comme vous voulez. Non seulement il était obligé d'épouser cette femme, mais ce mariage rapportait un lopin de terre – pas énorme, mais critique pour la santé du village de Staunton. Sans ce terrain, le village se serait étiolé et serait mort. Grâce au mariage, Staunton a pu accéder au canal qui a insufflé un dynamisme nouveau dans la région.

— Pourquoi ne pas simplement acheter ce terrain ?

— Parce que Shereford, devenu baron il y a seulement trente ans, ne voulait pas d'argent. Il était déjà riche comme Crésus. Il voulait un duc pour gendre. Il voulait que son petit-fils soit le prochain Staunton. Sin se retrouvait face à un dilemme douloureux : déshonorer son nom et vivre heureux, ou améliorer le sort d'un nombre important de gens dont l'existence dépendait des ducs de Staunton.

Horrifiée, Marianne s'était écriée :

— Quelle horrible décision ! L'amour ou le devoir. L'amour pour deux personnes, ou le bien pour le plus grand nombre.

— Exactement. Pour un homme d'honneur, la question ne se posait pas.

Marianne aurait préféré ne rien savoir de cette histoire.

— Pourquoi me raconter cela ?

— Parce que j'ai reconnu l'expression que j'ai vue sur le visage de Sin ces dernières semaines. Je l'ai déjà vue, à l'époque où il était amoureux de Jenny.

Elle avait tressailli. Elle connaissait maintenant le nom de la jeune fille qui avait eu la chance d'être aimée par le duc et le malheur de le perdre.

— Vous vous trompez, avait-elle rétorqué. Il ne m'aime pas.

Guy s'était contenté de hausser les épaules.

— Je ne sais pas où vous en êtes tous les deux, mais sachez une chose : une fois marié, il n'entretiendra pas de maîtresse, il ne choisira jamais son bonheur plutôt que ses responsabilités.

Avec un rire amer, au bord des larmes, Marianne avait répliqué :

— Et je ne peux aspirer qu'à être la maîtresse, n'est-ce pas ?

— Vous pouvez vous moquer et vous mettre en colère, Marianne, mais c'est ainsi. Les ducs n'épousent pas des artistes de cirque. Plus tôt vous mettrez fin à cette histoire, plus ce sera facile pour vous deux.

Guy avait presque paru angoissé en disant cela, et Marianne avait soudain réalisé qu'il ne parlait pas seulement pour elle : il essayait de se convaincre lui-même. Après tout, il était héritier d'un duché, lui aussi, et cela crevait les yeux qu'il s'était entiché de Cécile.

Quant aux sentiments de celle-ci à son endroit, ma foi, ce n'était pas clair.

Marianne jeta un coup d'œil à son amie, qui se déchaînait sur l'une des chemises de Guy, l'air visiblement ailleurs. Pensait-elle à son amant, au fait qu'ils ne se reverraient plus jamais après ce voyage ? Ou envisageait-elle d'accepter un arrangement avec Carlisle ? Marianne n'avait pas demandé à Guy si lui-même était du genre à avoir une maîtresse une fois marié, mais à en juger par ce qu'elle avait lu dans la presse sur le marquis, c'était envisageable.

Cécile accepterait-elle de jouer ce rôle dans sa vie ?

Marianne préférait ne pas penser à ce que serait sa décision si elle se trouvait dans cette position. Partager la vie du duc de cette manière valait-il mieux que pas du tout ? Et si des enfants naissaient... ?

Elle chassa cette pensée. Le duc serait anéanti si son destin se calquait sur celui de son père. Et elle aussi.

Elle soupira et jeta le foulard qu'elle venait de rincer dans le panier.

*Saint John. C'est son nom. Ne peux-tu l'appeler ainsi ne serait-ce que dans ta tête ?*

Non. Elle n'y arrivait pas.

Elle ne connaissait pas Saint John. Sin en revanche, avec sa barbe broussailleuse, ses vêtements usés et son attitude protectrice envers une boxeuse roturière, voilà un homme qu'elle aurait pu apprendre à connaître.

Saint John était un homme qui parlait aux rois, un politicien dont les décisions façonnaient le monde, et un duc destiné à épouser une aristocrate.

Ce ne fut que lorsqu'une larme tomba sur son bras nu qu'elle se rendit compte qu'elle pleurait.

— Ça va, chérie ? murmura Cécile, le front plissé par l'inquiétude et… la compréhension, peut-être ?

— Oui, ça va, répondit Marianne en s'obligeant à sourire. Je me suis éclaboussé les yeux.

Dans tout ce que lui avait dit Guy, une chose était fausse : il était déjà trop tard pour mettre un terme à cette histoire sans souffrir. Beaucoup trop tard.

# 27

Sin n'arrivait pas à dormir. Sans doute parce qu'ils s'étaient tous beaucoup reposés depuis leur arrivée. Ou parce qu'il ne pouvait chasser de son esprit la vision de Marianne au bord de la rivière, sa jupe retroussée entre ses cuisses et coincée dans son corsage, ses jambes pâles trempées.

Il gronda et se retourna.

— Bon sang, marmonna Guy de sa couchette, va faire un tour à pied ou à cheval, ou boire un verre, grommela-t-il avant d'enfouir la tête sous l'oreiller.

Sin posa les pieds sur le sol et enfila ses bottes. Il décrocha sa veste du portemanteau et prit au passage la flasque en argent dans la poche de Guy.

La nuit était fraîche, mais pas glaciale. La journée avait été exceptionnellement chaude et ensoleillée, très printanière.

Il s'assit sur les marches à l'arrière de la roulotte et laça ses bottes.

Parfois, en général lorsqu'il était occupé à une tâche triviale comme s'habiller, il faisait une pause et s'émerveillait : il s'habillait seul, sans valet, se coiffait et préparait parfois du thé, faisait même la lessive. Il se leva et sourit : Cécile l'avait traité d'incapable lorsqu'il lui avait tendu le produit de son labeur, tout à l'heure.

Encore une chose différente : autour de lui, les gens, et en particulier ces femmes, ne minaudaient pas, ne le flattaient pas, ne le poursuivaient pas de leurs assiduités. Tous se fichaient éperdument de son identité. Dans cette vie-là, ce que l'on était capable de faire comptait bien davantage que votre nom.

Un mouvement dans la roulotte des femmes attira son attention – un éclair de lumière. Il se dissimula instinctivement lorsque la porte s'ouvrit et qu'il entendit un murmure de voix féminines.

— D'accord, dit Marianne de ce ton vaguement contrarié qu'elle adoptait lorsque quelqu'un lui donnait un avis ou un conseil dont elle ne voulait pas.

Elle referma la porte et descendit les marches, les bras chargés. Était-ce un vêtement ? Non, une serviette. Elle était en chemise, pantalon et bottes, mais n'avait ni veste ni foulard.

Elle se dirigea vers le cours d'eau.

Sin fronça les sourcils. Elle allait se baigner à... presque 1 heure du matin ! découvrit-il en consultant sa montre. Toute seule.

Elle ne se rendait pas compte qu'il y avait une foule de gens dans les parages, essentiellement des hommes ? Aujourd'hui, trois gaillards dépenaillés s'étaient approchés de leurs roulottes. Barnabas leur avait donné à manger et les avait renvoyés. Cela ne se passerait pas toujours aussi bien, soupçonnait Sin.

Marianne avait beau être une boxeuse aguerrie, elle ne serait pas de taille contre des hommes aux abois armés de couteaux ou de fusils.

— Quelle tête de mule ! marmonna-t-il en lui emboîtant le pas.

*Parce que toi, tu ne représentes pas un danger pour elle ? Ou pour sa vertu ?*

Il se rembrunit.

On y voyait suffisamment pour traverser le sous-bois le long de la rivière. Marianne rejoignit l'endroit où ils avaient fait la lessive. De l'eau tourbillonnait doucement dans un petit bassin naturel tapissé de sable. Même si la rivière s'était réchauffée au soleil, elle serait glaciale. Il le savait, car il s'était baigné une fois les femmes parties.

Elle soulevait sa chemise lorsqu'il émergea d'entre les arbres.

— Marianne.

Elle poussa un cri et pivota.

— Qu'est-ce que vous faites à traîner là à une heure pareille ?

— Je n'arrivais pas à dormir, et je vous ai vue partir – seule. Vous savez bien qu'il y a des rôdeurs.

— Pour l'instant, la seule chose dont je dois m'inquiéter, c'est d'un duc qui m'espionne.

— Très drôle.

— Je suis capable de prendre soin de moi.

— Nue ? Dans l'eau ?

Elle le regarda droit dans les yeux et passa délibérément sa chemise par-dessus sa tête.

Un gentleman aurait détourné les yeux.

Sin se moquait de savoir ce qu'aurait fait un homme théorique qui n'était pas là.

Marianne lui adressa un sourire narquois et retira ses bottes.

Le regard de Sin balaya son corps svelte avec une lubricité digne des individus contre lesquels il venait de la mettre en garde.

— Vous comptez me rejoindre ? le nargua-t-elle.

Il s'apprêtait à répondre qu'il s'était déjà lavé, puis se ravisa. Était-il à ce point stupide ? Une femme lui demandait de se baigner avec lui. Et pas n'importe laquelle : une femme susceptible, combative et magnifique.

Marianne, en résumé.

Il déboutonna son manteau.

Le cœur de Marianne tambourinait tandis qu'elle retirait ses vêtements. Le duc crispa la mâchoire, et ce fut le seul indice de son trouble. Elle aurait dû être offensée par son impassibilité, mais le renflement dans son pantalon lui assura qu'il n'était pas indifférent.

Elle s'était dévêtue devant d'innombrables personnes au cours de sa carrière au cirque, et pas seulement des femmes. Bien trop souvent, des hommes allaient et venaient dans les loges durant leur travail. Et elle s'était tenue devant des hordes de mâles en délire une fois par semaine, sa robe de mousseline plaquée au corps par la sueur. Normalement, être nue devant quelqu'un ne la dérangeait pas le moins du monde.

Sauf que là, ce n'était pas « quelqu'un ». C'était le duc de Staunton.

Elle avait beau avoir envie de se couvrir, elle s'obligea à se mouvoir avec désinvolture et s'avança hardiment jusqu'à la rivière. Elle plongea un orteil dans l'eau et grimaça. C'était beaucoup plus froid que cet après-midi.

Elle enfonça timidement un pied en espérant qu'une immersion progressive serait moins difficile. À tort.

— Poltronne, la nargua-t-il. À ce rythme, vous allez y passer la nuit.

Elle se retourna au moment où il se débarrassait de sa chemise, le reste de sa personne en glorieuse tenue d'Adam.

Et son sexe en érection.

Non, sa mémoire n'avait pas exagéré : il était aussi imposant que dans son souvenir.

Il jeta la chemise sur son tas de vêtements, puis il se dirigea vers elle. Il aurait dû avoir l'air ridicule avec cette perche qui rebondissait devant lui, pourtant Marianne n'avait jamais rien vu d'aussi érotique de sa vie.

Il avait les paupières mi-closes et les lèvres pincées. Et s'immobilisa lorsque l'extrémité satinée de sa verge appuya contre le ventre de Marianne. Puis il l'entoura de ses bras et s'empara de sa bouche.

Ce qui suivit ne s'appellerait probablement pas un baiser. Ce fut une union sauvage, un affrontement de volontés, une bataille pour la suprématie. Marianne avait l'impression de ne pas être assez près de lui, alors même qu'elle avait quasiment grimpé le long de son corps, tel un écureuil sur son arbre.

Il reprit son souffle mais la garda plaquée contre son torse.

— Je vous avais dit que je ne vous importunerais pas, murmura-t-il. Je suis un menteur et un vaurien incapable de tenir parole.

Son torse se soulevait et retombait à une vitesse surnaturelle ; le clair de lune donnait des reflets argentés à sa peau.

— Vous m'avez ensorcelé, Marianne.

Il reprit sa bouche, plus doucement cette fois. Elle s'abandonna telle une feuille portée par un puissant courant. Il caressa, lécha, taquina, jusqu'à ce que tous deux halètent comme deux chevaux qui auraient tiré une malle-poste au galop pendant des heures.

— Je veux être en vous, dit-il en lui embrassant le nez, la joue, le front. Venez dans l'eau avec moi.

Marianne remua les hanches contre la preuve irréfutable de son désir.

— Et cela ? Je croyais que ces choses-là n'aimaient pas l'eau froide ?

Il éclata d'un petit rire stupéfait.

— Ces *choses-là* se moquent bien de la température de l'eau.

Il lui donna une tape sur les fesses et elle poussa un cri. Avant qu'elle puisse lui rendre la pareille, il avança et glissa dans l'eau, s'immergeant entièrement dans un mouvement fluide.

Elle le regarda nager, émerveillée. Son corps athlétique était de ceux qui avaient dû inciter les Grecs anciens à croire que les divinités descendaient de l'Olympe pour jouer parmi les humains.

Il remonta à la surface et secoua la tête, projetant des gouttelettes glaciales qui étincelèrent au clair de lune.

— Comment est-elle ? demanda Marianne.

— Délicieuse. Cessez de tergiverser.

Elle serra les dents, s'engagea dans l'eau et s'arrêta lorsqu'ils furent poitrine contre poitrine.

— Vous m'avez menti, l'accusa-t-elle. Elle est glaciale.

Il l'enveloppa de ses bras et son sexe dur, indifférent au froid, appuya avec insistance contre son nombril.

— Je vais vous tenir chaud, dit-il, le visage au creux de son cou.

— Votre nez est un glaçon, marmonna-t-elle en savourant son étreinte.

Une partie de son cerveau voulait gâcher ce moment, savait qu'elle devait sortir de ce bassin et se mettre à courir pour ne s'arrêter qu'une fois de retour à Londres. Mais qu'elle s'enfuie maintenant ou plus tard n'y changerait rien. Dans un cas comme dans l'autre, elle souffrirait.

Alors, avant de souffrir, elle prendrait tout ce qu'elle pouvait lui prendre. Jusqu'à ce qu'elle ne puisse plus.

L'eau était diablement froide. Mais tenir Marianne ainsi, c'était le paradis. Elle se tortillait contre lui d'une manière qui faisait durcir davantage son sexe.

— C'est agréable, dit-elle en l'embrassant et en le mordillant, ses lèvres et son nez froids contre son cou.

— Vous claquez des dents ?

Elle frissonna et Sin se raidit lorsqu'elle glissa la main entre eux pour la refermer sur son sexe.

— Vous êtes une vraie fournaise, murmura-t-elle avant de lui mordre le cou suffisamment fort pour qu'il tressaille. Prenez-moi, Votre Grâce. Réchauffez-moi.

— Pas avant que vous prononciez mon nom.

Elle s'immobilisa.

— Votre nom ?

Il ondula des hanches et son sexe fit un aller-retour dans sa main.

— Dites-le.

— Vous me torturez, gémit-elle.

— Vous ne l'avez jamais dit – ne croyez pas que je ne l'aie pas remarqué.

— Pas une seule fois ?

Elle resserra la main autour de lui et ce fut à son tour de gémir. Elle essaya de le guider entre ses cuisses, mais il recula et lui échappa.

— Oooh…

Il sourit de la voir si contrariée, et elle le fusilla du regard.

— Vous êtes le diable.

— Je ne comprends pas pourquoi c'est si difficile.

Alanna avait fait d'incessantes allusions, sous-entendant qu'une maîtresse devrait avoir le droit d'utiliser son prénom. Mais il n'avait jamais réagi. Jusqu'à présent, il n'avait autorisé que les personnes les plus proches de lui – sa famille et Guy – à utiliser son surnom ou son prénom. Ce n'était pas un nom pour une maîtresse.

Mais Marianne n'était pas sa maîtresse. Et ne ferait jamais partie de sa famille.

Elle était son amante.

— Marianne, chuchota-t-il en l'attirant à lui et se frottant sans vergogne contre son ventre.

— Sin, souffla-t-elle contre sa clavicule avant de le mordre.

— Mon *vrai* nom.

Elle fit glisser sa bouche jusqu'à un de ses tétons et le mordilla. Il serra les dents, mais insista :

— Dites-le.

Elle laissa échapper quelques mots crus.

— Quel langage ! la taquina-t-il. Si vous pouvez dire ces mots-là, sûrement vous pourrez…

— *Sinjin.*

Il éclata d'un rire triomphal.

— Et voilà, dit-il en glissant la main entre ses cuisses qui déjà s'ouvraient. Ce n'était pas si dur, tout de même.

— En fait, c'est très dur, répliqua-t-elle comme sa main coulissait le long de sa virilité.

Il sentait qu'elle était toute moite, même dans l'eau.

— J'adorerais vous goûter, murmura-t-il en insinuant un doigt dans le fourreau étroit de son sexe.

Ils gémirent de concert.

— Oh, Votre Grâce ! soupira Marianne tandis qu'il la caressait avec le pouce.

— Quelle tête de mule, gronda-t-il.

Se cramponnant à ses épaules, elle enroula les jambes autour de ses hanches et se cambra.

— Oui, dit-il comme ses muscles intimes se contractaient follement.

Il glissa les mains sous son postérieur et attendit qu'elle redescende sur terre, puis il demanda :

— Vous savez faire la planche ?

— Je l'ignore, dit-elle d'une voix rêveuse. Je devrais ?

— Remplissez vos poumons, allongez-vous sur le dos et faites-moi confiance.

— Avec plaisir.

Il fléchit les genoux juste assez pour caler les jambes de Marianne sur ses épaules. Elle commença à couler et éclata de rire.

— C'est difficile.

— Vous n'êtes pas assez grasse pour flotter facilement, convint-il. Mais je vais vous tenir.

Il s'immergea dans l'eau et l'attira à lui.

— Mon Dieu ! Oui, s'il vous plaît, Saint John, murmura-t-elle quand il posa la bouche sur sa féminité.

La position n'était pas facile à tenir, mais il y avait quelque chose de magique et de tellement érotique à être charnellement comblée au clair de lune.

Il attendit qu'elle tremble et gémisse pour la pénétrer enfin et la pilonner en murmurant des mots salaces. Même maintenant, alors qu'il était nu et enfoui en elle jusqu'à la garde, elle avait du mal à faire coïncider cet homme avec celui que le reste de l'Angleterre connaissait comme l'intouchable lord Parfait.

Et il était à elle.

Elle seule connaissait cet aspect de sa personnalité.

Jamais sa maîtresse londonienne ne saurait ce qu'elle-même savait à son sujet.

Qu'il détestait qu'elle gagne sa vie en boxant, mais prenait ce travail au sérieux et faisait son possible pour qu'elle remporte victoire après victoire.

Qu'il était resté à son chevet lorsqu'elle avait été blessée, refusant de la confier à quiconque.

Qu'il l'avait chevauchée dans l'eau telle une créature mythologique affranchie des exigences de la bonne société.

Et pour la deuxième fois de la journée, ses larmes coulèrent. Des larmes de joie, cette fois.

Mais pour combien de temps ?

# 28

Ils restèrent à la ferme encore six jours idylliques.

Ce furent les plus beaux de la vie de Sin, et cet aveu lui faisait de plus en plus honte. S'il se sentait coupable, ce n'était pas de passer ses journées – et une bonne partie de ses nuits – avec Marianne, mais parce que l'absence d'Elliot suggérait qu'il lui était arrivé malheur.

Bien qu'il reste encore presque trois semaines avant le rendez-vous de Metz, les routes étaient de plus en plus encombrées. Heureusement, la plupart des manœuvres militaires semblaient s'orienter vers le nord-ouest et non le sud-est, qui était leur direction.

Il avait décidé d'attendre Elliot dix jours, mais en ce neuvième matin, alors qu'ils prenaient le petit déjeuner, il dut se rendre à l'évidence.

Posant sa tasse de café, il se tourna vers ses compagnons et annonça :

— Nous partons demain.

— Et votre ami ? objecta Sonia. Ne devrions-nous pas attendre…

— Il saura où nous sommes, la rassura Sin. Barnabas et vous pouvez rester ici, ajouta-t-il, sachant qu'essayer de convaincre Marianne, Guy et Cécile d'en faire autant serait peine perdue. Nous pourrons passer ici au retour et…

— Nous partons avec vous, le coupa Farnham qui jeta un regard inquiet à Marianne.

Il paraissait tellement contrit et coupable que même Sin commençait à avoir pitié de lui ; et pourtant, il savait que Farnham n'avait toujours pas avoué la pire de ses forfaitures à la jeune femme qu'il avait lésée.

— Très bien, dit-il. Nous partirons à l'aube. Je voudrais effectuer cette partie du voyage aussi vite que possible. Je préfère être en avance et attendre Strickland à Metz huit ou dix jours, plutôt que de nous retrouver coincés en route et rater le rendez-vous.

Tous acquiescèrent.

Ce soir-là, après avoir passé la journée à débarrasser, faire le ménage, les bagages, la cuisine et divers préparatifs, Marianne se rendit dans le petit nid que Sin leur avait aménagé dans la grange.

Il était plus de minuit et le duc avait travaillé dur toute la journée ; elle ne s'attendait donc pas vraiment à le trouver. Pourtant, il était là, qui l'attendait, lorsqu'elle grimpa l'échelle en bois menant au grenier.

— Je commençais à croire que vous ne viendriez pas, avoua-t-il lorsqu'elle se blottit dans ses bras puissants.

— Il se pourrait que ce soit notre dernière chance d'être ensemble avant longtemps, murmura-t-elle en inspirant profondément son odeur. Cécile m'a dit que j'étais stupide.

— Vous êtes d'accord avec elle ?

— Je suis peut-être stupide, mais je suis exactement là où je veux être.

Il l'embrassa doucement, mais avec passion, son goût déjà si familier et si cher. Lorsqu'il voulut déboutonner sa robe cependant, elle secoua la tête.

— Qu'est-ce qui ne va pas, mon ange ? demanda-t-il en fronçant les sourcils.

*Mon ange*. Le cœur de Marianne se serra.

— C'est... Je suis indisposée.

Elle rougit violemment, ce qui était idiot vu ce qu'ils avaient partagé.

Il lui caressa la joue.

— Mais vous allez rester, j'espère ? Parce que j'ai envie de vous tenir dans mes bras et de dormir avec vous, au moins pendant quelques heures.

— Oui, je vais rester. Il y a une chose que je voulais… terminer, depuis notre première nuit.

— Vous m'intriguez.

Elle le fit reculer vers le mur en pierre, lui déboutonna son pantalon et s'agenouilla sur les couvertures, le baissant dans la foulée. Elle contempla son érection et demanda d'un ton moqueur :

— Où donc est passé votre caleçon, Votre Grâce ?

Il lui sourit.

— Ma lavandière trouve que je lui donne trop de travail, alors j'ai pensé rendre service en réduisant la quantité de linge sale.

— C'est très noble de votre part, le félicita-t-elle. Je crois que vous méritez une récompense.

Elle enroula les doigts autour de son sexe.

— Vous voulez ma mort…, dit-il en plongeant les mains dans ses cheveux.

Elle se pencha et le caressa de la langue. Sin se cabra, le souffle court, le regard brûlant.

— Je veux vous entendre dire ce que vous voulez, ordonna-t-elle en faisant coulisser sa main.

— Prenez-moi dans votre bouche, Marianne.

Elle obéit, le caressa doucement.

— Cela vous plaît, Saint John ?

— Sucez-moi plus fort, dit-il d'une voix tremblante.

Il ajouta, les yeux brillants :

— Vous faites de moi une bête, Marianne.

Elle avait si souvent rêvé de voir cet homme orgueilleux et maître de lui voler en éclats. Alors elle donna, et donna encore, et il perdit le contrôle jusqu'à ce qu'il ne reste plus trace du duc de Staunton.

Ses coups de reins devinrent plus sauvages, il bataillait visiblement pour se retenir.

— Je vais..., gémit-il, les yeux vitreux.

Il essaya de se dégager, en gentleman, mais elle l'enlaça et le serra de toutes ses forces pour l'en empêcher.

— Marianne ! gémit-il, perdant la bataille.

Elle le retint tandis qu'il jouissait, son corps puissant secoué de spasmes. Ses ultimes réserves l'ayant abandonné, le duc laissa enfin la place à l'homme qu'elle aimait.

Ils étaient blottis sous les couvertures, le cœur de Sin battant de nouveau à un rythme normal.

— Vous dormez ? demanda-t-il doucement en lui caressant les cheveux.

Elle secoua la tête et se redressa, la tête appuyée sur sa main. Sin caressa ses lèvres rouges et enflées.

— Arrêtez, l'avertit-elle en souriant.

Et elle n'eut pas besoin d'en dire davantage tant ils se comprenaient.

— Je n'allais pas vous présenter mes excuses pour m'être comporté comme un sauvage et vous avoir utilisée sans vergogne, murmura-t-il en lui rendant son sourire.

— Cela vous a plu, affirma-t-elle avec suffisance.

— J'ai adoré. Et je vous adore. Vous n'imaginez pas comme vous étiez belle.

Il se pencha pour l'embrasser.

— Marianne...

— S'il vous plaît, ne le dites pas.

Avec un petit soupir agacé, il répliqua :

— Comment savez-vous ce que je vais dire ?

— Vous êtes duc, vous avez l'habitude de parvenir à vos fins...

— Pas avec vous.

— ... la plupart du temps, rectifia-t-elle. Vous pensez pouvoir trouver un moyen pour que ceci, nous deux, perdure. Mais c'est impossible... Saint John. Nous sommes dans une bulle, en dehors de la vraie vie.

Elle avait raison, mais cela le rendait fou de l'entendre le lui dire.

— Comment pouvez-vous renoncer à nous aussi facilement ?

— Y mettre un terme ne sera pas facile, mais la décision de le faire l'est.

Elle lui caressa la joue.

— Ce que je respecte et que j'adore le plus chez vous – votre bonté, votre honnêteté et votre sens de l'honneur –, ce sont précisément les choses que je détruirais si je vous encourageais à aller plus loin.

— Ce que nous vivons est parfait, Marianne, et si...

— En ce moment, le coupa-t-elle. Ce sera très différent lorsque nous reprendrons le cours de nos existences.

Il avait envie de discuter, mais elle avait raison. Les choses apparaîtraient sous un jour différent une fois à Londres.

— Cette séparation s'annonce affreusement douloureuse, dit-elle avec une moue amère. Mais l'alternative serait encore pire. Alors, promettez-moi, Votre Grâce, de ne pas me soumettre à la tentation. De rompre dès que nous aurons posé le pied sur le bateau du retour.

Il soutint son regard un interminable moment.

— Promettez-le-moi, insista-t-elle doucement, les yeux embués.

Sin soupira et appuya son front contre le sien.

— Notre histoire s'arrêtera dès que nous aurons posé le pied sur le bateau.

# 29

Sans Elliot pour leur servir d'éclaireur, ils se trouvèrent à maintes reprises coincés au milieu de gens voyageant à pied avec tous leurs biens, y compris cochons, vaches et volaille, empilés sur des charrettes.

La plupart fuyaient de possibles attaques dans les villes proches des régions contrôlées par les pays de la coalition. Des hommes de tous âges marchaient sur Paris en un flot presque continu.

Il n'y eut plus de refuge propice à l'intimité durant les six jours qu'il leur fallut pour atteindre Metz. S'ils faisaient l'objet de beaucoup de regards intéressés, aucune bande de justiciers armés se faisant passer pour des soldats ne les importuna.

Afin d'encourager cette indifférence, Cécile et Sonia s'attifaient d'oripeaux et dissimulaient tout attribut susceptible d'attirer l'attention.

Il était impossible de dissimuler la valeur des roulottes et des chevaux, cependant, comme ils se faisaient passer pour des saltimbanques, la plupart des gens imaginaient que les roulottes étaient non seulement leur gagne-pain, mais leurs maisons.

Ils ne furent vraiment retardés qu'une seule fois, lorsqu'une charrette surchargée se brisa au milieu de la route. À maintes reprises, ils durent modifier leur itinéraire, empruntant parfois des chemins à peine visibles pour éviter les ennuis.

Marianne ignorait ce que pensait Sin de l'absence d'Elliot. Ils ne se voyaient pas pendant le voyage car il chevauchait à l'avant de la procession et elle à l'arrière. Le soir, ils avaient à peine la force de manger avant de s'écrouler dans leurs roulottes respectives.

Ils atteignirent les abords de Metz le septième jour et contournèrent la ville jusqu'à l'est, où ils repérèrent le lieu de rendez-vous : l'auberge du Casque de Fer.

Là encore, ils trouvèrent une ferme abandonnée pour y garer les roulottes. À l'écart de la route et à peine à un quart d'heure de l'auberge, l'endroit était idéal.

Ce soir-là, pour la première fois depuis des jours, Marianne et Sin purent s'isoler après le dîner. Ils n'essayèrent même pas de se cacher tandis qu'ils se dirigeaient vers la ferme en ruine. Le manque taraudait Marianne, et à en juger par la façon dont Sin l'étreignit dès qu'il posa la lanterne, c'était réciproque.

— C'était une torture de vous regarder chaque soir et de ne pas pouvoir vous enlacer, murmura-t-il lorsqu'il libéra enfin ses lèvres.

Ils se trouvaient dans une modeste cuisine dénuée de tout à l'exception d'une immense table.

— J'ai envie de vous, gronda-t-il avant de la pousser vers la table.

Il la souleva et l'y déposa.

Elle avait fait sa toilette et troqué son pantalon pour une robe avant le dîner. Il souleva sa jupe et son jupon, et ses narines palpitèrent.

— Je crains que la suite ne soit guère civilisée.

Avant qu'elle ait eu le temps de répondre, il déboutonna son pantalon, lui écarta les cuisses et se positionna à l'orée de son sexe. Tous deux gémirent lorsqu'il s'enfouit en elle.

— Dieu que vous m'avez manqué, Marianne !

Ce qui suivit ne fut guère civilisé en effet, et ils puisèrent dans cette union un plaisir intense presque sauvage.

Après que le dernier spasme l'eut secoué, Sin soupira :

— Voilà que je me comporte de nouveau comme une bête.

Elle rit et s'allongea sur la table. Après avoir rabattu ses jupes et reboutonné son pantalon, il s'allongea à côté d'elle, jambes pendantes.

— Vous croyez qu'Elliot nous retrouvera ? demanda-t-elle.

— Je n'ai aucune raison objective de le croire, et pourtant j'ai confiance. Cela fait des années qu'il travaille dans l'ombre pour le gouvernement. Il ne nous raconte jamais ce qu'il fait, mais cela exige souvent des séjours prolongés à l'étranger. Je crois qu'il sait prendre soin de lui. S'il est en retard, il y a une bonne raison. Il finira par nous rejoindre.

— Et à partir de quand comptez-vous aller l'attendre à l'auberge ?

— Dès demain. Mais vous n'avez pas besoin de m'accompagner. Si Dominic arrive en avance, je lui expliquerai que je vais vous amener.

— Non, je préfère y aller avec vous.

— Vous êtes sûre, Marianne ? Il ne viendra peut-être pas avant la date prévue.

— Je n'ai rien d'autre à faire pour m'occuper. Du moins, dans la journée…

Il pouffa, mais retrouva vite son sérieux.

— J'ignore ce que Strickland a en tête, reprit-il. Il peut fort bien nous tendre une embuscade en dehors de l'auberge. Je préviendrai les autres afin qu'ils s'inquiètent si nous ne revenons pas.

Sin repoussa une mèche du visage de Marianne. Elle n'avait pas couru et ne s'était pas entraînée depuis Lille, et son visage était déjà plus rond et plus doux. Cela lui allait bien.

— Je regrette que vous soyez prise au milieu de tout cela, soupira-t-il.

— Je le regrette aussi pour vous.

Il lui prit la main et entremêla ses doigts aux siens.

— Une partie de moi a envie qu'il ne vienne pas en avance au rendez-vous, avoua-t-elle en plongeant son regard dans le sien.

— Moi aussi. Mais quand je pense à Benjamin, je suis déchiré entre mes désirs égoïstes et l'envie de revoir mon frère.

Ils ne parlaient jamais de l'homme qui était à l'origine de cette aventure, son frère. Marianne espérait de tout cœur que Dominic ne le manipulait pas.

— Vous ne croyez pas qu'il soit vivant, n'est-ce pas ? dit Sin, toujours prompt à déchiffrer ses pensées.

— J'espère qu'il l'est.

— Mais vous ne le croyez pas.

— Sincèrement, je ne sais pas, Sin.

— Vous connaissiez Dominic. Qu'en pensez-vous ?

— Vous le connaissiez aussi.

— Oui, mais c'était il y a longtemps.

— J'ai tellement de mal à vous imaginer amis…

Il esquissa un sourire contraint.

— Que s'est-il passé entre vous ? Une simple dispute ? Vous êtes-vous peu à peu perdus de vue ?

— Les deux, bien que, pour être honnête, je croie qu'il ne m'a jamais aimé. Pas même lorsque nous étions camarades d'école.

— Qu'est-ce qui vous fait dire cela ?

Mais Marianne le devinait. Sin le surpassait dans tous les domaines, et Dominic, malgré son assurance et son charme, était pétri de jalousie.

— Son père ne lui laissait qu'une étroite marge de manœuvre financière et cela le frustrait. Il trouvait que j'avais tout : une rente généreuse, l'approbation de mon père, puis, après la mort de Robert, j'ai eu le titre. Il ne s'en est pas remis. Ce qui ne l'a pas empêché de m'emprunter de l'argent, ironisa Sin. Ni même de m'en voler.

Elle grimaça.

— Oh, Sin !

— Je n'étais pas le seul. Un jour, il a dérobé des objets chez le grand-père de Guy qui l'avait emmené là-bas pour les vacances d'été.

— Ç'a été la fin de votre amitié ?

— Non, même pas. Du moins, pas pour moi. Guy, lui, a coupé les ponts après avoir dû raconter à son grand-père, le duc, ce qui s'était passé. Bien que sa famille soit très ancienne, ils ne sont pas fortunés. Le père de Guy était plutôt dépensier et joueur. Guy et ses sœurs ont grandi avec leurs grands-parents, et le duc lui a toujours fait sentir que c'était à lui de réparer les erreurs de son père. Cela a dû être affreux pour Guy de reconnaître qu'il avait invité un voleur chez eux.

Sin poussa un soupir.

— Quant à moi, je n'étais pas affecté matériellement par ce qu'il a pu me voler. Mais j'avais tellement honte pour lui, ajouta-t-il avec une grimace, que c'était beaucoup plus facile de prétendre qu'il ne s'était rien passé. Au fond, je crois que cela n'a fait qu'accroître son ressentiment. Après tout, c'est le propre de la nature humaine que de haïr celui qui a offensé.

— Qui a dit cela ?

— Tacite, je crois. Mais l'incident qui a mis un terme à nos relations, c'est lorsqu'il m'a envoyé un message d'une maison close pour me supplier de l'aider. L'histoire n'est pas jolie ; vous êtes sûre de vouloir l'entendre ?

Elle hocha la tête.

— Il était allé dans un établissement proposant des jeunes filles vierges. J'ignore si celle qu'il a choisie était vierge, mais elle était très jeune. Il n'avait pas de quoi régler au moment de partir et a pensé que je paierais pour lui comme je l'avais fait si souvent. Sauf que j'ai refusé. Il était furieux, il m'a accusé d'être prude, moralisateur, ennuyeux comme la pluie, et j'en passe. La dernière fois que je l'ai vu, il était encadré par deux costauds déterminés à récupérer l'argent. Il m'a adressé un regard si haineux que j'en ai frissonné.

Ils contemplèrent le plafond en silence, se remémorant cet homme capable d'être si charmant et aimable quand il le voulait. Et en même temps d'une telle duplicité, d'une telle animosité. Sin se tourna vers Marianne et lui pressa la main.

— Il a au moins accompli quelque chose de bien.

— Vraiment ?

— Sans lui, je ne vous aurais jamais rencontrée.

Sin, Marianne et Barnabas, qui avait tenu à les accompagner, arrivèrent à l'auberge du Casque de Fer à l'ouverture, et s'installèrent à la table d'angle qui faisait face à la porte. Il y avait si peu de clients que le patron parut content qu'ils achètent des pintes toutes les heures, quand bien même ils ne les buvaient pas.

Le deuxième jour, Sin apporta un paquet de cartes et leur apprit à jouer au piquet.

Le lendemain, Marianne le taquina tandis qu'il battait les cartes.

— Combien me devez-vous maintenant ?

— Comme si vous l'ignoriez, répliqua-t-il en plissant les yeux. Je crois que vous m'avez bien eu, et que vous jouez à ce jeu depuis votre plus tendre enfance, l'accusa-t-il, secrètement enchanté par ses yeux brillants et son sourire charmant.

— J'espère que vous ne me laissez pas gagner, Sin.

— Jamais !

*Enfin, peut-être un tout petit peu.*

Elle jeta un coup d'œil à Farnham, qui restait assis, presque en transe, comme les trois jours précédents. La veille, il n'avait même pas réagi lorsque Marianne lui avait posé une question polie – la première depuis des semaines – à propos de son repas. Il ne buvait rien, ne touchait pas aux plats que Sin commandait midi et soir.

— Qu'est-ce qu'il lui arrive ? demanda Sin quand Farnham s'en alla soulager sa vessie.

— Comment savoir ? dit Marianne en haussant les épaules. En tout cas, je suis convaincue que c'est à cause de Dominic.

— Vous pensez qu'il ne rendra pas le cahier si Farnham ne lui donne pas le médaillon ?

— Ce document est tellement utile pour Dominic, cela m'étonnerait qu'il renonce à un outil aussi efficace – même si Barnabas lui donne le médaillon. Après tout, il n'a pas vraiment besoin de la miniature s'il sait déjà qui est ma mère. Non, il y a quelque chose entre ces deux-là que Barnabas n'a pas confessé.

— Vous croyez qu'il compte utiliser Farnham pour autre chose ?

— Je n'en serais pas surprise.

Barnabas revint de son petit séjour à l'extérieur, et le silence retomba. Ils furent les seuls clients dans la minuscule salle de l'auberge pendant les deux heures qui les séparaient de la fermeture. Malgré les sourcils froncés du tavernier, ils restèrent jusqu'à ce que les dernières chaises soient empilées sur leur table.

— Il ne viendra pas, déclara Sin, et ils se levèrent.

La nuit était tombée, mais les lanternes accrochées à l'extérieur de la roulotte leur permettraient de regagner la ferme sans encombre. Barnabas conduisait.

— Les neuf jours à venir s'annoncent longs, murmura Sin en serrant Marianne contre lui tandis que la roulotte empruntait le sentier caillouteux.

— En effet, dit-elle avant de se lever pour s'installer à califourchon sur ses genoux. Et il nous reste encore dix minutes en tête à tête.

— Très juste, déclara Sin, qui entreprit de les exploiter.

Lorsqu'ils s'arrêtèrent devant la vieille maison où Marianne et Sin avaient pris leurs quartiers, préférant cette intimité au confort de leurs roulottes, tous deux étaient essoufflés et en sueur.

— Bon sang, grommela Sin en reboutonnant rapidement la robe de Marianne.

Il ouvrit la porte, sauta à terre et tendit la main pour l'aider à descendre.

— Rentrez, ma douce, lui dit-il. Je vais aider Farnham à dételer. À mon retour, je ferai chauffer de l'eau et…

La porte de la maison s'ouvrit brutalement, les charnières grinçant dans le silence, et Sin fit volte-face.

— Tiens, tiens, regardez qui a fini par arriver.

Appuyé au chambranle, Dominic leur souriait, un pistolet à la main.

# 30

— Navré de vous avoir fait attendre, dit Dominic de sa voix traînante. Je me doutais que vous seriez en avance avec cette tourmente insurrectionnelle.

Sin se plaça devant Marianne.

— Comment nous as-tu trouvés ?

Dominic se contenta de sourire et sortit, suivi par Cécile et Guy. Venaient ensuite quatre hommes armés de mousquets et enfin… Sonia. La seule des trois à ne pas être attachée.

Barnabas faillit s'étrangler.

— Non ! s'écria-t-il, entre incrédulité et horreur.

Sonia eut la bonne grâce de paraître embarrassée, mais Dominic pouffa.

— Hélas si, mon vieux ! Notre Sonia me rend des petits services depuis un bon bout de temps.

Il se tourna vers la femme, qui le fixait d'un regard haineux.

— Après votre arrivée, cette chère Sonia m'a laissé un message à l'auberge. Si cela peut te consoler, c'était plutôt à son corps défendant, mais, comme vous tous, elle n'a pas eu le choix.

— Pourquoi ? lâcha Barnabas.

— Oh, c'est une longue et sordide histoire ! répondit Dominic en regardant le duc. Pour faire court, ta maîtresse joue la comédie depuis que tu l'as rencontrée. Elle travaillait pour les criminels qui t'ont envoyé en

Angleterre autrefois. Le cahier que je te garde de côté n'a pas vraiment été rédigé par un agent des douanes anglaises, mais compilé par Sonia elle-même pour ses acolytes parisiens. Il était censé te tenir en bride au cas où tu aurais eu envie de ruer dans les brancards.

Avec un sourire narquois, Dominic ajouta :

— Mais Sonia s'est entichée de toi au point de prétendre qu'il avait été perdu. Et c'est pourquoi tu as pu leur échapper. Ainsi qu'à moi…

— Il me l'a volé, Barnabas, intervint Sonia.

— C'est vrai. Cela dit, je me demandais pourquoi elle avait conservé un document aussi accablant alors que…

— Assez !

La voix douce du duc fendit la nuit. La bouche pincée, Dominic s'avança vers Sin.

— Ce n'est pas toi qui décides, ici, Votre Grâce, répliqua-t-il les narines frémissantes. C'est *moi*.

Lorsqu'il s'approcha de la roulotte, la lueur des lanternes l'éclaira. Marianne le dévisagea. Cela faisait un an qu'elle ne l'avait pas vu, mais il avait vieilli de dix. Son beau visage était émacié, et des rides profondes s'étaient creusées de part et d'autre de sa bouche perpétuellement incurvée sur un sourire. Ses yeux étaient enfoncés dans leurs orbites, et dessous, la peau était parcheminée.

— Je t'avais demandé de venir seul avec Marianne, Staunton. Or, je vois Guy et cette charmante Mlle Tremblay !

Il promena le regard autour de lui.

— Elliot se cache quelque part lui aussi ? Peut-être avec deux ou trois de ses amis du ministère de l'Intérieur, ou quelques soldats d'élite ?

— Il n'y a que nous six, répondit Marianne en s'approchant des deux hommes dont la violence contenue qui vibrait en eux était presque tangible.

— Merci pour ton honnêteté, Marianne, déclara Dominic en souriant. C'est ce que m'a dit Sonia.

Il jeta un coup d'œil à celle-ci et eut une moue songeuse.

— Elle n'a aucune raison de me mentir, n'est-ce pas ? Heureusement pour moi, Sonia n'est pas ma seule source de renseignements à ton sujet, mon cher duc.

Sans cesser de sourire, il gifla Sin si violemment que ce dernier fit un pas en arrière. Marianne poussa un cri et s'élança vers lui, mais l'un des hommes de Dominic arma son fusil et la visa.

— Reste où tu es, Marianne, ordonna Dominic d'une voix aimable tout en fixant Sin d'un regard haineux. Je t'avais dit de laisser Elliot en dehors de cela.

Sin essuya le sang qui coulait de sa lèvre fendue.

— Que lui as-tu fait ?

— Je crains que ce cher Elliot n'ait croisé la route d'une des factions sans foi ni loi qui écument la campagne.

— Aidé par toi, j'imagine.

Dominic fit claquer sa langue.

— Il n'est pas tout à fait impossible que les hommes à qui j'ai parlé d'Elliot aient quelques comptes à régler avec notre gouvernement.

— Et Benjamin ? demanda Sin.

— Ah, ce pauvre Benjamin ! soupira Dominic en grimaçant. Ma foi, j'ai bien peur de t'avoir donné de faux espoirs.

— Benjamin est mort avec les autres lors de l'embuscade, et tu es tombé je ne sais comment sur sa chevalière et les lettres ? devina Sin.

— Que tu es finaud, Staunton… à retardement, malheureusement.

— Pourquoi moi ?

— Pourquoi *pas* ? Dieu sait que tu as suffisamment d'argent.

Il sourit à Marianne.

— Et si quelqu'un était capable de faire plier Marianne, je ne voyais que toi. Il ne me manquait plus qu'une raison de te convaincre de coopérer. Et comme je savais pour Benjamin...

— Tu le savais parce que c'est toi qui l'as assassiné !

Le sourire de Dominic se crispa.

— Je savais pour Benjamin, répéta-t-il, parce que lui et ce cher Norris avaient accidentellement mis le doigt sur quelque chose qui les dépassait très largement. Ce n'était pas un secret militaire : je faisais de la contrebande avec Émile Beauvais. La guerre était pratiquement terminée à l'époque, imbécile !

Il éclata de rire.

— Du moins, nous le pensions. J'ai fait sortir Beauvais parce que son frère m'a payé une coquette somme pour le récupérer. Tu vois, Émile et quelques officiers français et britanniques haut placés ont décidé qu'il y avait beaucoup à gagner pendant que nos gouvernements laissaient mourir leurs ressortissants. Une chose bien plus lucrative que de vendre d'ennuyeux secrets militaires.

Il marqua une pause, puis :

— Allons ? Personne ne devine ?

Il lâcha un ricanement méprisant et se tourna vers Guy.

— L'ignorance de Staunton ne m'étonne pas, il a toujours été candidat à la béatification. Mais toi, Guy, tss, tss...

— En quoi cela a-t-il de l'importance ? demanda Marianne d'un ton las.

Dominic lui jeta un coup d'œil agacé.

— L'art, reprit-il, ignorant sa question. Des peintures, des sculptures, et même les joyaux de la couronne d'un de ces duchés inutiles qui pullulent en Europe.

Ses yeux se mirent à briller.

— La richesse des nations. À portée de main pour peu qu'on ait l'audace et l'occasion de s'en emparer.

— Il n'a jamais été question de vendre des secrets, dit Sin d'une voix sans timbre. Mon frère est mort pour que tu protèges une bande de voleurs.

— En gros, oui. Des dizaines de personnes sont impliquées. Ton frère et Norris et cet autre garçon étaient en train de réunir des preuves pour anéantir une opération qui rapportait des milliers de livres. Si Beauvais ne les avait pas achevés, quelqu'un d'autre...

Sin bondit sur lui, mais Dominic esquiva, la pointe de son pistolet contre le front du duc.

— Ne sois pas si prévisible, siffla-t-il. Recule.

Sin obéit. Ses yeux lançaient des éclairs.

— Gardez deux fusils braqués sur Sa Grâce, ordonna Dominic à ses hommes.

— Si tu avais gagné une telle fortune, pourquoi tout ceci ? s'étonna Guy.

Dominic fronça les sourcils.

— À vrai dire, tout ne s'est pas passé aussi bien que je l'espérais.

— Tes complices t'ont doublé, c'est cela ? ironisa Guy. Quelle honte !

— Je n'ai pas vraiment besoin de toi, en fait, gronda Dominic en pointant son pistolet sur le visage de Guy.

Sans s'émouvoir, ce dernier se contenta d'afficher un sourire narquois.

— Tu as toujours été plus beau qu'intelligent, déclara Dominic avant de se tourner vers Sin. J'espère pour nous deux, Staunton, que mes dix mille livres sont quelque part dans cette roulotte. Parce que nous n'avons rien trouvé dans les deux autres, ni dans ce petit nid d'amour que vous vous êtes aménagé. Alors ?

— C'est plus facile à montrer qu'à expliquer, répondit Sin avec un calme que Marianne trouva miraculeux.

Dominic fit signe aux deux hommes qui braquaient leur arme sur le duc.

— N'hésitez pas à lui exploser la tête en cas de problème. Je te suis, Staunton.

Sin se rendit à l'arrière de la roulotte, ouvrit la porte, et fit glisser le panneau qui révélait l'espace de stockage d'une hauteur d'un pied. Il recula en disant :

— C'est là.

Dominic fit signe à un garçon qui tenait un vieux mousquet presque aussi grand que lui.

— Pose ça et va voir.

Le garçon accourut, s'accroupit et regarda dans la cachette.

— Il y a une malle, monsieur.

— Eh bien, sors-la, imbécile.

Le garçon obéit prestement, et tira un coffre-fort en bois renforcé par un cerclage métallique. Il heurta le sol avec un bruit sourd qui fit voler la poussière. Marianne plissa les yeux. Où était le coffret émaillé ? Et les pistolets et les fusils ? Levant les yeux, elle croisa le regard de Guy. Il lui adressa un discret clin d'œil avant de se retourner vers Dominic.

Qu'est-ce que cela signifiait ?

— La clef ? demanda Dominic.

— Dans ma poche, répondit Guy.

— Lance-la-moi. Et pas d'entourloupe.

Guy sortit la clef d'une poche intérieure de sa veste et s'exécuta.

— Très amusant, Guy, dit Dominic quand la clef rebondit sur sa poitrine et tomba dans la poussière. Ramasse et ouvre le coffre, ordonna-t-il au jeune garçon.

Un instant plus tard, le couvercle s'ouvrit et Dominic laissa échapper un long sifflement.

— Dieu que c'est beau !

— C'est un homme triste qui voit de la beauté dans l'argent, Dominic, commenta Sin. Cela dit, tu n'as jamais su distinguer les diamants de la pacotille, même quand tu en avais sous le nez, ajouta-t-il en regardant Marianne.

Dominic suivit la direction de son regard, arqua les sourcils, puis éclata de rire.

— Ça alors ! s'exclama-t-il. Je ne m'attendais pas à cela.

Fermant à demi les yeux, il ajouta :

— Reconnais que je l'ai bien formée, pas vrai, Staunton ?

Le duc tressaillit, et Marianne lui saisit la main et la tira avec tant de force que c'en était presque douloureux. Dominic brandit son pistolet et s'approcha jusqu'à ce que la pointe du canon touche le front de Sin.

— Méfie-toi d'elle, Staunton, dit-il en contemplant leurs mains jointes. C'est ce qui s'appelle un choix inapproprié, mon cher duc ! enchaîna-t-il en ricanant.

Sin se tourna vers Marianne.

— Au contraire, jamais de ma vie je n'ai rencontré de femme qui me convenait davantage.

Elle battit des cils et baissa la tête, s'efforçant de retenir ses larmes.

— Comme c'est touchant, ironisa Dominic. Mais je ne parlais pas de toi, Staunton. Je parlais d'elle.

Marianne redressa vivement la tête.

— Ai-je vraiment envie de savoir de quoi tu parles ? grommela Sin.

— Je parle d'une princesse royale, mon cher Staunton. Il est rare qu'une princesse épouse un simple duc – du moins un duc qui n'est pas issu d'une lignée de rois.

Leurs visages stupéfaits firent sourire Dominic, qui s'inclina profondément devant Marianne.

— Je ne t'ai pas encore accueillie correctement. C'est un plaisir de te revoir… Majesté.

# 31

Marianne dévisageait Dominic sans comprendre.

Ce dernier fronça les sourcils, puis écarquilla lentement les yeux.

— Non ! s'écria-t-il en tournant vers Barnabas un regard stupéfait. Bon sang de bois, tu ne lui as jamais révélé ? Tu l'as fait venir jusqu'ici aussi ignorante qu'un agneau allant à l'abattoir !

Barnabas était livide, le visage décomposé. Sonia, nota vaguement Marianne, semblait aussi perplexe qu'elle. De son côté, elle n'avait qu'une envie, lui flanquer son poing dans la figure. Pour une fois, elle maîtrisa sa colère et lança :

— Laissez-le tranquille, Dominic. Pourquoi ne les laissez-vous pas tous partir ? C'était l'argent que vous vouliez, et moi.

— Quel noble sacrifice ! se moqua-t-il. Mais je crois que je vais tous vous garder, si cela ne vous ennuie pas.

— J'avais envisagé cette éventualité, Strickland, déclara froidement le duc. J'ai laissé des instructions pour qu'on refuse toute demande de rançon.

— Quant à ma famille, tu es bien placé pour savoir qu'elle n'a aucune fortune, ajouta Guy, toute trace de l'homme affable que connaissait Marianne volatilisée.

Cécile adressa à Dominic un regard de pur mépris.

— Mon porc de cousin a de l'argent – *mon* argent –, mais il vous paierait probablement pour me tuer.

Dominic éclata d'un rire aussi tonitruant que faux.

— Pourquoi me prêtez-vous tous les pires intentions ?

Guy ricana, ce qui lui valut un regard noir.

— Je comptais juste vous garder jusqu'à ce que j'aie conclu mon marché. Quand Marianne sera en route, je vous libérerai tous, je vous en donne ma parole.

Cette fois, Guy ne fut pas le seul à ricaner.

— Préparez-les à partir, aboya Dominic en se tournant vers ses hommes. Et tirez sur tous ceux qui vous causent des problèmes.

Marianne chevauchait Reggie à côté de Dominic tandis que les autres, pieds et poings liés, étaient répartis entre les roulottes.

— Désolé pour les cordes, lui dit Dominic en tenant Reggie par les rênes. Mais je te sais beaucoup trop douée de tes mains pour te laisser de la latitude.

— Je croyais que vous n'aviez rien contre un bon combat de boxe. Ah, mais non, suis-je bête ! Vous ne les appréciez que lorsqu'ils sont arrangés en votre faveur.

— Oh, Marianne, pouffa-t-il, si tu savais comme tu m'as manqué !

Elle l'ignora.

— Tu ne me demandes pas qui sont tes parents ? La curiosité doit pourtant te tenailler.

— Vous me le direz quand vous serez prêt, j'en suis sûre.

Il lui adressa un regard empreint d'un respect qui semblait sincère. Encore que chez lui, bien peu de choses soient sincères.

— Tu as beaucoup mûri en à peine un an. Dis-moi, vous êtes amants, lord Parfait et toi ?

La tension dans sa voix était infime, pourtant Marianne la perçut. Ce n'était pas d'elle qu'il était jaloux, mais du duc. Dominic ne se contentait pas de détester Sin, il était dévoré par la jalousie.

— Cela a dû vous ronger de grandir aux côtés d'un tel homme, dit-elle aimablement.

Il contracta la mâchoire.

— Riche, séduisant, honorable, admiré et respecté de tous…

— Si tu penses que j'envie un bonnet de nuit comme Staunton qui a avalé son parapluie, tu n'es pas aussi maligne que je le pensais.

Elle pouffa.

— Quoi ?

— Oh, rien !

Marianne ravala un sourire. À son soulagement, ils cheminèrent en silence pendant quelques minutes, mais la colère, la jalousie et l'aigreur le faisaient bouillir.

— Je ne t'ai jamais présenté mes excuses pour cette petite entourloupe que je t'ai faite.

À sa grande satisfaction, elle n'éprouva pas la moindre émotion à l'évocation d'un sujet qui avait été jadis source d'une humiliation et d'une rage aveuglantes.

— C'était aussi ma faute.

— Pardon ? demanda-t-il, surpris.

— Oui, j'aurais dû deviner que Sonia n'était qu'une traîtresse et que vous l'aviez dans votre poche, dit-elle, répondant délibérément à côté.

Il se rembrunit.

— Je ne parlais pas de cela.

— De quoi, alors ? Oh…

Avec un sourire condescendant, elle enchaîna :

— Vous voulez dire, quand vous avez engagé un acteur pour jouer le rôle du pasteur et nous marier ?

— Oui, en effet.

— Inutile de vous excuser. En fait, je devrais plutôt vous remercier.

— Quoi ?

— La notoriété a profité à ma carrière. Avant vous, je n'étais qu'une saltimbanque parmi d'autres. Devenue la Baronne Boxeuse, je fais salle comble et les spectateurs paient le prix fort. Donc, votre « entourloupe », comme vous dites, m'a fait gagner beaucoup d'argent, Dominic.

Il la dévisagea d'un regard rusé.

— Tu es bien plus intéressante qu'avant de me connaître. Tu devrais bel et bien me remercier.

Cette fois, ce fut Marianne qui éclata de rire. Cela déplut à Dominic.

— Tu n'étais qu'une petite oie blanche, flattée par l'attention d'un homme de mon rang.

Le résumé la fit sourire, et elle songea au rang en question, celui d'un paria. Voyant qu'elle ne mordait pas à l'hameçon, Strickland poursuivit :

— Ce qui s'est passé entre nous t'a donné... de l'épaisseur. Et tu es beaucoup plus sûre de toi. Cela te va bien.

— Et tout cela grâce à vous, dit-elle.

— Je me plais à croire que je ne suis pas pour rien dans la personne que tu es devenue.

— Vous m'avez donc rendu service ?

— On peut le dire. Ne serait-ce que parce que cela a permis qu'un homme comme Staunton te remarque. Maintenant qu'il a fait de toi sa maîtresse, je t'ai élevée à un niveau qui dépasse toutes tes espérances.

— Vous êtes donc une sorte de philanthrope ?

— Tu pourrais me désigner ainsi.

— Je pourrais aussi vous traiter de traître et d'assassin.

Sa bonne humeur se volatilisa aussi vite qu'une goutte d'eau sur une cuisinière brûlante.

— Surveille tes propos, ma belle. Toi, je dois t'amener vivante à l'homme qui te réclame, mais pour ce qui est de tes amis, je n'aurai pas de scrupules.

Le soleil se leva et se coucha deux fois avant qu'ils atteignent enfin leur destination. De là où se tenait Sin, ligoté à même le sol de la roulotte, il ne voyait qu'un bout de ciel par la petite fenêtre. Il ignorait quelle direction ils avaient prise. Il n'était sûr que d'une chose : ils n'avaient presque jamais cessé de grimper.

Les journées avaient été interminables, mais au moins Dominic avait envoyé un homme le nourrir et lui permettre de soulager ses besoins. Pour autant, le temps passait lentement et il avait ruminé des pensées déplaisantes. Son inquiétude pour Marianne menaçait de le rendre fou. D'autant qu'il se sentait responsable. Cependant, s'il voulait l'aider, il devait se méfier de Dominic, de ses provocations, de ses railleries et de ses petits jeux permanents. Ce n'était vraiment pas le moment de se laisser manipuler.

Quant à son mensonge concernant Benjamin, il était ignoble, mais Sin s'y était attendu. Il ne s'était jamais vraiment autorisé à espérer que son frère était encore en vie. Il n'en demeurait pas moins stupéfait que Dominic soit tombé assez bas pour mettre au point un stratagème aussi répugnant.

Et maintenant, Marianne allait payer pour sa stupidité.

À cet instant, la porte s'ouvrit et le jeune homme qui lui apportait à manger s'encadra sur le seuil.

— On est arrivés, dit-il en braquant son mousquet sur Sin. Sortez et ne tentez rien.

Comme s'il avait pu tenter quoi que ce soit ! Ses bras étaient engourdis et il était si ankylosé qu'il réussit à peine à se lever pour sortir de la roulotte.

Il plissa les yeux, ébloui par la lumière du jour, et son regard fut aussitôt attiré par un château – le plus petit qu'il ait jamais vu – bâti sur un escarpement rocheux dominant une vallée. « Château » n'était pas le terme qui convenait. Cela ressemblait davantage à une grande demeure dotée d'une tourelle. La partie la plus impressionnante était le pont de pierre qu'ils venaient de traverser, unique point d'accès au château.

C'était charmant et cela lui rappela une maison de poupée qu'il avait offerte à l'une de ses nièces. Il ne manquait plus que des douves et un pont-levis. Encore que la falaise vertigineuse était probablement une protection suffisante contre toute invasion.

Marianne descendit avec raideur de la roulotte qu'elle avait partagée avec Cécile. Ils n'eurent que le temps d'échanger un bref regard avant que Dominic rejoigne leur petit groupe.

— Bienvenue à Himmelhause, qui signifie maison céleste.

Après une révérence moqueuse, il se tourna vers l'entrée du château au moment où un homme en uniforme militaire bardé de décorations s'approchait d'eux.

— Pour le moment, vous êtes les hôtes de Son Altesse royale Gustave IV Adolphe, roi de Suède et souverain de Finlande.

Sin se demanda s'il n'était pas encore en train de rêver dans la roulotte. L'homme qui s'avançait vers eux était vêtu comme un roi, mais c'était le monarque le moins régalien que l'on puisse imaginer. Il était décharné, affligé d'un tic nerveux et agitait constamment les bras et les jambes.

— Bonjour, les salua-t-il en anglais.

Il balaya le petit groupe du regard et s'arrêta sur Marianne.

Son visage se durcit et il s'immobilisa. Sin fit un pas vers elle, mais les deux gardiens le saisirent. Le roi ne parut pas le remarquer. Il avança vers Marianne, visiblement fasciné.

— Elle lui ressemble, dit-il, incapable de détacher les yeux de la jeune femme.

Dominic vint à côté de lui et sourit.

— C'est vrai. Même bouche, même mâchoire arrogante.

Le roi continuait de la dévisager.

— Elle ne sait pas, dit Dominic, jubilant.

Sin serra les poings, et Gustave haussa ses sourcils pâles.

— Vous ignorez qui est votre père ? demanda-t-il tandis que ses lèvres s'incurvaient sur un rictus irrité. Ni qui est votre catin de mère ?

Marianne dut adresser au roi Gustave le même regard menaçant que celui qu'elle avait réservé à Sin au début, car il recula d'un pas.

— Venez, dit Dominic sans cesser de sourire, ne discutons pas dehors.

Le roi se ressaisit.

— Non, bien sûr. Ma gouvernante a fait les préparatifs. Je crains toutefois que nous n'ayons pas de place pour tant de gens, ajouta-t-il en promenant les yeux sur l'assemblée.

— Nous n'aurons pas besoin de toutes les chambres, dit Dominic en riant tout bas. Certains de nos invités devraient être installés dans des logements... de substitution.

Comme le reste du château miniature, le cachot était tout petit. En fait, c'était plutôt une cellule divisée en deux par une grille. L'unique fenêtre consistait en un trou carré percé dans la brique. Elle était dépourvue de barreaux et de vitres, le précipice suffisant à dissuader les plus intrépides de l'escalader.

Marianne ne put s'empêcher de sourire. Emprisonnée dans le château imprenable d'un méchant noble – en l'occurrence, un roi –, elle avait l'impression d'être un personnage de roman gothique.

Assis à côté de Barnabas sur un banc dans la cellule adjacente, Guy demanda d'un ton maussade :

— Qu'est-ce qui vous amuse tant ?

— J'ai l'impression d'être dans un roman de Minerva Press, répondit-elle en regardant Sin, assis de l'autre côté de Barnabas.

Sin ne sourit pas, mais ses yeux pétillèrent. Cécile renifla et fusilla du regard la lourde porte en bois qui les séparait de leurs gardiens.

— Minerva Press ? Ce n'est pas là que sont publiés ces romans à l'eau de rose que vous aimez, Barnabas ?

Ce dernier devint écarlate.

— Si nous sommes dans un roman, quel est le titre ? demanda Guy.

— Quelque chose qui contient les mots « méchants », « roi » ou « baron », suggéra Marianne.

Tout le monde sourit, bien que ce ne soit pas vraiment drôle. Cécile se pencha en avant jusqu'à ce qu'elle touche les barreaux qui séparaient leur cellule de celle des trois hommes. Sonia n'avait pas été enfermée avec eux et était probablement libre de se promener dans le château.

— Où sont les armes ? demanda-t-elle, formulant la question qui taraudait Marianne.

— Je n'en ai aucune idée, répondit Guy. Tu avais organisé avec Elliot quelque chose que j'ignore ? ajouta-t-il à l'adresse de Sin.

— Non, ce n'est pas moi qui ai déplacé les armes. Ni Elliot, à ma connaissance. Jamais il n'aurait pu réaliser une chose pareille sans…

Il y eut soudain un battement d'ailes ainsi qu'un bruit de griffes sur de la pierre comme un énorme oiseau noir se posait sur le rebord de la fenêtre.

— Bon sang ! s'exclama Guy. Est-ce… ?

L'oiseau laissa tomber un canif aux pieds de Marianne, et s'envola.

— Dites-moi que je rêve ! marmotta Guy.

Marianne ramassa le couteau. Il était si petit qu'il tenait dans sa paume.

— Elle n'a pas trouvé mieux à nous envoyer ? s'écria Guy. Un couteau gros comme un cure-dent alors que ce satané oiseau est assez costaud pour porter un sabre.

Tous les quatre le firent taire, mais c'était trop tard. Des clefs cliquetèrent de l'autre côté de la porte. Marianne glissa le couteau sous elle. Le gardien s'escrima avec la serrure – sans doute étaient-ils les premiers prisonniers depuis longtemps – puis la porte s'ouvrit à la volée.

L'homme désigna Marianne.

— Vous, suivez-nous.

— Moi ? répéta-t-elle en se rapprochant de Cécile jusqu'à ce que leurs hanches se touchent.

Le garde pointa le doigt sur Sin.

— Et vous aussi.

Marianne poussa prestement le canif sous la robe de Cécile tandis que le gardien faisait signe à quelqu'un dans le couloir. L'un des hommes de Dominic apparut, armé d'un mousquet.

— Il tirera sur les autres s'ils essayent de s'enfuir, les avertit le premier gardien, qui se contorsionna dans l'espace exigu pour refermer la porte à clef.

— Les mains en l'air, ordonna-t-il. Avancez par là, lentement.

— Dites à Strickland de nous envoyer à manger, lança Guy.

— Et un pot de chambre, ajouta Cécile d'un ton acerbe.

Les gardiens leur firent monter l'étroit escalier par lequel ils étaient descendus. Ils s'arrêtèrent au deuxième étage, et empruntèrent un étroit corridor flanqué de quatre portes.

— Vous, là-dedans, ordonna l'un des hommes à Marianne en ouvrant la première porte.

Après une hésitation, elle franchit le seuil d'une minuscule chambre. Elle n'eut pas le temps de se retourner que la porte se refermait et que le verrou claquait.

Comme le reste du château, la pièce était si petite qu'elle en était charmante. Un lit étroit surmonté d'un baldaquin, de jolies tapisseries au mur, deux petites armoires et une grande fenêtre – vitrée, celle-ci. Elle avait fini d'inspecter les lieux lorsque la porte se rouvrit.

Une femme entre deux âges en tenue de gouvernante fit entrer deux hommes portant une magnifique baignoire sabot émaillée. Derrière eux, quatre domestiques en tenue de palefrenier portaient chacun un seau d'eau fumante.

— Je suis Frau Meyer, se présenta la femme après que l'eau eut été versée et la porte verrouillée de l'extérieur. Je dois vous aider à vous habiller pour le dîner.

— Je n'ai pas de robe avec moi, dit Marianne. Mes bagages sont restés dans la roulotte.

La femme alla ouvrir les armoires et Marianne découvrit un assortiment de vêtements. Elle se pencha et toucha une manche de velours rouge somptueux.

— C'est magnifique !

Elle sortit la robe de l'armoire et arrondit les yeux. Ce style de vêtements n'était plus à la mode depuis des centaines d'années.

— Comment se fait-il qu'ils soient en aussi bon état ? Ils ont l'air presque neufs !

— Sa Majesté aime jouer des pièces de théâtre.

Son expression peinée indiqua à Marianne ce qu'elle pensait d'un loisir aussi frivole.

— Ce sont quelques-uns des costumes. Venez, nous n'avons pas beaucoup de temps. Déshabillez-vous, je vais vous laver et vous préparer.

— Me préparer à quoi ?

— C'est une question que vous devrez poser au roi.

# 32

Après s'être lavé et habillé, Sin fut escorté dans la salle à manger par les mêmes jeunes gardes.

Et quelle salle à manger ! Pour l'instant, c'était la plus grande pièce du château. Mais ce n'était pas la seule chose insolite. Son plafond était à au moins six ou sept mètres de haut, et une sorte de balcon courait tout autour de la pièce à la façon d'une mezzanine. Sauf qu'aucun escalier n'y menait.

Il ne fut pas surpris de trouver là Dominic et le roi de Suède déchu. Les deux hommes buvaient un verre, debout à côté de la longue table, en se réchauffant devant une bonne flambée.

— Ah, Staunton ! dit Dominic. Je vois que tu as retrouvé ton allure habituelle.

À Londres, par précaution, Sin avait fait empaqueter par son valet une tenue élégante. Il l'avait retrouvée, ainsi que ses affaires de toilette, dans la pièce où on l'avait emmené. Pour la première fois depuis des semaines, un domestique l'avait rasé et habillé. Il se sentait étrangement nu sans sa barbe.

— Un verre ?

— Volontiers, répondit Sin.

Il se tourna vers Gustave.

— Bonsoir, Votre Majesté, dit-il en s'inclinant brièvement.

Le regard du roi se porta sur Dominic avec nervosité, comme s'il n'arrivait pas à croire que le salut de Sin était sincère.

Ce qu'il n'était pas, bien sûr, mais à quoi bon insulter son hôte ?

— Voilà une pièce fort singulière, dit-il alors qu'il avait envie de demander : *Qu'est-ce que vous voulez à Marianne, nom de Dieu ?*

— C'est une ancienne salle de bal, expliqua Gustave. Et au-dessus, une galerie pour les troubadours. N'ayant pas besoin d'une salle de bal, je l'ai transformée en salle à manger.

Le roi hésita, puis ajouta :

— Veuillez m'excuser de vous avoir enfermés, vos compagnons et vous.

— La plupart d'entre eux le sont encore, fit remarquer Sin.

Dominic lui tendit un verre.

— Nous les ferons sortir. Dès que nous aurons parlé avec vous et cette chère Marianne, et que nous serons certains de votre coopération. Du reste, Marianne préférera sûrement que cette conversation ait lieu en privé.

Il inclina la tête et sourit avec ironie.

— Elle voudra peut-être même vous renvoyer, duc.

— Si elle le souhaite, je me plierai à ses désirs.

Dominic s'esclaffa.

— J'avoue que je ne l'ai pas vu venir. Toi et elle, précisa-t-il comme si Sin n'avait pas deviné. Bon courage pour lui faire entendre raison et te laisser l'installer à Londres et l'entretenir. Dieu sait que j'ai essayé.

Sin dut déployer un effort herculéen pour ne pas céder à la fureur. Mais c'était ce que Dominic adorait : le conflit.

— Marianne préférait recevoir des coups chaque semaine sur scène plutôt que de devenir ta maîtresse ? Que c'est étonnant !

Sin but une gorgée de l'excellent brandy.

Le sourire suffisant de Dominic se fit désagréable.

— Ta tendance à te sentir supérieur est quelque peu déplacée vu la situation, non ?

Sin ne releva pas.

— Étais-tu impliqué dans la demande de rançon des autres hommes – les trois soldats ? demanda-t-il.

— Ça ne te regarde pas, mais non, je ne l'étais pas.

— Mais tu les connais.

— Vaguement, reconnut Dominic. Si tu espères me soutirer des renseignements à leur sujet, tu te fourres le doigt dans l'œil.

— Ah, le code de l'honneur entre voleurs !

— Je laisse l'honneur aux imbéciles, mon cher Staunton. C'est l'instinct de conservation qui me motive.

C'est alors que la porte s'ouvrit et que Marianne entra. Les trois hommes se levèrent.

Sin ne savait pas quelle tête faisaient les deux autres, mais il sentit qu'il était bouche bée.

La jeune femme portait une robe de velours rouge qui avait dû être à la mode au XVe siècle. Le corsage était lacé devant par d'épais cordonnets dorés et les manches étaient si longues que les pointes touchaient presque le sol. Ses cheveux, qui avaient poussé durant le voyage, formaient une couronne de boucles au milieu desquelles brillait un cercle doré. Elle semblait tout droit sortie d'un tableau de la Renaissance.

Elle était époustouflante.

Gustave fut le premier à se ressaisir.

— Bienvenue, mademoiselle... Simpson, dit-il.

Elle s'avança dans la pièce, les yeux rivés sur Sin. Ce qu'elle vit sur son visage lui fit esquisser un sourire moqueur. Elle s'arrêta devant le roi et plongea dans une gracieuse révérence.

— Votre Majesté, murmura-t-elle avant de se tourner vers Sin. Votre Grâce.

Elle ignora ostensiblement Strickland, qui s'esclaffa.

— Bravo, Marianne.

Sin et Marianne se regardèrent.

— Vous êtes ravissante, dit Sin, amusé de la voir rougir.

— Et vous... parfait, comme d'habitude, dit-elle, et son sourire se fit ironique.

— Bien, maintenant que les déclarations d'admiration mutuelle sont terminées, déclara Strickland en allant tirer sur la sonnette avant de revenir vers la table, nous pourrions peut-être nous asseoir. Son Altesse royale a l'habitude que les *dames de qualité* consacrent davantage de temps à leur toilette, aussi avait-elle repoussé le dîner d'une demi-heure. Puisque vous êtes ici, dînons.

Bien qu'agacé par la façon dont il avait accentué les mots « dames de qualité », Sin s'efforça de rester aussi impassible que Marianne, visiblement plus douée que lui pour ignorer les piques.

Quatre couverts avaient été dressés à l'extrémité de la table qui pouvait accueillir seize convives. Sin tira la chaise de Marianne, avant de prendre place à côté d'elle. Strickland s'installa en face, et le roi, bien sûr, présida.

— Du vin ? proposa Strickland.

Marianne et Sin acceptèrent. C'était étrange qu'un invité serve les autres invités, mais il n'y avait guère de domestiques, apparemment. La porte s'ouvrit alors que Strickland remplissait les verres et une femme âgée accompagnée de deux bonnes entra. Elles disposaient les plats sur la table quand deux autres domestiques apparurent, un très vieil homme et un autre, très jeune.

Devant l'expression perplexe de Sin, Strickland expliqua :

— Nous devons discuter de beaucoup de choses, nous nous servirons nous-mêmes afin de ne pas être interrompus.

— Ce qu'essaye de dire poliment le baron, c'est que ma modeste rente ne me permet pas de financer le gîte, le couvert, et un nombre suffisant de domestiques, intervint Gustave, l'air hostile.

— Votre Majesté a été fort mal traitée, concéda Strickland du ton apaisant d'une personne s'adressant à un enfant turbulent.

Mais lorsque le roi se tourna pour se servir, le regard que lui adressa le baron était haineux. À l'évidence, il avait trouvé quelqu'un à utiliser à son avantage. Une fois de plus.

Sin remplit des assiettes pour lui-même et Marianne, tandis que les autres semblaient se livrer à une sorte de compétition pour le plat contenant l'agneau rôti. Il était clair qu'ils se supportaient à peine.

Pendant quelques instants, seul le cliquetis des couverts résonna dans la salle à manger caverneuse. Sin regarda leur hôte, s'attendant qu'il s'explique après avoir rempli son assiette, mais ce dernier se mit à manger rapidement comme s'il craignait que la nourriture ne disparaisse.

Marianne et Sin échangèrent un regard. Elle haussa légèrement une épaule et prit sa fourchette.

« Quelle soirée et quel endroit étranges », songea Marianne.

Tout était singulier : le château, les domestiques – qui étaient soit âgés, soit très jeunes, y compris les sept ou huit gardes de Dominic –, le roi déchu, qui avait le charisme d'une vieille souche, et Dominic, qui exsudait le désespoir par tous les pores de sa peau, dans la tradition des mauvais mélodrames.

Au moins, la cuisine était bonne, bien qu'indigne d'un membre d'une famille royale. Et surtout, Sin était avec elle.

L'expression stupéfaite du duc valait la peine d'avoir enfilé cette robe ridicule et laissé la gouvernante la coiffer. Marianne devait reconnaître que ce style lui allait beaucoup mieux que les tailles hautes à la mode. Elle n'avait pas une poitrine assez généreuse pour ce genre de tenue, en revanche, la robe Renaissance flattait ses épaules et sa taille fine, et elle se sentait étrangement majestueuse avec ces manches magnifiques qui effleuraient le sol lorsqu'elle marchait.

Quelque part entre le bain et l'habillage, la nervosité qui la tenaillait depuis des jours s'était dissipée. Finalement, revoir Dominic n'avait pas été l'événement tant redouté. Elle n'éprouvait plus vis-à-vis de lui que de l'agacement et n'avait plus honte d'être tombée dans ses filets autrefois. C'était un homme charmant… jusqu'à ce qu'on le perce à jour ; il apparaissait alors extrêmement prévisible.

Il s'était donné beaucoup de mal pour apprendre à la connaître, et Barnabas l'avait encouragée à accepter sa cour – après tout, qu'avait-elle à attendre de l'avenir ? Il aurait fallu être idiote pour refuser l'offre d'un baron, même tombé en disgrâce.

Cécile l'avait mise en garde, mais celle-ci n'avait jamais aimé aucun des hommes qui s'intéressaient à elle. Pas même ceux qu'elle finissait par prendre pour amants.

— Les hommes ne sont bons qu'à une chose, répétait-elle. Et la plupart du temps, même pas si bons que cela. Ne fais jamais confiance à un homme et tu ne souffriras pas.

Marianne avait été si stupéfaite quand Dominic l'avait demandée en mariage au lieu de lui proposer d'être sa maîtresse officielle qu'elle avait commis l'erreur de lui faire confiance et accepté de passer le reste de sa vie à ses côtés. Elle avait été anéantie en apprenant la vérité sur leur « mariage ». Mais c'était surtout contre elle-même qu'elle était en colère. Et il ne lui avait pas fallu longtemps pour réaliser que, finalement, elle était beaucoup mieux seule. Être mariée avec lui aurait été un désastre.

Dominic était aussi différent de Saint John que deux hommes pouvaient l'être. Si Dominic incarnait un méchant digne d'un roman gothique, Sin était de l'étoffe des héros de conte de fées : honorable, fort et beau.

Elle l'avait déjà vu en tenue de soirée, bien sûr. À l'époque, il était déjà renversant. À présent, elle le trouvait époustouflant.

Il sentit son regard sur lui et lui sourit avec une tendresse bouleversante. Glissant la main sous la table, elle la posa sur sa cuisse et exerça une pression. Les yeux de Sin s'assombrirent et son sourire se fit avide…

Dominic se racla la gorge. Marianne et Sin échangèrent un regard amusé.

Le roi fronça les sourcils en les regardant alternativement, visiblement perdu.

— Peut-être est-il temps que vous renseigniez Mlle Simpson, à présent, Votre Majesté.

La suggestion de Dominic ressemblait davantage à un ordre. Gustave rougit et acquiesça, son menton fuyant en disant long sur son caractère.

— Vous avez entendu parler de moi, j'en suis sûr, commença-t-il avec arrogance.

Ce n'était pas une question, heureusement, car la seule chose qu'elle avait entendu dire à propos de Gustave, c'était qu'il avait été renversé par ses propres officiers après une campagne désastreuse en Finlande.

— Quand les traîtres du Riksdag ont eu l'audace de s'emparer de ma couronne pour la donner à l'usurpateur, ils ont été récompensés par sa mort rapide. Mais qu'ont-ils fait, selon vous ? Eh bien ils ont donné la couronne de Suède à un pion à la solde de Bonaparte ! tempêta-t-il.

Adossé à son siège, Dominic l'observait avec le petit sourire indulgent de celui qui a entendu maintes fois cette histoire.

— Le prince de Pontecorvo, cracha Gustave. Un homme trop occupé à faire les quatre volontés du Corse pour prendre la peine de se rendre dans le pays qui lui avait offert une couronne, ajouta-t-il en regardant Marianne. Sans parler de sa femme ! Une catin catholique qui est à Paris, encore maintenant, et écarte certainement les jambes pour fêter le retour de son ancien amant.

Sa respiration était haletante à présent.

— Une catin qui n'est autre que votre mère, Marianne *Simpson*.

Marianne battit des cils sans comprendre.

— Je vous rappelle que vous êtes en présence d'une dame, Votre Majesté, intervint Sin d'un ton glacial.

Le roi éclata d'un rire dément.

— Une dame ! C'est vrai, mais uniquement par une alliance impie. Elle est le rejeton d'une épouse infidèle et du fléau de l'Europe.

— Êtes-vous en train de dire que la mère de Mlle Simpson est mariée au prince de Pontecorvo ? demanda Sin, incrédule.

— C'est exactement cela, répondit Gustave en serrant sa fourchette et dévisageant Marianne comme s'il allait bondir par-dessus de la table pour la poignarder. Et son mari et elle se déclarent maintenant prince et princesse héritiers de Suède.

Dominic pouffa et Marianne éprouva une furieuse envie de lui tordre le cou.

— Puis-je apporter quelques éclaircissements, Votre Majesté ?

Le roi hocha sèchement la tête.

— Du fait d'une succession d'événements fortuits, le roi Gustave a eu connaissance d'un renseignement intéressant. Depuis que Désirée, la princesse héritière, a abandonné son fils et le prince pour aller à Paris, il y a eu chez elle un certain nombre de… d'espions, appelons un chat un chat. Certains à la solde de son mari, d'autres du Riksdag, et d'autres encore… disons juste que certaines des oreilles indiscrètes sont des entrepreneurs privés cherchant à vendre des renseignements au plus offrant. Son Altesse royale et moi-même commencions à désespérer de trouver un moyen de sortir de ce délicieux petit marigot, lorsque nous avons appris que Désirée avait été une princesse très vilaine, il y a vingt et un ans.

Il sourit.

— Mais je ne l'ai réalisé fortuitement qu'à Paris l'année dernière, en voyant un portrait de la princesse héritière dans les journaux. Car, oyez, oyez ! Je me souvenais de l'endroit où j'avais vu ce visage : dans un médaillon que j'avais trouvé dans un théâtre de Whitechapel. Vous imaginez mon chagrin quand j'ai compris qui était la femme du portrait.

— Je m'étonne que vous n'ayez pas volé le médaillon, cracha Marianne.

Loin d'être offensé, il sourit.

— J'y ai bien songé, mais je savais que votre oncle, ou plutôt Barnabas, en aurait fait toute une histoire. Et je n'étais pas en position de gérer sa colère à l'époque.

Il haussa les épaules.

— Quoi qu'il en soit, la graine était plantée, et il y a huit mois, j'ai enfin pu en faire quelque chose. Je suis allé rendre visite à la princesse héritière. Je n'ai pas eu de mal à la trouver : bien qu'elle soit censée vivre incognito, tout le monde la connaît.

— Et pour quelle mystérieuse raison a-t-elle accepté de vous recevoir ? demanda Marianne d'un ton cinglant.

Sans s'émouvoir, il but une gorgée de vin.

— Elle a accepté parce que je lui ai dit avoir découvert deux miniatures tout à fait fascinantes dans un charmant médaillon.

— Deux ! s'écria Marianne en se levant d'un bond. Vous avez donc bel et bien volé Barnabas. Espèce de…

Le roi tira un pistolet de sous la table et le braqua dans sa direction. Sa main tremblait, preuve qu'il n'était pas très à l'aise avec le maniement des armes à feu. Dominic tendit une main prudente et la posa sur celle de Gustave. Les deux hommes se dévisagèrent avant que le roi lâche le pistolet, la mine sombre. Dominic le posa à côté de son verre et se tourna vers Marianne.

— Assieds-toi, s'il te plaît.

Sin posa la main sur son bras et murmura :

— Marianne.

Elle se rassit.

— Vous avez volé l'autre portrait.

— Non, répondit-il d'un air offensé. Non, ma chère, cette miniature était en possession de Barney il y a encore quelques nuits, lorsque je lui ai pris sa précieuse sacoche.

Sans cesser de sourire, il fouilla dans sa veste et en sortit un petit paquet enveloppé de tissu.

— Aimerais-tu le voir, Marianne ?

Le sang se mit à cogner dans les tempes de Marianne lorsqu'il fit glisser le portrait sur la table. Elle le ramassa, le regarda, et éclata de rire.

— Vous êtes fou !

— Non, ma chère. Je crains que ce ne soit la vérité.

— Puis-je ? s'enquit Sin.

Elle lui tendit le portrait sans mot dire.

— Mon Dieu ! s'écria-t-il en relevant vivement la tête. Quelle espèce de…

Dominic leva la main.

— Si vous voulez bien m'écouter, je vais vous raconter une histoire.

Il attendit que Marianne acquiesce, puis :

— À peine un an après avoir épousé Joséphine, Bonaparte était en campagne lorsqu'il a reçu une lettre l'informant de l'infidélité de sa chère épouse avec un officier français. Il a parcouru des centaines de kilomètres comme un fou pour rentrer à Paris. La confrontation avec Joséphine a été… explosive. Jamais plus il ne vénérerait l'épouse à laquelle il avait envoyé quantité de lettres d'amour. À Paris, il est allé retrouver Désirée, qu'il avait aimée autrefois et qu'il avait affreusement traitée : alors qu'ils étaient fiancés, il avait rompu. Malgré cela, ils étaient restés bons amis, et, à cette occasion, ils devinrent amants. Désirée et Bonaparte étaient tous deux mariés, bien sûr. Neuf mois plus tard,

Désirée s'est trouvée dans une situation délicate : elle n'avait pas vu son mari depuis presque un an car il était en campagne, et a dû prendre une décision difficile. Cette décision, ma chère Marianne, c'était toi.

Elle regarda de nouveau la miniature. L'homme était tristement célèbre. Elle avait vu de multiples portraits de lui dans les journaux, mais jamais de peinture. Et cependant son nez, quelque chose dans la mâchoire, et surtout sa bouche, ressemblaient aux siens. Cela étant, beaucoup de gens se ressemblaient.

Elle leva les yeux.

— Ce pourrait être une coïncidence.

— Peut-être. Mais la lettre, elle, n'en est pas une…

— Barnabas m'a parlé de la lettre de Sandrine…

— Non, ma chère, pas celle-là. Celle de ta vraie mère.

Son cœur se serra.

— Ma mère ? Mais… je ne…

Elle s'interrompit et fusilla Dominic du regard.

— Quand bien même ce serait vrai, qu'est-ce que cela peut vous faire ? Et à vous ? ajouta-t-elle à l'adresse du roi. Vous espérez vraiment soutirer de l'argent à un membre d'une famille royale en échange de ma modeste personne ?

— Réfléchissez une minute, petite dinde, gronda Gustave. Si la princesse héritière de Suède a donné naissance à l'enfant de Bonaparte alors qu'elle était mariée au prince héritier, vous croyez que mon peuple aura envie de les couronner ? Qui pourra affirmer que leur fils – leur enfant unique à la connaissance de mon peuple – n'est pas lui aussi de Bonaparte ? Le peuple est déjà mécontent de Désirée parce qu'elle refuse de vivre dans le pays qui l'a choisie pour reine. Mais que la reine soit la putain de Napoléon ?

Il éclata d'un rire hideux.

— Jamais de la vie !

— Vous croyez vraiment que mon existence suffira à obliger le prince à s'effacer ? Qui de nous deux est la dinde ?

Ce fut à son tour d'éclater de rire. Gustave cria quelque chose dans sa langue, et ce n'était guère flatteur, soupçonna Marianne.

— Nous vous utiliserons de la manière qui nous plaira, décréta le roi, dont la main se crispa autour de son couteau avec tant de force que ses articulations blanchirent. Vous pouvez vous laisser faire poliment, ou nous pouvons vous ligoter et vous mettre dans une caisse.

— Me laisser faire pour quoi ?

— Pour aller en Suède, naturellement.

Marianne lâcha un cri étranglé, son regard passant du visage furieux du roi à celui, goguenard, de Dominic. Ce dernier haussa les épaules. À en juger par son expression moqueuse, il ne croyait aucunement à ce stratagème et se contentait de faire plaisir à l'ancien monarque dément. Probablement moyennant finances.

Elle n'aurait même pas dû s'en étonner. C'était tellement typique de Dominic !

— Que gagnez-vous dans tout cela ? lui demanda-t-elle.

— La satisfaction de savoir que j'ai fait mon devoir, répondit Dominic. Oh, et une jolie somme d'argent de la part de ta mère ! ajouta-t-il avec un rictus narquois.

— Si vous pensez que deux miniatures et ma présence convaincront qui que ce soit de votre folle histoire, vous vous faites des illusions. Même moi, je n'y crois pas.

— Tu oublies la lettre, objecta Dominic en plongeant de nouveau la main dans la poche intérieure de sa veste.

— Encore une chose que vous avez volée ?

— Écoute, si cela n'avait tenu qu'à Barnabas, jamais tu n'aurais su la vérité. Il t'assurera qu'il ne t'a rien dit parce que ta mère le lui avait demandé, mais en réalité il s'est tu à cause de l'argent. Sans moi, tu aurais vécu jusqu'à la fin de tes jours dans l'ignorance. Tu devrais me remercier.

Elle ricana et s'empara de la lettre.

— Pourquoi la lui donner ? protesta Gustave.

— Quelle importance ? fit Dominic.

Le roi fronça les sourcils.

— Et nous allons rester là à attendre qu'elle se décide ?

— Rien ne presse et nous n'avons pas terminé le repas, Votre Majesté.

Dominic posa un regard irrité sur la table.

— Où sont les domestiques ? Pourquoi n'ont-ils pas débarrassé ? Il n'y a pas de dessert, ce soir ?

— Actionnez la cloche, ordonna le roi.

Marianne adressa aux deux hommes un regard méprisant et déplia la lettre.

*Ma très chère Marianne,*

*Je t'écris cette lettre alors que tu n'as qu'un mois afin que tu puisses la lire pour ton vingt et unième anniversaire et que tu saches que ta mère t'aime.*

*J'espère de tout cœur que tu es une jeune Anglaise heureuse grâce aux bons soins de Sandrine Simpson, une femme qui a toujours été aussi proche de moi que ma propre sœur Julie.*

*Par où commencer ?*

*Par le début, je suppose.*

*Je suis née Désirée Clary.*

*Ton père – qui porte à présent le nom de Napoléon Bonaparte – et moi-même nous connaissons et nous aimons depuis des années. Mon amour pour lui n'a jamais faibli, mais le sien s'est émoussé. C'est Napoléon qui a rompu nos fiançailles pour épouser une autre femme, prénommée Rose. Il n'aimait pas ce prénom et a préféré l'appeler Joséphine. Cela résume bien ton père, Marianne : intrépide et courageux, mais, je le crains, souvent insensible et égoïste.*

*J'ai vu qu'il était sincèrement amoureux d'elle, comme il ne l'avait jamais été de moi. C'était un amour passionné, qui le consumait.*

*Ma sœur Julie, ta tante, ayant épousé son frère Joseph, je suis restée proche de la famille et je suis allée m'installer à Paris avec eux.*

*Étais-je en colère, blessée ? Ma fierté, je crois, a souffert plus que mon cœur.*

*Ton père se sentait coupable de m'avoir rejetée et désirait me marier pour soulager sa conscience. Grâce à lui, j'ai été présentée à des célibataires et encouragée à me marier. C'est ainsi que j'ai épousé l'un des généraux de ton père, un homme bon et noble, bien que je ne puisse pas dire que nous nous soyons aimés.*

*D'une certaine façon, le monde entier connaît les événements ayant présidé à ta naissance. Ton père a découvert que Joséphine avait pris un amant. La lettre qu'il lui a écrite était passionnée et remplie de souffrances. Les Britanniques ont capturé le messager porteur du courrier, et le sujet a été utilisé pour l'humilier dans toute l'Europe.*

*Bien peu de gens en revanche connaissent une autre facette de l'histoire : lorsque ton père est revenu à Paris, ce n'est pas sa femme qu'il est allé d'abord trouver. C'est moi.*

*Ai-je honte de l'avoir reçu ? Non, je l'avoue.*

*Mon mari avait une maîtresse.*

*Joséphine avait un amant.*

*Et Napoléon avait beaucoup de femmes. Ce que j'ai fait, pour les gens comme nous, n'est pas tellement inhabituel.*

*Mais avoir un enfant alors que mon mari ne pouvait à l'évidence en être le père ? Non, je ne pouvais permettre que cela se sache. Cela aurait détruit trop de vies.*

*Je t'ai privée de beaucoup de ce qui te serait revenu si tu étais ma fille légitime. Pourquoi ai-je fait cela ? Je ne vais pas mentir, c'était en grande partie pour éviter la honte et le scandale. Je savais que tu porterais toujours le stigmate de ta naissance. La vie à la cour est vaine et superficielle, et je la méprise. Je souhaitais mieux pour toi.*

*Mais il est aussi vrai que je craignais pour ta vie, Marianne. Être l'enfant de Napoléon est un fardeau synonyme de danger. On a maintes fois attenté à sa vie. Je souhaitais que tu vives en lieu sûr.*

*Me détestes-tu pour ce que je t'ai fait ? Me détestes-tu de t'avoir tenue dans l'ignorance jusqu'à aujourd'hui ? Pourras-tu me pardonner ? Bien que je ne puisse te reconnaître comme ma fille, j'aime à croire que peut-être un jour...*

*Mais c'est un désir insensé, je préfère ne pas le nourrir.*

*Tandis que je te regarde dans ton berceau à côté de mon bureau, je pense à tout ce que je vais manquer. Mais je prie pour que tu mènes une existence plus libre et plus heureuse que celle que j'aurais pu t'offrir ici.*

*Je t'aime et t'aimerai toujours,*

*Ta mère, Désirée*

Les mots devinrent flous sur la page, et Marianne fixa le parchemin, l'esprit en déroute.

Elle ne voulait pas lever les yeux. Elle voulait retourner dans sa roulotte, s'enfermer et s'enfouir sous les couvertures.

— Que diable se passe-t-il ? aboya Dominic.

Elle releva la tête. Une vieille femme voûtée se tenait sur le seuil.

— Qui êtes-vous ? Où est Frau Meyer ? tonna Dominic.

— Je suis Gerta, et je travaille en cuisine, répondit la femme, qui tremblait de tous ses membres.

— Que faites-vous là ?

— Des hommes sont arrivés, avec des fusils, et tout le monde s'est enfui.

— Quels hommes ?

Dominic bondit sur ses pieds, et sa chaise se renversa avec fracas. Il avait attrapé le pistolet sur la table et le braquait sur la pauvre femme. Le roi, Sin et Marianne se levèrent à leur tour.

— Pose ce pistolet, Strickland, ordonna Sin.

Dominic fit un pas en arrière et tourna son arme vers lui.

— Je te conseille fortement de t'asseoir, mon cher duc. *Maintenant.*

Il obéit, mais quand Marianne voulut l'imiter, Dominic secoua la tête.

— Non. Toi, tu viens ici, à côté de moi. S'il y a des inconnus armés au château, cela a sûrement à voir avec toi. Si tu es près de moi, ils ne tireront pas.

— Cesse d'agiter cette arme, Strickland, tu vas blesser quelqu'un.

— Et ça pourrait bien être toi, Staunton. Ici, ordonna-t-il à Marianne.

Elle pressa la main de Sin avant de rejoindre Dominic. Ce dernier se tourna vers la porte et découvrit que la domestique était entrée dans la pièce. Il fronça les sourcils.

— Qu'est-ce que vous faites là ? Reculez !

La vieille femme remua si vite que le mouvement fut à peine perceptible. Un éclat argenté traversa la pièce. Dominic hurla, lâcha le pistolet et agrippa sa main ensanglantée.

— N'y songez pas, Votre Majesté, Mlle Tremblay ne manque jamais son coup, avertit une voix familière qui semblait venir du ciel.

Marianne leva la tête. Guy se trouvait sur la mezzanine. À côté de lui, Cécile avait un fusil braqué sur Gustave.

Le roi avait reculé jusqu'à la cheminée et cherchait à attraper le pistolet posé sur le manteau.

— Les mains en l'air, ordonna Guy.

Gustave obéit.

— Je ne suis pas mécontent de vous voir tous les deux ! lança Sin à ses amis.

— Vous nous avez gardé quelque chose à manger ? demanda Guy.

— Espèce de garce ! siffla Dominic.

Le visage déformé par la douleur, il se tenait la main et fusillait du regard la vieille femme qui n'était autre que...

— Jo ! s'écria Marianne.

La Sabreuse lui adressa un de ses sourires paresseux.

— Bonjour, Marianne.

— Vous m'avez entaillé la main ! geignit Dominic.

— Oh, mon pauvre, ça fait mal ? demanda Marianne.

— À ton av...

Elle savait qu'elle allait souffrir, mais elle s'en moquait. La douleur explosa dans son poing quand elle heurta la mâchoire de Dominic, mais le voir s'effondrer sur le sol valait bien un os cassé.

— Vous aviez eu raison de me ligoter, Dominic, dit Marianne en secouant la main.

— Je confirme, elle a un excellent crochet du droit, déclara Elliot en pénétrant dans la pièce, suivi de près par Barnabas et Sonia.

— Content de te revoir, vieux frère, dit Sin.

Elliot lui adressa l'un de ses rares sourires.

— Content d'être là. Je reconnais que l'avenir s'annonçait quelque peu critique, à cause de notre ami Dominic ici présent.

L'intéressé se redressa laborieusement et s'assit sur le sol en tenant sa main en sang.

— Comment diable as-tu réussi à échapper à Broussard ? grogna-t-il. Il a trente-cinq hommes armés !

— Grâce à une aide précieuse, répondit Elliot en jetant un coup d'œil à la Sabreuse, qui se délestait de sa coiffe de cuisinière et des lourds vêtements dont elle s'était costumée.

Dessous, elle portait un vieux pantalon, une veste et des bottes.

— Une seule bonne femme ? s'exclama Dominic.

— Elle n'a pas perdu de temps pour te mettre à terre, fit remarquer Elliot avec un sourire narquois.

Dominic se leva tant bien que mal.

— Je ne...

— Maudit salopard de menteur !

Barnabas bouscula Joséphine et Elliot pour s'élancer sur Dominic, qu'il projeta à terre. Il l'enfourcha, saisit les revers de sa veste et lui cogna la tête sur le sol.

— On avait passé un marché ! Je t'aidais à mettre en scène ta mort et à te faire sortir d'Angleterre, et tu étais censé me donner ce maudit cahier. Mais tu...

Elliot et Jo se placèrent de part et d'autre de Barnabas, glissèrent les mains sous ses bras, le soulevèrent et le remirent debout.

Dominic lutta pour se relever et siffla :

— Comment oses-tu lever la main sur moi, espèce de...

Il se jeta sur Barnabas comme pour le frapper, mais au dernier moment, il saisit le couteau planté dans sa main et enroula son bras valide autour de son cou.

— Reculez ! gronda Dominic à Jo et à Elliot tout en entraînant Barnabas vers la cheminée où se tenait le roi, pétrifié. Que tout le monde sorte d'ici. Je veux qu'on fasse préparer la chaise de poste de Son Altesse royale, et qu'on y charge la malle remplie d'argent.

— Sinon quoi ? cria Guy depuis son balcon.

— Sinon je tue Barnabas. Ce n'est certes pas un otage de choix, mais je sais qu'aucun d'entre vous n'est un assassin...

— Pardon pour tout, Marianne, dit Barnabas d'une voix étrangement calme tandis que sa main glissait dans sa manche dont il tira un couteau.

— Mon oncle, non !

Elle voulut s'élancer vers lui tandis qu'il enfonçait la lame dans le flanc de Dominic, mais Sin la retint.

Trois choses se produisirent alors simultanément : Dominic plongea la lame dans le cou de Barnabas, une détonation retentit, et la tête de Dominic explosa, éclaboussant la pièce de sang, d'os et de cervelle.

— Non ! hurla Sonia dont le cri fut couvert par celui de Gustave.

Marianne échappa aux bras de Sin et courut vers Barnabas. Elle s'agenouilla là où il était tombé. En découvrant la longue balafre en travers de sa gorge, elle comprit qu'il n'y avait pas d'espoir.

Barnabas chercha sa main à tâtons, remua les lèvres, mais aucun son n'en sortit.

Sonia s'était laissée tomber de l'autre côté et sanglotait bruyamment en essayant de refermer la plaie hideuse sur son cou.

— Je vous aime, mon oncle, chuchota Marianne en lui étreignant la main.

Elle ne saurait jamais s'il l'avait entendue.

# 33

— Staunton ? appela Guy.

Sin tourna la tête. Cécile et lui étaient descendus de la galerie, dont l'escalier devait se trouver quelque part à l'extérieur de la salle à manger.

Ils s'attardaient près de la porte, où Gustave tentait de se faufiler. Sin se dirigea vers le roi.

— Où allez-vous, Votre Majesté ?

Gustave posa brièvement les yeux sur la table avant de reculer. Sin regarda à son tour la table et comprit.

— Cette lettre ne vous appartient pas, dit-il en tendant la main.

— Je n'en ai pas besoin. Je peux révéler la vérité sans la lettre, glapit Gustave, en proie à une rage impuissante.

— Vous pourriez, concéda Sin. Mais qui vous écouterait ? En outre, vous devez savoir que même avec cette lettre, votre cause est sans espoir.

— Ces imbéciles du Riksdag méritent de savoir à qui ils ont affaire ! cria-t-il.

— Donnez-moi la lettre.

Furieux, Gustave fouilla dans la poche de sa veste et fourra la lettre dans la main de Sin.

— Voilà, *Votre Grâce*. Quittez tous ma maison à présent.

— Une dernière chose. La miniature, s'il vous plaît.

Le roi cracha quelques mots en suédois.

— Je n'ai pas eu l'occasion de le demander à Strickland, mais comment en êtes-vous venu à vous associer avec lui ?

Gustave serra les dents et Sin crut qu'il allait l'envoyer au diable. À tort.

— Je l'ai rencontré dans une gentilhommière non loin d'ici, il était venu jouer aux cartes. Je l'ignorais alors, mais il s'était fait un ennemi en la personne de Beauvais. Je crois qu'il avait essayé de prendre plus que sa part.

Il haussa les épaules.

— Il avait besoin d'argent et était prêt à tout pour s'en procurer.

Il fusilla Sin et Guy du regard, puis recula devant l'expression glaciale de Cécile.

— Quant à *vous*, vous avez commis un meurtre sous mon toit, l'accusa-t-il en la montrant du doigt. Si vous savez ce que...

Guy s'interposa.

— Ne lui parlez pas sur ce ton, Votre Majesté.

— Où sont mes domestiques ? Vous les avez assassinés aussi ?

— La plupart sont dans la cuisine. Je leur ai dit que c'était un jour de fête et qu'ils s'amusent. La dernière fois que je les ai vus, ils étaient dans votre cave à vin. Vos hommes en revanche, ceux qui étaient armés, sont dans votre cachot. Un peu à l'étroit, à neuf.

Joséphine, qui se déplaçait toujours sans faire le moindre bruit, vint se planter à côté du roi.

— Ils resteront dans le donjon jusqu'à notre départ, demain.

Elle pivota vers la porte ouverte ; quelques hommes dépenaillés attendaient dans le couloir.

— Emmenez Son Altesse royale dans ses appartements et veillez à ce qu'elle y reste jusqu'à notre départ.

Gustave regarda avec dégoût un homme portant des vêtements sales et armé d'un gourdin entrer dans la pièce et lui saisir le bras. Le sourire qu'il lui adressa n'était pas peu terrifiant lorsqu'il déclara :

— J'ai toujours voulu voir comment vivaient ceux qui étaient nés du bon côté.

— Une sec...

Son ravisseur lui plaqua la main sur la bouche et l'entraîna à sa suite. Quand ils furent partis, Guy déclara :

— J'emmène Mlle Tremblay à la cuisine, nous allons chercher quelque chose à manger.

Il adressa un regard bref mais éloquent à Cécile, qui contemplait avec horreur le corps de Strickland.

— Bien sûr, dit Sin.

Guy desserra avec précaution les doigts de Cécile de son arme et la tendit à l'un des hommes de Jo avant de quitter la pièce avec elle. Joséphine s'approcha d'une des fenêtres, attrapa les rideaux de velours et tira d'un coup sec. La tringle tomba, ainsi que les deux rideaux et de gros morceaux de plâtre. La Sabreuse fit signe aux hommes de main qui restaient – il y avait aussi deux femmes, nota Sin – et indiqua les corps.

— Enveloppez-les dans ces tentures et descendez-les dans la cour. Le vieux palefrenier connaît sûrement quelqu'un au village qui pourra les enterrer.

Ils se mirent aussitôt au travail.

— Vous auriez pu demander de vieux draps plutôt que de tout saccager, fit remarquer Elliot à mi-voix.

Sans relever, Jo désigna Sonia, encore agenouillée, en larmes, à côté de Barnabas.

— Et elle ? demanda-t-elle.

— C'est à Marianne de décider, dit Sin.

Il lut de la pitié sur le visage de Marianne, qui répondit :

— C'est une traîtresse et une espionne, mais je n'ai pas envie de la ramener de force pour la faire punir. Barnabas l'aimait. En dépit de tous ses défauts, il a fait ce qu'il a pu pour moi. Peu m'importe ce qu'elle décide de faire, dès lors qu'elle ne remet plus jamais les pieds en Angleterre.

Sonia lui décocha un regard qui n'était pas aussi reconnaissant qu'il l'aurait dû, puis suivit les hommes qui transportaient les corps enveloppés dans le velours.

Joséphine alla s'asseoir sur le siège libéré par le roi et s'attaqua aux restes du dîner.

Avec un petit rire, Sin se tourna vers Elliot, qui sourit.

— Elle fait ce qu'elle veut, quand elle le veut, déclara-t-il d'un ton presque… fier.

Il prit place sur le siège de Dominic, écarta son assiette et approcha le plat de gibier rôti.

— J'espère que cela ne vous ennuie pas ? dit-il. Nous avons été un peu trop occupés pour prendre le temps de manger.

— Servez-vous, dit Sin.

Il tira une chaise pour Marianne puis s'assit à côté d'elle.

— Raconte-nous ce qui s'est passé depuis ton départ, demanda-t-il.

— Strickland nous faisait espionner depuis que nous avons débarqué à Calais, expliqua Elliot entre deux bouchées.

— Pourquoi ne me l'as-tu pas dit ? s'étonna Sin.

— Parce que je l'ignorais. C'est Mlle Brown qui me l'a appris.

— Pourquoi ne pas nous l'avoir dit ? demanda-t-il à la Sabreuse.

Elle ne parut pas l'entendre et continua de manger.

— Jo ? appela Marianne.

Elliot pouffa en voyant qu'elle ne levait même pas la tête.

— Quand elle ne veut pas entendre, elle n'entend vraiment pas. Bref, Strickland a révélé mon identité à la bande qui a causé tant de problèmes à Lille, les Chats rouges, et ils m'ont appréhendé sur la route de Charleville. Ils m'ont un peu bousculé, mais avant qu'ils puissent me remettre aux autorités et réclamer la récompense...

— Quoi ?

Sans relever – il semblait avoir adopté l'habitude de Joséphine –, Elliot poursuivit :

— ... Mlle Brown et les gars que tu viens de voir sont arrivés. Elle avait une longueur d'avance sur nous – et sur Strickland – depuis notre arrivée en France. Elle soupçonnait Barnabas ou Sonia, ou les deux, d'être de mèche avec lui.

— C'est vous qui avez pris les armes dans la roulotte ? demanda Sin.

— Oui. Désolé de ne pas te l'avoir dit. Mais Mlle Brown ne voulait pas appréhender Strickland avant qu'il vous attire tous dans sa tanière. Elle voulait être sûre d'avoir accès aux renseignements qu'il comptait utiliser pour extorquer de l'argent à Marianne. Nous vous avons donc suivis.

Il jeta un coup d'œil à Marianne et ajouta :

— Votre médaillon et le joli coffret émaillé sont en lieu sûr, à propos.

— Merci.

— Comment avez-vous franchi le barrage des gardes ? voulut savoir Sin. Ils n'étaient pas vraiment menaçants, mais bien armés.

— En effet, et c'est la raison pour laquelle Mlle Brown est entrée la première. Elle a réussi à les distraire suffisamment pour éviter une fusillade. Cécile et Guy avaient utilisé le canif apporté par Angus dans le cachot pour forcer les cadenas. Ils étaient libres et nous attendaient quand nous sommes arrivés.

— Comment a-t-elle fait diversion ? s'enquit Sin.

— Arlette, Monique – les deux femmes que tu viens de voir – et Mlle Brown se sont habillées comme des... euh...

— Prostituées, compléta Jo qui repoussa son assiette et chercha une serviette du regard.

N'en trouvant pas, elle s'essuya les mains sur les manches de son manteau crasseux.

— Qui es-tu ? lui demanda Marianne. Et pourquoi as-tu fait tout cela ?

Jo avala le contenu du verre du roi et posa son regard froid sur Marianne.

— Qui je suis n'a pas d'importance. Quant aux raisons, on m'a payée pour veiller sur ta sécurité et démasquer Strickland. J'ai aussi été payée pour t'emmener à Reims.

— Reims ! protesta le duc. Ce serait de la folie.

Ce n'était que la deuxième fois que Marianne entendait Staunton hausser le ton.

— Oui, Reims, répéta calmement Joséphine.

— Et qu'y a-t-il à Reims ?

— Je suis aussi payée pour ne pas divulguer cette information, répliqua-t-elle.

Comme d'habitude, elle avait un couteau entre les mains et le faisait tourner d'un air blasé.

— Par la personne qui m'a payée pour veiller sur Marianne pendant ce voyage, précisa-t-elle.

Marianne posa la main sur le bras du duc qui s'apprêtait à discuter.

— Je présume qu'il s'agit d'une personne capable de répondre à mes questions ? hasarda-t-elle.

— Je ne suis pas payée pour le savoir.

Sin laissa échapper un ricanement agacé.

— Je vais y aller, annonça Marianne en exerçant une douce pression sur son bras.

— Seule Marianne doit venir, intervint Jo. Je la raccompagnerai en Angleterre ensuite. Les autres sont libres de faire ce qu'ils veulent. Y compris vous, monsieur Wingate, ajouta-t-elle en décochant un regard ironique à Elliot.

— J'irai là où Marianne ira, riposta Sin sans laisser à Elliot le temps de répondre. J'espère que cela ne sera pas un problème.

Son ton était sans appel. Joséphine fit tourner une dernière fois son couteau avant de le glisser dans sa botte.

— Ce que vous faites m'est égal.

— Moi aussi, je viens.

C'était Cécile qui avait parlé. Elle se tenait sur le seuil de la salle à manger avec Guy. Tous deux portaient des plats chargés de nourriture.

— N'essaye pas de m'en dissuader, ajouta-t-elle à l'adresse de Marianne.

— Je serais très heureuse que tu viennes, répondit Marianne, sincère.

— Dans ce cas, soupira Guy, j'imagine que je vais vous accompagner moi aussi. Elliot, tu te joins à nous ?

— Je n'ai rien d'autre à faire d'urgent.

Jo le gratifia d'un regard froid.

— Nous partirons demain matin à la première heure.

Sur ce, elle se leva et se dirigea vers la porte.

— Je vais m'assurer que les hommes préparent les roulottes.

— Je vais vous aider, proposa Elliot en lui emboîtant le pas.

Cécile posa le plat sur la table bruyamment avant de se laisser tomber sur une chaise en poussant un soupir découragé.

— Pourquoi est-ce que je me donne autant de peine ?

— Ne vous inquiétez pas, chérie, je vais tout manger, l'apaisa Guy.

— Marianne, ceci vous appartient, dit Sin en lui tendant la lettre et la miniature.

Elle sourit.

— J'ai l'impression que vous me remettez constamment mes lettres, Votre Grâce. Vous désirez la lire ?

— Vous le souhaitez ?

— Oui.

Le document était trop accablant pour qu'elle le conserve, même si c'était la seule et unique lettre qu'elle ait jamais reçue de l'un de ses parents.

— J'aimerais que vous la lisiez avant que je la brûle, ajouta-t-elle, la mort dans l'âme.

Quelques heures plus tard, Marianne s'affala sur la poitrine de Sin, le souffle court.

— Votre endurance n'est plus ce qu'elle était, murmura-t-il.

Elle éclata de rire.

— À votre place, cher vieillard, j'économiserais ma salive. Vous me semblez bien essoufflé vous-même.

— Vieillard ? répéta-t-il d'un ton menaçant en la faisant rouler sous lui si vivement que la tête lui tourna. Vous me trouvez vraiment vieux ? demanda-t-il en donnant un coup de reins.

— Pitié ! gémit-elle. Je ne pensais pas ce que je disais.

Avec un petit sourire triomphant, il se retira et bascula sur le côté. Prenant appui le coude, il contempla Marianne et repoussa les cheveux humides sur sa tempe.

— Épousez-moi.

Le cœur de Marianne, qui commençait à peine à ralentir, tambourina de plus belle.

— Sin...

— Pourquoi pas ?

— Parce que... vous ne pouvez pas.

— Aucune loi ne me l'interdit, répliqua-t-il avec ce regard hautain qu'elle lui avait vu la première fois qu'ils s'étaient rencontrés.

Sauf que désormais, elle connaissait l'homme qui se dissimulait derrière cette expression – un homme qui ne donnait pas son cœur à la légère et qui aimait profondément quand il le faisait.

— Je suis flattée... Attendez, laissez-moi terminer, s'écria-t-elle comme il ouvrait la bouche pour protester.

Il fronça les sourcils, et elle reprit :

— Plus que flattée même. Mais pouvez-vous honnêtement affirmer qu'épouser la Baronne Boxeuse ne compromettra pas votre position au Parlement, et parmi vos pairs ? Ni ne discréditera les causes pour lesquelles vous vous battez depuis longtemps ?

— Cela dérangera peut-être certaines personnes, mais...

— M'épouser détruirait tout ce pour quoi vous vous êtes sacrifié. Les gens de Staunton et...

— De quoi parlez-vous ? la coupa-t-il en se redressant. Quels sacrifices ? Et que savez-vous de Staunton ?

— Vous avez renoncé à tant de choses pour vos gens. Vous avez renoncé à l'amour de votre vie pour que...

— Taisez-vous.

Ses yeux verts étaient glacials soudain.

— J'imagine que Guy vous a parlé ?

Marianne se mordit la lèvre.

Il jura, puis grimaça.

— Pardonnez-moi, ma chérie, je m'oublie.

— S'il vous plaît, ne morigénez pas Guy, cela partait d'une bonne intention...

— Quelles âneries vous a-t-il racontées et quand ? Bon sang ! cria-t-il avant qu'elle puisse répondre. De quoi diable se mêle-t-il, celui-là ?

Elle ne put s'empêcher de rire.

— Je découvre une facette de votre personnalité dont j'ignorais qu'elle puisse seulement exister.

— Lorsque quelqu'un s'immisce dans mes histoires avec la femme que j'aime, j'ai tendance à m'énerver un peu.

Voyant son expression stupéfaite, il confirma :

— Oui, vous m'avez bien entendu. Je vous aime, Marianne. Je me fiche des sornettes que vous a racontées Guy. C'était à Lille ? hasarda-t-il. J'en étais sûr ! s'exclama-t-il lorsqu'elle acquiesça. C'est pour cela que vous n'êtes pas venue me retrouver ?

Elle acquiesça de nouveau, et il retint visiblement un juron.

— Redites-le-moi, murmura Marianne.

Le regard de Sin s'aiguisa comme il revenait de là où son esprit s'était égaré – sans doute un futur dans lequel il cassait la figure à son ami.

— Je vous aime, Marianne, dit-il avant de l'embrasser avec fougue. Il vous a parlé de Jenny, n'est-ce pas ?

— Oui, et…

— C'est vous l'amour de ma vie.

— Mais…

— J'aimais Jenny. Je l'aimerai toujours, mais c'était un amour d'enfance, Marianne. J'avais dix-sept ans quand j'ai renoncé à elle. Cela m'a rendu malheureux, bien sûr, je m'en étais toutefois remis lorsque j'ai demandé sa main à Vanessa. Et j'ai été honnête avec elle. Je lui ai dit que je n'étais pas amoureux d'elle, mais que je m'engageais à lui être fidèle toute ma vie. C'est ce que j'aurais fait. Avec le temps, je me suis profondément attaché à elle.

Plongeant son regard ardent dans le sien, il ajouta :

— Mais *vous*… vous êtes l'amour de ma vie. Allons, qu'y a-t-il ? murmura-t-il en essuyant les larmes qu'elle n'avait même pas senties couler.

— Cela gâcherait votre vie, Sin. Vous seriez montré du doigt…

Il posa l'index en travers de ses lèvres.

— Tout se passera bien. Il y aura un scandale, du genre de ceux que la haute société adore. John Lade a épousé…

— Lade est un baron dégénéré, pas lord Parfait.

Il se rembrunit en entendant ce surnom qu'il détestait.

— Ce ne serait pas la première fois qu'un duc épouse…

— Vous allez parler des sœurs Gunning. Mais elles étaient filles de vicomte, pas…

— Pas la fille de la reine de Suède et de l'empereur des Français ?

— Mon Dieu, Saint John ! Cela ne ferait qu'empirer les choses.

— Redites-le.

— Cela ne ferait que…

— Pas cela. Mon nom.

— Comment pouvez-vous plaisanter à propos d'une affaire aussi sérieuse ? grommela Marianne.

— Je ne plaisante jamais à propos de mon nom.

— Si la vérité de mes origines venait à être connue, vous seriez déshonoré.

— Quand cette lettre aura disparu, il n'y aura plus la moindre preuve, Marianne. Personne n'ajouterait foi à une histoire pareille. Bon sang, moi-même j'ai du mal à y croire alors que je sais que c'est vrai. Et maintenant, dit-il en se hissant sur elle, j'ai mieux à faire que de me disputer avec ma fiancée.

Seules deux roulottes se rendraient à Reims, car Marianne avait donné celle de Barnabas à Sonia. Sin ignorait ce qu'elle lui avait dit ; il savait juste que Sonia ne serait pas du voyage.

Alors qu'il se préparait à partir, Marianne s'approcha de la roulotte que Sin partageait avec Guy et Elliot et jeta sa valise à l'intérieur.

— Je voyage avec vous, annonça-t-elle en croisant les bras.

Guy, qui s'apprêtait à charger ses propres bagages, la dévisagea, perplexe.

— Mais…

Appuyée contre la roulotte des femmes, Cécile soupira et lança :

— Prenez vos sacs, milord.

Guy obéit sans hésiter, puis il se renfrogna en réalisant ce qu'il venait de faire. Cécile vint lui prendre le bras et l'emmena vers l'autre roulotte. Sin se tourna vers Marianne, qui était devenue pensive.

— Cela ne vous ennuie pas ?

— Si cela m'ennuie ? s'écria-t-il avec hauteur. J'allais vous *ordonner* de rester avec moi.

Elle éclata de rire, comme il l'avait espéré, et s'apprêtait à grimper à l'intérieur lorsqu'il posa la main sur son bras.

— Attendez… nous ne sommes pas censés conduire ?

— Non. C'est Elliot qui conduira celle-ci, et Jo l'autre.

— Hmm, comme c'est pratique…

Sin découvrit à quel point ça l'était au cours des six jours qui suivirent. Ils firent l'amour jusqu'à Reims – un voyage trop rapide selon eux –, ne voyant Cécile et Guy que lorsqu'ils dressaient le camp le soir et se retrouvaient le matin pour le petit déjeuner.

Aucun d'eux ne savait où dormaient Jo et Elliot.

— Vous croyez qu'ils sont…

— Amants ? suggéra Sin.

Ils étaient enlacés, nus et en sueur, et il trouva charmant qu'elle rougisse. C'était leur dernière nuit sur la route, et il y avait une certaine tension entre eux. Il était heureux de parler de quelqu'un d'autre.

— C'est tout juste si Jo remarque sa présence, ajouta-t-il.

— En tout cas, Elliot, lui, l'a remarquée, dit Marianne avec un petit sourire.

— Je la trouve très jolie, finalement, si l'on fait abstraction des couteaux.

— Et de l'oiseau.

Ils s'esclaffèrent.

— En effet, concéda Sin, s'habituer à Angus serait un véritable défi.

— Elliot a une maîtresse à Londres ?

— Je n'en sais rien, avoua-t-il. C'est un homme très secret.

Elle hésita, puis :

— Et vous, vous avez une maîtresse à Londres ?

— Pas en ce moment, répondit-il en repensant à sa dernière conversation avec Alanna.

— Mais vous en aviez une autrefois.

— Oui, autrefois.

— Un autrefois très lointain ?

Il lui souleva le menton, la forçant à le regarder.

— Le sujet n'est guère intéressant, je trouve.

— Vous ne vous interrogez pas à propos de Dominic et moi ?

— J'essaye de ne pas y penser.

— Mais cela vous est arrivé.

Il poussa un soupir.

— De quoi s'agit-il, Marianne ?

— Je m'interrogeais...

— Oui ?

— Lorsque vous vous marierez...

— Vous voulez dire lorsque *nous* nous marierons, rectifia-t-il.

Elle ne discuta pas, mais n'acquiesça pas non plus. Peu lui importait, il avait largement le temps de la convaincre.

— Que vouliez-vous me demander ? l'encouragea-t-il.

— Quand vous vous marierez, aurez-vous une maîtresse ?

Il se redressa sur les coudes.

— Vous ne me connaissez donc pas suffisamment pour le savoir ?

Elle tressaillit.

— Pardonnez ma brusquerie, s'excusa-t-il. Mais je suis... offensé.

Elle le fit se rallonger, et il ne résista qu'un instant.

— Je suis horriblement jalouse, avoua-t-elle, le prenant de court.

— Ma foi, j'espère ne jamais vous donner de raisons de l'être.

Il lui caressa les cheveux et la serra contre lui.

— Je suis comme ces oiseaux qui s'accouplent pour la vie.

— Les vautours, voulez-vous dire ?

Il éclata de rire.

— Petite peste ! gronda-t-il en glissant la main sous les couvertures pour lui pincer les fesses. Je pensais à un volatile beaucoup plus majestueux.

— Une oie ?

Il leva les yeux au ciel.

— Oui, Marianne… je suis comme une oie.

Elle rit à son tour, et il sourit bêtement. Existait-il quelque chose de plus intime que de rire avec son amante après avoir fait l'amour ?

Quelques instants plus tard cependant, elle rompit le charme.

— Je sais que vous ne ressemblez en rien à Dominic, cela dit, jamais je n'aurais imaginé qu'il me ferait ce qu'il a fait. Alors, je suppose que…

— Vous n'avez pas confiance en votre jugement ?

Elle hocha la tête. Sin avait espéré garder cette histoire-là enfouie à jamais, mais elle était encore trop proche de la surface pour que Marianne l'oublie, devinait-il.

— Et si vous me racontiez ce qui s'est passé, mon cœur ?

Elle aurait voulu cesser de revenir sur le sujet, mais quelque chose l'y poussait quand bien même Sin lui faisait clairement comprendre qu'il ne voulait rien savoir. Elle ne pouvait le lui reprocher – elle non plus ne voulait pas entendre parler de ses maîtresses. Ni de leur nombre, ni de leur beauté, ni de rien.

Pourtant…

Elle ferma les yeux. Elle l'aimait tant ! Mais à une époque de sa vie, elle avait été presque aussi obsédée par Dominic. Lui aussi avait affirmé qu'il l'aimait. Il l'avait charmée, courtisée, lui avait donné l'impression qu'elle était la seule femme au monde à ses yeux.

Certes, elle était plus naïve à l'époque, elle sortait à peine de pension… Barnabas l'avait d'abord tenue à l'écart de Dominic, jusqu'à ce qu'elle commence à boxer, puis soudain il l'avait encouragée à le fréquenter.

— Il m'a fait la cour. Il pouvait se montrer absolument charmant, un parfait gentleman. Jamais le moindre geste ni la moindre parole déplacés, et il insistait toujours pour que nous soyons accompagnés d'un chaperon. C'était…

— Enivrant ? Flatteur ?

— Oui.

— J'ai vu Dominic à l'œuvre dans moult opérations de séduction, Marianne. Moi-même j'ai succombé à son charme, d'une certaine façon. Il nous a tous utilisés. Vous n'avez pas été la seule à être bernée. Il avait de nombreux talents, sa capacité à fasciner les gens n'étant pas le moindre. Du moins pendant un certain temps.

— Ma foi, il m'a fascinée suffisamment longtemps pour que j'accepte de l'épouser. Quasiment dès que nous nous sommes installés chez lui à Chatham, il a commencé à changer. Au début, ce n'était pas très grave – il rentrait au petit matin, parfois. Et puis il a amené des gens à la maison.

Elle prit une profonde inspiration.

— J'ai grandi dans un cirque. J'aurais dû être… insensible à la débauche. Mais vous qui avez passé du temps avec nous, vous savez combien Barnabas était très strict.

— Oui. Je reconnais avoir été surpris qu'il y ait aussi peu de…

— Vice, je crois que c'est le terme que vous avez employé.

— Vous avez raison, dit-il avec un petit sourire contrit. J'avais tort d'assimiler la Foire aux autres cirques.

— J'étais horrifiée par ce que Dominic faisait faire aux gens. Et tous ceux qui travaillaient pour lui étaient désespérés et accablés. Il organisait des fêtes tous les soirs, la vie devenait chaque jour plus sordide. Un jour, je l'ai surpris dans l'une des chambres d'amis au lit avec deux femmes.

Sin l'étreignit sans mot dire.

— Je ne savais pas quoi faire, Sin. Je croyais que nous étions mariés et que j'étais piégée. C'était horrible. Et puis il y a eu cette annonce dans les journaux et j'ai découvert que Dominic était déjà marié depuis presque un an. Je le soupçonne maintenant d'être à l'origine de cette annonce soudaine et mystérieuse. C'était le meilleur moyen de se débarrasser de moi sans avoir à me révéler lui-même la vérité.

Elle se hissa sur un coude et regarda Sin.

— À l'époque, il savait qui était mon père – il avait découvert la lettre et le médaillon. Je pense qu'il avait prévu de fuir l'Angleterre depuis un certain temps, et qu'il comptait m'utiliser une fois en France. Il espérait que je serais une autre corde à son arc dans la haute société française. Mais alors…

— Mais alors votre père a subi des revers de fortune, et être le gendre de Bonaparte n'était plus un atout.

— En effet. Je donne l'impression de me chercher des excuses pour avoir été aussi sotte, je le sais, mais j'aurais juré sur ma vie que la cérémonie entre nous était réelle, Sin. J'ai été… littéralement anéantie en découvrant la vérité.

— Dominic était passé maître dans l'art du mensonge et de la duplicité, Marianne. Vous avez toutes les raisons de vous méfier des hommes, mais je vous promets que je placerai toujours votre vie, votre sécurité et votre bonheur avant les miens.

Elle prit sa joue en coupe et le gratifia d'un regard d'une infinie tendresse.

— Je sais, je n'ai jamais sous-entendu que…

— Chut, dit-il en l'obligeant à se rallonger près de lui. Il faut dormir à présent, ma chérie.

— Demain, nous serons à Reims, dit-elle en étouffant un bâillement. À votre avis, qui m'attend là-bas ?

— Je l'ignore.

Mais il espérait de tout son être que cela ne lui briserait pas le cœur.

# 34

Comme toutes les villes qu'ils avaient traversées, grandes ou petites, Reims se préparait à la guerre.

Marianne voulait monter Reggie, mais Jo avait tranquillement suggéré qu'elle mette une robe lorsqu'ils s'étaient tous retrouvés ce matin-là pour le petit déjeuner.

— Vous êtes ravissante, murmura Sin comme Marianne lissait nerveusement la robe élégante empruntée à Cécile.

Il s'était rasé, mais il portait toujours des lunettes et des vêtements modestes.

Assis sur la banquette de la roulotte, tous deux contemplaient les rues animées par la fenêtre. Tous les journaux glorifiaient Bonaparte, publiant les paroles déjà célèbres qu'il avait prononcées à Grenoble en ouvrant sa redingote devant les troupes royalistes : « S'il est parmi vous un soldat qui veuille tuer son empereur, me voici ! »

Au lieu de lui tirer dessus, les troupes s'étaient précipitées vers lui. Arrivé à Paris depuis plusieurs semaines, il démantelait le gouvernement français et se préparait à la guerre tandis que la coalition alliée semblait traîner des pieds. Sin préférait ne pas penser à ce qui se passerait si l'on n'arrêtait pas Bonaparte avant qu'il parvienne à rallier le reste du pays.

Marianne indiqua la magnifique cathédrale qui se dressait devant eux.

— Notre-Dame de Reims, murmura-t-elle. On a du mal à imaginer que son homonyme parisien puisse être plus imposant, n'est-ce pas ?

La cathédrale de Reims était impressionnante, et ils se dirigeaient droit sur elle. Ce fut en effet sur le parvis que s'arrêta Joséphine.

Ignorant sereinement les cris outrés des cochers français, Jo sauta à terre, Angus sur son épaule, et vint ouvrir la porte.

— C'est ici que tu descends, Marianne, annonça-t-elle, puis elle sortit quelque chose de la sacoche qu'elle avait en bandoulière et le lui tendit.

C'était une étole de dentelle noire qui avait vu des jours meilleurs.

— Mets ceci sur ta tête et assieds-toi au fond de la cathédrale – côté droit, dernier rang. Quelqu'un viendra te rejoindre.

— Comment diable quelqu'un peut-il venir la rejoindre ? demanda Sin. Nous venons à peine d'arriver.

Le regard opale de Joséphine se posa sur le duc, et un petit sourire apparut sur ses lèvres.

— Ne vous inquiétez pas, Votre Grâce, Marianne est attendue.

Le Français en colère dont la charrette était coincée derrière eux perdit patience. Il bondit à terre et se rua vers eux sans cesser de crier. Tandis que Joséphine se tournait vers lui, Sin étreignit Marianne et l'embrassa.

— Quoi qu'il arrive, quoi que vous entendiez, sachez que je vous aime de tout mon cœur.

Les yeux de Marianne la picotaient et elle se mordit la lèvre, craignant de sangloter comme une enfant si elle ouvrait la bouche.

Elle quitta la roulotte.

Appuyé contre celle-ci, les bras croisés, la Sabreuse regardait d'un air narquois le charretier vociférant contre Angus. Ce dernier sautillait sur l'épaule de Jo et hurlait des insultes en français, sa voix ressemblant étrangement à celle de sa maîtresse. Marianne ne put s'empêcher de rire en l'entendant lancer un ordre particulièrement grossier et anatomiquement impossible au Français furibond.

Les laissant se quereller, elle s'empressa de gagner la cathédrale. Elle s'immobilisa un instant pour admirer la superbe rosace, les myriades de sculptures, les frises et les gargouilles, puis s'obligea à poursuivre son chemin.

Lorsqu'elle franchit le narthex et s'avança dans la nef, l'impression d'entrer dans la maison de Dieu la submergea. Là encore, elle s'arrêta pour contempler, émerveillée, le plafond voûté qui s'élevait à une hauteur inimaginable.

Elle n'était jamais entrée dans une église catholique. Bien qu'il n'y ait pas de messe en cours dans l'édifice presque désert, elle nota de subtiles différences dans la structure elle-même.

— Excusez-moi, murmura une femme derrière elle, et Marianne se rendit compte qu'elle s'était arrêtée au beau milieu de l'allée.

Elle jeta un coup d'œil vers le dernier rang. Il était vide.

Elle alla s'asseoir. Alors qu'elle admirait les magnifiques vitraux remplis d'hommes couronnés et d'anges, elle sentit un mouvement à côté d'elle. La femme qui venait de prendre place portait un voile si épais qu'on ne distinguait pas ses traits. À en juger par ses vêtements, elle devait être gouvernante.

— Si vous voulez bien m'accompagner, mademoiselle ? dit-elle avec un fort accent français.

Marianne hocha la tête et se leva, le cœur battant. La femme la précéda le long d'un circuit labyrinthique dans les entrailles de l'imposant édifice. Enfin, une éternité plus tard, sa guide s'arrêta devant une porte sculptée et frappa doucement.

— Entrez ! dit une voix à l'intérieur.

La femme ouvrit la porte et fit signe à Marianne de pénétrer dans une pièce remplie de livres et somptueusement meublée, manifestement le cabinet de travail de quelque personnage éminent.

Une femme d'âge moyen, brune et menue, s'approcha d'elle, les mains tendues, l'air émerveillé.

Après une hésitation, Marianne tendit les mains et sa mère les serra à lui faire mal.

— Mon Dieu, dit-elle, les larmes aux yeux, comme vous lui ressemblez !

Elle dévisagea Marianne si longtemps que celle-ci commença à s'agiter, mal à l'aise.

— Oh, mais je manque à tous mes devoirs ! s'exclama la princesse héritière de Suède en rougissant. Venez, dit-elle en indiquant le siège qu'elle venait de libérer. Asseyez-vous. Lavigne est allée chercher du thé. S'il vous plaît, asseyez-vous.

Marianne ne se fit pas prier ; elle avait les jambes en coton.

Les deux femmes se dévisagèrent, puis Désirée murmura :

— Je suis désolée, vous devez être très mal à l'aise. Mlle Brown m'a dit que vous n'aviez entendu parler de moi que tout récemment.

— Oui, il y a quelques semaines. Et je ne connais l'identité de mon p-père que depuis huit jours.

— Pardonnez-moi, c'étaient les instructions que j'avais données à Sandrine. Je voulais attendre que vous soyez majeure pour vous révéler la vérité.

Elle fit une moue et son menton se mit à trembler. Puis elle se pencha en avant et s'empara des mains de Marianne.

— Avez-vous souffert ? S'il vous plaît, dites-moi que je n'ai pas fait une erreur en vous confiant à Sandrine. Elle était si heureuse, elle qui ne pouvait pas avoir d'enfant. Elle m'écrivait quatre fois par an. Avant de mourir, elle m'a envoyé un ultime message dans lequel elle parlait d'une de ses cousines, Sonia, et de son mari Barnabas.

Une douleur sourde martelait les tempes de Marianne ; elle avait du mal à réfléchir.

— Pardon, je parle, je parle, je pose trop de…

Marianne lui pressa la main.

— Je vous en prie… euh… Votre Altesse royale, vous êtes…

La reine secoua la tête vigoureusement.

— Non, non, non ! Ne m'appelez pas ainsi. Si vous ne pouvez pas me dire « maman »…

Elle hésita, devinant sans doute les réticences de Marianne.

— Appelez-moi Désirée.

— Merci… Désirée.

— Mais continuez, je vous ai interrompue.

— Je voulais simplement dire que j'étais… ma foi, un peu stupéfaite.

— C'est tout naturel.

— Et pour répondre à votre première question, non, je n'ai pas souffert. Barnabas – l'homme qui m'a élevée – m'a recueillie presque aussitôt après la mort de ma… ma mère. Ma vie avec lui a été peu conventionnelle, mais pas malheureuse, dit-elle sans mentir.

— Et vous n'avez jamais manqué de rien ?

— Non.

— Dieu que je suis soulagée !

Elle adressa à Marianne un regard gêné.

— Vous devez vous demander comment tout cela est arrivé. Vous me prenez certainement pour une personne épouvantable.

— Non, je vous assure.

On frappa à la porte et la bonne entra avec un plateau. Le temps que le thé et les pâtisseries soient installés sur la table, l'expression anxieuse de Désirée s'était quelque peu estompée.

— Je vais faire le service, Lavigne, dit-elle.

Lorsqu'elles furent de nouveau seules, elle reprit la parole.

— Ma sœur Julie est mariée à Joseph Bonaparte. C'est elle qui m'a présentée à son frère.

Un sourire nostalgique flotta sur ses lèvres.

— Votre père était… comment dire ? Dès qu'il entrait dans une pièce, plus personne n'existait. Il n'était que sous-officier à l'époque, mais nous sentions tous qu'il était voué à un grand destin… encore qu'aucun d'entre nous n'avait deviné jusqu'où il irait ! ajouta-t-elle avec un petit rire. Lorsqu'il est parti pour Paris, les choses ont vite évolué. J'ai appris plus tard que beaucoup de femmes lui tournaient autour.

Elle adressa à Marianne un regard presque fier.

— Et il vous a été infidèle ?

Désirée haussa les épaules et but une gorgée de thé.

— Cela, je l'ignore. Quoi qu'il en soit, il a rompu nos fiançailles. Il était fou d'elle, de Joséphine.

— Je suis désolée, murmura Marianne.

— Ne le soyez pas, c'était il y a longtemps. Et pour être honnête, cela ne m'a pas brisé le cœur. Je suis venue à Paris pour être avec ma sœur, mais aussi parce que la famille de Napoléon souhaitait m'avoir là-bas.

Elle fit la grimace.

— Ils détestaient Joséphine. Si vous saviez de quels noms ils la traitaient, pouffa-t-elle. Mais je n'arrivais pas à la haïr. Vous savez, c'est moi qui ai porté son voile lors du couronnement.

— Je l'ignorais.

Elle rit encore, son rire était contagieux.

— Les gens me dévisageaient curieusement, mais cela a toujours été le cas. Encore maintenant, du reste.

Elle adressa à Marianne un petit sourire espiègle et soupira.

— Napoléon se sentait coupable vis-à-vis de moi et avait hâte de me marier. Je me suis de nouveau fiancée, mais le pauvre garçon est décédé. Napoléon ne s'est pas avoué vaincu, et peu après, j'ai épousé Charles. Enfin, à l'époque, il n'était que Jean-Baptiste Jules Bernadotte.

Elle indiqua la théière, mais Marianne secoua la tête ; elle avait à peine touché à sa tasse.

— Bernadotte est de la même trempe que votre père.

L'estomac de Marianne se crispait chaque fois que cette femme faisait allusion à l'homme qui était encore une fois sur le point de mettre le monde à feu et à sang.

— Que voulez-vous dire ?

— Charles est un homme qui était destiné à forger son propre avenir. Il a tant d'ambition !

Elle soupira.

— Je... Disons simplement que la vie à la cour ne me convient pas. Mais nous étions mariés, et tout allait bien. Encore qu'à l'époque...

Elle s'interrompit et se mordit la lèvre, une habitude qu'avait Marianne également.

— La famille de Charles et les Bonaparte étaient... enfin il y avait des dissensions entre eux. La période était houleuse. On a attenté à la vie de votre père, les liens d'amitié entre mon mari et lui se sont tendus. Pendant un peu plus d'un an, je n'ai pas vu Bernadotte, qui était en campagne. Je n'ai pas revu votre père non plus. Jusqu'à la fin de l'année 1795, lorsqu'il m'a rendu une visite tout à fait inattendue à Paris. Il avait appris la relation de Joséphine avec un jeune officier.

— Vous en parlez dans la lettre, murmura Marianne en rougissant.

— Ah oui, c'est vrai ! Les lettres qu'il écrivait à Joséphine jusqu'alors étaient très passionnées.

— Elle vous laissait les lire ?

Désirée sourit avec indulgence.

— Elle laissait sa bonne les lire, et très vite, tout le monde a su qu'il était follement amoureux. La vie à la cour n'est guère différente de celle dans un petit village où tout le monde sait tout sur tout le monde. Quoi qu'il en soit, il était très passionné, ce qu'il n'avait jamais été avec moi. De son côté, elle était plutôt froide. Pas au début, je pense, mais…

Elle adressa à Marianne un regard timide.

— Il n'était pas fidèle ? devina-t-elle.

— En effet. La première fois, il l'a trompée avec une de ses demoiselles de compagnie. Et par la suite… Comment savoir ? Quoi qu'il en soit, Joséphine ne lui a pas pardonné. Et alors qu'il était au loin, elle s'est vengée. Il était fou de rage en le découvrant, et certains ont cru qu'il allait divorcer. Il est venu me trouver, en colère et blessé. Il m'a dit…

Ses joues rosirent.

— Il m'a dit des choses idiotes. Je crois que durant cette nuit-là, il a pensé qu'il avait bel et bien commis une erreur en mettant un terme à nos fiançailles.

Elle se mordilla la lèvre, joua avec la passoire à thé.

— Nous sommes devenus amants.

Elle leva les yeux et croisa le regard de Marianne.

— Ce fut la seule et unique fois. Ensuite, il a quitté Paris sans me dire un mot.

Elle but une gorgée de thé, puis gratifia Marianne d'un doux sourire.

— Et neuf mois plus tard, vous êtes arrivée.

— Et votre mari… n'était…

Désirée claqua de la langue.

— Non, les dates ne coïncidaient pas. Bernadotte était encore au loin. Je n'aurais pas pu le lui expliquer.

— Vous avez dû avoir très peur.

— J'étais terrifiée. Mais Sandrine était ma très chère dame de compagnie depuis l'enfance. C'est elle qui a eu l'idée de dire que je partais me reposer à la campagne.

Son regard se fit lointain.

— Après votre naissance, j'ai voulu vous garder auprès de moi, mais j'avais promis à Sandrine qu'elle pourrait vous adopter. Or tout le monde savait qu'elle était stérile – son mari l'avait abandonnée à cause de cela. Elle vous a donc emmenée pour commencer une nouvelle vie. Je savais que c'était mieux ainsi.

— Et mon… mon père, est-il au courant de mon existence ?

— Bien sûr, je le lui ai dit. D'ailleurs, c'est lui qui vous a donné votre nom.

Quelque chose d'étrange, et de pas désagréable, chatouilla le cœur de Marianne.

— Vraiment ?

— Oui, répondit Désirée en souriant. Marianne est l'héroïne de la Révolution, vous le savez, bien sûr. C'est un prénom inspiré et noble.

Elles gardèrent le silence un moment avant que Désirée le brise :

— Brown m'a dit qu'un duc voyageait avec vous ?

— En effet, confirma Marianne, qui n'avait pas particulièrement envie de parler de Sin avec une inconnue. Quant au roi, ou plutôt de l'ancien roi, il est possible qu'il révèle mon existence à votre mari ou au gouvernement suédois.

Désirée pouffa.

— Il ne possède ni la lettre ni les miniatures.

— La lettre a été brûlée et c'est moi qui détiens les portraits.

— Dans ce cas, jamais personne ne le croira.

— Mais votre mari pourrait penser…

— Charles est au courant de votre existence.

— Vraiment ? s'exclama Marianne, stupéfaite.

— Oh, oui ! dit Désirée avec un éclat de rire enfantin. Vous n'avez pas idée des manigances insensées qui se trament à la cour. C'est épouvantable. Pourquoi croyez-vous que je repousse mon retour en Suède ?

Marianne s'était posé la question.

— Même à Paris, j'ai des espions chez moi. C'est comme cela que Charles a appris votre existence, il y a bien longtemps. Naturellement, de son côté il fait surveiller Gustave. Si pitoyable soit-il, il a été roi de Suède, et le contexte politique actuel pourrait donner de mauvaises idées à certains. C'est Charles qui a fait engager votre Mlle Brown, et c'est elle qui a découvert le lien entre Gustave et ce baron.

Jo, encore !

— Qui est-elle exactement ? risqua Marianne.

— Je l'ignore, mon petit, répondit Désirée avec un sourire nerveux. La première fois que je lui ai parlé, elle a proposé de… d'*éliminer* purement et simplement Gustave et Strickland. C'est le terme qu'elle a utilisé.

Marianne en resta bouche bée et Désirée hocha la tête.

— Lorsque je lui ai dit que l'idée ne me plaisait pas, elle a proposé de se rendre à Londres pour enquêter. Elle a déclaré que cela valait sans doute mieux, que c'était le seul moyen de… comment a-t-elle formulé cela, déjà ? Ah oui, d'arracher les mauvaises herbes avec toutes leurs racines !

Marianne frissonna.

— Oui, c'est une femme redoutable. Elle m'a été hautement recommandée, aussi l'avons-nous laissée guider nos décisions, l'autorisant à improviser en fonction des événements.

Avec un sourire penaud, elle ajouta :

— Les choses se seraient passées plus en douceur si votre père n'était pas revenu de l'île d'Elbe, bien sûr. J'ai été horrifiée qu'on vous ait laissée affronter une situation aussi périlleuse. La seule chose qui me rassurait était de savoir que Brown vous accompagnait.

Jo et Angus, ses anges gardiens.

— Bien, dit Désirée. Je n'ai pas beaucoup de temps. Je vais devoir rentrer bientôt à la maison. La situation… ma foi, vous imaginez dans quel état est Paris à l'heure qu'il est.

— Êtes-vous en danger ?

— Oh, non ! J'ai réussi à garder des amis dans les deux camps, si incroyable que cela paraisse. Louis a été bon envers moi.

Elle pinça les lèvres avant d'ajouter :

— Quoique pas au point de me laisser emmener ma chère sœur et son mari à Paris, toutefois.

Marianne faillit éclater de rire. Dans la mesure où son beau-frère – son *oncle* à elle ! – était le frère de Napoléon, que le roi de France rechigne à l'inviter à vivre à la cour était compréhensible.

— Avant de partir, je souhaiterais vous parler de ce duc.

Marianne s'empourpra sous le regard intense et pénétrant.

— Ah, dit Désirée en hochant la tête. Vous êtes amoureuse.

Marianne faillit nier, puis se rendit compte que c'était sa seule et unique chance de parler sincèrement avec la femme qui l'avait mise au monde.

— Oui.

— Est-ce celui que les journaux surnomment lord Parfait ?

— Oui.

— Vous avez accepté d'être sa maîtresse officielle ?

— Non ! s'écria-t-elle, vexée que cette femme puisse l'envisager.

— Ce n'était pas une insulte, dit Désirée avec un sourire. Je suis fière que vous ayez attiré l'attention d'un tel homme.

— Il m'a demandée en mariage, souffla Marianne.

Quelle mouche l'avait piquée ? Se vanter d'une chose pareille !

— Mon Dieu ! s'exclama Désirée. Il doit être très épris.

— Il l'est. Et je le suis également. C'est la raison pour laquelle je ne peux accepter.

— Mais pourquoi ? s'étonna Désirée. C'est à cause de ce que m'a raconté Brown, que vous avez été humiliée par ce…

Ses lèvres se pincèrent et l'espace d'un instant, Marianne crut qu'elle allait réellement cracher…

— … ce porc de Strickland ?

— En partie. Mais savez-vous ce que je fais dans le cirque de mon oncle ?

— Brown m'a dit que vous étiez sa comptable ?

De toutes les choses qu'avait révélées Jo, pourquoi avoir menti sur son métier ?

— Non, ce n'est pas moi qui tiens ses livres de comptes. Je me produis dans un numéro. Je suis pugiliste.

Désirée arrondit les yeux, sous le choc.

— Vous êtes… boxeur ?

— Je crois qu'on dit boxeuse.

Comme Désirée ne souriait pas à sa plaisanterie, Marianne se sentit obligée d'ajouter :

— Vous comprenez à présent pourquoi je ne peux accepter la demande en mariage du duc.

— C'est assurément un… obstacle… Mais vous dites que vous l'aimez ?

— Oui.

— Dans ce cas, il peut peut-être se marier avec une autre et continuer à vous voir.

— Jamais il ne ferait une chose pareille.

— Pourquoi ?

— Parce que c'est un homme bon et honorable, déclara Marianne d'un ton ferme. En outre, jamais je n'accepterais une telle offre.

Désirée semblait avoir beaucoup de choses à dire sur les aristocrates censés rester fidèle, mais elle garda prudemment cela pour elle.

— Qu'allez-vous faire ?

— Gérer l'affaire de Barnabas.

— Je ne comprends pas… L'argent ne suffit pas ? Je peux en envoyer davantage.

— Ces cinq cents livres, c'était extrêmement généreux…

— Cinq cents livres ? Mais mon homme d'affaires fait virer mille cinq cents livres sterling chaque année, le jour de votre anniversaire, dans une banque anglaise.

— Vous envoyez de l'argent tous les ans ? répéta Marianne.

— Vous ne l'avez pas reçu ?

— Non.

— Quelqu'un doit bien l'avoir !

Marianne comprit soudain pourquoi Sonia avait pris soin de récupérer la sacoche de Barnabas avant de partir. Elle avait bêtement cru que c'était sentimental, mais elle devait contenir des renseignements concernant ce compte en banque.

— Je ne sais pas. C'est la première fois que j'entends parler d'un compte bancaire ou d'argent.

Désirée posa la main sur le poing serré de Marianne.

— Ne vous tracassez pas, dit-elle, se méprenant sur les raisons de sa colère. Je veillerai à ce qu'un nouveau compte soit ouvert, et cette fois vous serez la seule à y avoir accès. J'aurais dû faire cela il y a longtemps, dès que vous avez été suffisamment âgé pour être mise au courant.

— C'est très gentil, dit Marianne, mais vous n'êtes pas obligée de...

— J'y tiens ! Il y a aussi l'argent que votre père a mis de côté pour vous, bien sûr.

— Il a fait cela ?

— Mais oui. Ce n'était que justice. Il a fait la même chose pour...

Elle s'interrompit.

— Pour les autres enfants qu'il a eus en dehors des liens du mariage ? devina Marianne. J'ai beaucoup de demi-frères et sœurs ?

Qu'elle ne rencontrerait jamais.

— Quelques-uns. Et bien sûr, mon Oscar, que j'ai eu avec Charles.

— Vous n'avez qu'un enfant ?

— Non, j'ai aussi une fille.

Marianne s'apprêtait à demander son nom lorsqu'elle vit l'étincelle d'humour dans le regard de sa mère.

— Ah, dit-elle.

— Vous êtes ma fille, Marianne. Si vous étiez née à une date différente, vous auriez été princesse.

— Mais ce n'est pas le cas.

— Non, malheureusement.

Sa tristesse se dissipa et elle lui adressa un grand sourire.

— Mais peut-être serez-vous duchesse.

Marianne ne prit pas la peine de protester. Le genre d'existence que menait sa mère était si éloigné du sien qu'elle serait incapable de comprendre à quel point cette union était impossible.

Aussi laissa-t-elle Désirée continuer à nourrir d'agréables pensées.

Au moins l'une des deux pouvait se plaire à imaginer l'avenir de Marianne.

# 35

Debout sur le pont, Sin contemplait la mer qu'il avait traversée quelques semaines auparavant. Il avait cependant l'impression que cela remontait à une éternité.

Et il en allait de même pour les quatre jours écoulés depuis qu'il avait quitté Reims.

Ç'avait été sa dernière nuit avec Marianne.

— Nous devons mettre fin à notre histoire avant de rentrer en Angleterre, lui avait-elle dit au petit matin, après lui avoir raconté sa conversation avec sa mère, avoir pleuré un peu, puis lui avoir fait l'amour avec une ardeur qui l'avait laissé à la fois comblé et agité.

Il aurait dû deviner ce qui allait suivre.

Ce n'était pas – du moins pas uniquement – la perte de sa mère à peine retrouvée qu'elle avait pleurée. C'était l'adieu à un avenir possible avec lui. Il avait lu dans son regard qu'elle ne se laisserait pas fléchir – quand bien même il s'était abaissé à essayer.

Et en effet, elle était restée inébranlable.

— C'est ce que vous éprouvez pour l'instant, mais avec le temps, vous finiriez par m'en vouloir. Si, je le sais, avait-elle insisté comme il protestait. Un mariage aussi inégalitaire ne pourrait que devenir une source d'angoisse pour nous deux.

— Vous vous trompez, Marianne !

— Dans ce cas nous sommes destinés à n'être jamais d'accord.

Elle avait soupiré, les yeux mouillés de larmes.

— Vous m'aviez donné votre parole que cette histoire se terminerait avant notre retour en Angleterre. Vous comptez vraiment ne pas tenir votre promesse ?

Le coup était habile et violent. Au désespoir, il avait fini par répondre :

— Nous ferons comme vous le souhaitez.

Le trajet de Reims à Calais ne ressembla en rien à celui qui les avait emmenés de Himmelhause à Reims. Elliot, Sin et Guy partagèrent une roulotte tandis que les trois femmes occupaient l'autre. Les conversations, lorsqu'elles avaient lieu entre les deux groupes, étaient brèves et guindées. Sin n'était pas le seul, apparemment, à s'être fait signifier son congé.

Guy vint s'accouder près de lui au bastingage.

— Alors..., dit-il.

Sin évitait son meilleur ami depuis des jours. Cela n'avait pas été facile, vu qu'ils se côtoyaient toute la journée.

— Alors..., répéta Guy comme si Sin avait pu ne pas l'entendre.

— Tu ne vas pas me lâcher, n'est-ce pas ? demanda Sin.

— Non. Elle t'a envoyé promener ?

— Et toi, tu t'es fait envoyer promener ?

— Oui, répondit Guy, préférant visiblement discuter de sa situation que de se mêler de celle de Sin. Je crois qu'elles ont dû se donner mutuellement du courage à Reims. Je suppose que cela vaut mieux ainsi, soupira-t-il.

Sin n'était pas d'accord, mais il n'avait aucune intention de dévoiler son âme en loques, pas même à son plus vieil ami.

— Il n'empêche, à voir comme elle a réagi à mon offre, on aurait cru que je lui offrais un blaireau mort.

Sin haussa les sourcils.

— Tu lui as demandé de devenir ta maîtresse ?

— Bien sûr, répondit Guy en plissant le front. Que pouvais-je proposer d'autre ?

Sin le dévisagea sans répondre, et Guy écarquilla les yeux.

— Non !

Sin regarda de nouveau l'horizon.

— Tu as perdu la tête ?

Pourquoi ne cessait-on de lui poser cette question ? Il était parfaitement sain d'esprit.

— Qui a perdu la tête ? demanda Elliot en se plaçant de l'autre côté de Sin.

— Sin a demandé à Marianne de l'épouser.

Elliot ouvrit la bouche et haussa les sourcils. Il jeta un coup d'œil à Sin, et referma la bouche.

— Hmm.

— C'est tout ce que tu trouves à dire ? demanda Guy.

Elliot ne répondit pas.

— Et toi, avec… euh, Brown, Elliot ? enchaîna-t-il. Tu l'as demandée en mariage ? Il t'a d'abord fallu la permission d'Angus ? ajouta-t-il en gloussant.

Elliot était aussi expressif qu'un bloc de granit. Guy leva les bras.

— Quoi ? Je plaisantais ! Qu'est-ce que vous avez, tous les deux ? Vous pensiez que tout cela allait se terminer comment ? Je suis donc le seul à avoir encore un peu de bon sens ?

— Pas si le mot « sens » signifie ce que je crois.

Tous trois se retournèrent en entendant la voix moqueuse de Cécile.

Cécile et Jo, accompagnées d'Angus, venaient de monter sur le pont, et la Française adressa un sourire narquois à Guy en haussant un sourcil, comme pour le mettre au défi de répliquer.

Il s'en garda bien.

— Comment va Marianne ? demanda Sin.

— Elle survivra, répondit Cécile en venant s'appuyer au bastingage. Mais quand on a le mal de mer, on a envie de mourir.

— Par pitié, ne parlez pas de mal de mer, gémit Elliot en frissonnant.

— C'est vrai, dit Guy, à l'aller, c'était toi qui étais penché par-dessus le bastingage et qui… Non, rien, dit-il comme son ami le gratifiait d'un regard noir.

Cécile se tourna vers Sin, ignorant délibérément son ancien amant.

— Qu'allez-vous faire à votre retour à Londres, Votre Grâce ?

— Je ne vais pas à Londres, répondit-il, supposant que Cécile était en mission pour Marianne afin de déterminer la meilleure façon d'éviter une rencontre gênante lorsqu'ils débarqueraient. Je rentre chez moi, à Wortham.

Il ignorait combien de temps il y resterait. Ç'aurait été son plan s'il avait ramené Benjamin. Demeurer à Wortham jusqu'à la fin de l'année, continuer à faire croire qu'il était en Amérique.

À présent, cependant… Avec cette guerre en vue, il faudrait qu'il regagne la capitale tôt ou tard. Quand les gens s'étonneraient de ce retour inopiné, il devrait inventer une histoire.

— Moi, je vais à Londres, annonça Guy alors même que Cécile avait veillé à ne pas lui poser la question.

— Et vous ? demanda-t-elle à Elliot.

— Je vais reprendre le travail. J'aurai du pain sur la planche, je pense.

Il jeta un bref coup d'œil à Jo. Elle caressait la tête d'Angus qui ronronnait comme un chat et ne paraissait pas les écouter.

— Oui, ajouta-t-il un peu plus fort, ils vont avoir grand besoin de moi. Peut-être même voudront-ils engager de nouveaux employés ayant certains… talents.

Jo se dirigea vers la proue du navire, et Guy la regarda s'éloigner avant de se tourner vers Elliot.

— Es-tu en train de dire ce que je crois ?

— La Sabreuse a déjà un emploi, rappela Cécile à Elliot avant de poser un regard dur sur Guy. Nous aurons fort à faire avec la gestion du théâtre. Nous serons très occupées à *travailler*.

Guy se racla la gorge et se détourna de son regard venimeux.

— J'ai convaincu Marianne de se concentrer sur l'aspect administratif de l'affaire, ajouta-t-elle à l'adresse de Sin. Elle ne combattra plus.

Il le savait déjà. C'était la seule promesse qu'il avait réussi à lui soutirer lorsqu'elle lui avait annoncé qu'elle envisageait de poursuivre l'exploitation de la Foire.

Cela l'avait rassuré, mais n'avait pas comblé le vide béant en lui.

Marianne l'ignorait encore, mais l'été 1815 ne ressemblerait à aucun des autres étés qu'elle avait connus. Bien qu'affreusement malheureuse à son arrivée à Douvres, elle fut quelque peu distraite par l'atmosphère pesante qui teinta les semaines de mai et de début juin – semaines qui lui parurent des mois.

Après l'horreur ressentie par les Anglais devant les massacres perpétrés à Waterloo durant ces quelques jours de juin, le reste de l'été s'apparenta au réveil d'un cauchemar.

Désormais, les alliés étaient déterminés : Napoléon Bonaparte paierait pour ses actes.

Pendant plusieurs semaines, Marianne, de même que le reste du monde, se demanda si son père serait exécuté sur la place publique à Paris, s'enfuirait en Amérique ou, comme il semblait l'espérer, inciterait de nouveau le peuple français à se soulever pour prendre sa défense.

Finalement, il se rendit sans fanfare le 15 juillet 1815, le lendemain de la fête nationale, date du vingt et unième anniversaire de Marianne.

Le jour même, elle reçut une lettre d'un avocat français l'informant qu'un compte avait été ouvert à son nom sur lequel avait été déposée la somme princière

– c'était le cas de le dire – de cinq mille livres sterling, et l'assurance d'une rente annuelle de mille cinq cents livres.

Une autre lettre lui était parvenue, signée d'une certaine Marie Dupont. Marianne avait souri, heureuse que sa mère ait trouvé un moyen de lui écrire.

*L'atmosphère est sombre à Paris,* écrivait-elle. *Cette ville magnifique a été bouleversée deux fois en deux ans. Avec la restauration des Bourbons, on m'a suppliée d'endosser mes devoirs dans le Grand Nord glacial* – ces deux derniers mots avaient été soulignés plusieurs fois. *Je résiste à la pression, mais je ne sais pas pour combien de temps encore.*

*J'ai parlé avec votre père peu de temps avant qu'il quitte Paris pour se rendre en pèlerinage sur la tombe de sa bien-aimée.*

Marianne savait qu'elle parlait de Malmaison, la dernière demeure de Joséphine, près de la petite ville où elle était enterrée.

*Je lui ai parlé de vous. Sachez que son premier et dernier sourire fut lorsqu'il a appris de quelle façon sa fille avait autrefois gagné sa vie. « Elle est la fille de son père, a-t-il dit. Une combattante jusqu'au bout. »*

Il n'était pas impossible que Marianne ait essuyé une larme à la lecture de ces mots.

Mais comme le reste du monde, elle avait été soulagée lorsque le 23 juillet, son père avait embarqué sur le *Bellérophon*, le navire qui l'avait emmené vers sa nouvelle prison, l'île de Sainte-Hélène.

Le nom de Sin apparut souvent dans les pages politiques des journaux, cet été et cet automne-là. Mais ce ne fut pas avant l'hiver, et ce que l'on appelait la petite saison, qu'elle commença à le voir mentionné dans les colonnes des mondanités. La fissure dans son cœur se creusait un peu plus chaque fois que son nom était associé à celui d'une jeune fille à marier et probablement ravissante.

L'annonce de ses fiançailles était inévitable, elle le savait. Après tout, le duc de Staunton était un excellent parti, n'ayant pour seul rival que lord Carlisle.

Avant la fin 1815, les gens, riches ou pauvres, n'aspirant qu'à oublier cette année tumultueuse, les spéculations dans les chroniques mondaines s'emballèrent. 1816 serait l'année durant laquelle Staunton et Carlisle se marieraient et fonderaient un foyer, prédisait-on.

Au début de la nouvelle année, Marianne cessa de lire les journaux.

# 36

Durant les mois qui suivirent son retour, Sin fut beaucoup trop occupé par le chaos que causait le père de Marianne sur le continent pour s'apitoyer sur son sort.

Ses devoirs au Parlement l'occupèrent pendant tout l'automne et l'hiver 1815. Mais après Noël – qu'il avait stupidement décidé de passer à Londres au cas où *quelqu'un* changerait d'avis –, il renonça à l'idée que Marianne pourrait entendre raison.

Le jour de Noël, il reçut un message de sa tante Julia. Sa mère s'était éteinte dans son sommeil à l'âge de cinquante-six ans.

Les préparatifs d'obsèques dans l'intimité occupèrent le mois de janvier.

Alors qu'il s'apprêtait à regagner Londres, il reçut une lettre de Guy. Contrairement à la mère de Sin, dont tout le monde pensait qu'elle était morte depuis longtemps, le duc de Fairhurst, le grand-père de Guy, avait été fort apprécié, et son enterrement attira beaucoup de monde.

« La mort frappe toujours trois fois ». Tel fut le pronostic macabre de sa tante Julia lorsqu'elle l'accompagna à Londres pour l'occasion. Ce serait la première fois qu'elle prendrait part à une saison mondaine depuis la sienne, des décennies auparavant.

Elle n'était venue que parce qu'en raison de leur deuil familial, les festivités seraient réduites. Bien que sa tante ne soit pas aussi gênée que d'autres par ses cicatrices, elle était réservée de nature.

En gravissant le perron de Staunton House après une longue journée, Sin songea une fois de plus à quel point il était reconnaissant à sa tante de lui offrir un foyer. Même s'il rentrait souvent très tard, comme ce soir. Par le passé, vivre seul ne l'avait pas dérangé. Mais depuis qu'il était revenu d'Europe, sa maison lui paraissait encore plus grande et plus vide.

Comme d'habitude, Buffle ouvrit la porte avant même que Sin l'ait atteinte.

— Bonsoir, Votre Grâce, dit-il en prenant son chapeau. Je m'apprêtais à envoyer un valet vous porter un message.

Sin s'immobilisa, l'estomac noué.

— Il est arrivé quelque chose à lady Julia ?

— Oh, rien de la sorte, Votre Grâce ! C'est M. Wingate, il est dans la bibliothèque. Il avait décidé d'attendre votre retour, mais je pensais que vous voudriez le savoir.

— Vous avez bien fait, dit Sin en jetant un coup d'œil à sa montre.

Il était 23 heures passées. Il se demanda pourquoi Elliot ne l'avait pas simplement retrouvé au club, où il avait dîné avec Guy.

— Et ma tante ?

— Elle est montée se coucher il y a une heure, Votre Grâce. Puis-je vous faire apporter quelque chose ?

— Non merci, Buffle, à moins que M. Wingate n'ait réclamé à dîner ?

— Non, monsieur.

— Dans ce cas, vous pouvez disposer.

— Merci, Votre Grâce.

Assis au coin du feu, Elliot lisait le journal.

— Content de te voir, Staunton, dit-il en souriant et en posant le journal en question.

— Moi aussi, je suis content. Je croyais que tu resterais à Paris encore une semaine.

— Non, ce n'est pas moi qui ai tiré la courte paille et on m'a autorisé à rentrer plus tôt.

— La situation est si difficile ?

Elliot avait accepté une mission spéciale l'année précédente et avait passé le plus clair de son temps à l'étranger.

— Plutôt, oui, répondit-il en soupirant. Mais jusqu'à nouvel ordre, me voilà de retour.

Sin se servit un verre et souleva la carafe.

— Non, ça va, dit Elliot en montrant son verre. Buffle s'est occupé de moi comme si j'étais un petit-fils prodigue. Il m'a fait remarquer que j'avais maigri et a menacé de réveiller la cuisine pour me nourrir.

Sin inclina la tête et le jaugea du regard.

— C'est vrai que tu es un peu maigrichon.

Elliot pouffa.

— Alors, dit Sin en prenant place en face de son ami. Qu'est-ce qui t'amène ici à cette heure tardive ? Et sans même t'être arrêté chez toi, ajouta-t-il en remarquant sa tenue de voyage.

— Oui, je te présente mes excuses.

— Arrête, tu sais bien ce que je voulais dire.

Elliot se pencha vers la sacoche en cuir à côté de son fauteuil.

— J'ai là quelque chose qui pourrait être... très important.

Il sortit un courrier d'apparence officielle et le tendit à Sin.

— Qu'est-ce que c'est ?

— Mieux vaut que tu lises toi-même.

Examinant le sceau, Sin écarquilla les yeux.

— Tu es sûr que je peux...

— À vrai dire, non. J'enfreins plusieurs dizaines de lois et un bon nombre d'accords internationaux en te donnant ceci. Je ne plaisante qu'à moitié, ajouta-t-il devant le regard stupéfait de Sin. Ouvre et… ne me dis rien.

Intrigué, Sin décacheta le document et le déplia. Il avait beau avoir l'habitude des décrets et des missives royaux, il ne put s'empêcher de hausser les sourcils.

Ce n'était pas long, mais rédigé d'une écriture fleurie presque illisible. Lorsqu'il arriva au passage pertinent – et lut un nom très familier –, il releva vivement la tête.

Elliot souriait déjà.

— Espèce de diable, souffla Sin. Comment as-tu… ?

— Je n'ai rien à voir là-dedans. En fait, il semble régner une énorme confusion quant à la personne à qui l'on doit ce document et à la manière dont il est apparu. Bien que d'après les ragots, cela vienne de *l'étranger*.

Sin replia le papier avec précaution et le rendit à Elliot.

— Non, je n'en veux pas, dit ce dernier.

— Quoi ?

— Je pensais que tu voudrais le remettre en personne.

Sin ouvrit la bouche pour discuter, puis se ravisa. Déjà, son esprit s'emballait. Lorsqu'il le regarda, son ami – qui avait toujours un temps d'avance sur lui, apparemment – hochait la tête d'un air entendu.

Et pour la première fois depuis des mois, Sin sentit un vrai sourire lui incurver les lèvres.

— En effet, j'aimerais beaucoup le remettre en personne.

Marianne avait entendu plus d'une fois l'expression « s'arracher les cheveux ». Depuis qu'elle avait repris le cirque de son oncle, elle en comprenait vraiment le sens.

Francine, sa magicienne, brandissait son lapin, Henry, en jetant des regards accusateurs à Jo. Ou plutôt à Angus, perché sur l'épaule de la Sabreuse.

— Je sais que c'est lui qui l'a pris.

Elle parlait du jouet de Henry, une carotte en bois grossièrement sculptée par l'un des accessoiristes. Jusqu'à ce qu'elle rencontre Francine et Henry, Marianne ne savait même pas qu'il fallait un jouet à un lapin. Mais elle devait reconnaître qu'elle avait vu Henry mâchonner la carotte plus d'une fois.

Carotte qui avait disparu.

Jo, qui s'apprêtait à monter sur scène après l'interlude de Francine – si interlude il y avait, ce qui s'annonçait à présent hasardeux –, tira un couteau de l'une des nombreuses poches renforcées cousues dans son pantalon de cuir noir. Elle le fit tourner d'un air blasé. Quant à Angus, il affichait un air parfaitement innocent.

Marianne soupira – elle qui avait cru que ce travail serait beaucoup plus facile que de recevoir des coups dans la figure… Elle ressentait désormais un grand respect pour Barnabas et lui avait demandé pardon à de multiples reprises.

— Jo, dit Marianne d'un ton sec, comme chaque fois que Joséphine semblait absente.

Celle-ci tourna lentement les yeux vers Marianne.

— Hmm ?

— Est-ce qu'Angus a pris la carotte de Henry ?

— La carotte ? répéta-t-elle comme si elle ne reconnaissait pas le mot.

Ce regard lointain était une tactique, avait remarqué Marianne. La ruse fonctionnait toujours avec Cécile, qui s'énervait tellement qu'elle en oubliait le problème à l'origine du conflit.

Mais Marianne était plus sévère et ne se laissait pas distraire facilement.

— La carotte en bois de Henry. Est-ce qu'Angus l'a prise ?

— Non, répondit Jo sans hésiter.

— Je l'ai *vu* avec, insista Francine.

— Prépare-toi pour monter sur scène, lui dit Marianne. Nous retrouverons la carotte plus tard.

Elle adressa à Jo un regard appuyé que celle-ci ne remarqua même pas.

— Sans sa carotte, Henry est perturbé. Il ne pourra pas exécuter son numéro !

Marianne regarda le lapin, dont le museau frémissait normalement, puis Francine. Elle l'aimait bien, mais elle avait mis sa patience à l'épreuve comme jamais elle ne s'y serait risquée avec Barnabas. Marianne avait fait l'objet de moult provocations et elle se demandait si c'était à cause de son sexe ou de son âge. Quoi qu'il en soit, elle en avait par-dessus la tête.

Elle se tourna vers Jo.

— Va chercher la carotte, ordonna-t-elle.

Jo sortit sans faire de scène, et Marianne s'adressa à Francine :

— Si Henry veut d'autres *vraies* carottes, tu as intérêt à le faire monter sur cette scène dans… – elle consulta la montre fixée à son corsage – six minutes.

Francine battit des cils, manœuvre qui aurait pu porter ses fruits avec Barnabas mais était nettement moins efficace avec Marianne.

— Je suis désolée, Marianne. Tu sais que je déteste causer des ennuis.

Elle attendit un acquiescement qui ne viendrait pas, et ajouta en hâte :

— Je vais me préparer.

Marianne attendit que Francine et son lapin aient disparu dans les coulisses pour regagner la petite pièce que Barnabas utilisait comme bureau.

Elle se laissa tomber sur sa chaise et appuya la tête sur sa main. Elle était épuisée. Les carottes en bois et les employés manipulateurs n'étaient pas le pire. Barnabas gérait des centaines de choses sans qu'elle ait jamais deviné leur existence. La quantité de pots-de-vin à elle seule était effarante.

La plupart du temps, Marianne arrivait au théâtre à 6 ou 7 heures du matin et ne partait pas avant minuit. Au début, elle avait craint de devoir entraîner Nora et Lucy, en plus de ses autres tâches, mais Jack avait engagé deux employés supplémentaires dans son club de boxe.

— Ça me laisse le temps de vous surveiller du coin de l'œil, mes cailles, avait-il expliqué.

Marianne avait failli pleurer. La seule présence solide de Jack avait rendu ces terrifiants premiers mois supportables. Pour autant, une seule personne pouvait gérer les disputes et les difficultés entre ses employés, et c'était elle.

Elle soupira, prit une profonde inspiration, et se plongea dans son registre de comptes. Une minute plus tard, la porte s'ouvrait.

— Quand une porte est fermée, cela signifie « n'entrez pas », dit-elle sans lever les yeux.

— Tu ne devineras jamais qui est dans le public ce soir ! s'écria Cécile.

Le cœur battant, Marianne demanda :

— Qui ?

Une tête brune se glissa entre Cécile et la porte. Marianne tendit la main et Neddy y déposa une pile de messages.

— Merci, Neddy.

Il sourit jusqu'aux oreilles.

— Je suis riche comme Crésus, ce soir, Marianne.

— Bien, prends soin de garder un petit magot de côté pour les mauvais jours.

Il tourna les talons, ravi. Il adorait la nouvelle méthode de communication instaurée avec les soupirants énamourés : il prenait l'argent et les messages, et n'avait qu'à remettre les messages à Marianne. S'ils ne contenaient rien d'illégal, elle les transmettait à leurs destinataires.

Ce système lui avait déjà permis de renvoyer quatre accessoiristes, qui dirigeaient une entreprise criminelle sous son nez.

— Tu ne devines pas ? demanda Cécile après le départ du jeune garçon.

Marianne ouvrit le premier message.

— Le prince régent ? demanda-t-elle en posant la missive imbibée d'eau de Cologne adressée par le jeune vicomte Foley à Cordelia Black, l'Arlequine de la troupe – la troisième en une semaine.

Cécile poussa un petit cri scandalisé.

— Puisque tu ne veux pas être sérieuse, je ne te le dirai pas !

— Celui-ci est pour toi, dit Marianne en lui tendant un message rédigé sur un papier coûteux orné d'un écusson familier.

Comme elle l'avait fait avec les autres lettres envoyées par Guy, Cécile la froissa sans la lire et la jeta dans la corbeille.

— Tu es devenue sinistre, lança-t-elle à Marianne.

Marianne soupira et se prépara à une nouvelle diatribe en ouvrant le message suivant.

*Cinq minutes. C'est tout ce que je vous demande. Ce que nous avons vécu mérite bien cela, non ? Sin*

Elle relut le message, encore et encore.

— Bien, concéda Cécile, je vais te dire qui…

— Va chercher Neddy, la coupa Marianne.

Cécile tapa du pied et débita quelques mots choisis en français qu'aucune dame n'aurait dû connaître.

— Tu ne veux même pas…

— Tu peux dire à Neddy d'amener ici Sa Grâce le duc de Staunton.

La stupéfaction sur le visage de son amie – sans parler de son silence – fut une bénédiction.

Qui ne dura pas, naturellement.

— Cours enfiler une robe. Et tes cheveux… Seigneur, tu es complètement décoiffée…

— Cécile. Vas-y. Maintenant.

Avec un bruit de petit chat torturé, Cécile se rua hors du bureau. Alors même que son cœur tambourinait si fort qu'il menaçait de jaillir de sa poitrine, Marianne ne put s'empêcher de sourire. Elle avait employé le ton du duc en plus d'une occasion. Il ne fallait pas en abuser. Toutefois, utilisé judicieusement, c'était étonnamment efficace.

Elle ferma la porte et se regarda dans le petit miroir qu'elle avait accroché après avoir passé la moitié de la journée à déambuler avec une tache d'encre au beau milieu du visage.

Pas d'encre aujourd'hui, mais elle ressemblait à une femme qui avait travaillé plus de douze heures d'affilée. Ses cheveux, qu'elle ne coupait plus maintenant qu'elle ne boxait plus, avaient poussé comme autant de mauvaises herbes. Brunes.

Elle les attachait en chignon chaque matin, mais il ne tenait jamais toute la journée.

Elle envisagea brièvement de se recoiffer, mais ses mains tremblaient tellement que cela risquait d'être un désastre. Elle se contenta donc de retirer les quelques épingles qui restaient et secoua la tête. Le résultat lui arracha une grimace et elle se détourna du miroir pour s'asseoir à son bureau. Elle se releva presque aussitôt et s'approcha d'une des trois chaises réservées aux réunions avec ses employés.

Elle les réarrangeait sans trop savoir pourquoi lorsque la porte s'ouvrit de nouveau sans qu'on ait frappé. Cécile se dressait sur le seuil, empêchant de son corps Sin d'entrer.

— Sa Grâce le duc de Staunton désire te voir. Souhaites-tu…

— Cécile, gronda Marianne.

Sans s'émouvoir, Cécile demanda avec enthousiasme :

— Est-ce que j'apporte du thé ?

— Fais-le entrer et ferme la porte, siffla Marianne.

— Marianne va vous recevoir, Votre Grâce, dit Cécile à Sin, comme s'il n'était pas juste derrière elle.

Il ne parut pas l'entendre, ni même la voir. Ses yeux étaient rivés sur Marianne.

Il était magnifique.

Sublime.

Un dieu fait homme.

Il était en tenue de soirée. Il n'aurait pu être plus beau que nu.

Il avait minci, et elle avait oublié que ses cheveux étaient si blonds. Mais ses yeux étaient exactement les mêmes et ils la transperçaient littéralement.

— Merci de me recevoir, dit-il en restant sur le seuil.

— Je vous en prie. Asseyez-vous. Que puis-je faire pour vous ? s'enquit Marianne lorsqu'il fut installé sur une chaise bancale dans son petit bureau miteux, aussi incongru qu'un diamant sur un tas de fumier.

— Comment allez-vous ? demanda-t-il.

Elle sut en croisant son regard que la question n'était pas celle que des milliers de gens se posaient chaque jour. Elle savait qu'il voulait dire : *N'est-ce pas abominable ? Quand cessera la douleur ? Vous ai-je manqué ? Pensez-vous à moi au moins cinq fois par heure ?*

C'étaient du moins les questions qu'*elle* aurait posées.

— Je vais bien, mentit-elle. Et vous ?

— Je suis malheureux.

Marianne gémit.

— Pourquoi êtes-vous venu, Votre Grâce ? Pourquoi ?

Il sortit une assez grande enveloppe de son habit de soirée à la coupe parfaite et la lui tendit.

— C'est pour vous. Prenez, insista-t-il comme elle ne faisait pas un geste. Mon valet de chambre sera très contrarié si je rentre avec une poche déformée.

— Juste ciel, ce serait terrible, n'est-ce pas ? se moqua-t-elle en lui arrachant presque la missive des mains.

Elle y jeta un coup d'œil et redressa vivement la tête.

— Elle m'est adressée.

— Ah bon ? dit-il.

Elle la retourna.

— Et le cachet a été brisé.

— Vraiment ?

Les mains tremblantes, elle demanda d'une voix faible :

— Qu'est-ce que c'est ? Il est arrivé quelque chose à ma... ma mère ?

Elle grimaça avant d'ajouter :

— À mon père ?

— Pour autant que je sache, tous deux se portent bien. Lisez.

Elle déplia l'épais papier et son regard vola jusqu'au bas de la page. Elle étouffa un cri.

— Le prince de Galles m'envoie une lettre !

— Je doute que ce soit lui qui l'ait écrite, ma chérie. Si c'était le cas, vous n'arriveriez pas à la déchiffrer ; il a une écriture épouvantable.

L'air anxieux, il demanda :

— Vous l'avez lue ?

Elle remonta en haut de la page. Au bout de trois paragraphes, elle s'écria :

— *Vicomtesse !*

— Moi aussi, j'ai trouvé cela un peu mesquin. Vous seriez si ravissante en marquise, avec une couronne ornée de feuilles de fraisier et de fleurs de lys. Mais je peux peut-être intercéder...

— Quoi... qui... comment...

Sin lui adressa l'un de ses rares sourires.

— Je crois que votre mère est derrière tout cela. D'après Elliot - c'est lui qui a enfreint une dizaine de lois en me donnant ce document, au cas où vous souhaiteriez nous envoyer en prison –, ce document a emprunté des chemins si tortueux qu'ils n'ont rien à envier au labyrinthe du Minotaure.

Marianne repensa à sa conversation avec sa mère à Reims et sourit.

— J'aurais dû m'en douter. Elle m'a interrogée à votre sujet.

— Vraiment ? Vous ne m'en avez rien dit.

— Non. À ce moment-là... cela m'a semblé inutile.

Il hocha la tête. Leur dernière nuit avait été un supplice aigre-doux.

— Comment connaissait-elle mon existence ?

— Je lui avais parlé de nous. Je lui ai tout dit, ajouta-t-elle en rougissant.

— Ah.

Marianne fut heureuse de voir qu'elle n'était pas la seule à s'empourprer.

— Elle était choquée ? hasarda-t-il.

— Non, plutôt… fière, je crois.

Il haussa les sourcils.

— Je veux dire, fière que j'aie attiré un trophée aussi remarquable, précisa Marianne.

— Je suis donc un trophée ?

Elle éclata de rire.

— Comme si vous ne le saviez pas !

Après une hésitation, elle ajouta :

— À cause de vous, j'ai cessé de lire les journaux.

Soudain sérieux, il se pencha vers elle et prit sa main libre, celle qui ne détenait pas la clef de son bonheur.

— J'espère que vous ne croyiez pas tout ce que vous lisiez ?

— Je ne sais pas ce que je croyais.

Elle regarda leurs mains jointes ; elle arrivait à peine à croire qu'il était là, assis en face d'elle.

— Je pouvais difficilement m'attendre que vous restiez célibataire jusqu'à la fin de vos jours.

— C'est ce que j'aurais fait. Et c'est ce que je ferai si vous ne m'épousez pas.

Ses beaux yeux verts pleins d'espoir évoquaient le printemps après ce qui avait été le plus long hiver de leur vie.

— Laissez-moi vous rappeler que votre principale inquiétude portait sur nos rangs qui étaient trop différents. Ce n'est plus un problème.

— Ceci…

Elle brandit la lettre qui, d'un trait de plume, faisait d'elle une aristocrate.

— Ceci offrira un bouclier fort mince contre les attaques dont vous ferez l'objet si vous m'épousez, l'avertit-elle, la voix tremblant d'un espoir à peine dissimulé. Êtes-vous absolument *certain* que vous ne m'en voudrez pas un jour ou l'autre, Sin ? Parce que je ne le supporterai pas si…

En un éclair, elle fut dans ses bras, sa bouche écrasant la sienne.

Pendant au moins cinq minutes, plus rien n'eut de sens.

— Il n'y a même pas un vieux canapé dans ce bureau ? marmonna-t-il quand il reprit son souffle.

Elle appuya la tête contre sa poitrine, savourant son odeur si familière.

— Ce sera une cérémonie intime. Ma mère est décédée à Noël.

— Oh, Sin, je suis désolée !

— Pour mes sœurs et moi, cela fait des années qu'elle est morte. C'est un soulagement, en fait. Tant pour ma mère que pour ma tante Julia.

Avec un sourire, il ajouta :

— Vous allez beaucoup aimer ma tante. Et elle vous adorera.

Il se tut et inclina la tête de côté.

— Mais j'ai fait comme si votre réponse allait de soi…

Elle pressa le visage contre son habit.

— Vous savez bien que c'est *oui*, dit-elle d'une voix étouffée.

Il déposa un baiser au sommet de son crâne.

— Tant mieux, parce que j'étais venu armé d'un grand sac et de menottes au cas où il aurait fallu vous persuader.

Il lui releva le visage pour l'embrasser, plus tendrement cette fois.

— Je ne veux plus jamais passer une année comme celle qui vient de s'écouler, mon ange.

— Je suis désolée. Je sais que c'était…

— Chut. Vous avez fait ce que vous pensiez être le mieux pour moi. Je vous en ai voulu à chaque instant, mais je comprenais ce que vous dictait votre cœur adorable.

— Un mariage dans l'intimité, donc ?

— À moins que vous ne préfériez attendre la fin de ma période de deuil ?

— Certainement pas !

— Tant mieux. Car là encore, j'aurais utilisé le sac et les menottes pour vous convaincre. Un mariage en petit comité, et rapidement. Et ensuite, un long voyage sur le continent afin de vous avoir à moi tout seul.

— Un voyage ? Ou une tournée ?

Il agrandit les yeux, feignant l'horreur.

— Si nous prenons une roulotte, il n'y en aura qu'une. Et nous aurons un cocher. Et un chef. Et peut-être quelques gardes armés, et...

Marianne s'esclaffa.

— Diable, il en faut des choses pour entretenir un duc !

Ses yeux s'assombrirent et son regard avide coupa le souffle de Marianne.

— Oh, ma chérie, vous n'avez aucune idée du genre d'*entretien* qu'il me faudra de votre part. À dater de ce soir, je pense.

*De longues heures plus tard, dans une petite maison de Brune Street...*

Marianne poussa un grand soupir satisfait.

Sin émergea de sous la couverture et lui sourit.

— Je pourrais m'habituer à ce genre de soupir.

— Hmm, murmura-t-elle. Moi aussi.

Elle souleva une paupière et glissa la main le long de son torse musclé pour la poser sur l'unique partie de lui qui était vraiment réveillée à 3 heures du matin.

— Qu'est-ce que c'est que cela ?

— Un cadeau de fiançailles, mon cœur.

Elle ouvrit les yeux en grand.

— Encore un ? Impressionnant. Je vais avoir un mari fort généreux.

— Hmm, je ne garantis pas que ce cadeau sera aussi impressionnant que les trois précédents, l'avertit-il.

Elle pouffa.

— Je vous aime, Saint John Powell, l'homme comme le duc.

— Ma Marianne…

Sin se réveilla en sursaut, un corps familier coincé sous lui, les mains solides lui caressant le dos et le postérieur.

— Je me suis endormi, dit-il bêtement en se hissant sur les coudes.

— Je sais. J'en ai profité pendant que vous étiez sans défense.

— Sentez-vous libre de continuer.

Elle ne se fit pas prier.

— Sin ?

— Hmm…

— Je voulais vous poser une question.

— Tout ce que vous voudrez, mon ange.

— Je me demandais où nous allions vivre.

— Là où vous le souhaiterez, dit-il en se penchant pour déposer un baiser sur son nez. Enfin, sans doute pas dans votre nouvelle propriété.

— Quelle propriété ?

— Vous n'avez pas lu la lettre jusqu'au bout, n'est-ce pas ? Vous étiez si pressée de m'emmener au lit et…

— J'ai une propriété ? Quel genre de propriété ?

— Ne vous enthousiasmez pas trop vite, ma douce. Ce n'est qu'un bout de rocher sur l'une des îles Anglo-Normandes.

Avec un regard hautain, elle riposta :

— Mais c'est *mon* bout de rocher. Je voudrai peut-être y vivre.

— Cela pourrait vous plaire…

— C'est vrai ? demanda-t-elle.

— À condition d'avoir des branchies. Je crains qu'il ne soit submergé à chaque marée haute.

— Oh.

— Ne vous inquiétez pas, dit-il avant de basculer sur le dos en l'entraînant avec lui. Je vous trouverai un petit coin à Wortham.

Elle gloussa et l'enfourcha.

— Comme c'est généreux !

— Je peux l'être… si on m'y incite de manière appropriée.

— Je croyais que vous aviez sommeil ?

— Vous êtes arrivée et vous m'avez réveillé.

Marianne croisa son regard sérieux et prit conscience de ce qu'il était en train de lui dire. Elle cessa de sourire.

— Oh, Saint John !

— C'est vrai. Avant de vous rencontrer, je me contentais d'exister.

— Quand vous dites ce genre de choses, j'en ai le souffle coupé.

— Vous feriez bien de vous y habituer, ma chérie, parce que j'ai l'intention de vous asséner des uppercuts d'amour jour après jour jusqu'à la fin de nos vies.

# Épilogue

*Sainte-Hélène, 1821*

— Vous êtes prête ? demanda Sin, que la pâleur de sa femme inquiétait.

Elle était enceinte de trois mois et ce voyage, qui avait duré presque deux mois, avait été éprouvant pour elle, quand bien même le navire sur lequel ils avaient fait la traversée était l'un des plus récents fleurons de la marine royale de Sa Majesté.

Marianne le regarda. Ses lèvres tremblaient légèrement mais elle sourit avec détermination.

— Je suis prête.

Tandis qu'ils s'approchaient de la prison qui abritait Napoléon Bonaparte depuis cinq ans, Sin ne put s'empêcher d'être horrifié. Une commission parlementaire l'avait chargé d'enquêter au sujet d'allégations de mauvais traitements infligés à l'Empereur en exil.

Les preuves auxquelles il avait eu accès en Angleterre étaient peu convaincantes, mais en débarquant à Sainte-Hélène, il se rendit compte que la dureté des conditions de vie sur place était en elle-même une forme de torture pour un homme en mauvaise santé.

— Oh, Sin, murmura Marianne tandis que huit marins ramaient en direction de la petite jetée de pierre, comme c'est... sauvage !

Il ne put que hocher la tête.

Une maigre délégation les accueillit. Sin reconnut Hudson Lowe, le geôlier de Bonaparte et gouverneur de l'île. Il y avait un autre civil, qui devait être, supposa-t-il, l'ancien médecin personnel de l'Empereur, Barry O'Meara, ou le comte Emmanuel de Las Cases, qui était resté quelque temps avec Bonaparte sur l'île, et lui avait appris l'anglais tout en lui procurant une compagnie indispensable. Le troisième homme portait un uniforme et devait appartenir à la garnison stationnée sur l'île.

Lowe vint les accueillir dès qu'ils descendirent de la petite embarcation.

— Vos Grâces.

Il les salua d'une révérence plongeante, l'air ravi. Sans doute davantage parce qu'ils étaient des visiteurs qu'en raison de leur rang. Peu de gens faisaient le voyage jusqu'à Sainte-Hélène. Et moins encore avaient l'autorisation de s'y rendre.

Bien que l'empereur exilé ait droit à une petite suite, sa vie sociale était étroitement surveillée et extrêmement restreinte.

Lorsqu'ils s'arrêtèrent devant un véhicule qui n'était guère plus qu'une charrette, Lowe hésita.

— Peut-être la duchesse désire-t-elle rester à Jamestown pendant que vous...

— Ma femme m'accompagne, déclara Sin avec hauteur.

— Bien sûr, bien sûr. La route est assez longue, et les conditions...

Il se tut en réalisant qu'il s'adressait à l'homme envoyé par son gouvernement pour enquêter sur lesdites conditions.

— Wilkins ! aboya-t-il. Aidez la duch...

Sin posa les mains sur la taille de Marianne et la souleva pour la déposer sur le marchepied.

Le gouverneur parla sans discontinuer tandis que la charrette traversait le petit village de Jamestown, puis entamait son ascension. Marianne serrait la main de Sin, balayant d'un regard désolé le paysage ingrat. Il faisait chaud à cette période de l'année et malgré leurs tenues estivales, ils étouffaient.

Sin répondit aux questions nombreuses et précises du gouverneur. Il savait que ce dernier se demandait pourquoi cette mission avait été confiée à un duc, et pourquoi il avait entraîné son épouse dans un voyage aussi long et pénible. Ce n'était pas la première fois qu'on le considérait avec curiosité.

De fait, l'expédition était trop dangereuse pour Marianne, mais il ne pouvait lui refuser cette chance inespérée de rencontrer l'homme qui lui avait donné la vie.

Il avait fallu à Sin trois années de manœuvres prudentes pour obtenir ce poste. Ils auraient pu venir en visite sans ce prétexte, mais cela aurait soulevé des questions gênantes, et Marianne avait rejeté cette possibilité, tant pour lui que pour leur fils Richard. À quatre ans, il était beaucoup trop jeune pour effectuer un tel voyage. Pour l'heure, il devait faire des bêtises à Wortham sous la supervision bienveillante de sa grand-tante Julia.

Ils franchirent la crête de la colline et Sin découvrit Longwood House, la maison où l'Empereur était confiné. L'ancienne grange, bien que transformée en résidence avant l'arrivée de Bonaparte, était une demeure excessivement humble – en particulier pour un homme qui avait jadis possédé trente-neuf palais.

— La plupart du temps, le général ne sort pas. Ou plus tard dans la soirée, expliqua Lowe lorsqu'ils s'arrêtèrent devant l'édifice aux volets fermés.

Une petite tour de garde jouxtait la maison et des sentinelles allaient et venaient dans les jardins élégants quoique mal entretenus. Sin sauta à bas de la charrette et aida Marianne à descendre. Lowe en descendait à son tour et s'arrêta devant eux en se frottant nerveusement les mains.

— Naturellement, vous comprenez que vous ne devez pas vous adresser à lui en tant qu'empereur ?

Sin et Marianne acquiescèrent. Les experts du protocole leur avaient donné les instructions nécessaires avant qu'ils quittent Londres, veillant à leur rappeler que Bonaparte n'était plus empereur des Français et qu'il fallait l'appeler *général*.

— Je dois vous avertir que le général est… quelque peu irritable depuis que nous avons confisqué son fusil de chasse.

— Il avait une arme à feu ? s'étonna Marianne.

— Oui, il aime la chasse.

— Dans ce cas, pourquoi la lui avoir confisquée ?

— Il s'était mis à tirer sur les poules qui vont et viennent en liberté dans la propriété, alors même que nous l'en avions dissuadé. Puis il y a deux semaines, il a tiré sur la chèvre du général Bertrand qu'il avait surprise en train de brouter des fleurs dans son jardin. Il a tiré sur l'une des sentinelles qui essayaient de lui retirer son arme. Ces derniers temps, il ne se sent pas suffisamment bien pour chasser, de sorte que cela ne le prive pas beaucoup. Mais nous l'autorisons à s'en servir le soir, bien sûr.

— Le soir ? répéta Marianne. Mais… pourquoi ?

— Ma foi… vous verrez après le dîner, dit-il avec un sourire gêné. Mais venez, il est impatient de vous rencontrer.

Sin et Marianne échangèrent un regard. Son père savait qui elle était, bien sûr, Désirée le lui avait dit. Ils avaient appris tous les détails l'année précédente lorsqu'ils étaient allés lui rendre visite à Paris, où elle vivait toujours, refusant de retourner en Suède auprès de son mari. Ils étaient surtout allés en France pour que Richard fasse la connaissance de sa grand-mère, quand bien même ils devraient attendre que leur fils soit plus grand pour lui révéler la vérité s'agissant de ses grands-parents.

— Prête, mon ange ?

— Oui.

Ils se tournèrent vers la maison à bardeaux.

Napoléon Bonaparte les attendait.

Marianne eut du mal à dissimuler le choc que lui causa l'homme qui se tenait devant elle.

Ce n'était pas seulement parce qu'il semblait malade – il l'était – ou qu'il paraissait fragile et plus vieux que son âge, mais c'était le fait qu'elle pouvait le regarder dans les yeux.

Mesurant un mètre soixante-dix, elle avait l'habitude de dépasser parfois les hommes. Mais elle s'était attendue que celui qui avait ébranlé le monde pendant près de vingt ans soit un géant. Elle avait toujours présumé que les journaux anglais prétendaient qu'il était petit pour le ridiculiser. Bien qu'il ne soit pas minuscule, il n'était pas plus grand qu'elle.

Sin, gentleman et aristocrate consommé, se ressaisit le premier. Il s'inclina.

— Général Bonaparte, merci de nous recevoir.

Ce dernier s'arracha à la contemplation du visage de Marianne. Il hocha la tête à l'adresse de Sin qu'il examina d'un œil perçant. Marianne se flatta à l'idée qu'il étudiait son mari comme un père étudierait un gendre.

Il était sans doute plus probable qu'il scrutait ainsi tous les aristocrates anglais, qu'il était connu pour détester.

Il parut se ressaisir et fit un signe de tête à Lowe et au domestique qui les avait fait entrer. Il sourit, et apparut soudain fascinant, malgré ses dents jaunies – dues à la mauvaise habitude qu'il avait de manger de la réglisse, lui avait dit sa mère.

— Le café à Sainte-Hélène est exceptionnel, déclara son père dans un anglais à l'accent français prononcé. À moins que vous ne préfériez du thé ? ajouta-t-il en se tournant vers Marianne.

— Je prendrai volontiers du café, répondit-elle en français.

Le sourire de Napoléon s'accentua, et elle vit que sa maîtrise de la langue lui faisait plaisir.

— Merci de nous avoir accompagnés jusqu'ici, dit Sin avec un regard appuyé à Lowe.

— Euh... oui, oui, bien sûr. Si vous voulez bien m'excuser, j'ai quelques affaires importantes à régler. Je viendrai vous rechercher après le dîner.

Sin acquiesça et le gouverneur s'en alla avec le soldat.

— Je vous en prie, asseyez-vous, dit le père de Marianne.

Il semblait moins à l'aise maintenant que Lowe était parti, à croire qu'il trouvait plus facile de jouer un rôle devant son ennemi que d'affronter sa fille. Comment lui en vouloir ? De son côté, elle était si nerveuse qu'il aurait fallu inventer un mot pour décrire ce qu'elle ressentait.

Elle prit place sur le canapé, et s'étonna que son père s'asseye à côté d'elle. Sin lui coula un bref regard, comme pour vérifier qu'elle allait bien, et elle esquissa un sourire.

— Vous me ressemblez, dit Napoléon en lui prenant les mains.

Les siennes étaient enflées et étrangement froides pour une journée aussi chaude.

— Même bouche, même profil, nous tenons cela de mon propre père, lui confia-t-il.

Il avait l'air si heureux de cette ressemblance qu'elle ne put s'empêcher de sourire. La prenant de court, il tendit alors la main et toucha la petite bosse sur l'arête de son nez.

— Ce que m'a dit Désirée est donc vrai, vous étiez boxeuse, n'est-ce pas ?

L'admiration inattendue qu'elle lut dans son regard la fit rougir.

— Oui, pendant quelque temps. Avant de me marier.

— Tel père, telle fille !

Il rit, mais son rire se transforma vite en une quinte de toux déchirante. Marianne se leva, prête à appeler un domestique, mais il secoua la tête et lui fit signe de se rasseoir.

Sa peau était cireuse, nota-t-elle, et il était corpulent, ce qui était sans doute dû à sa santé précaire et son inactivité. La raison officielle de cette visite était l'accusation qu'avait fait parvenir à Londres son médecin personnel, à savoir que Lowe se montrait cruel et inhumain avec lui.

— Pardonnez-moi, dit-il lorsqu'il reprit son souffle. Le climat ne me réussit pas.

Il laissa échapper un rire bref.

— Que pensez-vous de cet endroit, Marianne ?

Avec l'accent français, son nom était très musical. En anglais, il paraissait simple et quelconque, cela faisait penser à une jeune laitière aux joues roses.

— C'est beau, dit-elle prudemment. Quoique peut-être un peu… austère.

— C'est implacable.

L'adjectif était bien choisi, songea-t-elle. La mâchoire de Napoléon se crispa et la colère anima son regard fatigué.

— Le vent souffle tous les jours sans discontinuer. Il fait constamment humide, et la pourri…

Il s'interrompit abruptement et esquissa un sourire contraint.

— Mais ne parlons pas de cela.

Il se détendit et s'agita sur le canapé, étouffant une grimace tandis qu'il essayait de trouver une position confortable.

Il se tourna vers Sin, leur conversation apparemment terminée.

— C'est à cause d'O'Meara que vous êtes là, n'est-ce pas ? Il est convaincu qu'on me tourmente. Ha ! C'est le cas, mais il en va de même pour tous ceux qui vivent ici. Je suis privé de compagnie civilisée, je m'ennuie à mourir, et ce qu'on me donne à manger est indigne d'un porc.

Il haussa les épaules.

— À part cela, tout va bien.

Sin l'interrogea sur des données précises, l'encourageant à s'exprimer en français afin qu'il puisse s'expliquer en détail. Tandis que son père bavardait avec son mari de ses conditions de vie, Marianne l'étudiait attentivement, cherchant chez cet inconnu des traces d'elle-même.

Elle avait eu presque six ans pour s'habituer à l'idée qu'elle, Marianne Simpson, élevée dans un cirque, était la fille de Napoléon Bonaparte.

Et voilà qu'elle était assise à côté de lui, Boney, le Cauchemar de l'Europe, le Suppôt du diable, l'Ennemi corse, et une centaine d'autres surnoms que le monde avait inventés pour le ridiculiser et dissimuler la peur que cet homme suscitait.

Il était charmant, mais étrangement guindé. Et les rides profondes autour de sa bouche et de ses yeux indiquaient qu'il souffrait souvent, peut-être même constamment. Des blagues crues avaient circulé quant à son incapacité à monter à cheval à Waterloo, et tout le monde savait qu'il souffrait de graves crises d'hémorroïdes. Il n'était pas âgé, pourtant il paraissait usé, telle une lame jadis tranchante trop souvent aiguisée sur la pierre.

Lorsqu'il lui avait lâché les mains, il avait aussitôt posé la sienne sur son estomac pour le masser, preuve que les histoires à propos de ses douleurs gastriques n'étaient pas exagérées.

Cependant, plus que cet inconfort physique, c'était sa situation humiliante qui le faisait le plus cruellement souffrir, soupçonnait Marianne. Le poids de son échec était comme un brouillard oppressant dans la pièce. Lui qui avait été le premier empereur de France depuis un millénaire était désormais prisonnier, réduit à tirer sur les poules et les chèvres de son voisin.

Et même cela lui était refusé.

Ils partagèrent un excellent café et des pâtisseries médiocres en évoquant les nouvelles du monde extérieur, qui arrivaient lentement sur l'île.

En regardant son mari et son père bavarder, peut-être même apprendre à se respecter un peu, Marianne fut touchée plus profondément qu'elle ne l'aurait imaginé.

Il était douloureusement flagrant que le général se sentait bien plus à l'aise en présence des hommes – ce qui n'était pas inhabituel vu sa vie. En dépit de ses fréquentes aventures, elle ne le prenait pas pour un coureur de jupons. Elle doutait qu'il pourchasse les femmes ; c'était plus probablement elles qui avaient été attirées par sa puissance.

Le temps passé auprès de sa mère l'été dernier avait été édifiant, et pas toujours dans le bon sens. Sachant que sa fille s'apprêtait à rencontrer Napoléon, Désirée avait tenu à l'avertir qu'il respectait peu les femmes en général, qu'on l'avait même entendu dire d'elles qu'elles n'étaient que des « machines à faire des enfants ».

— C'est ainsi qu'il a été élevé, avait-elle dit en manière d'excuse.

Ce n'était pas un point de vue inusité chez les hommes, qu'ils soient ou non puissants, mais c'était démoralisant. Mais Marianne se rendait d'autant mieux compte de la chance qu'elle avait avec son mari. Ses filles, si le ciel voulait bien lui en donner, grandiraient auprès d'un homme qui les estimait pour autre chose que leur capacité à accroître la dynastie familiale.

Quand ils eurent terminé leur café, Marianne vit que son père était fatigué. Elle cherchait comment suggérer avec diplomatie qu'il se repose avant le dîner lorsque Sin vint à son secours.

— Cela vous ennuie si j'emmène Marianne se promener ? Nous avons aperçu un joli belvédère en venant, et elle aurait aimé le voir de plus près.

— Mais bien sûr, allez admirer la vue.

Avec un rire sans joie, il ajouta :

— C'est la seule chose dont on ne manque pas, ici.

Il se tapota l'estomac.

— Si cela ne vous dérange pas, je vais vous laisser explorer à loisir. Ainsi, je serai frais et dispos pour le dîner, conclut-il en prenant la main de Marianne pour la porter à ses lèvres.

Il sonna un domestique pour les raccompagner, mais déjà ses paupières s'alourdissaient.

— Vous avez réellement vu un endroit que vous souhaitez visiter ? demanda-t-elle tandis que Sin et elle sortaient de cette maison sinistre.

— Non. Mais je pensais qu'un répit et un peu d'air frais vous feraient du bien. J'ai repéré un banc près de ces étranges arbres exotiques. Nous pourrons nous y asseoir un moment.

— Cette maison est vraiment…

— Abominable ? Oui. Mais je pense que les autres ne valent guère mieux. L'humidité est omniprésente. Et toutes doivent être sombre pour lutter contre la chaleur.

— J'ai vu un rat à côté de la chaise longue, avoua-t-elle tandis qu'ils atteignaient le banc en question.

Sin grimaça.

— J'espérais que vous ne l'aviez pas remarqué. Lowe m'a suggéré de partir sitôt le dîner terminé. Apparemment, les distractions du soir consistent à réunir les domestiques et les chiens dans la salle à manger une fois les plats débarrassés et à chasser la vermine.

Elle venait de s'asseoir et se tourna vers son mari, les yeux ronds.

— Vous plaisantez, j'espère !

— Hélas, non. C'est pour cela qu'on lui rend son fusil le soir.

— Juste ciel !

— J'ai noté que plusieurs domestiques avaient des marques de morsures sur les mains.

Marianne frissonna. Elle ne craignait pas les souris, les rats, en revanche... ma foi, elle n'avait aucun désir de s'enfermer dans une pièce pour livrer un combat singulier avec la vermine.

— Alors ? dit son mari. Il est tel que vous l'imaginiez ?

— Cela fait des décennies qu'il est plus grand que nature. Personne ne peut être à la hauteur d'une telle réputation.

Sin parut soulagé.

— Vous pensiez que je serais déçue ? demanda-t-elle.

— Je le craignais un peu. Est-ce le cas ?

Elle inspira profondément et soupira.

— Je ne sais pas. Il me faudra sans doute des années pour faire le bilan de cette journée.

Elle lui jeta un regard amusé.

— Il faut reconnaître qu'à eux deux, mes géniteurs forment une sacrée paire.

Il esquissa ce sourire qui la troublait tant.

— Ils sont assurément fort singuliers.

C'était un euphémisme et elle rit tout bas.

Après lui avoir donné un tendre baiser, il ajouta :

— Mais s'il y a une chose qu'ils ont réussie, c'est d'engendrer une fille merveilleuse.

Après avoir passé un mois avec sa mère, Marianne avait compris que celle-ci n'avait pas vraiment le sens des réalités. Elle aimait Désirée, mais se réjouissait d'avoir été élevée par la pragmatique et attentionnée Sandrine Simpson.

— Peut-être que grandir dans un cirque au côté de Barnabas a été une bénédiction, finalement, risqua-t-elle.

Sin éclata d'un rire qui lui fit chaud au cœur.

— C'est possible, dit-il en glissant le bras autour de ses épaules. Vous êtes prête à y retourner ?

— Avec vous, je serai prête à aller n'importe où, souffla-t-elle.

— Même s'il y a des rats ? demanda-t-il en arquant un sourcil.

Ils s'esclaffèrent, puis se levèrent pour aller affronter ensemble le dîner avec son père.

Mais peut-être pas les rats…

# Note de l'auteure

Oui, une femme appelée la Baronne Boxeuse a vraiment existé, bien qu'elle n'ait été ni vraiment boxeuse ni baronne.

Elle s'appelait Mary Anne Pearce et fut brièvement la maîtresse du comte de Barrymore, plus connu sous le nom de Hellgate ou le Grand Débauché, dont le personnage de Dominic s'inspire librement. Barrymore a gardé Mary Anne Pearce comme maîtresse et l'a entretenue lorsqu'il s'est marié avec une jeune fille plus convenable.

On connaît assez peu de choses sur Pearce elle-même, et la plupart des histoires concernant sa liaison avec Barrymore sont apocryphes. Lui a-t-il appris à boxer ? A-t-elle réellement disputé des matchs avec d'autres femmes durant leur liaison ? A-t-elle affronté Hellgate lui-même sur le ring ?

Pearce n'a pas laissé de traces écrites, et Hellgate, qui est mort à l'âge de vingt-trois ans, ne tenait pas de journal intime. Or, c'est dans ce genre d'écrits que l'on trouve la plupart des renseignements historiques à propos des femmes ayant joué des rôles masculins traditionnels.

Ce que l'on sait de la jeune femme, c'est qu'elle a fini ses jours dans la rue, alcoolique, et qu'on l'appelait la Baronne Boxeuse parce qu'elle avait l'habitude de « boxer la garde ». La garde était censée maintenir l'ordre (ancêtre de la police) et beaucoup de jeunes gens – ainsi que quelques femmes, apparemment – s'enivraient et se battaient avec eux lorsqu'ils essayaient de faire respecter la loi.

J'aime à penser ce livre comme un heureux dénouement pour la pauvre Mary Anne, et j'y vois un hommage à toutes ces femmes négligées par l'histoire qui n'ont été ni célèbres, ni acclamées, ni riches alors qu'elles se battaient dans un monde d'hommes.

Des femmes boxeuses ont bel et bien existé, et si vous souhaitez lire des descriptions bien plus crues de la boxe féminine, je vous recommande vivement le livre d'Anna Freeman *The Fair Fight*, qui raconte la vie d'une femme pugiliste fictive durant l'époque géorgienne.

Oui, Gustave IV a réellement été renversé par ses propres officiers. Sa femme l'a abandonné en emmenant les enfants et il est mort seul, dans l'anonymat, en Allemagne.

Non, il n'a pas essayé de regagner son royaume, du moins pas à ma connaissance, mais j'aime à croire qu'il a nourri de tels projets grandioses lors de son exil solitaire.

Les détails concernant Désirée et Napoléon – leurs fiançailles et leurs liens familiaux – sont relativement authentiques, bien que j'aie pris quelques libertés avec la chronologie.

Désirée Clary était un sacré personnage.

Elle a réussi à éviter de vivre dans les glaciales terres du Nord pendant des années, allant jusqu'à abandonner son mari et son fils afin de continuer à vivre à Paris, où elle était fréquemment ridiculisée par l'élite française pour ses excentricités.

Une grande partie de sa correspondance avec l'homme qui allait devenir Charles XIV Jean (Karl XIV Johan), roi de Suède et de Norvège, a été perdue.

On ne sait pas grand-chose de la vie de Désirée. Sur les raisons pour lesquelles elle est restée si longtemps loin de la Suède et de son fils, les avis divergent.

Certains prétendent que c'est parce qu'elle craignait les voyages en bateau. D'autres, qu'elle méprisait la vie à la cour et préférait une existence plus simple.

Selon une autre rumeur, Pierre de Russie voulait que Charles divorce de Désirée et épouse sa sœur afin de renforcer le lien entre les deux pays. D'aucuns affirmaient que Désirée redoutait un divorce si elle retournait en Suède.

Elle s'y rendit pourtant pour le mariage de son fils unique en 1823. Après quoi, elle ne quitta plus jamais la Suède.

Il n'existe pas de château Himmelhause ; c'est un mélange de plusieurs charmants châteaux allemands.

Quant aux cirques ambulants – du moins tels qu'on les envisage de nos jours, avec des animaux –, j'ai anticipé de quelques années l'âge d'or de ces établissements. Il y a toutefois des preuves que de nombreux groupes sont partis en tournée à travers l'Europe dès les années 1500. Si la plupart présentaient des pièces ou des arlequinades, certains offraient toutes sortes d'autres numéros comme des magiciens, des acrobates, etc.

N'oubliez pas que cette histoire est avant tout un roman d'amour. Bien qu'une grande partie du récit repose sur des faits, une part plus importante encore est le produit de mon imagination.

Si vous souhaitez en apprendre davantage sur Désirée Clary, Napoléon, ou d'autres personnages historiques réels de ce récit, vous trouverez quantité d'ouvrages académiques pour satisfaire votre curiosité.

Oh, et oui, il existait bel et bien une institution appelée le Bureau secret.

# Remerciements

Avant toute chose, je tiens à adresser un immense merci à Meg, la bibliothécaire de la Library of Congress, pour les renseignements précieux qu'elle m'a fournis à propos des femmes en temps de guerre et des recherches fondamentales sur les femmes exerçant des occupations traditionnellement masculines, sans parler d'une dizaine d'autres sujets !

Merci mille fois à Alicia Condon, qui me laisse explorer toutes mes idées folles et me soutient toujours.

Un grand merci à Pam Hopkins pour son enthousiasme à propos de mes histoires.

Merci infiniment à George de me rassurer quand je découvre que mon intrigue ne tient pas debout.

À Brantly, qui m'aime encore alors que je deviens toujours un peu folle quand l'échéance approche.

Et mes plus chaleureux remerciements à *vous* qui me lisez. Si vous ouvrez là le premier de mes livres, bienvenue dans mon univers ! Si vous revenez après avoir déjà lu certains de mes romans, merci, merci, merci !

# AVENTURES & PASSIONS

**1er mars**

## Julia Quinn

***Les agents de la couronne — Une héritière en cavale***

*Inédit*

Lorsque Caroline Trent est enlevée par Blake Ravenscroft, elle n'essaie même pas d'échapper à ce beau mais dangereux agent de la couronne. Elle qui cherchait un moyen de fuir la demande en mariage du fils d'Oliver, son tuteur qu'elle abhorre, la voilà servie. Bien sûr, le fait que Blake la prenne pour Carlotta De Leon, une espionne notoire, est un petit problème, mais pour les six semaines qui la séparent de ses vingt et un ans – et du contrôle plein et entier de sa fortune –, l'émoustillante compagnie de ce ravisseur si mystérieux fera une parfaite distraction.

✦

## Eva Leigh

***Dernière chance — La cage dorée de Céleste***

*Inédit*

Kieran Ransome, débauché notoire à l'origine d'un gigantesque scandale qui a éclaboussé la société londonienne, est mis au pied du mur par son père : soit il déniche une épouse respectable, soit il est déshérité. Mais connaît-il seulement une jeune femme respectable ? Peut-être Céleste Kilburn, la sœur de son meilleur ami, pourrait-elle l'aider à trouver chaussure à son pied. La demoiselle, favorite de la bonne société mais qui aimerait pourtant beaucoup échapper à l'ennui d'une existence trop lisse, accepte – à une condition : qu'il lui montre le monde scandaleux de Londres. Entre les thés et les garden parties, les salles de jeu et les fêtes enfiévrées, les sentiments se mêlent au désir. Gare, cependant, à ne pas être découverts, ou la réputation de Céleste pourrait être mise à mal…

Mary Balogh

***Les Westcott — Celui qui me chérira***

*Inédit*

Après la découverte de la bigamie de son père, Harry Wescott a été déchu de son titre de comte de Riverdale. Il s'est engagé dans l'armée et est parti se battre contre les soldats de Napoléon, mais il en est revenu gravement blessé. La longue convalescence laisse place à une vie retirée du monde pour cet homme devenu sombre et taciturne. Refusant de voir sa propre solitude, il ne semble en prendre conscience que lorsque la belle Lydia Tavernor, récemment veuve, l'interroge : « Vous sentez-vous jamais seul ? » La réponse de Harry les entraîne sur un chemin inattendu que ni l'un ni l'autre n'auraient jamais imaginé emprunter un jour…

✦

Heather McCollum

***Les fils Sinclair — Le justicier des Highlands***

*Inédit*

Gideon Sinclair, le nouveau chef du clan Mackay, rend une justice impitoyable – seule manière de maintenir l'ordre et de conserver une paix trop durement acquise. Mais lorsqu'il rencontre Cait Mackay, qui le dévalise à son insu et l'embrasse pour maquiller son larcin, son inflexibilité vole en éclats. Un baiser qui les laisse pantelants et fait gravement vaciller l'impartialité de Gideon lorsque sa séduisante voleuse est accusée de trahison. Le choix entre le cœur et le devoir se révèlera plus ardu que jamais pour le fier Highlander…

## Lorraine Heath

### ***Pour un duché — La candidate idéale***

*Inédit*

Existe-t-il une tâche plus déplaisante que celle de choisir une épouse à l'homme que l'on aime ? Pénélope Pettypeace doit pourtant obéir à son employeur, Hugh Brinsley-Norton, duc de Kingsland, qui a décidé qu'il était temps de se marier. Trop occupé à restaurer le duché, ruiné par son père, il fait publier un entrefilet encourageant les jeunes célibataires à lui envoyer des lettres de candidature et laisse le soin à Pénélope de sélectionner la perle rare. Mais lorsqu'un courrier anonyme menace de révéler des faits qui devraient rester secrets, Kingsland n'a d'autre choix que de faire face – Pénélope à ses côtés. Devant la fougue et le courage de sa belle assistante, il s'interroge : et si la duchesse qu'il cherchait était sous ses yeux ?

✦

## Maya Banks

### ***Les McCabe — Le Highlander qui ne voulait plus aimer***

Alaric McCabe était promis à Rionna McDonald, mais il en aimait une autre. Alors, son frère Caelen a pris sa place. Et voici la jeune femme nantie d'un époux bien impressionnant. Elle qui croise le fer comme un homme ne peut s'empêcher d'être intimidée par ce guerrier taciturne, apparemment peu pressé de consommer leur union. Est-ce par indifférence ou par égard ? Comme elle, Caelen ne s'est marié que pour le bien-être de leurs deux clans, menacés par des traîtres. Et bientôt, c'est elle qui attend et espère ses étreintes…

Lisa Kleypas

***Un jour tu me reviendras***

Quelle corvée cette réception chez Lord Brandon ! S'il est une chose que Jessica déteste, c'est bien le numéro de séductrice que son patron lui fait jouer auprès des éventuels mécènes, susceptibles de financer son théâtre. Une humiliation pour la jeune femme, qui rêve de brûler les planches. Un soir, Logan lui désigne un grand homme brun près d'une fenêtre. C'est le marquis de Savage, l'une des plus grosses fortunes du royaume. En entendant ce nom, Jessica blêmit. Lord Savage n'est autre que l'homme auquel sa famille l'a mariée lorsque qu'elle était enfant… et qu'elle fuit depuis des années. Mais jamais elle n'avait imaginé que son époux puisse être aussi séduisant !

13701

*Composition*
FACOMPO

*Achevé d'imprimer en Italie*
*par* GRAFICA VENETA
*le 1er janvier 2023*

Dépôt légal : février 2023
EAN 9782290381663
OTP L21EPSN002505-548938

ÉDITIONS J'AI LU
82, rue Saint-Lazare, 75009 Paris

*Diffusion France et étranger : Flammarion*